पापा

एक सैनिक,एक पिता और दो बेटों की सच्ची कहानी

राम प्रताप सिंह

Made with ❤ on the Notion Press Platform
www.notionpress.com

BE BOLD WHAT YOU STAND FOR

यह रचना मेरे पिता ठाकुर राम सेवक सिंह को समर्पित है

क्रम-सूची

क्रम-सूची

प्रस्तावना

जब मैं अपने जीवन की यात्रा पर पीछे मुड़कर देखता हूँ, तो सबसे पहले कोई पद, पुरस्कार या उपलब्धि याद नहीं आती। सबसे पहले याद आते हैं—मेरे पापा।

उन्होंने मुझे कभी बड़े-बड़े उपदेश नहीं दिए। उन्होंने अपने जीवन से सिखाया। ईमानदारी क्या होती है, आत्मसम्मान किसे कहते हैं, कठिन परिस्थितियों में भी सिर ऊँचा रखकर कैसे जिया जाता है और परिवार के लिए त्याग कैसे किया जाता है—ये सब मैंने उनके व्यवहार से सीखा।

समय बीतता गया। मैं बड़ा हुआ, सैनिक बना, विवाह हुआ और फिर स्वयं दो बेटों का पिता बना। तभी मुझे पहली बार समझ में आया कि पिता होना केवल एक रिश्ता नहीं, बल्कि आजीवन निभाई जाने वाली जिम्मेदारी है। बच्चे जब छोटे होते हैं तो उन्हें केवल पिता का हाथ दिखाई देता है; लेकिन जब वे स्वयं जिम्मेदारियाँ उठाते हैं, तब उन्हें उस हाथ का भार भी समझ में आने लगता है।

इस पुस्तक में मैंने अपने जीवन को किसी नायक की तरह प्रस्तुत करने का प्रयास नहीं किया है। मैंने केवल सच लिखा है—जैसा जिया, वैसा ही। इसमें मेरे बचपन की कठिनाइयाँ हैं, सैनिक जीवन की चुनौतियाँ हैं, एक पति के रूप में मेरी सीमाएँ हैं, एक पिता के रूप में मेरी चिंताएँ हैं और अपने दोनों बेटों—विक्रम और संग्राम—को बड़ा होते देखने का सुख भी है।

विक्रम ने मुझे जिम्मेदारी, धैर्य और संवेदनशीलता का अर्थ सिखाया, जबकि संग्राम ने कठिन से कठिन परिस्थितियों में भी मुस्कुराते रहने का साहस दिया। दोनों ने मुझे यह अनुभव कराया कि पिता केवल बच्चों को नहीं गढ़ता, कई बार बच्चे भी अपने पिता को नया रूप देते हैं।

इस पुस्तक के प्रत्येक अध्याय में घटनाएँ अवश्य हैं, लेकिन उनका उद्देश्य केवल मनोरंजन नहीं है। हर घटना के पीछे जीवन का कोई न कोई अनुभव छिपा है—कहीं अनुशासन का महत्व, कहीं साहस की

शक्ति, कहीं परिवार का मूल्य, तो कहीं संस्कारों की वह अदृश्य डोर, जो पीढ़ियों को एक-दूसरे से जोड़ती रहती है।

मैं यह दावा नहीं करता कि मैंने एक आदर्श जीवन जिया है। मुझसे भी अनेक भूलें हुईं, अनेक निर्णय गलत सिद्ध हुए। लेकिन हर अनुभव ने मुझे कुछ न कुछ सिखाया। उन्हीं अनुभवों को बिना किसी बनावट के इस पुस्तक में प्रस्तुत किया है।

यदि यह पुस्तक पढ़कर कोई युवा अपने माता-पिता के संघर्ष को समझ सके, कोई पिता अपने बच्चों के साथ थोड़ा और समय बिताने की प्रेरणा पाए, या कोई परिवार प्रेम, विश्वास और संस्कारों की शक्ति को नए दृष्टिकोण से देख सके, तो मेरा लेखन सफल होगा।

अंत में, यह पुस्तक मेरे पापा को सादर नमन है, जिन्होंने मुझे जीवन जीने की दिशा दी; मेरी पत्नी को, जिसने हर संघर्ष में मेरा साथ निभाया; और मेरे दोनों बेटों को, जिन्होंने मुझे यह सिखाया कि जीवन की सबसे बड़ी उपलब्धि कोई पद या सम्मान नहीं, बल्कि अपने बच्चों के मुँह से प्रेम से निकला एक शब्द है—"पापा।"

भूमिका

"पापा"—यह केवल एक शब्द नहीं, बल्कि जीवन का पहला विश्वास है। बच्चे के मुँह से निकला यह छोटा-सा संबोधन अपने भीतर सुरक्षा, अपनापन, अनुशासन, स्नेह, त्याग और अनगिनत स्मृतियाँ समेटे होता है। हर व्यक्ति के जीवन में "पापा" का अर्थ अलग हो सकता है, लेकिन एक बात समान रहती है—वे अपने बच्चों के भविष्य के लिए स्वयं से अधिक जीते हैं।

यह पुस्तक किसी महान व्यक्ति की जीवनी नहीं है। यह एक साधारण भारतीय परिवार की असाधारण यात्रा है। एक ऐसे पिता की कहानी, जिसने अभावों से लड़ते हुए अपने सपनों को नहीं, बल्कि अपने बच्चों के सपनों को प्राथमिकता दी। जिसने वर्दी पहनकर देश की सीमाओं की रक्षा की और घर लौटकर पिता का दायित्व भी पूरी निष्ठा से निभाया।

एक सैनिक का जीवन केवल सीमा पर बिताए गए दिनों का नाम नहीं होता। उसके पीछे एक परिवार भी होता है, जो उसके साथ हर कठिनाई में खड़ा रहता है। दूर-दराज़ की पोस्टिंग, महीनों का बिछोह, बच्चों की पढ़ाई की चिंता, परिवार की जिम्मेदारियाँ और हर समय अनिश्चितता का वातावरण—इन सबके बीच भी जीवन चलता रहता है। उसी जीवन की सच्ची झलक इस पुस्तक में है।

यह केवल मेरी कहानी नहीं है। इसमें मेरे पिता के संस्कार हैं, मेरी पत्नी का त्याग है, मेरे दोनों बेटों—विक्रम और संग्राम—का संघर्ष है और उस परिवार की कहानी है जिसने हर परिस्थिति में एक-दूसरे का हाथ नहीं छोड़ा।

इस पुस्तक में कहीं गाँव की मिट्टी की सोंधी खुशबू मिलेगी, कहीं सैनिक जीवन का अनुशासन, कहीं बच्चों की शरारतें, कहीं एक पिता की बेचैनी, तो कहीं उन छोटे-छोटे क्षणों की गर्माहट, जो वर्षों बाद जीवन की सबसे बड़ी पूँजी बन जाते हैं। इसमें सफलता के प्रसंग हैं तो असफलताओं की सीख भी है; आँसू हैं तो ठहाके भी हैं; कठिन संघर्ष हैं तो परिवार के

साथ बिताए वे पल भी हैं, जो हर संघर्ष को सार्थक बना देते हैं।

यदि इस पुस्तक को पढ़ते समय किसी पाठक को अपने "पापा" याद आ जाएँ, यदि कोई पिता अपने बच्चों को थोड़ा और समय देने का संकल्प ले, यदि कोई बेटा या बेटी अपने माता-पिता के त्याग को नए दृष्टिकोण से समझ सके, तो यही इस पुस्तक की सबसे बड़ी सफलता होगी।

यह पुस्तक उन सभी पिताओं को सादर समर्पित है, जो अपने बच्चों के भविष्य के लिए स्वयं की इच्छाओं का त्याग कर देते हैं, और उन सभी बच्चों को भी, जो वर्षों बाद समझ पाते हैं कि उनके "पापा" ने उनके लिए कितना कुछ चुपचाप सह लिया था।

पावती (स्वीकृति)

इस पुस्तक को लिखने में मेरी पत्नी आशा सिंह, मेरे दोनो बेटे विक्रम , संग्राम और मेरे प्रिय पोते विहान का विशेष योगदान है जिन्होंने जीवन की खट्टी मीठी यादों को तरोताजा किया और मुझे लिखने के लिए प्रेरित किया

आमुख

इस पुस्तक को लिखने का उद्येश्य -एक पिता का उसके बच्चे के जीवन को सवाँरने में कितना योगदान होता है वह महसूस कराना है | यह योगदान किसी भी बच्चे को नहीं भूलना चाहिए चाहे वो जीवन में कितनी भी तरक्की कर ले | यह कहानी सन 1857 की सशस्त्र क्रांति से शुरू होकर आज के आर्टिफिसियल इंटेलिजेंस के युग में समाप्त होती है | इसे मैंने अपने जीवन की वास्तविक घटनाओं से जोड़कर लिखने का प्रयास किया है | इसके प्रमुख पात्र मेरे पिता, मेरे दोनो बेटे विक्रम और संग्राम, मेरा पोता विहान और मैं स्वयं हूँ | मैं अपने परिवार के सभी सदस्यों का आभारी हूँ जिन्होंने इस पुस्तक को लिखने में मदद की है |

1

पापा

“हर बेटे की सबसे बड़ी पूंजी उसका पिता होता है|”

"पापा"—यह केवल दो अक्षरों का शब्द नहीं है; यह हर बच्चे के जीवन का पहला भरोसा, पहली सुरक्षा और पहला नायक होता है।जब एक छोटा बच्चा लड़खड़ाते कदमों से चलना सीखता है, तो उसकी उँगली थामने वाला हाथ पापा का होता है। जब वह गिरता है, तो उसे उठाने वाला हाथ भी वही होता है। समय के साथ बच्चा बड़ा हो जाता है, लेकिन उस हाथ का सहारा उसके व्यक्तित्व में हमेशा बना रहता है।

भारत में पिता को अलग-अलग नामों से पुकारा गया है। संस्कृत में 'पितृ' और 'पिता' शब्द प्रचलित रहे। समय के साथ विभिन्न भाषाओं और संस्कृतियों ने इन्हें अपने-अपने ढंग से अपनाया। उत्तर भारत में बाबूजी, बाबा, बाऊजी, अब्बा, पिताजी, बाबा साहब जैसे संबोधन प्रचलित हुए। बंगाल में बाबा, महाराष्ट्र में बाबा और आप्पा, दक्षिण भारत में अप्पा, अय्या, नन्ना जैसे शब्द सम्मान और स्नेह के साथ बोले जाते हैं।

स्वतंत्रता के बाद, विशेषकर अंग्रेज़ी शिक्षा और शहरी जीवन के प्रभाव से "मम्मी" और "पापा" जैसे शब्द भारतीय परिवारों में तेजी से लोकप्रिय हुए। 'पापा' शब्द यूरोपीय भाषाओं के *Papa* से होकर अंग्रेज़ी के माध्यम से भारतीय भाषाओं में आया, किंतु भारत ने इसे केवल एक विदेशी शब्द के रूप में नहीं अपनाया, बल्कि अपने स्नेह और अपनत्व

से उसे पूरी तरह भारतीय बना दिया। आज किसी बच्चे के मुँह से निकला "पापा" उतना ही आत्मीय लगता है, जितना कभी "बाबूजी" या "पिताजी" लगता था।संबोधन बदलते रहे, समय बदलता रहा, लेकिन पिता का स्वरूप नहीं बदला। वह पहले भी परिवार की शक्ति था, आज भी है और आने वाले समय में भी रहेगा।

मानव सभ्यता केवल रक्त संबंधों से नहीं चलती; वह संस्कारों की परंपरा से आगे बढ़ती है। हर पीढ़ी अगली पीढ़ी को केवल जीवन नहीं देती, बल्कि अपने अनुभव, संघर्ष, मूल्य और आदर्श भी सौंपती है। यही वह अदृश्य धरोहर है जो समय की धारा में निरंतर बहती रहती है। इस धरोहर का सबसे मजबूत स्तंभ है—**पिता।**

पिता केवल वह व्यक्ति नहीं होता जो संतान को जन्म देता है। वह एक परंपरा है—कर्तव्य की, अनुशासन की, त्याग की और उत्तरदायित्व की। जिस प्रकार एक विशाल वृक्ष अपनी जड़ों से शक्ति लेकर नई शाखाओं को जीवन देता है, उसी प्रकार पिता अपने अनुभवों और संघर्षों से अगली पीढ़ी का भविष्य गढ़ता है। पिता होना केवल जैविक संबंध नहीं है। यह एक ऐसी जिम्मेदारी है जिसका अर्थ मनुष्य को धीरे-धीरे समझ में आता है। जब तक हम स्वयं पिता नहीं बनते, तब तक अक्सर अपने पिता के संघर्षों का वास्तविक मूल्य नहीं समझ पाते। शायद यही कारण है कि संसार का लगभग हर पुत्र जीवन के किसी न किसी मोड़ पर अपने पिता को गलत समझ बैठता है।

इसी सत्य को महान कवि हरिवंश राय बच्चन ने अपनी प्रसिद्ध कविता "**नई लीक**" में अत्यंत मार्मिक ढंग से व्यक्त किया है| कहा जाता है कि एक समय ऐसा आया जब उनके पुत्र **अमिताभ बच्चन** अपने जीवन के कठिन संघर्षों से गुजर रहे थे। लगातार असफलताओं और निराशा के बीच उन्होंने अपने पिता से एक ऐसा प्रश्न पूछ लिया, जो किसी भी पिता के हृदय को भीतर तक झकझोर सकता है—"**आपने मुझे पैदा ही क्यों किया?**"

यह प्रश्न केवल एक पुत्र का प्रश्न नहीं था; यह जीवन से संघर्ष कर रहे हर युवा के मन में कभी-न-कभी उठने वाला प्रश्न है।हरिवंश राय बच्चन उस क्षण मौन रह गए। उनके पास तत्काल कोई उत्तर नहीं था। वे जानते

थे कि इस प्रश्न का उत्तर तर्क से नहीं, अनुभव से दिया जा सकता है। एक पिता का उत्तर शब्दों से नहीं, संवेदना से जन्म लेता है।कुछ समय बाद उन्होंने अपनी भावनाओं को कविता का रूप दिया।

उस कविता का शीर्षक था—"नई लीक" और उसे लिखकर अपने बेटे के तकिये के नीचे रख दिया। उन्होंने लिखा : जिंदगी और जमाने की कशमकश से घबराकर, मेरे बेटे मुझसे पूछते हैं कि हमें पैदा क्यों किया था? और मेरे पास इसके सिवाय कोई जवाब नहीं है कि, मेरे बाप ने मुझसे बिना पूछे मुझे क्यों पैदा किया था? और मेरे बाप को उनके बाप ने बिना पूछे उन्हें और उनके बाबा को बिना पूछे, उनके बाप ने उन्हें क्यों पैदा किया था? जिंदगी और जमाने की कशमकश पहले भी थी, आज भी है शायद ज्यादा, कल भी होगी शायद और ज्यादा... तुम ही नई लीक रखना, अपने बेटों से पूछकर उन्हें पैदा करना। इस कविता में एक पिता का दर्द भी है, एक पीढ़ी की विवशता भी और आने वाली पीढ़ी के लिए एक गहरी सीख भी। यह कविता बताती है कि जीवन का सिलसिला एक परंपरा की तरह चलता रहता है—पिता से पुत्र, और फिर पुत्र से अगली पीढ़ी तक।

कविता में उन्होंने यह भाव व्यक्त किया कि जीवन का यह प्रवाह किसी एक व्यक्ति के निर्णय से नहीं चलता। जिस प्रकार उन्होंने अपने पिता से यह प्रश्न नहीं पूछा था कि उन्हें जन्म क्यों दिया गया, उसी प्रकार उनके पिता ने भी अपने पिता से यह प्रश्न नहीं पूछा था। जीवन की धारा पीढ़ी-दर-पीढ़ी आगे बढ़ती रहती है। हर पीढ़ी अपने हिस्से के संघर्षों से जूझती है, अपने अनुभव अर्जित करती है और फिर अगली पीढ़ी को जीवन सौंप देती है।

उस कविता का सार यही था कि जीवन में संघर्ष पहले भी थे, आज भी हैं और भविष्य में भी रहेंगे। परिस्थितियाँ बदलती हैं, चुनौतियाँ बदलती हैं, लेकिन जीवन की यात्रा कभी रुकती नहीं।यह प्रसंग हमें एक गहरी बात सिखाता है। पुत्र जब अपने संघर्षों में उलझा होता है, तब उसे अपने पिता केवल अनुशासन करने वाले, रोकने-टोकने वाले या अपेक्षाएँ रखने वाले व्यक्ति दिखाई देते हैं। लेकिन वही पुत्र जब स्वयं पिता बनता है, तब उसे पहली बार समझ में आता है कि हर निर्णय के पीछे कितनी

चिंता, कितनी जिम्मेदारी और कितना निस्वार्थ प्रेम छिपा था।

शायद इसीलिए कहा जाता है कि पिता को समझने के लिए केवल उम्र नहीं, अनुभव भी चाहिए।मनोवैज्ञानिकों का भी मानना है कि जैसे-जैसे जीवन में जिम्मेदारियाँ बढ़ती हैं, मनुष्य की अपने माता-पिता के प्रति दृष्टि बदलती जाती है। बचपन में जो पिता हमें सर्वशक्तिमान दिखाई देते हैं, किशोरावस्था में वही कठोर लगने लगते हैं। युवावस्था में वे पुराने विचारों वाले प्रतीत होते हैं, लेकिन जीवन के उत्तरार्ध में वही पिता सबसे दूरदर्शी और सबसे अधिक त्याग करने वाले व्यक्ति के रूप में दिखाई देने लगते हैं।

किसी ने बड़ी सुंदर बात कही है कि "**पिता को समझने में पूरी जिंदगी लग जाती है।**" शायद इसी सत्य को निम्नलिखित शब्दों में व्यक्त किया गया है—

4 वर्ष की उम्र में — "मेरे पापा दुनिया के सबसे ताकतवर इंसान हैं। वे जो चाहें कर सकते हैं।"

6 वर्ष की उम्र में — "मेरे पापा सब कुछ जानते हैं। उनसे बड़ा समझदार कोई नहीं।"

10 वर्ष की उम्र में — "मेरे पापा बहुत अच्छे हैं... लेकिन कभी-कभी बहुत गुस्सा भी करते हैं।"

12 वर्ष की उम्र में — "जब मैं छोटा था, तब पापा मेरे साथ ज़्यादा खेलते थे। अब वे हर बात पर पढ़ाई की बात करते हैं।"

16 वर्ष की उम्र में — "पापा आज के ज़माने को नहीं समझते। उन्हें लगता है कि उनकी हर बात सही है।"

18 वर्ष की उम्र में — "पापा दिन-ब-दिन अधिक सख्त और चिड़चिड़े होते जा रहे हैं। शायद वे मुझे समझना ही नहीं चाहते।"

20 वर्ष की उम्र में — "अब तो पापा के साथ रहना मुश्किल लगता है। समझ नहीं आता, माँ इतने वर्षों से उनके साथ कैसे रह रही हैं!"

25 वर्ष की उम्र में — "पापा हर बात में मेरी राय का विरोध क्यों करते हैं? शायद वे बदलते समय को स्वीकार ही नहीं कर पा रहे।"

फिर जीवन करवट लेता है...नौकरी की जिम्मेदारियाँ आती हैं। परिवार बनता है। विवाह होता है। अपने निर्णयों के परिणाम स्वयं

भुगतने पड़ते हैं। और यहीं से पिता को समझने की यात्रा वास्तव में शुरू होती है।

30 वर्ष की उम्र में — "अपने छोटे बच्चे को संभालना कितना कठिन है! बचपन में मैं पापा से कितना डरता था, लेकिन अब समझ में आता है कि उनका अनुशासन मेरे भले के लिए था।"

40 वर्ष की उम्र में — "मेरे पापा ने कितने अनुशासन और धैर्य से हमें बड़ा किया। आज बच्चों को सही दिशा देना कितना कठिन हो गया है।"

50 वर्ष की उम्र में — "आश्चर्य होता है कि पापा ने सीमित साधनों में हम सभी भाई-बहनों की पढ़ाई, परवरिश और भविष्य की चिंता कैसे संभाली। आज तो एक बच्चे की जिम्मेदारी निभाना भी आसान नहीं लगता।"

55 वर्ष की उम्र में — "अब समझ में आता है कि पापा कितने दूरदर्शी थे। उस समय उनके कई निर्णय कठोर लगे थे, लेकिन आज वही निर्णय सबसे सही प्रतीत होते हैं।"

60 वर्ष की उम्र में — "मेरे पापा सचमुच महान थे। जब तक वे रहे, उन्होंने कभी हमें अकेला महसूस नहीं होने दिया। उनके रहते हमने जिम्मेदारियों का भार पूरी तरह महसूस ही नहीं किया। आज जब वे साथ नहीं हैं, तब समझ आता है कि उनके साए का अर्थ क्या था।"

यही जीवन का सबसे बड़ा विरोधाभास है। जिस पिता को समझने में हमें साठ वर्ष लग जाते हैं, तब तक अक्सर वे हमारे साथ नहीं होते। तब मन में केवल उनकी सीख बची रहती है, उनकी यादें बची रहती हैं और एक अनकहा पश्चाताप रह जाता है कि काश... उन्हें जीते-जी उतना समझ पाते, जितना आज समझ रहे हैं।सच तो यह है कि पिता को पूरी तरह समझ पाना शायद किसी पुत्र के लिए संभव ही नहीं। पिता का प्रेम प्रायः शब्दों में व्यक्त नहीं होता; वह जिम्मेदारियों में दिखाई देता है, त्याग में दिखाई देता है, रातों की अधूरी नींद में दिखाई देता है और उन चिंताओं में दिखाई देता है, जिन्हें वह अपने बच्चों से जीवन भर छिपाए रखता है।इसीलिए कहा जाता है—जब तक पिता साथ होते हैं, उनके त्याग का मूल्य कम दिखाई देता है; और जब वे साथ नहीं रहते, तब उनके हर छोटे-बड़े निर्णय का अर्थ समझ में आने लगता है।

मेरी अपनी अनुभूति जब मैं स्वयं पिता बना -बचपन में मुझे भी अपने पिता कई बार कठोर लगते थे। उनकी डाँट उस समय अनुशासन नहीं, केवल सख्ती प्रतीत होती थी। जब वे खर्चों में कटौती करते, हमारी इच्छाओं को टाल देते या भविष्य की चिंता में कोई निर्णय लेते, तब मन में यही आता था कि वे हमारी भावनाओं को नहीं समझते। उस उम्र में यह समझ कहाँ थी कि पिता वर्तमान की खुशियों से अधिक भविष्य की सुरक्षा के बारे में सोचता है।

युवावस्था आई, नौकरी मिली और फिर सेना में भर्ती हो गया। जीवन ने धीरे-धीरे जिम्मेदारियों का परिचय कराया। लेकिन तब भी मैं केवल एक बेटा था। पिता के कंधों पर कितना भार होता है, इसका वास्तविक अनुभव अभी बाकी था।

विवाह के बाद जब पहली बार मुझे यह एहसास हुआ कि मैं पिता बनने वाला हूँ, उसी दिन से मेरे भीतर एक नया व्यक्ति जन्म लेने लगा। उस दिन पहली बार मुझे लगा कि अब मेरी हर छोटी-बड़ी बात का प्रभाव केवल मेरे जीवन पर नहीं, बल्कि उस नन्हीं-सी जान पर भी पड़ेगा जो अभी इस संसार में आई भी नहीं है।

जब मेरे बड़े बेटे विक्रम का जन्म हुआ और मैंने पहली बार उसे अपनी गोद में उठाया, तब मुझे शब्दों में व्यक्त न की जा सकने वाली अनुभूति हुई। वह नन्हा-सा चेहरा पूरी निश्चिंतता के साथ मेरी उँगली पकड़ रहा था, मानो उसे विश्वास था कि अब उसका संसार सुरक्षित है। उसी क्षण मैंने महसूस किया कि एक पिता का जन्म बच्चे के जन्म के साथ ही होता है।

उस दिन मुझे अपने पिता याद आए।मैं सोचने लगा—जब मेरा जन्म हुआ होगा, तब क्या उन्होंने भी मुझे इसी तरह अपनी बाँहों में उठाकर भविष्य के सपने देखे होंगे? क्या उन्होंने भी मन ही मन यह संकल्प लिया होगा कि चाहे कितनी कठिनाइयाँ आएँ, मेरे बच्चों को किसी अभाव का सामना नहीं करने दूँगा? इन प्रश्नों का उत्तर किसी ने नहीं दिया, लेकिन जीवन ने धीरे-धीरे स्वयं दे दिया।

सेना की नौकरी आसान नहीं थी। आज यहाँ पोस्टिंग, कल वहाँ। कभी बर्फ से ढकी पहाड़ियाँ, कभी पूर्वोत्तर के घने जंगल, तो कभी परिवार

से हजारों किलोमीटर दूर सीमावर्ती क्षेत्र। कई बार महीनों तक पत्नी और बच्चों से मुलाकात नहीं हो पाती थी। बाहर से मैं एक सैनिक था, लेकिन भीतर हर समय एक पिता भी था।ड्यूटी पर रहते हुए भी मन बार-बार घर पहुँच जाता था।बच्चे स्वस्थ होंगे या नहीं? उनकी पढ़ाई ठीक चल रही होगी? कहीं उन्हें मेरी कमी तो महसूस नहीं हो रही होगी? पत्नी अकेले सब कुछ कैसे संभाल रही होगी? ये प्रश्न हर पिता के मन में आते हैं, लेकिन एक सैनिक पिता के लिए इनका उत्तर तुरंत जान पाना भी संभव नहीं होता।

धीरे-धीरे मैंने समझा कि पिता का प्रेम माँ की तरह दिखाई नहीं देता। माँ बच्चे को गोद में लेकर अपना प्रेम व्यक्त कर देती है, लेकिन पिता अक्सर अपने प्रेम को जिम्मेदारियों के पीछे छिपा देता है। वह अपनी इच्छाएँ कम कर देता है ताकि बच्चों की इच्छाएँ पूरी हो सकें। वह अपनी थकान छिपा लेता है ताकि परिवार का मनोबल बना रहे। वह अपने आँसू भी अकेले बहाता है, क्योंकि उसे लगता है कि यदि वह टूट गया तो पूरा परिवार असुरक्षित महसूस करेगा।

मैंने भी यही किया।कई बार ऐसी पोस्टिंग पर रहा जहाँ अपनी कठिनाइयों का उल्लेख भी घर में नहीं करता था। और कई बार घर की चिंताओं को अपने साथ ड्यूटी पर नहीं ले जाता था। शायद यही हर पिता का जीवन है—दो मोर्चों पर एक साथ लड़ना। एक बाहर की दुनिया से और दूसरा अपने भीतर की भावनाओं से।

समय के साथ मेरे दोनों बेटे बड़े होते गए। उनके स्वभाव अलग-अलग थे। विक्रम गंभीर, जिम्मेदार और सोच-समझकर निर्णय लेने वाला था। संग्राम निडर, मस्तमौला और हर परिस्थिति में मुस्कुराने वाला। दोनों को बड़ा करते हुए मैंने सीखा कि हर बच्चे के लिए एक जैसा व्यवहार उचित नहीं होता। पिता का सबसे कठिन दायित्व यही है कि वह न्याय भी करे और स्नेह भी बनाए रखे।

कई बार मुझे भी कठोर बनना पड़ा। बच्चों की कुछ इच्छाएँ पूरी नहीं कर पाया। कई बार उनकी नाराज़गी भी झेली। उस समय वे शायद मुझे भी वैसा ही समझते होंगे जैसा मैं कभी अपने पिता को समझता था—अनावश्यक रूप से सख्त।लेकिन मन ही मन मैं जानता था कि मैं

उनके वर्तमान से अधिक उनके भविष्य के लिए निर्णय ले रहा हूँ।

आज जब मैं पीछे मुड़कर देखता हूँ, तो मुझे अपने पिता की अनेक बातें याद आती हैं। जिन बातों का कभी मैंने विरोध किया था, वही बातें जीवन के सबसे कठिन समय में मेरा सहारा बनीं। तब समझ में आया कि पिता की सीख तत्काल लाभ के लिए नहीं होती; उसका मूल्य समय के साथ समझ में आता है।

मैंने अपने जीवन में अनेक उतार चढ़ाव देखे। सैनिक रहा, पति रहा, फिर दादा भी बना। लेकिन यदि कोई मुझसे पूछे कि इन सभी में सबसे बड़ी जिम्मेदारी कौन-सी थी, तो मेरा उत्तर होगा—पिता होना।क्योंकि सैनिक सीमा की रक्षा करता है, अधिकारी व्यवस्था की रक्षा करता है, लेकिन पिता अपने परिवार के भविष्य की रक्षा करता है।

आज जब मेरे बेटे अपने जीवन की जिम्मेदारियाँ निभा रहे हैं और मैं अपने पोते को खेलते हुए देखता हूँ, तो मुझे लगता है कि जीवन का सबसे सुंदर चक्र पूरा हो रहा है। जिन मूल्यों का बीज मेरे पिता ने मेरे भीतर बोया था, वही बीज अब अगली पीढ़ी में अंकुरित होते दिखाई दे रहे हैं।तब मन श्रद्धा से भर उठता है और मैं निस्संकोच स्वीकार करता हूँ कि मैंने अपने पिता को तब सबसे अधिक समझा, जब मैं स्वयं पिता बना। और शायद आज भी उन्हें पूरी तरह नहीं समझ पाया हूँ।अब कभी-कभी मन करता है कि काश! एक बार फिर उनके पास बैठ पाता। बिना किसी औपचारिकता के उनसे कह पाता—

"पापा, अब समझ में आया कि आपकी डाँट में कितना प्रेम था, आपकी सख्ती में कितनी चिंता थी और आपके मौन में कितने अधूरे त्याग छिपे थे। उस समय मैं केवल आपका बेटा था, इसलिए आपको समझ नहीं पाया। आज मैं स्वयं एक पिता हूँ, इसलिए आपके सामने सिर श्रद्धा से झुक जाता है।"

2

मेरे पूर्वज

"विरासत जमीन नहीं, जीवन-मूल्य होते हैं।"

10 मई 1857 की शाम मेरठ छावनी में सामान्य दिनों जैसी नहीं थी।हवा में बेचैनी थी। भारतीय सिपाहियों के हृदय में वर्षों का अपमान, धार्मिक हस्तक्षेप और अंग्रेज अधिकारियों की कठोरता के विरुद्ध जमा हुआ क्रोध ज्वालामुखी की तरह फूट पड़ने को तैयार था।रात गहराते ही विद्रोह भड़क उठा।"मारो फिरंगी को!" "भारत माता की जय!" "दिल्ली चलो!" ऐसे नारों से पूरी छावनी गूँज उठी।

क्रोधित सैनिकों ने अंग्रेज अधिकारियों पर हमला कर दिया। कई स्थानों पर आग लगा दी गई। देखते ही देखते सैनिकों की भीड़ छावनी के शस्त्रागार की ओर बढ़ी।दौलत सिंह भी उन्हीं विद्रोही सैनिकों में शामिल थे। वे बंगाल सेना की घुड़सवार टुकड़ी में सवार थे। उनकी आँखों में वर्षों का आक्रोश धधक रहा था।शस्त्रागार के द्वार तोड़ दिए गए।बंदूकें, तलवारें और कारतूस लूट लिए गए।एक सिपाही चिल्लाया,"भाइयों! दिल्ली चलो। बादशाह बहादुर शाह ज़फ़र के झंडे तले पूरे हिंदुस्तान को एक करना होगा।""दिल्ली चलो!" हजारों गले एक साथ गरज उठे।

दौलत सिंह ने भी एक एनफ़ील्ड बंदूक कंधे पर टाँगी, तलवार कमर से बाँधी और अपने दो घनिष्ठ साथियों—हरनाम सिंह और भीमसेन—के साथ दिल्ली की ओर घोड़ा मोड़ दिया।लेकिन अंग्रेज इतनी आसानी से हार मानने वाले नहीं थे।रात बीतते-बीतते अंग्रेज अधिकारियों ने

घुड़सवार दस्ते विद्रोहियों के पीछे लगा दिए।कुछ ही घंटों में विद्रोही सैनिकों को समझ में आ गया कि हजारों की भीड़ में यात्रा करना आत्मघाती होगा।एक अनुभवी सैनिक ने कहा,"यदि हम एक साथ रहे तो अंग्रेज हमें आसानी से घेर लेंगे।"

दूसरे ने समर्थन किया,"छोटी-छोटी टुकड़ियों में बँट जाओ। दिल्ली पहुँचकर फिर मिलेंगे।"निर्णय तुरंत ले लिया गया।हजारों सैनिक सैकड़ों छोटे दलों में बँट गए।दौलत सिंह अपने दोनों साथियों के साथ जंगलों और कच्चे रास्तों की ओर मुड़ गए।तीनों घोड़े रात के अंधेरे में हवा की तरह दौड़ रहे थे।सुबह होने से पहले वे एक सूखे नाले के किनारे रुके।हरनाम सिंह ने पानी पीते हुए कहा,"दौलत, यदि हम दिल्ली पहुँच गए तो इतिहास बदल जाएगा।"दौलत सिंह मुस्कुराए।"और यदि रास्ते में मारे गए तो भी आने वाली पीढ़ियाँ जानेंगी कि हमने गुलामी स्वीकार नहीं की।"

तीनों ने फिर यात्रा शुरू कर दी।परंतु दुर्भाग्य उनका पीछा कर रहा था।दूसरे दिन दोपहर के समय वे एक जंगल पार कर रहे थे कि पीछे से घोड़ों की टापें सुनाई दीं।हरनाम सिंह ने मुड़कर देखा।"अंग्रेज!"करीब दस अंग्रेज घुड़सवार उनका पीछा कर रहे थे।"तेज़ दौड़ाओ!" दौलत सिंह चिल्लाए।घोड़े पूरी शक्ति से दौड़ने लगे।अचानक पीछे से गोली चली।धाँय!

हरनाम सिंह के पीठ में लगी गोली सीने के आरपार हो गई|वह घोड़े से नीचे गिर पड़ा।"हरनाम!"दौलत सिंह चीख उठे।लेकिन रुकने का अर्थ था मृत्यु।कुछ ही क्षण बाद दूसरी गोली चली।धाँय!भीमसेन भी घोड़े से लुढ़क गया।अब दौलत सिंह अकेले थे।उनकी आँखें क्रोध और दुःख से भर उठीं।उन्होंने पीछे मुड़कर देखा।दोनों साथी धरती पर पड़े थे।उनके भीतर प्रतिशोध की ज्वाला भड़क उठी, पर बुद्धि ने कहा—"जीवित रहोगे तभी लड़ सकोगे।"

उसी क्षण उन्होंने निर्णय बदल दिया।दिल्ली अब बहुत दूर थी।अंग्रेज हर मार्ग पर निगरानी कर रहे थे।उन्होंने घोड़े की लगाम दक्षिण-पूर्व की ओर मोड़ दी।उनका लक्ष्य अब था—मिर्जापुर जिले का विजयपुर (डूबरकलाँ गाँव)।वहाँ उनका पैतृक घर था।अंग्रेज सैनिक कई दिनों

तक उनका पीछा करते रहे।लेकिन दौलत सिंह भी घुड़सवार सेना के प्रशिक्षित सैनिक थे।वे मुख्य सड़कों से दूर रहते।दिन में घने जंगलों में छिप जाते।रात को यात्रा करते।कभी गाँवों की पगडंडियों से गुजरते, कभी सूखी नदी की धाराओं का रास्ता पकड़ते।कभी किसी किसान की झोपड़ी के पीछे घोड़े को बाँध देते और स्वयं पेड़ की छाया में सो जाते।

आठ दिनों तक यह रोमांचक यात्रा चलती रही।मेरठ से विजयपुर की लगभग सात सौ किलोमीटर लंबी दूरी उन्होंने इसी प्रकार तय की।आठवें दिन सूर्य अस्त हो चुका था।विजयपुर गाँव अंधकार में डूबा हुआ था।लोग अपने घरों में जा चुके थे।किसी को कानोंकान खबर नहीं लगी कि 1857 का एक बागी सैनिक चुपचाप गाँव में प्रवेश कर चुका है।दौलत सिंह ने घोड़े को घुड़साल में बाँधा।फिर धीरे-धीरे अपने घर की ओर बढ़े।उन्होंने दरवाज़े पर दस्तक दी।

ठक... ठक... ठक...कुछ क्षण बाद दरवाज़ा खुला।सामने उनके पिता बीरू सिंह खड़े थे जो रीवा राज्य की सेना में सैनिक थे| पहले तो वे दौलत सिंह के ढके हुए चेहरे को देखकर पहचान नहीं पाए।फिर ज्यों ही दौलत ने चेहरे का कपड़ा हटाया तो अचानक उनकी आँखें फैल गईं।"दौलत !""प्रणाम बाबूजी।"पिता ने तुरंत उन्हें भीतर खींच लिया।"जल्दी अंदर आओ।"कुछ देर बाद दौलत सिंह ने पूरी कहानी सुनाई।घर में सन्नाटा छा गया।पिता गंभीर स्वर में बोले,"बेटा, अंग्रेज गाँव-गाँव खोज रहे हैं। तुम्हारा यहाँ रुकना उचित नहीं।""तो मैं कहाँ जाऊँ?"

पिता कुछ क्षण सोचते रहे।फिर बोले,"रीवा रियासत चले जाओ।""रीवा?""हाँ। वहाँ के महाराजा रघुराज सिंह न्यायप्रिय और स्वाभिमानी शासक हैं। उनके दरबार में जाकर शरण माँगो।"दौलत सिंह ने सिर हिलाया।"आपकी बात ठीक है बाबूजी।""सुबह होने से पहले निकल जाना।""जी।"उस रात किसी की आँखों में नींद नहीं थी।माँ बार-बार बेटे को देखती रहीं।उन्हें भय था कि पता नहीं फिर मुलाकात होगी या नहीं।भोर से पहले दौलत सिंह ने माता-पिता के चरण स्पर्श किए।माँ की आँखों से आँसू बह निकले।"अपना ध्यान रखना बेटा।""अम्मा, आपकी दुआ मेरे साथ है।"

घोड़ा फिर दौड़ पड़ा।अब लक्ष्य था—रीवा।विजयपुर से रीवा की दूरी लगभग एक सौ पैंतीस किलोमीटर थी।रास्ता आसान नहीं था।घने जंगल, ऊबड़-खाबड़ पगडंडियाँ और जंगली जानवरों का भय हर कदम पर मौजूद था।लेकिन दौलत सिंह रुकने वाले नहीं थे।सुबह के समय वे चाकघाट पहुँचे| यहाँ से रीवा रियासत की सीमा लगती थी। तमस नदी के किनारे घोड़े को पानी पिलाया।स्वयं भी कुछ देर विश्राम किया।ठंडी हवा के झोंकों ने उनकी थकान कुछ कम कर दी।उन्होंने तमस नदी का जल हथेलियों में भरकर माथे पर लगाया और कहा,"हे माँ अब मेरी रक्षा तुम्हारे हाथ में है।"

कुछ देर बाद वे फिर चल पड़े।सूर्य ऊपर चढ़ रहा था।घोड़ा पूरी गति से दौड़ रहा था।लगभग दस बजे दूर क्षितिज पर उन्हें विशाल किले की प्राचीरें दिखाई दीं।रीवा का राजमहल।दौलत सिंह ने राहत की साँस ली।उन्हें नहीं पता था कि इस किले के भीतर उनका स्वागत होगा या गिरफ्तारी।लेकिन इतना निश्चित था कि भाग्य अब एक नए मोड़ पर उनका इंतज़ार कर रहा था।और यहीं से शुरू होने वाली थी उनकी जीवन-यात्रा का सबसे महत्वपूर्ण अध्याय।

रीवा का विशाल किला दूर से ही अपनी भव्यता और सामर्थ्य का परिचय दे रहा था। ऊँची प्राचीरें, बुर्जों पर तैनात सैनिक और मुख्य द्वार पर पहरा देते सशस्त्र रक्षक किसी भी आगंतुक को यह एहसास कराने के लिए पर्याप्त थे कि वह एक शक्तिशाली रियासत की सीमा में प्रवेश कर चुका है।लगातार आठ दिनों की कठिन यात्रा और फिर विजयपुर से रीवा तक की थकाऊ घुड़सवारी के बाद दौलत सिंह का शरीर थक चुका था, लेकिन उनका मन अभी भी सतर्क था।उन्होंने घोड़े को मुख्य द्वार के सामने रोका।द्वारपाल ने उन्हें सिर से पैर तक देखा।

धूल से सने वस्त्र, कंधे पर लटकी बंदूक, कमर में तलवार और कई दिनों की यात्रा की थकान उनके चेहरे पर साफ दिखाई दे रही थी।द्वारपाल ने कठोर स्वर में पूछा,"कौन हो तुम? और किस काम से आए हो?"दौलत सिंह घोड़े से उतरे और सम्मानपूर्वक बोले,"मेरा नाम दौलत सिंह है। मैं मिर्जापुर जिले के विजयपुर गाँव का निवासी हूँ।""विजयपुर?" द्वारपाल ने पूछा। "जी। मेरे पिता ठाकुर वीरू सिंह

महाराजा साहब की सुरक्षा टुकड़ी में सेवा करते थे। दो वर्ष पूर्व ही वे सेवा निवृत्त हुए हैं।"द्वारपाल का चेहरा थोड़ा नरम पड़ा।"तो तुम वीरू सिंह के पुत्र हो?""जी।""महाराजा से क्या काम है?"दौलत सिंह ने धीमे स्वर में कहा,"मुझे महाराजा साहब से तुरंत मिलना है। मामला अत्यंत महत्वपूर्ण है।"द्वारपाल कुछ क्षण सोचता रहा। फिर उसने पास खड़े एक सैनिक को संकेत किया।"सेनानायक को सूचना दो।"

कुछ देर बाद दो हथियारबंद सैनिक बाहर आए।उनमें से एक अधिकारी ने पूछा,"क्या तुम ही दौलत सिंह हो?""जी श्रीमान।""हमारे साथ चलो।"दौलत सिंह को किले के भीतर ले जाया गया।कई आँगनों और गलियारों से होते हुए वे एक विशाल सभा कक्ष के बाहर पहुँचे।अंदर रीवा नरेश महाराजा रघुराज सिंह अपने दरबारियों के साथ राज्य के कार्यों में व्यस्त थे।कुछ देर प्रतीक्षा कराने के बाद एक परिचारक ने ऊँची आवाज़ में घोषणा की—"मिर्जापुर के विजयपुर गाँव के ठाकुर वीरू सिंह के पुत्र दौलत सिंह उपस्थित होना चाहते हैं।"महाराजा ने सिर उठाकर देखा।"उन्हें अंदर आने दो।"दौलत सिंह ने अंदर प्रवेश किया और झुककर प्रणाम किया।"महाराज की जय हो।""आयुष्मान भवः," महाराजा ने कहा।

उन्होंने गौर से दौलत सिंह को देखा।"तुम वीरू सिंह के पुत्र हो?""जी महाराज।""तुम्हारे पिता ने वर्षों तक हमारी सेवा की है। कहो, किस कारण आए हो?"दौलत सिंह कुछ क्षण मौन रहे।फिर बोले,"महाराज, मैं अंग्रेजी सेना में घुड़सवार दस्ते का सिपाही था।"यह सुनते ही दरबार में हलचल मच गई।कुछ दरबारी एक-दूसरे का चेहरा देखने लगे।महाराजा ने शांत स्वर में पूछा,"फिर?"दौलत सिंह ने गहरी साँस ली।"दस मई को मेरठ छावनी में भारतीय सैनिकों ने अंग्रेजों के विरुद्ध विद्रोह कर दिया।""हमें समाचार मिला है," महाराजा बोले।"महाराज, उस विद्रोह में मैं भी सम्मिलित था।"सभा कक्ष में सन्नाटा छा गया।

"हमने शस्त्रागार पर अधिकार किया, हथियार उठाए और दिल्ली की ओर कूच कर दिया।" महाराजा ध्यानपूर्वक सुन रहे थे।"लेकिन अंग्रेज सेना हमारे पीछे पड़ गई। हमने छोटी-छोटी टुकड़ियाँ बना लीं। मैं अपने दो साथियों के साथ आगे बढ़ रहा था कि रास्ते में अंग्रेज घुड़सवारों ने

हमें घेर लिया।"दौलत सिंह का गला भर आया।"मेरे दोनों साथी अंग्रेजों की गोलियों से मारे गए महाराज।"कुछ क्षण के लिए उनकी आँखें झुक गईं।"मैं किसी प्रकार बच निकला। कई दिनों तक जंगलों और गाँवों के रास्तों से यात्रा करता रहा। अंग्रेज आज भी मेरा पीछा कर रहे होंगे।"

महाराजा ने गंभीर स्वर में पूछा,"तो अब तुम हमसे क्या चाहते हो?"दौलत सिंह ने दोनों हाथ जोड़ दिए।"महाराज, मैं आपकी शरण में आया हूँ।"पूरा दरबार उनकी ओर देखने लगा।"यदि अंग्रेजों के हाथ पड़ गया तो निश्चित रूप से फाँसी पर चढ़ा दिया जाऊँगा। मैं आपसे जीवनदान नहीं माँगता, केवल शरण माँगता हूँ।"कुछ क्षण तक सभा में मौन छाया रहा।फिर दौलत सिंह ने दृढ़ स्वर में कहा,"मैंने अंग्रेजों के विरुद्ध हथियार उठाए हैं और यदि अवसर मिला तो पुनः उठाऊँगा। लेकिन फिलहाल मैं अकेला हूँ, थका हुआ हूँ और आपके संरक्षण का इच्छुक हूँ।"

महाराजा रघुराज सिंह अपने सिंहासन पर बैठे विचारमग्न हो गए।उन्हें ज्ञात था कि एक विद्रोही सैनिक को शरण देना अंग्रेज सरकार को नाराज़ कर सकता है।लेकिन उनके सामने खड़ा युवक भय से नहीं, स्वाभिमान से भरा हुआ था।कुछ क्षण बाद महाराजा ने पूछा,"दौलत सिंह, यदि तुम्हें शरण दी जाए तो क्या तुम रीवा राज्य के प्रति निष्ठावान रहोगे?"दौलत सिंह ने बिना एक पल गंवाए उत्तर दिया,"अपने प्राण देकर भी महाराज।"महाराजा के होंठों पर हल्की मुस्कान उभरी।उन्होंने अपने सेनानायक की ओर देखा।"पहले इन्हें विश्राम, भोजन और उपचार की व्यवस्था दी जाए।"

फिर उन्होंने दौलत सिंह की ओर देखकर कहा,"तुम बहुत लंबी और कठिन यात्रा करके यहाँ पहुँचे हो। अभी तुम हमारे अतिथि हो।"दौलत सिंह की आँखों में राहत की चमक आ गई।उन्हें पहली बार लगा कि आठ दिनों की भयावह यात्रा शायद व्यर्थ नहीं गई थी।लेकिन उन्हें अभी यह नहीं मालूम था कि रीवा का यह दरबार उनके जीवन की दिशा हमेशा के लिए बदलने वाला था।

सन 1969 - सुबह का समय था। पूर्व दिशा में उगते सूरज की लालिमा आकाश पर ऐसे फैल रही थी मानो किसी चित्रकार ने हल्के

गुलाबी और सुनहरे रंगों से आकाश को सजाया हो। ओस से भीगी घास पर नंगे पैरों से चलते हुए हमारे कदमों को हल्की गुदगुदी महसूस हो रही थी। पक्षियों का कलरव वातावरण को मधुर बना रहा था, और हवा में ठंडक के साथ एक अजीब-सी ताजगी घुली हुई थी।

मैं 10 साल का बालक था | बाबूजी जब भी छुट्टियों में घर आते तो रोज़ सुबह मुझे अपने साथ सैर के लिए ले जाते थे । यह सैर केवल शरीर को स्वस्थ रखने का माध्यम नहीं थी; यह हमारे लिए सुखद आनंद का माध्यम थी । हर सुबह बाबूजी अपने जीवन की एक नई कहानी सुनाते—कभी अपने संघर्षों की, कभी अपने सपनों की, और कभी अपने पूर्वजों की गाथाओं की। उनकी आवाज़ में अनुभव की गहराई और स्मृतियों की मिठास होती थी।

दादी से मैंने सुना था कि मेरे पूर्वज अंग्रेजों की फौज में सिपाही थे |उस दिन मेरे मन में एक विशेष जिज्ञासा थी। मैंने धीमे स्वर में पूछा,"बाबूजी, क्या यह सच है कि हमारे परदादा अंग्रेज़ों की फौज में सिपाही थे?" बाबूजी कुछ क्षण मौन रहे। उनके चेहरे पर गर्व और गंभीरता की मिश्रित छाया उभरी। फिर उन्होंने धीमे-धीमे कहना शुरू किया—

"हाँ बेटा, यह बात मैंने अपने दादा से सुनी थी। तुम्हारे परदादा ब्रिटिश सेना में सिपाही थे, पर वे केवल वर्दी पहनने वाले सैनिक नहीं थे—वे स्वाभिमान से भरे भारतीय थे। जब भारतीय स्वतंत्रता का प्रथम संग्राम भड़का, तब उन्होंने भी अपने साथियों के साथ अन्याय के विरुद्ध आवाज़ उठाई थी।"

मैं ध्यान से सुन रहा था। बाबूजी आगे बोले—"उस समय भारत के कई वीर सिपाहियों ने अंग्रेज़ी हुकूमत के खिलाफ विद्रोह किया। यह केवल एक सैनिक बगावत नहीं थी; यह आत्मसम्मान की ज्वाला थी। कहते हैं कि तुम्हारे परदादा दौलत सिंह ने भी अपने कर्तव्य और देश प्रेम के बीच कठिन निर्णय लिया था। उन्होंने अत्याचार के विरुद्ध खड़े होने का साहस दिखाया।"

उस सुबह की सैर केवल एक दिन की शुरुआत नहीं थी; वह मेरे लिए अपने पूर्वजों की गाथा से परिचय का प्रथम अध्याय था।बाबूजी

कुछ क्षण चुप रहे। सुबह की हवा अब भी ठंडी थी, लेकिन उनके शब्दों में इतिहास की तपिश उतर आई थी।उन्होंने धीमे, मगर दृढ़ स्वर में कहना शुरू किया—"जब विद्रोह की ज्वाला फैली, तो अंग्रेज़ी हुकूमत बुरी तरह घबरा गई। उन्हें लगा था कि कुछ सिपाहियों का असंतोष है, जिसे आसानी से दबा दिया जाएगा। पर जब मेरठ से लेकर दिल्ली, कानपुर, झाँसी और अवध तक आग फैल गई, तब उन्हें समझ आया कि यह केवल छावनियों की बगावत नहीं—यह पूरे देश के आत्मसम्मान की पुकार है।"

वे कुछ दूर तक चलते रहे, फिर बोले—"विद्रोह को कुचलने के लिए अंग्रेज़ों ने कठोर कदम उठाए। जहाँ भी ज़रा-सा संदेह होता कि कोई सिपाही या ग्रामीण विद्रोहियों का साथ दे रहा है, उसे तुरंत पकड़ लिया जाता। कई जगह बिना मुकदमे के सज़ाएँ दे दी जातीं। गाँवों में तलाशी होती, घरों को आग लगा दी जाती, लोगों को सार्वजनिक रूप से दंडित किया जाता ताकि बाकी लोग डर जाएँ।"

उनकी आँखें दूर खेतों के पार टिकी थीं, मानो वे उस समय को देख रहे हों।"डर का माहौल बना दिया गया था, बेटा," उन्होंने कहा। "लोगों को यह संदेश दिया जाता था कि जो भी अंग्रेज़ी हुकूमत के खिलाफ जाएगा, उसका अंजाम कठोर होगा। लेकिन इतिहास की एक सच्चाई है—डर हमेशा के लिए शासन नहीं कर सकता।"

मैंने पूछा – "इस विद्रोह की शुरुआत किसने की?"बाबूजी ने कहा —"विद्रोह की चिंगारी बैरकपुर में भड़की, जब मंगल पांडे ने 29 मार्च 1857 को अंग्रेज़ अफसर के खिलाफ हथियार उठाया। वे 34वीं बंगाल नेटिव इन्फैंट्री के सिपाही थे। नई एनफील्ड राइफल के कारतूसों में गाय और सूअर की चर्बी होने की बात फैली थी, जिससे हिंदू और मुस्लिम दोनों सिपाहियों की धार्मिक भावनाएँ आहत हुईं। मंगल पांडे ने इसका विरोध किया और अंग्रेज़ी सत्ता को खुली चुनौती दे दी।"

"क्या वे अकेले थे?" मैंने पूछा।"नहीं," बाबूजी बोले, "वे एक प्रतीक बन गए। 10 मई 1857 को मेरठ में सिपाहियों ने खुला विद्रोह कर दिया। वहाँ से सैनिक दिल्ली पहुँचे और बुज़ुर्ग बादशाह बहादुर शाह ज़फ़र को भारत का सम्राट घोषित किया। दिल्ली विद्रोह का केंद्र बन गई।"

वे चलते-चलते आगे बोले —"कानपुर में नाना साहेब, झाँसी में रानी लक्ष्मीबाई, और बिहार में कुँवर सिंह जैसे वीर नेताओं ने नेतृत्व संभाला। ये सब अलग-अलग क्षेत्रों में अंग्रेज़ी सत्ता के खिलाफ खड़े हो गए। किसानों, सिपाहियों और आम जनता ने भी उनका साथ दिया।"

मैंने उत्सुकता से पूछा — "फिर अंग्रेज़ों ने क्या किया?"बाबूजी का स्वर गंभीर हो गया —

"अंग्रेज़ों ने पूरी ताकत लगा दी। उन्होंने अतिरिक्त सेना मंगवाई। जहाँ विद्रोह हुआ, वहाँ कठोर दमन किया गया। संदिग्ध लोगों को पकड़कर सज़ा दी जाती। कई नेताओं को गिरफ्तार किया गया। मंगल पांडे को फाँसी दे दी गई। बहादुर शाह ज़फ़र को कैद करके रंगून भेज दिया गया, जहाँ उनका अंतिम समय बीता। रानी लक्ष्मीबाई युद्धभूमि में वीरगति को प्राप्त हुईं। नाना साहेब लापता हो गए, और कुँवर सिंह ने भी लड़ते-लड़ते प्राण त्याग दिए।"

कुछ पल के लिए हम दोनों मौन रहे।फिर बाबूजी बोले —"अंग्रेज़ों का व्यवहार कठोर था, क्योंकि वे डर गए थे। उन्हें समझ आ गया था कि यदि भारतीय एकजुट हो गए, तो उनका शासन टिक नहीं पाएगा। इसलिए उन्होंने विद्रोह को दबाने के लिए सख़्ती दिखाई। पर बेटा, विचारों और स्वाभिमान को तलवार से नहीं मारा जा सकता।"

मैंने धीरे से कहा — "तो क्या यह असफल रहा?"बाबूजी मुस्कराए —"युद्ध की दृष्टि से हाँ। पर इतिहास की दृष्टि से नहीं। 1857 ने भारतीयों को यह एहसास करा दिया कि वे एक साथ खड़े हो सकते हैं। यही भावना आगे चलकर स्वतंत्रता आंदोलन की नींव बनी।"

हवा कुछ ठंडी हो चली थी। मैं चुपचाप सुन रहा था।"दौलत सिंह अपने दो साथियों के साथ दिल्ली की ओर रुख किया पर रास्ते में ही उनके दोनो साथी मारे गए | अब दौलत सिंह समझ चुके थे कि अगर अंग्रेजों के विरुद्ध लड़ना है तो पहले अपने आप को सुरक्षित रखना होगा | उन्होंने अपने घोड़े का रुख अपने मिर्जापुर जिले विजयपुर के नजदीक डूबरकलाँ गाँव की ओर मोड़ दिया |

मैंने पूछा — "फिर वे कहाँ गए?" "तुम्हारे परदादा उत्तरप्रदेश के मिर्जापुर जिले के विजयपुर के नजदीक डूबरकलाँ गाँव के रहने वाले

थे,"बाबूजी बोले।"विजयपुर गहरवार ठाकुरों की रियासत थी।वे गहरवार राजपूत थे—ठाकुर।"उनकी आवाज़ में गर्व नहीं,गरिमा थी।

मैं बचपन से ही जिज्ञासू था| मैंने पूछा, "बाबूजी, हम गहरवार किस वंश के राजपूत हैं?" "बेटा, हमारी परंपरा हमें सूर्यवंशी क्षत्रिय मानती है और हमारा संबंध भगवान राम के रघुवंश से जोड़ा जाता है। इतिहास में गहड़वाल राजाओं ने कन्नौज ,प्रयाग ,गंगा के दोआब और वाराणसी पर शासन किया था। राजा गोविन्दचन्द्र और जयचन्द इसी वंश के प्रसिद्ध शासक थे। इसलिए गहरवार राजपूत अपनी पहचान वीरता, स्वाभिमान और सूर्यवंशी परंपरा से जोड़ते हैं।लगभग ग्यारहवीं शताब्दी में जब उत्तर भारत में प्रतिहार साम्राज्य का पतन हो गया था, तब गहड़वाल राजाओं ने कन्नौज में अपनी शक्ति स्थापित की।गहड़वाल कन्नौज का प्राचीन राजवंश था। कुछ परंपराएँ कहती हैं कि जयचंद के वंशज आगे चलकर राठौर कहलाए और राजस्थान में बस गए।

राजा जयचंद का नाम सुनते ही मेरे कान खड़े हो गए| मैंने छूटते ही पूछा, "बाबूजी, राजा जयचंद को लोग अक्सर गद्दार क्यों कहते हैं, क्या जयचंद सचमुच गद्दार थे?" "इतिहास में इसका कोई स्पष्ट प्रमाण नहीं मिलता बेटा।"

ऐसा कहा जाता है कि दिल्ली के राजा अनंगपाल तोमर की एक पुत्री का विवाह अजमेर के चौहान वंश में हुआ था और एक पुत्री का विवाह कन्नौज के गहड़वाल वंश में हुआ था| इस तरह अनंगपल तोमर पृथ्वीराज चौहान और जयचंद गहड़वाल के नाना थे| दोनो ही अपनी अपनी रियासतों के बहादुर राजा थे |आपस में रिश्तेदार होने के बावजूद प्रतिद्वंदी थे|

इसकी वजह थी संयोगिता का स्वयंबर जहां पृथ्वीराज को आमंत्रित नहीं किया गया था | जबकि पृथ्वीराज और संयोगिता एक दूसरे को प्यार करते थे|

पृथ्वीराज चौहान ने जयचंद की बेटी संयोगिता को स्वयंबर से उठा कर ले गए | इस घटना के कुछ समय पश्चात मुहम्मद गोरी ने भारत पर आक्रमण किया था | शायद इसीलिए लोक कथाओं में यह बात प्रचलित कर दी गई कि मुहम्मद गोरी को राजा जयचंद ने ही पृथ्वीराज चौहान से

लड़ने के लिए आमंत्रित किया था| यदि ऐसा ही होता तो मुहम्मद गोरी सन 1194 में जयचंद के ऊपर क्यों हमला करता? सन 1194 में चंदावर के युद्ध में जयचंद ने मुहम्मद गोरी का मुकाबला किया था और लड़ते लड़ते प्राण त्यागे थे? उन्हे गद्दार सिद्ध करने वाला ठोस प्रमाण न ही अरबी इतिहास की किताबों में और न ही समकालीन भारतीय इतिहास की किताबों में आज तक मिला। तुमने तो सुना होगा न कि "एक झूठ को बार-बार दोहराया जाए तो लोग उसे सच मानने लगते हैं यही जयचंद के साथ हुआ।"

मैंने पूछा—“वो रीवा रियासत ही क्यों गए ?” “उत्तर प्रदेश की सीमा से लगी थी रीवा रियासत जो जंगलों और पहाड़ों से घिरी हुई थी| वहाँ के राजा राजपूत थे, उन्होंने सोचा होगा कि राजपूत ही राजपूत की मदद कर सकता है,”उन्होंने कहा।“ रीवा के राजा की अंग्रेज़ों से संधि थी—रीवा रियासत के कामकाज में दख़ल नहीं देंगे,इसकी एवज में सालाना टैक्स लेते रहेंगे ।”“वही जगह शरणस्थली बनी।” “वे रीवा के राजा रघुराज सिंह बघेल के सामने हाज़िर हुए।” “राजा राजपूत थे, उन्हे भी आजादी प्यारी थी पर वो खुलकर विद्रोहियों का साथ नहीं दे सकते थे पर मदद करना चाहते थे —” “राजा ने उन्हें रीवा की सेना में भर्ती कर लिया|”

मैं कुछ पल चुप रहा, फिर पूछा —“बाबूजी... फिर हम मध्यप्रदेश के उमरिया जिले के इस छोटे से गाँव, सलैया में कैसे आ गए?” “सबसे पहले तुम्हारे पूर्वज मध्य प्रदेश के सतना जिले के मैहर में जाकर बसे।सतना जिले के मुख्तियारगंज में उनकी बघेल राजपूतों के परिवार में शादी हुई | कुछ साल वे मैहर में रहे।फिर उमरिया जिले के सलैया गाँव में सन 1929 में रहने लगे| यह गाँव और इसके आसपास का इलाका ओबरा गाँव के जमींदार बघेल ठाकुरों द्वारा हमारे पूर्वजों को शादी में उपहार के रूप में दिया गया था|”

मैंने हैरानी से पूछा —“तब सलैया गाँव कैसा था बाबूजी?”वे ठहर गए।“चारों तरफ घनघोर जंगल। इतना घना कि दिन में भी धूप ज़मीन तक नहीं पहुँचती थी। रात होते ही शेर, चीते, तेंदुए गाँव के पास तक आ जाते थे।”मेरी आँखें फैल गईं।“डर नहीं लगता था?”बाबूजी हल्के से हँसे।“डर तो लगता था बेटा... लेकिन हिम्मत उससे बड़ी थी।”

फिर उन्होंने जोड़ा —"हर घर में बंदूकें थीं। सुरक्षा के लिए भी और शिकार के लिए भी। हिरण, बारहसिंगा, नीलगाय — सब जंगल में बहुत थे। लोग शिकार करते थे, पेट भरने के लिए भी और जान बचाने के लिए भी।"मैंने धीमे से कहा —"अब तो कुछ नहीं दिखता चारों तरफ सिर्फ खेत ही खेत ..."बाबूजी ने सिर हिलाया।"हाँ। जब हिरण और बारहसिंगों की संख्या घटने लगी, तो खूंखार जानवर भी दूर, और घने जंगलों की ओर चले गए। जंगल पीछे हटता गया, गाँव आगे बढ़ता गया।"मेरे मन में रह रह कर यह सवाल उठ रहे थे कि मेरे पूर्वजों ने और इस देश के लोगों ने कितना कठिन संघर्ष किया होगा गुलामी से आजादी के लिए|

मैंने पूछा, " बाबूजी, क्या आप अपने पूर्वजों के नाम बता सकते हैं?" "हाँ, मैं अपने दादा और दादा के दादा का नाम बता सकता हूँ जो मेरे पिता ने मुझे बताया था|" वो थोड़ा सोचने लगे और फिर बोले "सन 1800 के बाद की जानकारी है जो इस तरह है - बीरू सिंह > दौलत सिंह > जगतधारी सिंह > मनोहर सिंह > रामरुद्र सिंह > रामसेवक सिंह > रामप्रताप सिंह, यही अब तक की वंशावली है| यदि तुम और ज्यादा जानकारी चाहते हो तो प्रयागराज के गंगा घाट में पंडितों से जानकारी ले सकते हो| जो पंडित पिंडदान की पूजा करते हैं वह कई पीढ़ियों का रिकॉर्ड रखते हैं| हमारे गाँव के पूर्वजों का रिकॉर्ड रखने वाले पंडित का नाम है - "लाल कटार"|

कुछ पल खामोशी रही।फिर बाबूजी ने मेरी ओर देखकर कहा —"यही है बेटा... हमारी जड़ें। संघर्ष से स्थिरता तक का सफर।"मैं चुप था।पहली बार मुझे एहसास हुआ कि मैं सिर्फ एक गाँव में नहीं, बल्कि एक लंबी, कठिन और साहसी यात्रा के अंत में खड़ा हूँ।

3

मेरे दादा

"एक पीढ़ी संघर्ष करती है ताकि अगली पीढ़ी अवसर पा सके।"

बाबूजी ने मेरे परदादा के बारे में तो विस्तार से बताया था, परंतु मेरा मन अपने दादा के बारे में जानने को व्याकुल था। परदादा की वीरता की कथा सुनकर मेरे भीतर एक अलग ही जिज्ञासा जाग उठी थी। आखिर वह व्यक्ति कैसा रहा होगा, जिसकी विरासत को आगे बढ़ाते हुए मेरे दादा ने मेरे पिता का पालन पोषण किया, संस्कार दिए ?

मैंने धीरे से पूछा,"बाबूजी... मेरे दादा के बारे में भी बताइए न। वे कैसे थे?"बाबूजी कुछ क्षण मौन रहे। उनके चेहरे पर स्मृतियों की एक हल्की-सी धूप उतर आई। आँखें जैसे अतीत की पगडंडियों पर चलने लगीं। उन्होंने गहरी साँस ली और चारपाई पर थोड़ा सीधा बैठते हुए बोले—"तुम्हारे दादा रामरुद्र सिंह बड़े ही सिद्धांतों वाले आदमी थे। कम बोलते थे, पर जो कहते थे, पत्थर की लकीर होता था।"

मैं उत्सुकता से उनके पास खिसक आया।"क्या वे भी परदादा की तरह कठोर स्वभाव के थे?"बाबूजी मुस्कराए।"कठोर नहीं... अनुशासनप्रिय थे। सुबह ब्रह्ममुहूर्त में उठना, स्नान-पूजा करना, फिर खेतों की ओर निकल जाना — यही उनकी दिनचर्या थी। गाँव में उनकी बहुत इज्जत थी|" मैंने कल्पना में एक सुदृढ़, धोती-कुर्ता पहने, तेजस्वी मुख वाले व्यक्ति की छवि देखी।

बाबूजी आगे बोले—"उनका जीवन सादगी से भरा था। खाने में सादा दाल-रोटी, पहनने में खादी का कुर्ता। पर आत्मसम्मान इतना प्रबल था कि कभी किसी के सामने झुके नहीं। अंग्रेजों के समय में भी उन्होंने किसी अन्याय को चुपचाप स्वीकार नहीं किया।"

"उनकी मृत्यु कैसे हुई ?" मैंने धीरे से पूछा।बाबूजी ने आकाश की ओर देखते हुए कहा—"बहुत शांत... जैसे दीपक बिना शोर के बुझ जाता है। आखिरी समय में भी उन्होंने हमसे यही कहा था– 'परिवार की इज्जत और ईमानदारी को कभी मत बेचना।'"

मेरी जिज्ञासा शांत नहीं हुई थी|मैंने पूछा, "बाबूजी, मेरे दादा करते क्या थे? "तुम्हारे दादा... राम रुद्र सिंह मालगुजार थे।"मैंने चौंककर पूछा —"मालगुजार? ये कौन-सा काम होता है बाबूजी?"बाबूजी मुस्कुराए। शायद उन्हें अंदाज़ा था कि यह सवाल आएगा।उन्होंने मेरी ओर देखा और बोले —"बेटा, मालगुजारी कोई छोटा काम नहीं था। यह एक ज़िम्मेदारी थी, किसानों और शासकों के बीच की महत्वपूर्ण कड़ी| मालगुजार का कर्तव्य था कि वह किसानों से टैक्स के रूप में अनाज वसूले और उसे खजाने में जमा करे|"

जैसा कि मैंने कहा, मैं जिज्ञासू था।दादा के बारे में सब कुछ जानना चाहता था पर बाबूजी से ज्यादा पूछने की हिम्मत नहीं होती थी | न जाने क्यों अपने पिता के बारे में चर्चा करते हुए वो भावुक हो जाते थे | मैं उनका दिल नहीं दुखाना चाहता था | अतः एक दिन साहस जुटाकर मैंने दादी से ही पूछ लिया —"दादी... दादा आपको छोड़कर क्यों चले गए?" दादी मेरी मासूमियत समझ गई । हल्की-सी झिड़की के साथ बोलीं —"पागल कहीं का!" मैं सहम गया। "वो मुझे छोड़कर नहीं गए थे," दादी की आवाज़ अचानक भारी हो गई, "वो तो दुनिया छोड़कर चले गए थे... उनकी मृत्यु हो गई थी।"

मैं चुप हो गया।दादी ने मेरी ओर देखा और धीरे से बोलीं —"उसके बाद ही तू पैदा हुआ था।"मैंने सिर उठाया।"मेरे पैदा होने से पहले?"दादी कुछ क्षण चुप रहीं। फिर मानो कोई पुराना दरवाज़ा खुल गया हो।"हाँ," उन्होंने धीमे से कहा,"तेरे पैदा होने से कुछ दिन पहले वो मेरे सपने में आए थे।"

मेरी साँस थम-सी गई।"सपने में?"दादी की आँखें दूर कहीं टिक गईं —"कह रहे थे —'मैं दुबारा तुम्हारे पास आ रहा हूँ...इस बार तुम्हारा पोता बनकर।'"मेरी आँखें आश्चर्य से फैल गईं।मैंने मासूमियत से, लगभग फुसफुसाते हुए कहा —"तो... तो इसका मतलब..."“मैं आपका पूर्वजन्म का पति हूँ?"

दादी पहले ठिठकीं...फिर हल्की-सी हँसी उनके होंठों पर आ गई।"पगले..."उन्होंने प्यार से मेरे सिर पर हाथ रखा।हँसते-हँसते उनकी आँखें भीग गईं।"रिश्ते नामों के मोहताज नहीं होते," दादी बोलीं,"कुछ रिश्ते आत्मा से चले आते हैं... जन्म बदल जाता है, अपनापन नहीं।"मैं कुछ नहीं बोला।बस उनकी गोद में सिर रख दिया।उस पल मुझे समझ आया —कभी-कभी कहानियाँ इतिहास में नहीं,दादी की आँखों के आँसुओं में छुपी होती हैं।

सर्दी के दिन थे।बरामदे के एक कोने में अंगीठी सुलग रही थी। मैं आग सेंकने के बहाने बैठता था, किताब हाथ में रहती थी, पर आँखें अक्षरों पर कम और दादी की ओर ज़्यादा रहती थीं। पढ़ाई से ज़्यादा मुझे कहानियों में रस आने लगा था।

मैंने अंगीठी की राख कुरेदते हुए पूछा —"दादी... दादा दिखते कैसे थे?"दादी कुछ पल चुप रहीं।फिर जैसे आँखों के सामने पूरा दृश्य उतर आया हो।"बेटा..."उनकी आवाज़ में गर्व घुल गया।"उनकी कद-काठी ऊँची थी। सीना चौड़ा, चाल में ठहराव था।" मैंने उत्सुक होकर पूछा, "और?"दादी मुस्कुराईं।"सफेद घोड़े पर बैठते थे।"मेरी आँखें चमक उठीं।"जब वो सफेद घोड़े पर बैठकर धूल उड़ाते हुए गली मोहल्लों से निकलते थे न,"दादी ने हवा में हाथ घुमाया,"तो पूरा गाँव उन्हें देखता ही रह जाता था।"

दादा के दो विवाह - दादी मुझे अक्सर दादा के स्वभाव के बारे में बताया करती थीं।एक दिन आग के पास बैठी हुईं, उन्होंने खुद ही कहना शुरू किया —"तुम्हारे दादा उदार थे बेटा... पर स्वाभिमान भी उनमें कूट-कूटकर भरा था।"मैंने चौंककर उनकी ओर देखा।"स्वाभिमान?"

दादी हल्की-सी मुस्कान के साथ बोलीं —"हाँ। कभी झुकना नहीं सीखा उन्होंने... चाहे सामने पूरी दुनिया क्यों न खड़ी हो।"फिर उन्होंने

एक ऐसी बात कही, जिसने मुझे हैरान कर दिया “तुम्हारे दादा की दो शादियाँ हुई थीं।” मेरी आँखें फैल गईं।“दो शादियाँ? वो कैसे, दादी?”

दादी ने गहरी साँस ली, मानो बहुत पुरानी परतें खोल रही हों।“तुम्हारे दादा की पहली शादी उमरिया के पास एक गाँव, महिमार में हुई थी।”मैं ध्यान से सुनने लगा।“उस समय लड़की की उम्र सिर्फ पंद्रह साल थी।,”दादी बोलीं,“उस जमाने में शादी जल्दी हो जाया करती थी’।”

मैंने पूछा —“फिर?”“शादी के बाद जब विदाई का समय आया,”दादी की आवाज़ में कसक उतर आई,“तो लड़की के माँ-बाप ने विदा करने से मना कर दिया।”“क्यों?” मैंने जल्दी से पूछा।“कहने लगे —‘लड़की अभी छोटी है, एक साल बाद गौना करेंगे तभी भेजेंगे।’”

मैंने सिर हिलाया।दादी आगे बोलीं —“इस बात पर दोनों पक्षों में विवाद हो गया। तुम्हारे दादा के घरवालों ने साफ कह दिया —‘अगर लड़की अभी विदा नहीं हुई, तो हम लड़के की दूसरी शादी कर देंगे... पर घर दुल्हन लेकर ही लौटेंगे।’”

मैंने दबी आवाज़ में कहा —“फिर?”दादी की आँखों में चमक आ गई।“लड़की वाले भी तैश में आ गए,”“कह दिया —‘अगर असली गहरवार वंश के हो, तो दूसरी शादी करके दिखाओ।’”कुछ पल रुकीं... फिर बोलीं —“बस बेटा, बात प्रतिष्ठा पर आ गई।”

मैं साँस रोके सुन रहा था।“उसी समय तुम्हारे दादा की बारात फिर तैयार हुई,”दादी ने कहा,“और महिमार गाँव से मध्यप्रदेश के शहडोल जिले के सोहागपुर गाँव की ओर निकल पड़ी।सोहागपुर शहडोल शहर का ही एक हिस्सा है और वह तहसील भी है |”दादी कुछ पल चुप रहीं।अंगीठी की आग को देखती रहीं, फिर धीरे से बोलना शुरू किया —“बेटा... जब वो बारात मेरे गाँव पहुँची , तो मुझे बड़ा आश्चर्य हुआ ।”

मैंने चौंककर पूछा —“आश्चर्य? क्यों, दादी?”दादी हल्की-सी हँसी हँसीं।“क्योंकि मेरे घर वालों ने बारात आने के बाद मेरी शादी तय कर दी थी | मुझे पता चला कि मेरी शादी तय हो गई है, जबकि उस दिन के पहले न कोई शादी की बात चली थी, न कोई संदेश आया था।सब कुछ आनन फानन में हो गया|”

मैंने उत्सुक होकर पूछा —"फिर क्या हुआ?"दादी ने यादों में डूबते हुए कहा —"अचानक गाँव में खबर फैल गई —'आज बारात आई है।'मैं तो घबरा गई।""घर में अफरा-तफरी मच गई,"वे बोलीं,"कोई पूछ रहा था — किसकी बारात? कोई कह रहा था — कहाँ से?"

"तुम्हारे दादा के पिता ने मेरे पिता से शादी और सम्मान की पूरी घटना विस्तार से बताते हुए कहा, "ठाकुर साहब, हम अपने बेटे रुद्र की शादी आपकी छोटी बिटिया से करना चाहते हैं, और इसी वजह से बारात लेकर आए हैं|"

मैंने पूछा, "ये रुद्र कौन है दादी?" दादी मुस्कुराई और कहा, "अरे बेटा, तेरे दादा का नाम रुद्र प्रताप सिंह है, उन्हे प्यार से रुद्र कहते थे|" "फिर आपके पिता ने क्या कहा?" "मेरे पिता तुरंत तैयार हो गए क्योंकि सलैया गाँव में मुझसे पहले ही मेरी दो बड़ी बहनों की शादी गहरवार परिवार में हो चुकी थी| मेरे पिता सोहागपुर घराने के जमींदार परिवार से थे| उन्हे पूरा यकीन हो गया कि उनकी बेटी खुशहाल रहेगी| और फिर एक मालगुजार से कौन अपनी लड़की की शादी नहीं करना चाहेगा! उस जमाने में मालगुजार का रुतबा ही अलग था|" दादी यह कहकर मेरी आँखों में देखने लगी मानो मेरे यकीन को पक्का करना चाहती हो|

मैंने कहा —"आपको कुछ बताया नहीं गया?" दादी ने सिर हिलाया।"कुछ नहीं बेटा।बस इतना कहा गया —'लड़की को तैयार करो।'" दादी ने गहरी साँस ली और कहा,"मैंने माँ से पूछा 'अम्मा साहब, ये क्या हो रहा है?' तो माँ ने बस इतना कहा —'चुप रहो और तैयार हो जाओ, तुम्हारी शादी होने वाली है ... जो होगा, ठीक होगा।'"

मैंने दबे स्वर में पूछा —"फिर शादी हो गई क्या ?" दादी की आवाज़ में ठहराव आ गया।"फिर क्या,"वे बोलीं,"उसी दिन, उसी घड़ी —तुरंत शादी की तैयारी शुरू हो गई।मंडप सजा,हल्दी लगी,गीत गूंजे —और मैं... दुल्हन बना दी गई।"मैं चुप था।दादी ने धीरे से कहा, "शादी हुई...और दूसरे दिन मैं अपने मायके से विदा हो गई।" यह बात सन 1925 की है।" "तब दादा की उम्र क्या थी?" "यही कोई 25 साल रही होगी और मेरी उम्र 15 साल|"

मृत्यु और विपत्ति - दादी ने कहा, “तेरे दादा का ‘बीरसिंहपुर पाली’ नाम के एक कस्बे में वनोपज का व्यापार था,”उन्होंने कहना शुरू किया।“फॉरेस्ट गुड्ज़ का ठेका लेते थे। अच्छा-खासा कारोबार था।”मैं ध्यान से सुन रहा था।“वहाँ एक बड़ा घर था,”दादी बोलीं,“सलैया गाँव से परिवार के लोग आते जाते रहते थे और , महीनों वहीं रहते थे । खाने पीने और आदर सत्कार की कोई कमी नहीं रहती थी।”मैंने पूछा —“दादा खर्च की चिंता नहीं करते थे क्या ?”दादी ने सिर हिलाया।“बिलकुल नहीं। दिल के बड़े उदार थे। खर्च की परवाह नहीं करते थे।”फिर अचानक उनकी आवाज़ धीमी हो गई।“लेकिन बेटा... चालीस साल की उम्र में ही उन्हे अचानक .....।”मैंने सांस रोक ली।“दिल का दौरा पड़ा... और उसी में उनकी मृत्यु हो गई।”

कमरे में सन्नाटा भर गया।अंगीठी की आग अब धीमी जल रही थी।आज दादाजी की मृत्यु का कारण पता चला |दादी ने आगे कहा —“उनकी मौत के बाद कर्ज वसूलने वालों का ताँता लग गया।” मैंने पूछा —“और जिन लोगों को दादा ने कर्ज दिया था?” दादी का चेहरा सख़्त हो गया।“वो?”कड़वाहट के साथ बोलीं,“कर्ज चुकाने की बजाय मुँह मोड़ लिए।”कुछ पल चुप रहीं, फिर बोलीं —“खाने-पीने की समस्या आ गई। हालात बिगड़ने लगे।ऐसा लगा हम आसमान से जमीन पर आ गए|”

मैं स्तब्ध था।“सलैया गाँव से परिवार के लोग आए,” दादी ने कहना जारी रखा,“और बीरसिंहपुर का मकान बिकवा दिया।हमने सब का कर्ज पटा दिया| फिर भी काफी कुछ रुपया बच गया जो आगे के गुजारे के लिए सन्दूक में संभाल कर रख लिया | ””जो भी थोड़ा-बहुत सामान बचा,”उन्होंने कहा,“उसे समेटा... और हम सलैया गाँव की ओर निकल पड़े।”

मैंने पूछा —“फिर क्या हुआ, दादी?”“बीरसिंहपुर से चंदिया तक ट्रेन से एक घंटे का रास्ता था और चंदिया से हमारा गाँव सलैया बैलगाड़ी से 18 किलोमीटर दूर था।”उनकी आवाज़ काँपने लगी।“चंदिया स्टेशन पर उतरे तो देखा...”उन्होंने पल भर रुककर कहा,“गहने और रुपये-पैसे वाली संदूक गायब थी| सिर्फ सन्दूक की चाबी मेरे गले में लटक रही थी ।“ दादी ने एक लंबी सांस छोड़ी और कहा, “वही जमा पूंजी मेरे जिंदगी

भर की कमाई थी जिसे मैंने पाई पाई जोड़ा था और तुम्हारे दादा को पता नहीं लगने दिया था|बस उसी दिन से हमारे दुर्दिन शुरू हो गए|" दादी ने आसमान की ओर देखा और कहा, " हे दीनानाथ, उनका भला करना जिन्होंने मेरे बच्चों का हक छीना था|"

मैं दादी की व्यथा सुनकर सिहर उठा।दादी ने फिर कहा,"मैं सिर ढककर ट्रेन में बैठी थी,उस जमाने में पर्दा प्रथा बहुत थी ,ट्रेन में मेरे जेठ भी बैठे थे "दादी की आँखें भर आईं, "परिवार के चार-पाँच वयस्क थे... मेरे पाँच बच्चे थे।किसने क्या चालाकी की, किसने दगा दिया मैं कुछ नहीं जान पाई| हाँ शक जरूर हुआ| बाद में जब अपने परिवार के लोगों के खर्च के तरीके में बदलाव देखा तो समझ आया कि यह अपने लोगों की ही करामात है|" "दादी, सन्दूक को ढूँढने और पुलिस में रिपोर्ट लिखाने की कोशिश नहीं की क्या?" "बेटा, जब अपने ही धोखा दें तो किसके खिलाफ रिपोर्ट करोगे| एक कहावत है – 'अपना ही खून, अपना ही दुश्मन'| इंसान के जीवन में मुसीबत ऐसे ही आती है 'जब मुसीबत आती है तो ऊंट पर बैठे हुए को भी कुत्ता काट लेता है|'"

मैंने धीमे से पूछा –"क्या मेरे बाबूजी ने कुछ नहीं किया ?""तुम्हारे बाबूजी तब चौदह साल के थे,"दादी बोलीं।फिर उन्होंने गहरी साँस ली –"खाली हाथ गाँव पहुँचे।"कमरे में सिर्फ अंगीठी की लौ जल रही थी।"उसी दिन से गरीबी का दौर शुरू हो गया,"दादी ने कहा।"जो लोग महीनों हमारे घर खाते-पीते थे, ऐश करते थे..." उनकी आवाज़ टूट गई।"वही लोग मुँह मोड़कर निकल गए।"मैं चुपचाप बैठा था।दादी की आँखें आग पर टिकी थीं, पर दिख रहा था कि वे आग नहीं, बीता हुआ जीवन देख रही हैं।

मैंने धीरे से पूछा –"दादी... दादा के जाने के बाद सब कैसे चला?" दादी ने गहरी साँस ली।आवाज़ निकलते-निकलते काँप गई।"कैसे चला बेटा?"उन्होंने खुद से ही सवाल किया,"ज़िंदगी तो जैसे रुक ही गई थी।" मैंने उनकी ओर देखा।"दादा के जाने के बाद," वे बोलीं,"परिवार पर जैसे पहाड़ टूट पड़ा।"कुछ पल रुककर उन्होंने कहा –"ज़मीन तो बहुत थी...पर खेती करने के लिए साधन नहीं थे।"

दादी ने आगे कहा —"एक जमींदार की विधवा को,"उनका गला भर आया,"अब दूसरों के घर काम करना पड़ा।"मैंने सिर झुका लिया।"पाँच बच्चों का पेट पालना था बेटा,"वे बोलीं, "इज़्ज़त, शौक, आराम — सब पीछे छूट गया।"फिर उन्होंने कड़वी सच्चाई कही —"गहनों और रुपयों से भरी संदूक तो पहले ही गायब हो चुकी थी।"

मैंने पूछा —"फिर कैसे गुज़ारा हुआ?"दादी की आँखों में आँसू उतर आए।"खेतों को गिरवी रखा,"उन्होंने कहा,"जो ज़मीन पीढ़ियों की पहचान थी,उसी को बचाने के लिए बेचैन हो गए।" कुछ पल सन्नाटा रहा।"कई बार,"दादी बोलीं,"परिवार के लोगों से उधार अनाज माँगकर पेट भरा।"मैंने हैरानी से पूछा —"वही लोग?"दादी की आवाज़ में टीस थी —"हाँ... वही।"उन्होंने धीरे से कहा, "कभी जिनको हम अपने घर में महीनों खिलाते-पिलाते थे,आज उनके दरवाज़े पर कटोरा लेकर खड़े थे।"

मैंने धीमे से पूछा —"दादी... जब घर में अनाज भी नहीं होता था, तब क्या करते थे?"दादी ने अंगीठी की बुझती आग की ओर देखा।होंठ काँपे।"कई बार तो बेटा,"वे बोलीं,"घर में खाने के लिए कुछ भी नहीं होता था।"मैं चौंक गया —"कुछ भी नहीं?"उन्होंने सिर हिलाया।"तब जंगल या खेत की मेड़ों से साग के पत्ते तोड़ लाते,"दादी बोलीं,"उन्हें उबालते...और वही खाकर बच्चों को सुला देते।"मैंने भर्राई आवाज़ में कहा —"उस ज़माने में तो अनाज होता था ना?"दादी ने कड़वी मुस्कान के साथ कहा —"अनाज था बेटा...पर हमारे हिस्से का नहीं।"

मैंने प्रश्न भरी आँखों से देखा।"उस जमाने में," दादी समझाने लगीं,"कोदो, कुटकी, ज्वार, बाजरा, मक्का सामा —ये सब गरीबों का अनाज माना जाता था।"फिर उन्होंने तुलना की —"साधन सम्पन्न लोग गेहूँ की रोटियाँ,पूरियाँ, खुशबूदार चावल,दूध, दही और घी खाते थे।"मैंने पूछा —"और आप?"दादी की आवाज़ में टीस उतर आई —"हमारे लिए तो गरीबों का अनाज भी मयस्सर नहीं होता था।"मैं चुप रह गया।दादी ने आगे कहा,"उस जमाने में किसान लोग मोटा अनाज, और 'किनकी' मजदूरी के बदले देते थे| मुझे भी परिवार के लोग काम के बदले यही देते थे| बच्चों का पेट पालने के लिए मुझे सब कुछ स्वीकार करना पड़ता था|" वे बोलीं,"पर मैं दूसरों के यहाँ मजदूरी नहीं कर सकती

थी?"मैंने धीरे से पूछा —"क्यों?"दादी ने गहरी साँस ली —"हम ठाकुर समाज के इज़्ज़तदार लोग थे बेटा।"

उनकी आवाज़ सख्त हो गई —"दूसरों के खेतों में काम करना तो दूर,अपने खेतों में भी हल जोतना हमारी शान के खिलाफ माना जाता था।"मैंने आश्चर्य से पूछा — "अपने खेतों में भी नहीं?""नहीं,"दादी बोलीं,"ठाकुरों की शान यही थी।"फिर उन्होंने कड़वी सच्चाई कही —"और ठाकुरों की औरतें..."वे रुकीं,"घर के बाहर काम करें —ये तो सोचा भी नहीं जा सकता था।"मैंने सिर झुका लिया।"घर के अंदर रहना ही उनकी मर्यादा थी।"कुछ पल बाद उन्होंने भर्राई आवाज़ में कहा —"ऐसे हालातों में,पाँच बच्चों का पेट पालना..." उनकी आँखें भर आईं "...बहुत ही मुश्किल था बेटा।"

मैंने धीमे स्वर में पूछा —"दादी... उस समय घर के आसपास कैसा माहौल था?" दादी ने आँगन की ओर देखा,मानो समय को टटोल रही हों।"घर के चारों ओर जंगल ही जंगल था बेटा, आज जैसा खुला-खुला गाँव नहीं था।"मैंने जिज्ञासा से पूछा —"जंगल मतलब...?"दादी ने गिनाना शुरू किया —"जंगली बिल्ली, ऊदबिलाव,गिलहरियाँ और बंदर —सब बेधड़क घर में घुस आते थे।"मैं चौंक गया —"घर के अंदर?""हाँ,"दादी बोलीं,"कई बार तो ऐसा हुआ कि रोटियाँ बना कर रखीं..."वे एक पल रुकीं।"...और किसी काम में लग गए।"मैंने आगे पूछा "फिर?"दादी की आवाज़ भारी हो गई —"तब तक रोटियाँ गायब।"मेरे मुँह से अनायास निकला "सब?" "सब,"दादी ने सिर हिलाया,"बंदर उठा ले जाते,जंगली बिल्ली झपट लेती।"

मैंने दुख से कहा —"फिर क्या खाते थे?"दादी ने आँखें मूँद लीं —"फिर पूरे दिन भूखे ही रहना पड़ता था बेटा।"मेरे भीतर कुछ टूट गया। मैंने पूछा —"घर पक्का क्यों नहीं बनवाया?" दादी ने हल्की हँसी हँसी —"पक्का घर बनवाने के लिए पैसे चाहिए होते हैं।"फिर बोलीं —"मिट्टी के मकान थे,""और उनमें रसोई खुली रहती थी।"मैंने कहा —"तो जानवरों के लिए आसान रहा होगा।""बहुत आसान,"दादी बोलीं,"दीवार फाँदना नहीं पड़ता था,बस घुस आए —और रोटी पर हमला।"मैं चुप हो गया।दादी ने गहरी साँस ली —"ऐसा लगता था बेटा,"

वे बोलीं,“जैसे इंसान नहीं,जंगल के नियमों में जी रहे हों।”

मैंने धीरे से कहा —“प्रकृति भी साथ नहीं दे रही थी।”दादी की आँखों में आँसू उतर आए —“हाँ,”वे फुसफुसाईं,“प्रकृति भी हमारे विपरीत थी पर प्रकृति ने ही हमें संघर्ष करना सिखाया तुम्हारे दादा के जीवनकाल में तो हम ऐशो आराम की जिंदगी जी रहे थे ।”बरामदे में सन्नाटा फैल गया।भूख, जंगल और विवशता —तीनों एक साथ बैठ गए थे।अंगीठी की आग बुझने लगी थी।दादी ने आँचल से आँखें पोंछीं। पर दादी की आँखों में संघर्ष की आग अब भी जल रही थी।

“पर बेटा,”उन्होंने सिर उठाकर कहा,“हम टूटे नहीं।”मैंने उनकी ओर देखा।“गरीबी आई,” वे बोलीं,“पर हिम्मत नहीं छीनी।”उस पल मुझे समझ आया —कुछ घर सिर्फ ईंटों से नहीं, बल्कि कठिन मेहनत, धैर्य और संघर्ष से खड़े होते हैं।

दादी की आँखों से आँसू बहने लगे।मैं कुछ नहीं बोला।उस पल मुझे समझ आया —ठाठ-बाठ पल भर में मिट जाते हैं,पर संघर्ष की राख में ही इंसान का असली चेहरा सामने आता है। एक पिता की मृत्यु ने परिवार पर दुःखों का पहाड़ खड़ा कर दिया था | परिवार का हरा भरा पेड़ सूख चुका था .....

किसी ने सच कहा है कि पिता एक बरगद के पेड़ के समान होते हैं, जो परिवार को अपनी ठंडी छाँव में ढालते हैं| जैसे बरगद अपनी विशाल शाखाओं से सबको सुरक्षा देता है और सदियों तक खड़ा रहता है, वैसे ही पिता निःस्वार्थ भाव से परिवार की हर मुसीबत झेलते हैं| वे अपने बच्चों के लिए प्यार, सहारे और मजबूती का एक भरोसेमंद प्रतीक हैं| बरगद की तरह पिता परिवार के लिए रक्षक हैं, जो धूप-छाँव जीवन की उतार –चढ़ाव में अडिग रहते हैं| बरगद की जड़ें गहरी होती हैं, वैसे ही पिता के संस्कार और प्रेम परिवार को जमीन से जोड़े रखते हैं| वास्तव में पिता एक ऐसे छायादार पेड़ हैं जो स्वयं तपती धूप में रहकर बच्चों को शीतल छाया देते हैं|

4

मेरे पिता

“बच्चों की खुशी के लिए अपने सपनों को गिरवी रखने वाला इंसान पिता है|”

अर्श से फर्श तक -मालगुजार पिता के पुत्र — अर्थात मेरे पिता ठाकुर रामसेवक सिंह — का बचपन आरम्भिक वर्षों में अत्यंत सम्मान और ऐश्वर्य के वातावरण में बीता। वीरसिंहपुर में हमारे घर का नाम ही प्रतिष्ठा का पर्याय था। ऊँचा-सा हवेलीनुमा मकान, सामने विशाल आँगन, बाईं ओर अस्तबल और पीछे गौशाला — सब कुछ समृद्धि की कहानी कहता था।

आँगन में सुबह-सुबह घोड़ों की टापें सुनाई देतीं। दो सजीले घोड़े थे, जिन पर दादाजी सवारी करते थे। गाएँ थीं; ताज़ा दूध, दही और घी की कभी कमी नहीं रही। घर में नौकर-चाकर थे कोई व्यापार की देखभाल करता, कोई रसोई में सहायता करता, तो कोई बच्चों की जरूरतों का ध्यान रखता।

मेरे पिता बताते थे कि उनके लिए घर पर ही शिक्षक आते थे। बैठक में दरी बिछती, लकड़ी की तख्ती और कलम-दवात सजती, और पढ़ाई का वातावरण बनता। अनुशासन था, पर अभाव का नामोनिशान नहीं था। त्योहारों पर घर जगमगा उठता, मेहमानों का ताँता लगा रहता। गाँव में दादा जी का इतना मान था कि लोग सलाह लेने स्वयं चले आते।

परंतु यह सुखद दृश्य अधिक समय तक स्थिर न रह सका।दादा जी का स्वभाव अत्यंत उदार था। वे किसी याचक को खाली हाथ नहीं लौटाते थे। कोई किसान बीज के लिए पैसे माँगता, तो वे तुरंत दे देते। किसी की बेटी का विवाह हो, तो खुलकर सहायता करते। किसी के घर बीमारी आ जाए, तो इलाज का खर्च उठाने में भी पीछे न हटते।प्रतिष्ठा बनाए रखने के लिए भी कई बार आवश्यकता से अधिक व्यय किया गया।

दादाजी का निधन -फिर वह दिन आया, जिसने सब कुछ बदल दिया। मेरे पिता मात्र 14 वर्ष के थे तभी दादा जी का अचानक 40 वर्ष की उम्र में सन 1940 में हृदयगति रुक जाने से निधन हो गया। उस समय 'वीरसिंहपुर पाली' में उनका वनोपज का अच्छा व्यवसाय चल रहा था| घर का आधारस्तंभ जैसे एक झटके में ढह गया। शोक का साया तो था ही, पर उसके साथ ही वास्तविकता का कठोर चेहरा भी सामने आ खड़ा हुआ।खाते खोले गए तो ज्ञात हुआ कि परिवार पर भारी कर्ज चढ़ चुका है। साहूकारों के बही-खाते में हमारे नाम के आगे बड़ी रकम लिखी थी। जिन लोगों की सहायता की गई थी, वे सहानुभूति तो जता रहे थे, पर आर्थिक सहयोग देने में असमर्थ थे।नौकर-चाकर एक-एक कर विदा होने लगे। अस्तबल सूना हो गया; घोड़े बेचने पड़े। गौशाला की कई गायें भी कर्ज चुकाने में चली गईं। हवेली के विशाल आँगन में अब वैसी चहल-पहल न रही।

मेरे पिता, जो अब तक स्नेह और सुविधा में पले थे, अचानक जिम्मेदारियों के बोझ तले आ गए। बचपन जैसे एक ही रात में समाप्त हो गया। पढ़ाई के साथ-साथ उन्हें खेत-खलिहान की चिंता करनी पड़ी। कभी साहूकार दरवाजे पर आकर कड़े शब्द कह जाता, तो कभी घर में राशन की चिंता सताने लगती।दादी की आँखों की चमक मुरझा गई थी। वे गहने जो कभी शान थे, एक-एक कर गिरवी रखे गए। घर के खर्च में कटौती होने लगी। त्योहार सादगी से मनने लगे।यह केवल आर्थिक संकट नहीं था; यह मानसिक परीक्षा भी थी। सम्मान से जीने वाला परिवार अब तिरछी निगाहों और फुसफुसाहटों का सामना कर रहा था।

संघर्ष से सामना -पर इसी संकट ने मेरे पिता के भीतर अदम्य संकल्प भी जगा दिया। उन्होंने ठान लिया कि परिस्थितियाँ चाहे कितनी

भी प्रतिकूल हों, वे परिवार की प्रतिष्ठा को फिर से स्थापित करेंगे। दादा जी की उदारता ने उन्हें करुणा और संवेदनशीलता दी थी, और इस कठिन समय ने उन्हें संयम, परिश्रम और आत्मनिर्भरता का पाठ पढ़ाया।इस प्रकार ऐश्वर्य से अभाव तक की यह यात्रा केवल संपत्ति के घटने की कथा नहीं थी; यह चरित्र के निर्माण की कहानी भी थी।सुख-सुविधाएँ चली गईं, पर संस्कार और आत्मसम्मान शेष रहे — और वही आगे चलकर उनके जीवन की सबसे बड़ी पूँजी बने।

मेरे पिता जन्म से ही विलक्षण प्रतिभा के धनी थे। उनकी बुद्धि तीक्ष्ण थी और स्मरणशक्ति अद्भुत। विद्यालय में वे सदा प्रथम या द्वितीय स्थान पर रहते थे । अध्यापक उनसे विशेष स्नेह रखते थे, क्योंकि वे केवल पाठ याद नहीं करते थे, उसे समझते भी थे।पर नियति को कुछ और ही मंजूर था। जब उनके पिता — अर्थात मेरे दादा जी राम रुद्र सिंह का अचानक निधन हुआ, तब मेरे पिता के आयु मात्र चौदह वर्ष थी। वह उम्र जब बालक सपने देखता है, भविष्य की कल्पनाएँ करता है; उसी उम्र में उनके कंधों पर परिवार की जिम्मेदारी आ गिरी।

आध्यात्मिक चेतना -विद्यार्थी जीवन से ही उनके विचार अत्यंत आध्यात्मिक थे। घर के वातावरण और संस्कारों का गहरा प्रभाव था। वे प्रातः उठकर स्नान के बाद रामायण का पाठ करते। उन्हें श्रीमद्भगवद्गीता के श्लोक कंठस्थ थे। संकट के क्षणों में वे गीता का यह वाक्य दोहराते— "*कर्मण्येवाधिकारस्ते...*"साहित्य से भी उन्हें गहरा प्रेम था। वीर रस और भक्ति रस की कविताएँ उन्हें विशेष प्रिय थीं। वे कहते थे—"मनुष्य का मन यदि ग्रंथों से जुड़ा रहे, तो परिस्थितियाँ उसे तोड़ नहीं सकतीं।"

शिक्षा और नौकरी साथ-साथ—दादा जी की मृत्यु ने उन्हें भीतर तक झकझोर दिया। वे कई दिनों तक मौन रहे। आँखों में प्रश्न था-"अब क्या होगा?"घर में शोक के साथ-साथ आर्थिक संकट भी स्पष्ट दिखने लगा। कर्ज का बोझ, घटती आमदनी और बढ़ती जिम्मेदारियाँ सबने मिलकर वातावरण को भारी बना दिया। पढ़ाई जारी रखना भी कठिन प्रतीत होने लगा।पर उन्होंने हिम्मत नहीं हारी। वे अक्सर गीता का सहारा लेते और स्वयं को समझाते—"यह समय परीक्षा का है, पलायन का नहीं।" ऐसे ही

कठिन समय में दादा जी के एक घनिष्ठ मित्र आगे आए। वे एक कंपनी चलाते थे, जो फॉरेस्ट गुड्स का व्यवसाय करती थी जंगलों से लकड़ी और बाँस काटने का ठेका लेती, उन्हें प्रसंस्कृत कर बाजार तक पहुँचाती।

उन्होंने मेरे पिता की स्थिति देखी और कहा—"बेटा, पढ़ाई मत छोड़ो। पर साथ में कुछ काम भी कर लो। जब तक स्थिति सँभले, मेरी कंपनी में आ जाओ।"चौदह वर्ष की आयु में ही मेरे पिता ने जीवन का नया अध्याय शुरू किया। प्रारंभ में उन्हें छोटे-मोटे काम दिए गए — मजदूरों की उपस्थिति दर्ज करना, सामान की गिनती देखना, हिसाब-किताब की नकल करना।पर उनकी लगन और ईमानदारी ने शीघ्र ही सबका ध्यान खींचा। वे समय से पहले पहुँचते, काम ध्यान से समझते और बिना शिकायत देर तक डटे रहते थे। जंगलों में लकड़ी कटान का काम आसान नहीं था — कठिन भूभाग, मौसम की मार और श्रमिकों का प्रबंधन।धीरे-धीरे उन्हें सुपरवाइजर की जिम्मेदारी सौंप दी गई।

सोचिए, चौदह-पंद्रह वर्ष का एक किशोर, और सामने अनुभवी मजदूरों की टोली!पर उनके व्यवहार में दृढ़ता और विनम्रता का संतुलन था। वे किसी पर कठोर शब्द नहीं कहते, पर अनुशासन बनाए रखते थे। काम की बारीकियाँ सीखते— किस पेड़ की लकड़ी किस उपयोग में आती है, बाँस की कटाई का सही समय क्या है, माल को सुरक्षित कैसे ढोया जाए।

जंगल का वातावरण उनके भीतर धैर्य और आत्मविश्वास भरता गया। ऊँचे-ऊँचे वृक्षों के बीच खड़े होकर वे अक्सर सोचते—"जीवन भी इन पेड़ों की तरह है। आँधियाँ आएँगी, पर जड़ें मजबूत हों तो वृक्ष गिरता नहीं।"दिन में कंपनी का कार्य, और रात में अध्ययन। वे अपनी पुस्तकों से नाता नहीं तोड़ते। थके शरीर से भी वे कुछ न कुछ पढ़ते अवश्य।

आर्थिक स्थिति धीरे-धीरे संभलने लगी। घर में थोड़ी स्थिरता आई। कर्ज का कुछ हिस्सा चुकाया गया। परिवार के चेहरे पर आशा की हल्की किरण दिखाई देने लगी।छोटे भाई बहनों का पालन पोषण, शिक्षा दीक्षा और शादी व्याह किया पर अपनी शादी की बात आते ही मौन हो जाते थे |इस प्रकार, चौदह वर्ष की कोमल आयु में शुरू हुआ संघर्ष केवल जीविका कमाने का प्रयास नहीं था; वह आत्मनिर्माण की प्रक्रिया थी।

आध्यात्मिक विचारों ने उन्हें टूटने नहीं दिया, और कर्मठता ने उन्हें आगे बढ़ाया।मेरे पिता कहा करते थे—"सुख ने मुझे संस्कार दिए, पर दुःख ने मुझे चरित्र दिया।"और सचमुच, उन्हीं संघर्षों ने उन्हें आगे चलकर एक दृढ़, आत्मनिर्भर और आदर्श पुरुष के रूप में गढ़ा।

वैराग्य -समय का वह दौर भी कितना विचित्र था। उस युग में प्रायः लड़कों का विवाह उन्नीस–बीस वर्ष की आयु में हो जाता था, पर मेरे पिताजी उन दिनों उनतीस वर्ष के हो चुके थे जो उस समय एक अपवाद था। परिवार की सारी जिम्मेदारियाँ निभाते-निभाते उनका मन संसार से कुछ विरक्त-सा हो चला था।धीरे-धीरे उनके भीतर वैराग्य की भावना प्रबल होने लगी। वे कम बोलने लगे, एकांत पसंद करने लगे। अंततः एक दिन उन्होंने नौकरी भी छोड़ दी। किसी से अधिक चर्चा नहीं की— बस शांत भाव से निर्णय लिया और घने जंगल की ओर चल पड़े।जंगल के बीच एक शांत झील का किनारा उन्होंने अपने निवास के लिए चुना। चारों ओर ऊँचे-ऊँचे वृक्ष, हवा में पत्तों की सरसराहट, और झील का निर्मल जल। वहीं उन्होंने टहनियों और घास-फूस से एक छोटी-सी झोपड़ी बना ली।कुटिया के आसपास उन्होंने आम, अमरूद और नींबू के कुछ पौधे लगा दिए। वे कहते—"प्रकृति ही सबसे बड़ी आश्रयदाता है।"

झील के उस तट पर दिन ढलते ही वन्यजीव पानी पीने आते। कभी दूर से शेर की गर्जना सुनाई देती, कभी चीते की छाया झाड़ियों में सरकती दिखती। भालू, बंदर और अनेक प्रकार के पक्षी वहाँ पानी पीने आते-जाते थे। पर आश्चर्य यह है कि किसी जीव ने उन्हें कभी हानि नहीं पहुँचाई।हिंसक जीवों ने उन्हें अपना मान लिया था मानो प्रकृति ने उन्हें स्वीकार कर लिया हो।वे कहते थे, "कई बार ऐसा हुआ कि जब मैं ध्यानावस्था में प्राणायाम कर रहा होता तो शेर झोपड़ी के सामने मुझे देखते हुए बैठा रहता"| मैंने पूछा, "आपको डर नहीं लगता था?" "डर तो मन की स्थिति है, यदि तुमने सोच लिया कि मेरे पास खोने के लिए कुछ नहीं है; तो डर अपने आप दूर हो जाता है|" उन्होंने मेरी ओर मुस्कुराकर देखा और कहा, "डर के आगे जीत है"|

उनकी कुटिया के निकट ही आदिवासियों का एक छोटा-सा गाँव था। सरल और निष्कपट लोग। उन्होंने देखा कि एक युवक अकेले तपस्वी

की भाँति रह रहा है। वे उनके पास आने लगे।कोई कंद-मूल दे जाता, कोई फल, कोई रोटी। पिताजी धन्यवाद देकर स्वीकार करते, पर अपना भोजन स्वयं बनाते।आदिवासी उन्हें "बाबा" कहकर पुकारने लगे।

पिताजी का अधिकांश समय योगाभ्यास और ध्यान में बीतता था। प्रातःकाल सूर्य उदय से पहले उठना, आसन और प्राणायाम करना, फिर झील के जल में खड़े होकर ध्यान में लीन हो जाना यह उनकी दिनचर्या बन गई।वे कई-कई घंटों तक कमर तक पानी में स्थिर खड़े रहते। आँखें बंद, चेहरा शांत, श्वास नियंत्रित।संध्या समय वे गीता और रामायण का पाठ करते।

धीरे-धीरे आसपास के गाँवों में चर्चा फैलने लगी कि जंगल में एक युवा साधक तप कर रहा है। लोग अपनी समस्याएँ लेकर आने लगे—किसी को पारिवारिक कलह की चिंता, किसी को रोग की व्यथा, किसी को आर्थिक संकट।पिताजी शांत स्वर में उन्हें समझाते—"धैर्य रखो। कर्म करो। ईश्वर पर विश्वास रखो।"लोग उनके चरण स्पर्श करते, कुछ अनाज या सब्जियाँ कुटिया में रख जाते और संतोष के साथ लौट जाते।

विवाह का बंधन - घर में यह सब चिंता का विषय था।परिवार के लोगों को भय था कि कहीं यह वैराग्य स्थायी न हो जाए। वे सोचते "यदि इसे गृहस्थ जीवन की जिम्मेदारी न दी गई, तो यह संसार से नाता ही तोड़ देगा।"अक्सर बड़े-बुजुर्ग जंगल तक पहुँचते, उन्हें समझाते—"बेटा, तप तो गृहस्थ रहकर भी किया जा सकता है। परिवार भी एक धर्म है।"पर पिताजी मुस्करा कर मौन हो जाते। यूँ ही समय बीतता गया।उनका मन प्रकृति और ध्यान में इतना रम गया था कि विवाह का विषय उन्हें बाँधने जैसा प्रतीत होता था।

अंततः वह दिन आया जब मेरी दादी स्वयं उनकी कुटिया में पहुँचीं। वृद्धा विधवा माँ, थकी हुई चाल, आँखों में चिंता।उन्होंने कुटिया के बाहर खड़े होकर पुकारा—"बेटा..."पिताजी बाहर आए। माँ को देखकर उनके चेहरे पर आश्चर्य और करुणा दोनों झलक उठे।

दादी की आँखों से आँसू बहने लगे। वे काँपते स्वर में बोलीं—"बेटा, इस विधवा माँ पर दया कर। तेरे पिता नहीं रहे। तू ही मेरा सहारा है। यदि

तू भी संसार छोड़ देगा, तो मैं किसके भरोसे जिऊँगी? मेरी गोद सूनी हो जाएगी। तेरे विवाह का सपना देखे बिना मैं मर जाऊँगी।"

माँ की वह करुण पुकार सुनकर पिताजी का कठोर वैराग्य पिघल गया।वे स्वयं तो त्याग के लिए तैयार थे, पर माँ के आँसुओं के सामने उनका संकल्प ढीला पड़ गया। उन्होंने माँ के चरणों में सिर रख दिया और कहा—"माँ, यदि यही तुम्हारी इच्छा है, तो मैं विवाह के लिए तैयार हूँ। आपका दुःख मेरा धर्म नहीं हो सकता।"दादी ने उन्हें गले लगा लिया। जंगल की निस्तब्धता उस दिन भावनाओं से भर उठी।

इस प्रकार वनवासी जीवन समाप्त हुआ।वैराग्य और कर्तव्य के बीच जो द्वंद्व था, उसमें अंततः पुत्र धर्म की विजय हुई।मेरे पिता ने समझ लिया कि त्याग केवल जंगल में नहीं, परिवार के बीच रहकर भी किया जा सकता है।और यहीं से उनके जीवन का एक नया अध्याय आरंभ हुआ— गृहस्थ जीवन का, पर उसी आध्यात्मिक आधार पर खड़ा हुआ।

हमारे भारत में उस समय विवाह केवल दो व्यक्तियों का नहीं, दो परिवारों का संबंध माना जाता था। परंतु इस पवित्र बंधन के साथ एक कठोर सामाजिक सच्चाई भी जुड़ी थी— दहेज।विवाह योग्य कन्या का पिता योग्य वर की तलाश में दर-दर भटकता, और यदि वह दहेज देने में समर्थ न हो, तो उसके लिए यह प्रयत्न सचमुच भागीरथ प्रयास बन जाता।

मेरे पिता आदर्शवादी स्वभाव के थे। उन्होंने स्पष्ट कह रखा था—"मैं दहेज नहीं लूँगा। विवाह सौदा नहीं है।"उनकी यही घोषणा एक ओर उन्हें सम्मान दिलाती, तो दूसरी ओर समाज में आश्चर्य का कारण भी बनती।उसी समय एक गरीब किसान, जिसकी सोलह वर्ष की कोमल आयु की कन्या विवाह योग्य मानी जा रही थी, अपने हृदय में चिंता का पहाड़ लिए बैठा था। सीमित जमीन, साधारण घर, और दहेज देने की कोई सामर्थ्य नहीं।

जब उसे ज्ञात हुआ कि एक सज्जन, शिक्षित और चरित्रवान युवक बिना दहेज विवाह को तैयार है, तो वह संकोच और आशा के साथ प्रस्ताव लेकर आया।उस समय मेरे पिता लगभग बत्तीस वर्ष के थे। आयु का दोगुना अंतर था। आज के दृष्टिकोण से यह असमान और बेमेल प्रतीत

होता है, पर उस कालखंड में ग्रामीण समाज में ऐसी शादियाँ असामान्य नहीं मानी जाती थीं।मेरे नाना छोटे लाल सिंह बघेल ने जब पिता को देखा— उनका सादा वस्त्र, शांत चेहरा और विनम्र व्यवहार— तो उसके मन का भय दूर हो गया। उसने लौटकर घर में कहा—"मैं अपनी बेटी का हाथ एक सच्चे इंसान को सौंप रहा हूँ। दहेज नहीं, चरित्र देख रहा हूँ।"

पिता का विवाह - सन 1957 की वह संध्या- गाँव के कच्चे रास्तों पर बारात की आहट सुनाई दी। कुछ लोग पैदल, कुछ बैलगाड़ियों से। ढोलक की थाप और शहनाई की मधुर धुन वातावरण में गूँज रही थी।दूल्हे के रूप में मेरे पिता सादगी से सजे थे— बिना आडंबर, बिना दिखावे।जब वधू पक्ष की स्त्रियों ने दूल्हे को देखा, तो आपस में फुसफुसाहट होने लगी। किसी ने कहा—"अरे, यह तो उम्र में बड़ा लगता है..."किसी ने आँसू भरकर कहा—"फूल-सी बच्ची को नरक में डाल दिया, बूढ़े आदमी से ब्याह दिया..."कन्या की माँ की आँखें नम थीं। मातृत्व का हृदय स्वाभाविक रूप से संवेदनशील होता है। उसे अपनी नन्ही-सी बेटी का भविष्य चिंता में डाल रहा था।

पर उसी समय लड़की के पिता ने दृढ़ स्वर में सबको समझाया—"मैं धन नहीं देख रहा, मैं मन देख रहा हूँ। मेरी बेटी एक सच्चे, ईमानदार और आदर्शवादी पुरुष के घर जा रही है। इससे बड़ा सौभाग्य क्या होगा?"उनके शब्दों में विश्वास था, और वही विश्वास धीरे-धीरे वातावरण में स्थिर हो गया।विवाह की रस्में संपन्न हुईं। मंत्रोच्चार के बीच सात फेरे लिए गए। अग्नि साक्षी बनी और विवाह हो गया।

लोगों ने कहा—"एक योगी आज गृहस्थ बन गया।"पर वास्तव में वह केवल बाहरी परिवर्तन था। उनके भीतर का योग, उनका संयम और आदर्शवाद यथावत रहे।उन्होंने अपनी पत्नी को केवल जीवनसंगिनी नहीं, उत्तरदायित्व और सम्मान के साथ स्वीकार किया।समय के साथ वही "बेमेल" विवाह एक सुदृढ़ और सम्मानजनक संबंध में परिवर्तित हुआ। समाज की प्रारंभिक फुसफुसाहटें धीरे-धीरे प्रशंसा में बदल गईं।लोग कहने लगे—"सच में, लड़की के पिता ने सही निर्णय लिया था।"

5

बाबूजी का व्यक्तित्व

"पिता कभी पूरी तरह विदा नहीं होते; वे अपने बच्चों के चरित्र में जीवित रहते हैं।"

बाबूजी - भारत में मेरी पीढ़ी के लोग अपने पिता को बाबूजी कहते थे, विशेषकर ग्रामीण इलाके में | मेरे बाबूजी सामान्य कद-काठी के इंसान थे।उनकी लंबाई लगभग पाँच फ़ीट आठ इंच रही होगी।रंग गेहुआँ, चेहरा गोल और शांत—ऐसा चेहरा जिसे देखते ही भरोसा जाग उठे।जब से मैंने होश संभाला,उन्हें वैसा ही पाया—सिर पर बाल बहुत कम रखते थे ठीक सन्यासी की तरह ,पर चेहरे पर हमेशा सलीका।

उनका पहनावा कभी भड़कीला नहीं रहा है।सादा, स्वच्छ और आत्मसम्मान से भरा।साफ़ चमकती खादी की धोती और उसी की सादगी में रचा-बसा सफेद या हल्का गेरुआ कुर्ता—यही उनका जीवन भर का वस्त्र रहा। कुर्ते के नीचे लठ्ठे की सिली हुई बनियान होती थी,जिसकी जेब की तह में कुछ मुड़े-तुड़े रुपये हमेशा सुरक्षित रहते थे—मानो ज़रूरत पड़ने पर किसी अनजान की मदद के लिए पहले से तैयार।वास्तव में यह बनियान उनका सीक्रेट खजाना था जो उनके दिल के करीब सुरक्षित रहता था| उनके काले चमड़े के जूते हमेशा चमकते रहते थे।उस चमक के पीछे किसी मोची का नहीं,खुद बाबूजी का श्रम होता था।वे उन्हें स्वयं पॉलिश करते थे—जैसे जीवन को भी अपने हाथों से सँवारते हों।

जब वे सुबह सैर के लिए निकलते,तो कोई कह सकता था—मानो किसी बारात में जा रहे हों।न कोई आलस्य,न अस्त-व्यस्तता।हर कदम में स्फूर्ति,हर चाल में अनुशासन।आलस्य उन्हें कभी छू तक नहीं पाया।वे सादगी में भी इतने सुसज्जित थे कि लगता था—सचमुच,इंसान की असली सजावट उसका आचरण होता है।

दिनचर्या -उनकी दिनचर्या घड़ी की सुइयों से नहीं,अनुशासन की साँसों से चलती थी।वे प्रायः सुबह चार बजे से पहले ही जाग जाते थे—बिना अलार्म,बिना किसी हड़बड़ी के,जैसे शरीर और मन दोनों ने समय से मौन समझौता कर रखा हो।रात कितनी भी देर से सोये हों पर जागने का समय एक ही था – ठीक चार बजे से पहले |गर्मी हो या जाड़ा,सुबह का स्नान ठंडे पानी से ही स्नान करते थे ।कई बार तो रेल यात्रा के दौरान भी—चलती ट्रेन में, वो स्नान कर लेते थे| यात्रा में भी उनकी दिनचर्या टूटती नहीं थी।चलती ट्रेन की हिलती हुई सीट पर बैठे-बैठे वे पूजा कर लेते,प्राणायाम कर लेते—मानो स्थिरता उनके भीतर बसती हो,बाहर नहीं।

योग और प्राणायाम -सुबह का पहला एक घंटा योग, प्राणायाम और पूजा को समर्पित रहता था।यह कोई औपचारिकता नहीं थी,बल्कि उनके जीवन का सबसे पवित्र अनुशासन था—जिससे वे कभी समझौता नहीं करते थे।इसके बाद लगभग चार किलोमीटर की सुबह की सैर—तेज़ क़दम,सीधी चाल,और आँखों में जागता हुआ दिन। सुबह की सैर के वो इतने आदी थे कि बरसात में भी छाता लगाकर सैर करने निकल जाते थे|

बागवानी - आठ बजे से पहले उनका नाश्ता हो जाता और फिर वे पूरी तन्मयता के साथ अपने काम में जुट जाते। छुट्टियों के दिनों में यदि वे घर पर होते, तो उनका अधिकांश समय घर और उसके आसपास की साफ-सफाई तथा बगीचे की देखभाल में बीतता। बागवानी उनके लिए केवल एक शौक नहीं, बल्कि प्रकृति से जुड़ने का एक माध्यम थी, जिसे उन्होंने बचपन से ही अपने जीवन का हिस्सा बना लिया था।

हमारे घर का बगीचा उनकी मेहनत और लगन का जीवंत प्रमाण था। उसमें मोगरा, चमेली, चम्पा, रातरानी और गुड़हल जैसे रंग-बिरंगे

तथा सुगंधित फूलों की कतारें लगी रहती थीं। शाम ढलते ही रातरानी की भीनी-भीनी महक पूरे आँगन को सुगंध से भर देती थी। फूलों के साथ-साथ उन्होंने आम, अमरूद, सीताफल, करौंदा और बेर के अनेक पेड़ भी लगाए थे। वे हर पौधे को परिवार के सदस्य की तरह स्नेह से सींचते, उसकी देखभाल करते और उसके बढ़ने पर उतना ही प्रसन्न होते जितना किसी बच्चे की प्रगति पर हुआ जाता है।

उनकी इस प्रकृति-प्रेमी प्रवृत्ति का प्रभाव मुझ पर भी पड़ा। धीरे-धीरे बागवानी मेरा भी प्रिय शौक बन गई। मुझे आज भी याद है, तब मैं लगभग चौदह वर्ष का था। गर्मियों की छुट्टियाँ चल रही थीं। दोपहर की तपती धूप में, जब अधिकांश लोग घरों के भीतर आराम कर रहे होते थे, मैं पसीने से तर-बतर होकर आम और अमरूद के पौधे लगाने के लिए गड्ढे खोदता था। उस समय यह केवल एक काम लगता था, लेकिन आज सोचता हूँ तो समझ आता है कि मैं केवल पौधे नहीं लगा रहा था, बल्कि भविष्य की यादें बो रहा था।

समय बीतता गया। वे नन्हे पौधे धीरे-धीरे विशाल वृक्ष बन गए। उनकी शाखाएँ फलों से लदने लगीं। जब मेरे अपने बच्चे उन पेड़ों पर चढ़कर आम और अमरूद तोड़ते, उनकी हँसी पूरे आँगन में गूँजती, तो मैं उन्हें देखता रह जाता। उन क्षणों में मुझे अपना बचपन साफ दिखाई देने लगता—वही उत्साह, वही शरारतें और वही पेड़ों से जुड़ी अनगिनत स्मृतियाँ। ऐसा लगता मानो समय ने एक पूरा चक्र पूरा कर लिया हो और मेरे पिता के हाथों लगाए गए संस्कार उन पेड़ों की तरह अगली पीढ़ी तक फल-फूल रहे हों।

बेफिक्र नींद -दोपहर के भोजन के बाद सिर्फ पंद्रह मिनट का विश्राम।अगर चारपाई मिल गई तो ठीक,न मिली तो बैठे-बैठे ही झपकी ले लेते।उन्हें आराम के साधनों की नहीं,संतुलन की ज़रूरत होती थी।झपकी लेने में बाबूजी का सचमुच कोई सानी नहीं था। ऐसा लगता था जैसे नींद उनके लिए कोई साधारण अवस्था नहीं, बल्कि एक कला हो—जिस पर उन्हें जन्मजात अधिकार मिला हो।

बाबूजी के खर्राटे मेरे लिए किसी आपदा से कम नहीं थे। परमात्मा ने उन्हें तो सिर तकिए पर रखते ही नींद का वरदान दे दिया था, पर मुझे

यह सुविधा नहीं मिली। मेरी नींद बड़े नखरे दिखाती थी—कभी आती, कभी नहीं।

एक समय ऐसा आया कि हमें एक ही कमरे में सोना पड़ा। बाबूजी बिस्तर पर लेटे ही थे कि उनके खर्राटे गूँजने लगे। मेरी नींद ने जैसे सुनते ही सामान बाँधा और कमरे से बाहर निकल गई।अगली सुबह मैंने हिम्मत करके कहा—"बाबूजी, एक विनती है... आप पहले मुझे सो लेने दिया करें, फिर खर्राटे भरिए।"बाबूजी मुस्कुराए, बड़े सहज भाव से बोले—"ठीक है बेटा, ध्यान रखूँगा।"उस रात मैं तय समय से पहले बिस्तर पर लेट गया। आँखें बंद कीं, नींद बुलाने की पूरी कोशिश की...लेकिन नींद आने से पहले ही पीछे से वही परिचित ध्वनि—खर्र... खर्र...मैंने आँखें खोलीं, छत को देखा और मन ही मन स्वीकार कर लिया—"अब कुछ नहीं हो सकता।"

रात को वे निश्चिंत होकर सोते थे—न किसी चिंता का बोझ,न अगले दिन का भय।दिन भर का कर्म रात की नींद में अपने आप सुलझ जाता था। सोने के पहले ध्यान करते थे और तांबे के लोटे में पानी भरकर जरूर रखते थे| वही पानी सुबह उठ कर बासी मुंह पीते थे|

बैगमें खजाना -एक दिन मैंने बाबूजी के मोटे तारपोलिन वाले बैग की ओर देखते हुए पूछा—"बाबूजी, इसमें आखिर रहता क्या है? आप जहाँ जाते हैं, यही बैग साथ होता है।"बाबूजी हल्के से मुस्कुराए—"बस ज़रूरत भर का सामान है बेटा।"मैंने उत्सुकता से कहा—"इतना छोटा सा बैग...और आप महीनों जंगलों में रहते हैं!"उन्होंने बैग खोलते हुए कहा—"देख लो।"अंदर सबसे ऊपर एक पुरानी-सी गांधी डायरी रखी थी।मैंने उठाकर पूछा—"इसमें क्या लिखते हैं?"बाबूजी बोले—"अपने मन के विचार और दिनचर्या लिखता हूँ ताकि पता चले कि मैंने अपने समय का कितना सदुपयोग किया है|"फिर उन्होंने एक छोटी सी दरी निकाली—जिसमें अगरबत्ती का पैकेट सलीके से लपेटा हुआ था और उसी में भगवान श्रीराम की तस्वीर।मैंने पूछा—"यह सब जंगल में?"वे बोले"जहाँ मन ठहरे,वहीं मंदिर बन जाता है।"

बैग में एक टॉर्च थी,एक खादी का तौलिया,दो जोड़ी चड्डी-बनियान और दो जोड़ी धोती-कुर्ता।मैंने आश्चर्य से कहा—"बस इतनी ही आपकी

कुल जमा पूंजी है?” बाबूजी हँसे—“इससे ज़्यादा की ज़रूरत आज तक पड़ी ही नहीं।”मैंने देखा,उनके कुर्ते की साइड जेब में हमेशा लौंग, इलायची, सुपारी और तंबाखू-चूने की एक छोटी सी डिबिया रहती थी।मैंने पूछा—“ये क्यों रखते हैं?”उन्होंने कहा, “जो मिलने आए,खाली हाथ न लौटे।”

वाकई,जो भी उनसे मिलने आता,बाबूजी जेब में हाथ डालते और मुस्कुराकर कहते—“लो, इलायची खाओ।”कुर्ते की सामने वाली जेब में एक छोटी पॉकेट डायरी रहती थी—उसके भीतर कुछ फुटकर रुपये।और दूसरी साइड जेब में—दस, बीस, पच्चीस, पचास के सिक्के मानो चलता-फिरता खजाना।

बाबूजी का तारपोलिन का बैग बड़े काम का था| कई बार ऐसे मौके आए जब कंपनी के लाखों रुपये उस बैग में रखे होते थे| वो उस बैग को सिरहने रखकर प्लेटफ़ॉर्म के किसी भी बेंच पर सो जाते थे पर उस यात्रा के दौरान कोई उसे हाथ भी नहीं लगाता था| |इसका कारण था कि किसी को यकीन ही नहीं होता था कि इतना साधारण दिखने वाला इंसान तारपोलिन के बैग में खजाना लेकर चलेगा!

मैंने हँसते हुए कहा—“बाबूजी,आपको पता है इसी खजाने से मैं कभी-कभी चुपचाप सिक्के निकाल लेता हूँ?”उन्होंने मुझे देखा—आँखों में शरारत भरी चमक थी—“मुझे पता है बेटा।”मैं घबरा गया—“तो फिर...?”वे बोले—“जरूरत में लिया हो तो चोरी नहीं होती।”ऐसे मौके मुझे कम ही मिले,क्योंकि बाबूजी अक्सर घर से बाहर ही रहते थे—जंगलों में, शहरों में,काम की यात्राओं में।पर उनका वह साधारण सा बैग आज भी मुझे सिखाता है—कि असली संपत्ति सामान में नहीं,सिद्धांतों में होती है।

सहनशीलता -एक दिन सैर से लौटते हुए मैंने धीरे से बाबूजी से कहा—“बाबूजी, आप इतने शांत कैसे रह लेते हैं?”वे मुस्कुराए,पर कुछ बोले नहीं।मैंने फिर कहा—“मैंने आपको आज तक किसी से झगड़ते नहीं देखा।” बाबूजी ठहर गए।कुछ पल बाद बोले,“झगड़ा तभी होता है बेटा,जब हम यह मान लेते हैं कि हर हाल में हमें ही सही साबित होना है।”मैंने उत्सुकता से पूछा—“और अगर विचार न मिलें तो?”वे

बोले—"तो चुप रहना ही बेहतर है।बहस अक्सर रिश्ते तोड़ती है,विचार नहीं बदलती।"मैंने कहा—"पर बाबूजी,आपको लोगों ने कई बार धोखा दिया है।"उनकी आवाज़ में कोई कड़वाहट नहीं थी—"धोखा देने वाला अपने कर्म का बोझ खुद ढोता है।मैं उसे क्यों उठाऊँ?"

आत्मसम्मान -सन् 1977 की बात है। बाबूजी के आत्मसम्मान की एक घटना आज भी मेरे मन में जैसे चलचित्र की भाँति चलने लगती है। मैं बिलासपुर के कॉलेज में पढ़ाई कर रहा था। पढ़ाई, मित्र, भविष्य की योजनाएँ — जीवन अपने ढर्रे पर चल रहा था।उधर बाबूजी जंगल के काम से लौटे थे। सामान्यतः वे एक-दो दिन घर रुकते और फिर वापस कंपनी के काम पर चले जाते। उनका जीवन अनुशासन से बँधा था — घर आना, परिवार का हाल जानना, फिंर कार्यस्थल पर लौट जाना।पर उस बार कुछ अलग था।एक सप्ताह बीत गया। बाबूजी घर पर ही थे। न तैयारी, न प्रस्थान की कोई चर्चा। उनके चेहरे पर सामान्य शांति तो थी, पर भीतर कहीं एक गहरा मौन भी था।मेरे मन में संशय उठने लगा।

एक दिन साहस कर मैंने पूछा—"बाबूजी, लगता है इस बार लंबी छुट्टी पर हैं?"उन्होंने मेरी ओर देखा। आँखों में गंभीरता थी, पर स्वर शांत—"बेटा, मैंने काम छोड़ दिया है।"उनके शब्द मेरे कानों में हथौड़े की तरह गूँजे।"काम छोड़ दिया है?"मेरे पैरों तले जैसे जमीन खिसक गई। घर का खर्च? मेरी कॉलेज की फीस? छोटी-छोटी आवश्यकताएँ? घर में न कोई बचत, न गहने, न कोई ज़मीन ज़्यादात।मैंने घबराकर पूछा—"पर बाबूजी... अब घर कैसे चलेगा?"वे कुछ क्षण मौन रहे, फिर बोले—"अब तुम खुद देखो और समझो कि क्या कर सकते हो।"उनका उत्तर जैसे परीक्षा का प्रश्न था। वे समाधान नहीं बता रहे थे; वे मुझे सोचने को कह रहे थे।

मैंने फिर साहस कर पूछा—"काम क्यों छोड़ दिया?"उन्होंने गहरी साँस ली और कहा—"सेठ का लड़का, नरेन्द्र, कहता है — 'आप बूढ़े हो चुके हैं। अब कंपनी में यंग लोग काम संभालेंगे।'"उनकी आयु उस समय पचास वर्ष थी।छत्तीस वर्षों का अनुभव था।जंगल की पगडंडियों से लेकर कंपनी के बड़े ठेकों तक का पूरा ज्ञान था।वे केवल कर्मचारी नहीं थे; वे कंपनी की रीढ़ थे। मजदूरों से लेकर ठेकेदारों तक सब उनका सम्मान

करते थे। वे मैनेजर थे निर्णयकर्ता, मार्गदर्शक, और संकटमोचक।पर एक युवा, अनुभवहीन उत्तराधिकारी नरेंद्र के लिए वे "बूढ़े" हो गए थे।

बाबूजी के चेहरे पर क्रोध नहीं था, पर स्वाभिमान की आंतरिक ज्वाला स्पष्ट थी।उन्होंने कहा—"मैंने उस कंपनी को अपने खून-पसीने से सींचा है। जंगलों की आँधियाँ देखी हैं, बारिश में भीगकर काम कराया है, मजदूरों के झगड़े सुलझाए हैं। आज अगर कोई कहे कि मैं अनुपयोगी हूँ, तो वहाँ रहकर काम करना मेरे लिए संभव नहीं है।"उनकी आवाज़ धीमी थी, पर दृढ़।मैं समझ गया— यह केवल नौकरी छोड़ने का निर्णय नहीं था; यह आत्मसम्मान की रक्षा का निर्णय था।

मैं भीतर से काँप रहा था। कॉलेज की फीस निकट थी। जेब में सीमित पैसे। भविष्य अनिश्चित।पर बाबूजी अडिग थे। उन्होंने कहा,"बेटा, जीवन में धन से बड़ा स्वाभिमान होता है। यदि स्वाभिमान खो दिया, तो सब कुछ खो दिया। काम की कमी नहीं होती। हाथ-पैर सलामत हैं, अनुभव साथ है। रास्ता निकल आएगा।" मैंने कहा, "बाबूजी, पेट की आग स्वाभिमान से नहीं बुझती, इसके लिए भोजन चाहिए|"

मैं हताश बैठा था।बाबूजी मेरी हताशा को समझ रहे थे। परिस्थितियाँ कठिन थीं। मन में उलझन थी।बाबूजी ने मेरी ओर देखा और कहा —"बेटा, संघर्ष के बिना भोजन नहीं मिलेगा...और यह संघर्ष तुम्हें ही करना पड़ेगा।"मैंने थके स्वर में पूछा —"वो कैसे, बाबूजी? हर रास्ता बंद-सा लगता है।"वे पास बैठ गए। बोले —"तुम्हें एक बाज की कहानी सुनाता हूँ..."मैं ध्यान से सुनने लगा।

बाज की उड़ान -"बाज की आयु लगभग सत्तर वर्ष तक मानी जाती है," बाबूजी बोले,"पर जीवन का सबसे कठिन मोड़ उसके चालीसवें वर्ष में आता है।चालीस वर्ष तक वह आकाश का राजा होता है।तेज पंजे, मजबूत चोंच, और विशाल पंख।वह ऊँचाइयों पर उड़ता है, शिकार करता है, तूफानों को चीर देता है।पर जैसे-जैसे उम्र बढ़ती है —उसके पंजों के नाखून घिस जाते हैं।पकड़ ढीली पड़ जाती है।शिकार फिसलने लगता है।उसकी चोंच मुड़ जाती है, कुंद हो जाती है।वह ठीक से मांस भी नहीं नोच पाता।उसके पंख भारी हो जाते हैं।उड़ान छोटी और कमजोर हो जाती है।

उसके सामने दो ही रास्ते होते हैं —या तो धीरे-धीरे मर जाए...या फिर खुद को नया जन्म दे।"मैंने उत्सुकता से पूछा —"नया जन्म? कैसे?"बाबूजी की आँखों में चमक आ गई।"वह एक कठोर निर्णय लेता है।वह पहाड़ की सबसे ऊँची चोटी पर चला जाता है —जहाँ न कोई शोर हो, न कोई सहारा।वहाँ वह लगभग 150 दिन तक एकांत में रहता है।

सबसे पहले वह अपनी चोंच को पत्थर पर मार-मार कर तोड़ देता है।सोचो... कितनी पीड़ा होती होगी!पर वह सहता है।कुछ सप्ताह बाद नई चोंच उग आती है।फिर वह अपने घिसे हुए पंजों के नाखून तोड़ डालता है।दर्द... खून... एकांत...पर वह रुकता नहीं।कुछ महीनों में नए, तेज नाखून उग आते हैं।इसके बाद वह अपने भारी पंखों को एक-एक कर नोच डालता है।वह लगभग निर्वस्त्र-सा हो जाता है।पर वह जानता है —जब तक पुराने पंख नहीं गिरेंगे,नए नहीं आएँगे।

कुछ समय बाद नए, मजबूत पंख उग आते हैं।और फिर...वह फिर से आकाश की ओर उड़ता है।अब वह पहले से अधिक शक्तिशाली हो गया है।वह फिर शिकार करता है,फिर ऊँचाइयाँ छूता है।"मैं मंत्रमुग्ध होकर सुन रहा था। बाबूजी ने आगे कहा, "तूफान आने पर छोटे पक्षी छिप जाते हैं।पर बाज तूफान से डरता नहीं।वह हवा की दिशा पकड़ता है और उसी तूफान की लहरों के सहारे और ऊँचाई पर उड़ जाता है।

जिस तूफान से बाकी पक्षी डरते हैं,उसी को वह अपनी ताकत बना लेता है।"मैंने धीमे स्वर में पूछा —"तो आप कहना क्या चाहते हैं, बाबूजी?"उन्होंने मेरे कंधे पर हाथ रखा —"बेटा, जीवन में एक समय ऐसा आता है जब तुम्हारी पुरानी आदतें, पुराना डर, पुरानी सोच तुम्हारी उड़ान को रोकने लगती हैं।तब तुम्हें भी बाज की तरह निर्णय लेना पड़ता है।कुछ चीजें तोड़नी पड़ती हैं —अहंकार, आलस्य, भय।कुछ रिश्तों की अपेक्षाएँ छोड़नी पड़ती हैं।कुछ आराम त्यागने पड़ते हैं।

दर्द होगा...पर वही दर्द तुम्हें नया बनाएगा।संघर्ष से भागोगे तो धीरे-धीरे खत्म हो जाओगे।संघर्ष अपनाओगे तो फिर से जन्म लोगे।"वे थोड़ी देर रुके।फिर दृढ़ स्वर में बोले —"याद रखना —संघर्ष के बिना भोजन नहीं मिलता।और यह संघर्ष कोई और नहीं,तुम्हें ही करना पड़ेगा।तूफान आए तो छिपना मत...बाज की तरह और ऊँचा उड़ना।"

उस दिन के बाद मैंने कठिनाइयों को समस्या नहीं,एक ऊँची उड़ान का अवसर समझना शुरू कर दिया।और आज जब जीवन में कोई तूफान आता है,तो मुझे पहाड़ की चोटी पर बैठा वह बाज याद आता है...और बाबूजी की आवाज गूँजती है —"ऊँचा उड़, बेटा...ऊँचा उड़।"

उनके शब्दों में वही आत्मविश्वास था, जो मैंने उनके युवावस्था के संघर्षों की कथा में सुना था।उस दिन मैंने पहली बार समझा—स्वाभिमान केवल एक शब्द नहीं, जीवन का आधार है।उस शाम घर का वातावरण शांत था। बाहर सूर्य अस्त हो रहा था, पर भीतर एक नया सूर्योदय होने की तैयारी थी।मुझे लगा, यह घटना केवल नौकरी छूटने की नहीं थी; यह मेरे जीवन की भी परीक्षा थी।बाबूजी ने फिर एक बार दिखा दिया—परिस्थितियाँ चाहे कितनी भी कठिन हों, पर आत्मसम्मान पर आँच नहीं आने देनी चाहिए।

मेरे जीवन की पहली परीक्षा—बाबूजी का नौकरी छोड़ना —मेरे जीवन की सचमुच पहली बड़ी परीक्षा थी। उस दिन मुझे लगा जैसे अचानक छत सिर से हट गई हो। पर उसी क्षण भीतर कहीं एक आवाज़ भी उठी—"तुम एक स्वाभिमानी पिता के पुत्र हो। अब तुम्हें भी अपने कर्म से यह सिद्‌ध करना होगा।"

मेरे सामने दो ही रास्ते थे— या तो परिस्थिति पर रोना, या उससे लड़ने का उपाय ढूँढना। बाबूजी ने बचपन से सिखाया था कि कठिनाई से भागना नहीं, उसका सामना करना चाहिए। ईमानदारी और परिश्रम ही सबसे बड़ा धन हैं।उसी समय मुझे अपने चाचा का काम याद आया। वे फ़ोटो फ्रेमिंग का कार्य करते थे। फ्रेम बनाते समय काँच के कई टुकड़े बच जाते, जो आकार में छोटे या अनियमित होने के कारण बेकार समझे जाते थे। वे अक्सर एक कोने में जमा रहते, फिर कबाड़ में चले जाते।

एक दिन उन टुकड़ों को देखते-देखते मेरे मन में विचार कौंधा—"क्यों न इनसे पेट्रोमेक्स के ग्लास बनाए जाएँ?"उस समय गाँवों और कस्बों में पेट्रोमेक्स की बड़ी माँग थी। बिजली हर जगह उपलब्ध नहीं थी, और शादी-ब्याह या मेलों में पेट्रोमेक्स का उजाला ही मुख्य साधन होता था। उसके शीशे (ग्लास) अक्सर टूट जाते और नए की आवश्यकता पड़ती।

मैंने अपना विचार बाबूजी के सामने रखा। वे कुछ क्षण चुप रहे, फिर उनकी आँखों में वही पुराना आत्मविश्वास चमका।"काम छोटा-बड़ा नहीं होता," उन्होंने कहा, "नियत साफ होनी चाहिए।"बस, फिर क्या था। घर का हर सदस्य इस छोटे-से उद्योग में जुट गया।

काँच काटना आसान काम नहीं था। हाथ कटने का डर, आँखों में कण जाने का भय, और हर टुकड़े को सावधानी से सँभालना पड़ता था। कई बार उँगलियों में हल्की चोट लग जाती, पर कोई शिकायत नहीं करता।रात देर तक दीपक की रोशनी में हम सब काम करते। मुझे आज भी याद है— माँ चूल्हे पर रोटी सेंकतीं और साथ ही काँच के छोटे टुकड़े अलग करती जातीं। घर मानो एक छोटा-सा कार्यशाला बन गया था।

तैयार माल लेकर मैं बिलासपुर के बाजार जाता। दुकानदारों को नमूना दिखाता। कई लोग पहले संदेह से देखते—"टिकेगा तो नहीं टूट जाएगा?"मैं धैर्य से समझाता—"मजबूत काँच है, किनारे घिसे हुए हैं। कीमत भी कम है।"धीरे-धीरे कुछ दुकानदारों ने भरोसा किया। ऑर्डर मिलने लगे।धूप में, भीड़ में, कभी साइकिल पर तो कभी पैदल, मैं बाजार के चक्कर लगाता। शाम को जब कुछ रुपये हाथ में आते, तो मन में अपार संतोष होता—"आज का घर का खर्च निकल आया।"

यह सिलसिला लगातार तीन महीने चला।कमाई बहुत अधिक नहीं थी, पर इतनी अवश्य थी कि रसोई का चूल्हा जलता रहे, मेरी कॉलेज की फीस जमा हो सके और घर की आवश्यकताएँ पूरी हो सकें।इन तीन महीनों ने मुझे जीवन का वह पाठ पढ़ाया, जो कोई विश्वविद्यालय नहीं सिखा सकता—आत्मनिर्भरता,श्रम का सम्मान,परिवार की एकता,और स्वाभिमान की रक्षा

बाबूजी कभी-कभी मुझे देखते और मुस्कुरा देते। उनकी आँखों में गर्व झलकता, मानो कह रहे हों—"तुमने मेरी सीख को व्यर्थ नहीं जाने दिया।"तीन महीने बाद एक शुभ समाचार आया। बाबूजी को एक दूसरी कंपनी से प्रस्ताव मिला। अधिक वेतन, और सबसे बड़ी बात— सम्मानजनक पद। उनके अनुभव और ईमानदारी की चर्चा दूर तक पहुँच चुकी थी।जब वे नई नौकरी पर जाने को तैयार हुए, तो मुझे लगा जैसे लंबे अंधकार के बाद सूर्योदय हो गया हो।घर का वातावरण फिर सामान्य

होने लगा। हमारी "काँच की कार्यशाला" धीरे-धीरे सिमट गई, पर उसने जो आत्मविश्वास दिया, वह सदा के लिए हमारे भीतर बस गया।आज पीछे मुड़कर देखता हूँ तो लगता है—वे तीन महीने हमारे जीवन की गाड़ी के पहिए को फिर से पटरी पर लाने वाले थे।कठिनाई ने हमें तोड़ा नहीं, बल्कि जोड़ा।और मैंने उस दिन सच में अनुभव किया—मैं एक स्वाभिमानी पिता का बेटा हूँ, जिसने मुझे सिखाया कि सम्मान से जीना हो तो संघर्ष और श्रम से मित्रता करनी पड़ती है।

क्षमा करना कमजोरी नहीं -दादी ने मुझे एक दिन बताया था कि मेरे पैदा होने के एक महीने बाद किसी ने उनके सिर पर इतनी जोर से लाठी मारी थी कि वो एक महीने तक बेहोश रहे | दादी ने पूरी बात नहीं बताई थी और यह बात मेरे मानस पटल पर अंकित हो गई थी | एक दिन मैंने हिचकते हुए पूछा—"बाबूजी, एक बात पूछूँ? वह कौन-सी घटना थी, जब परिवार के ही किसी व्यक्ति ने आपके सिर पर लाठी से प्रहार किया था... और आप कई दिनों तक जीवन-मृत्यु के बीच झूलते रहे?"

बाबूजी कुछ क्षण चुप रहे। जैसे स्मृतियों की परतें धीरे-धीरे खुल रही हों। फिर गहरी साँस लेकर बोले—" यह दिसंबर 1959 की घटना है, तू तब बहुत छोटा था बेटा... बस एक महीने का।"मैं सन्न रह गया—"एक महीने का...?"बाबूजी बोले—"हाँ। परिवार में दो लोगों के बीच पुरानी रंजिश चल रही थी। उनमें से एक व्यक्ति अपने विरोधी पर हमला करने के इरादे से लाठी लेकर झाड़ियों में छिपा बैठा था। शाम का वक्त था, सूरज डूब चुका था और अँधेरा उतरने लगा था।"मैंने धीरे से पूछा—"फिर...?"बाबूजी बोले,"उसी रास्ते से मैं गुजर रहा था। लघुशंका के लिए झाड़ियों की आड़ में बैठ गया। जैसे ही बैठा... उसी क्षण मेरे सिर पर जोर से लाठी का प्रहार हुआ। मैं वहीं गिर पड़ा, बेहोश हो गया।"

मैं घबराकर बोला—"आपको होश...?"बाबूजी ने सिर हिलाया—"नहीं, बेटा, कुछ पता नहीं चला। बाद में मालूम हुआ कि हमला करने वाले ने पहचानने में गलती कर दी थी। वह किसी और को मारना चाहता था, लेकिन मेरी कद-काठी और वेश-भूषा उसके दुश्मन से मिलती-जुलाई थी। उसने मुझे ही अपना दुश्मन समझ लिया।"

मैंने पूछा—“इलाज कैसे हुआ?”बाबूजी बोले—“गाँव से अस्पताल अठारह किलोमीटर दूर था। मुझे बैलगाड़ी में ले जाया गया। वहाँ प्राथमिक उपचार हुआ, थाने में रिपोर्ट भी लिखी गई, फिर मुझे घर वापस ले आए। मैं तब भी बेहोश ही था।”

मैंने सांस रोके पूछा—“फिर आप ठीक कैसे हुए?”बाबूजी की आवाज़ में श्रद्धा उतर आई—“घर में एक साधु बाबा रहते थे। उन्हीं की देख-रेख में दिन-रात आयुर्वेदिक जड़ी बूटियों से इलाज चलता रहा। पूरे एक महीने बाद मुझे होश आया।”

मैंने धीमे स्वर में कहा—“और जिसने हमला किया था...?”बाबूजी बोले—“वह खुद मेरे घर आया। तेरी दादी—मेरी माँ—के सामने फूट-फूट कर रोने लगा।वह हमारे खानदान का ही था| वह कहने लगा—‘मुझे माफ कर दो काकी , मुझसे भारी भूल हो गई। पुलिस से मुझे बचा लो।’”

मैंने पूछा—“पुलिस ने कुछ नहीं किया?” बाबूजी ने शांत स्वर में कहा—“होश में आने के बाद पुलिस जाँच के लिए आई। मुझसे पूछा,‘क्या तुम हमलावर को पहचानते हो?’मैं जानता था फिर भी मैंने कहा—‘नहीं। शाम का वक्त था, अँधेरा हो रहा था। मैंने किसी को साफ नहीं देखा।’”

मैंने आश्चर्य से कहा—“आप चाहते तो उसे सज़ा दिला सकते थे, बाबूजी...”बाबूजी हल्के से मुस्कराए—“बेटा, गलती से हुआ अपराध और जानबूझकर किया गया अपराध—दोनों में फर्क होता है। उसने अपनी भूल मान ली थी। उसे सज़ा दिलाकर मैं अपने भीतर की पीड़ा तो बढ़ा लेता, पर मन को शांति नहीं मिलती। मैंने उसे माफ कर दिया।”मैं चुप हो गया।

बाबूजी ने मेरे कंधे पर हाथ रखा और बोले—“क्षमा करना कमजोरी नहीं होती बेटा। कभी-कभी वही सबसे बड़ी ताकत बन जाती है।”

6

मेरी पहली सीख

"बचपन की सीख जीवन भर साथ चलती है।"

मुझे ठीक-ठीक याद नहीं कि मैंने चलना कब सीखा,पर यह याद है कि मेरी छोटी-सी उँगली किसी मज़बूत हथेली में थी।वह हथेली खुरदुरी थी, पर उसमें अजीब-सी सुरक्षा थी। जब मैं लड़खड़ाता, वह कस जाती। जब गिरने लगता, वह थाम लेती। उस समय मुझे यह नहीं पता था कि वह हाथ सिर्फ मुझे चलना ही नहीं, जीवन जीना भी सिखा रहा था।

पिताजी कम बोलने वाले व्यक्ति थे। उनका स्नेह शब्दों में नहीं, स्पर्श में था। सुबह-सुबह जब वे सैर करने के लिए तैयार होते, तो मैं दौड़कर उनके पास जाता और उनकी उंगली पकड़ लेता।"जल्दी लौट आना..."मैं अपनी तोतली आवाज़ में कहता।वे हल्की-सी मुस्कान देते, मेरे सिर पर हाथ फेरते और कहते ठीक है "जल्दी आ जाऊंगा|"

माँ रसोई से मुस्कराकर देखतीं।"इतना लाड़ मत करो, फिर जिद्दी हो जाएगा," वे हँसते हुए कहतीं।पिताजी बस इतना कहते – "बच्चा है अभी...सीख जाएगा "जब वे लौटते, उनके कपड़ों से पसीने और धूप की मिली-जुली गंध आती। मुझे वह गंध भी अच्छी लगती थी, क्योंकि उसके साथ जेब में रखी लौंग-इलायची की खुशबू होती थी।

स्कूल में प्रवेश - सन 1964 जून की दोपहरी थी | मेरी उम्र यही पाँच वर्ष के आसपास रही होगी | बाबूजी छुट्टियों में घर आए हुए थे,लेकिन मेरी शरारतों में रत्ती भर भी कमी नहीं थी।दोपहर का वक्त था।तेज़ धूप

में भी गली हमारी दुनिया बनी हुई थी।मैं हमउम्र लड़कों के साथ खेल रहा था।घर के अंदर बाबूजी आराम कर रहे थे।उसी दौरान एक लड़के ने मुझे गाली दे दी।वह अक्सर ऐसा करता था।मैं तैश में आ गया।और बिना सोचे-समझे मैंने भी गाली का जवाब गाली से दे दिया।बस फिर क्या था!

अचानक कमरे का दरवाज़ा खुला।बाबूजी तमतमाए हुए बाहर आए।"क्या कहा तूने?" उनकी आवाज़ गली में गूँज गई।मैं सहम गया।कुछ बोल भी नहीं पाया।"मेरे रहते गाली?" उन्होंने गुस्से में कहा और मुझे कान से पकड़ कर घर लाए और उठक बैठक करवाया |उस दिन मैंने पहली बार सीखा —"गाली का जवाब गाली नहीं होता|" लेकिन इस घटना के बाद मेरी आज़ादी पर जैसे पहरा लग गया।

अगले ही दिन बाबूजी मेरा हाथ पकड़कर मुझे स्कूल ले गए।मास्टरजी के सामने खड़ा कर दिया।बाबूजी बोले —"मास्टर जी, इसे भर्ती कर लीजिए।" मास्टरजी ने मुझे ऊपर से नीचे देखा —"कितने साल का हो गया आपका मुन्ना?"बाबूजी बोले —"करीब पाँच साल का।"मास्टरजी ने सिर हिलाया —"पाँच साल पूरे नहीं हुए हैं।"बाबूजी थोड़ा झुककर बोले —"देख लीजिए मास्टरजी,घर में बहुत शरारत करता है,और बिगड़ता जा रहा है।"मास्टरजी मुस्कुराए।फिर मेरी ओर देखकर बोले —"मुन्ना,अपने दाहिने हाथ से बाएँ कान को पकड़ो।"मैंने झट से पकड़ लिया।मास्टरजी हँस पड़े —" ऐसे नहीं...दाहिने हाथ को सिर के ऊपर से ले जाकर
बाएँ कान को पकड़ो।" मैंने पूरी ताकत लगा दी। खींच-खाँच कर किसी तरह कान पकड़ ही लिया। मास्टरजी ठहाका मारकर हँसे, "शाबास!" फिर बोले —"अब तुम्हारा नाम पहली कक्षा में लिख लिया है।"

उन्होंने उँगली उठाकर चेतावनी दी —"कल से रोज़ स्कूल आना,वरना अच्छी पिटाई होगी।"मैंने डरते-डरते सिर हिला दिया।उस दिन मेरी उम्र स्कूल के रजिस्टर में बढ़ा दी गई।और मेरी शरारतों पर स्कूल की मुहर लग गई।आज सोचता हूँ —अगर उस दिन वह गाली,वह पिटाई और वह स्कूल न होता,तो शायद मेरी ज़िंदगी की दिशा ही कुछ और होती।

पिता का कंधा—स्कूल का पहला दिन भी ऐसा ही था।मैं रो रहा था। माँ की साड़ी पकड़े खड़ा था।पिताजी ने मेरी उँगली थामी और स्कूल तक ले गए।"डरो मत, अंदर जाओ," उन्होंने कहा।मुझे उस समय यह शब्द भारी लगे। पर उनकी पकड़ ढीली नहीं हुई। स्कूल पहुँचकर उन्होंने मेरी उँगली धीरे से छुड़ाई।मैं भीतर चला गया।पीछे मुड़कर देखा – वे अभी भी वहीं खड़े थे।तब मुझे लगा था कि वे कठोर हैं।पर आज सोचता हूँ, शायद वे मुझसे अधिक डरे हुए थे – इस बात से कि उनका बच्चा अब उनकी उँगली छोड़कर दुनिया की उँगली पकड़ने जा रहा है।बचपन में पिता ही दुनिया होते हैं।उनकी उँगली पकड़कर हम न सिर्फ चलना सीखते हैं, बल्कि विश्वास भी सीखते हैं – कि कोई है जो हर गिरावट से पहले हमें थाम लेगा।

गाँव के बाहर मेला लगा था। भीड़ बहुत थी।मैं छोटा था, कुछ देख नहीं पा रहा था।उन्होंने मुझे कंधों पर बैठा लिया।ऊपर से पूरा मेला दिखाई दे रहा था।"ऊपर से दुनिया अलग लगती है ना?" उन्होंने पूछा।मैंने हँसते हुए कहा – "हाँ!"आज समझ आता है –वे चाहते थे कि मैं उनसे ऊँचा देखूँ, उनसे आगे बढ़ूँ।

नंगे पैर -एक दिन शाम को मैं आँगन में बैठा था।धूप ढल रही थी।मिट्टी की सौंधी गंध जैसे कहीं भीतर से बुला रही हो।मैंने बाबूजी से कहा –"बाबूजी, जब मैंने होश संभाला था, तब मैं पाँच बरस का था।"बाबूजी ने मेरी ओर देखा –"उससे पहले की यादें?"मैं मुस्कुरा दिया –"धुंधली हैं... बहुत धुंधली।"फिर जैसे यादों का दरवाज़ा खुल गया।"बस इतना याद है कि सुबह घी चुपड़ी रोटी मिलती थी,और उसके बाद दिन कहाँ चला जाता था – पता ही नहीं चलता।"बाबूजी हल्के से हँसे –"गली में?"मैंने तुरंत कहा, "हाँ! घर का आँगन,घर के सामने की गली...वही हमारी दुनिया थी।"मैं आगे बोलता चला गया –"अम्मा पकड़कर नहलाती थीं,
लेकिन थोड़ी देर बाद मेरा ठिकाना फिर वही गली होती थी।"

बाबूजी ने कहा –"नंगे पैर?"मैंने सिर हिलाया –"नंगे पैर!धूल-मिट्टी में खेलना,दौड़ना, गिरना, उठना...उस आनंद की बराबरी कोई नहीं कर सकता।"मैं कुछ क्षण चुप रहा, फिर बोला "सुबह से शाम तक

वही धूल भरी गली हमारी 'प्ले ग्राउंड' थी।" बाबूजी गंभीर हो गए।

मैंने धीरे से कहा —"आज वैज्ञानिक कहते हैं कि इंसान को नंगे पैर मिट्टी पर चलना चाहिए।"बाबूजी ने आश्चर्य से पूछा —"क्यों?" मैंने बताया —"कहते हैं,मिट्टी और घास पर नंगे पैर चलने से शरीर पृथ्वी की ऊर्जा से जुड़ता है।नसें शांत होती हैं,तनाव और सूजन कम होती है,रक्त संचार सुधरता है,मन को शांति मिलती है और पैरों की मांसपेशियाँ मजबूत होती हैं।"

बाबूजी मुस्कुराए —"तो तुम लोग बचपन में बिना जाने ही इलाज करते रहते थे?"मैं हँस पड़ा "हाँ बाबूजी...तभी तो सोचकर आश्चर्य होता है।"फिर मेरी आवाज़ धीमी हो गई ,
"जब हमारा पालन-पोषण गाँव में हो रहा था,हमें इन फायदों का कोई ज्ञान नहीं था।"मैंने आँगन की मिट्टी को देखा —"और आज ज्ञान है...पर वो ग्रामीण वातावरण नहीं है।"बाबूजी चुप रहे।मैंने आगे कहा —"वो बचपन कहीं बहुत पीछे छूट गया है।"थोड़ी देर बाद मैंने कहा, "आज अगर किसी भाग्यशाली शहरी को पास के पार्क में टहलने का मौका मिलता भी है ,तो वह कीमती स्पोर्ट्स जूते पहनकर ही चलता है।"

बाबूजी ने गहरी साँस ली —"और मिट्टी?"मैंने कड़वी मुस्कान के साथ कहा —"वो बस देखने की चीज़ बन गई है।"फिर मैंने कहा, "यह कितनी बड़ी विडंबना है, बाबूजी —जहाँ सुविधा बढ़ी,वहीं सुकून घट गया।"बाबूजी ने आसमान की ओर देखा और बोले, "बेटा,कुछ सुख ऐसे होते हैं जो ज्ञान से नहीं,जड़ों से मिलते हैं।"उस दिन मुझे लगा —हमने नंगे पैर चलना ही नहीं छोड़ा,हमने अपनी मिट्टी से चलकर दूरी बना ली है।

घर में चौपाल -मैंने एक दिन अम्मा से कहा—"बाबूजी आते तो हैं,पर बहुत कम रुकते हैं।"अम्मा ने हल्की मुस्कान के साथ कहा,"हाँ बेटा,तीन–चार महीने में कभी-कभी ही घर आ पाते हैं।"मैंने कहा—"पर जब आते हैं तो घर जैसे जाग उठता है।"अम्मा बोली—"तभी तो...उनके आने से घर में चहल–पहल भर जाती है,उन्हे लोगों से मिलना जुलना अच्छा लगता है।"

वाकई,जैसे ही बाबूजी आते,घर के बाहर वाले बड़े बरामदे में एक बड़ी-सी दरी बिछ जाती।मैंने देखा—सुबह होते ही कोई न कोई आवाज़ आती—“राम-राम ठाकुर साहब!” बाबूजी मुस्कुराकर कहते—“आओ, बैठो।”बरामदे में मिलने आने वालों का ताँता सा लग जाता।

मैंने एक दिन पूछा—“बाबूजी,इतने लोग रोज़ क्यों आते हैं?”वे बोले—“लोग बात करने आते हैं बेटा,सुनने और सुनाने आते हैं।”उन दिनों चाय का चलन बहुत कम था।पर अतिथियों के स्वागत के लिए एक तस्तरी हमेशा सजी रहती—उसमें तंबाखू, चूना,सुपारी, सौंफ,लौंग, इलायची और गीले कपड़े में लिपटे पान के पत्तों का बंडल।

कोई आता,अपनी मर्ज़ी से पान–सुपारी उठाता और बाबूजी के सामने बैठ जाता।कोई देश-दुनिया की खबर लाता—“शहर में ये हुआ ठाकुर साहब...”कोई गाँव की बात करता—“फसल इस साल ठीक नहीं रही...”कोई अपने दुख-सुख खोल देता—“बेटी की शादी की चिंता है...”बाबूजी सबकी बात ध्यान से सुनते,कभी बीच में नहीं टोकते।मैंने कई बार महसूस किया—घंटों बीत जाते,सुबह कब दोपहर बनी और शाम कब उतर आई,किसी को पता ही नहीं चलता।मैंने पूछा—“बाबूजी,आप थकते नहीं?”वे हँसकर बोले,“लोगों से मिलकर थकान कहाँ होती है?”

करीब एक सप्ताह वे घर में रुकते।इस दौरान सुबह–शाम खेतों की ओर सैर,गाँव के लोगों से मिलना,हाल-चाल पूछना जारी रहता।फिर एक दिन वे कहते—“अब चलने का समय आ गया।”मैं उदास होकर पूछता—“फिर कब आएँगे?”वे सिर पर हाथ फेरते“कह नहीं सकता बेटा...काम से फुर्सत मिली तो।”और फिर—विदा।घर फिर शांत हो जाता,बरामदा सूना लगने लगता।पर हमें पता था—यह सिलसिला फिर दोहराएगा।बाबूजी आएँगे,घर फिर जीवित होगा,और फिर कुछ दिनों बाद उसी सादगी से चले जाएँगे।अब तो सिर्फ यादें बची हैं|

संवेदना -बाबूजी की एक आदत थी, जो मुझे उस समय साधारण लगती थी,पर आज समझ आता है — वह असाधारण थी।गाँव की गलियाँ तब कच्ची थीं।मिट्टी के घर, घर से लगी छोटी-छोटी बाड़ियाँ और उन बाड़ियों की रखवाली के लिए जंगल से लाए गए काँटों की बाड़।काँटे अक्सर गलियों में फैल जाते थे —सूखे, नुकीले, पैरों में चुभने

वाले।कोई उन्हें हटाने की जहमत नहीं उठाता था।हर कोई अपने-अपने काम में लगा रहता।

सुबह-सुबह मैं बाबूजी के साथ सैर पर निकलता।ओस से भीगी मिट्टी,हल्की ठंड और गाँव की खामोशी।एक दिन मैंने देखा —बाबूजी अचानक रुक गए।मैंने पूछा —"क्या हुआ बाबूजी?"वे झुककर गली में पड़े काँटों को एक-एक कर किनारे रखने लगे।मैंने फिर पूछा —"इन्हें कौन साफ करता है ,ये तो रोज ऐसे ही बिखरते हैं।"बाबूजी ने बिना मेरी ओर देखे कहा —"जो बिखेरता है उसे साफ करना चाहिए, पर उसने नहीं किया तो किसी को तो करना चाहिए।"उन्होंने मुझे भी कहा " तुम भी उठाओ।"मैंने थोड़ी झुंझलाहट में कहा —"पर बाबूजी, ये हमारे घर के सामने के नहीं हैं।"बाबूजी तब रुके।मुझे देखा और बहुत शांति से बोले —"बेटा, गली किसी एक की नहीं होती।यहाँ से सब गुजरते हैं —बूढ़े, बच्चे, औरतें...अगर किसी के पैर में काँटा चुभ गया,तो उसे दर्द होगा, और हो सकता है ये कांटे हमें भी चुभ जाएँ।"

मैं चुप हो गया।हम धीरे-धीरे पूरी गली साफ करते चले गए।काँटों को उठाकर दीवार के किनारे रख दिया,जहाँ वे किसी को चुभ न सकें।चलते-चलते मैंने पूछा —"आप रोज़ ऐसा क्यों करते हैं, बाबूजी?" उन्होंने मुस्कुराकर कहा —"अगर मेरे छोटे से प्रयास से कोई परेशानी से बच जाए तो मुझे खुशी होगी, सच पूछो तो मैं यह अपनी खुशी के लिए कर रहा हूँ।"फिर उन्होंने एक वाक्य कहा जो आज भी मेरे भीतर गूंजता है —"बेटा,अगर रास्ता साफ होगा,तो लोग सुकून से चलेंगे।और अगर लोग सुकून से चलेंगे,तो दुनिया थोड़ी बेहतर होगी।"

उस सुबह मैं समझ गया —बाबूजी सिर्फ अपने परिवार के पिता नहीं थे,वे पूरे गाँव के लिए एक शांत, अनदेखा प्रहरी थे।आज जब कहीं रास्ते में काँटा दिखता है, तो मैं अपने आप झुक जाता हूँ।और मन ही मन सोचता हूँ —शायद यही बाबूजी की सबसे बड़ी विरासत थी —किसी को भी बिना वजह दर्द न होने देना।

उदारता -एक सुबह बाबूजी और मैं खेतों की ओर जा रहे थे।सूरज अभी पूरी तरह निकला नहीं था, रास्ते में हल्की ठंडक और मिट्टी की सोंधी खुशबू फैली हुई थी। खेतों की मेड़ों के पास कुम्हारों की बस्ती

थी। वहीं एक कच्चे घर के सामने खड़ा कुम्हार हमें देख रहा था।ज्यों ही उसकी नज़र बाबूजी पर पड़ी, वह तुरंत आगे बढ़ा,"प्रणाम ठाकुर साहब..."उसके हाथ अपने-आप जुड़ गए।बाबूजी रुक गए।उनकी आवाज़ हमेशा की तरह शांत और अपनत्व भरी थी —"प्रणाम ... क्या हाल है? सब ठीक तो है?"कुम्हार के चेहरे पर अजीब सी हिचकिचाहट थी।उसने झुके सिर के साथ दोनों हाथ और कसकर जोड़ लिए —"ठीक...?"फिर जैसे उसके भीतर का बाँध टूट गया।"ठाकुर साहब, देख ही रहे हैं... शरीर पर पूरे कपड़े नहीं हैं,घर में खाने को अनाज नहीं है...अब क्या हाल सुनाऊँ?"उसकी आवाज़ काँप रही थी वह पीछे मुड़कर बाबूजी को अपनी पीठ दिखाने लगा जो फटी हुई बनियान से ढका हुआ था| बनियान में जगह जगह छेद थे |

बाबूजी ने एक पल उसकी ओर देखा।न कोई सवाल, न कोई उपदेश।बस चुपचाप उन्होंने अपने कुर्ते की जेब में हाथ डाला,कुछ रुपये निकाले और उसके हाथ में रख दिए।कुम्हार सकपका गया —"न...न... ठाकुर साहब..."लेकिन बाबूजी ने उसकी बात काट दी —"ले लो। आज जरूरत तुम्हारी है।"फिर जो हुआ, वह मेरे लिए जीवन भर का पाठ बन गया।बाबूजी ने अपना कुर्ता उतारा और कुम्हार की ओर बढ़ा दिया।मैं स्तब्ध था।कुम्हार की आँखें फैल गईं "ठाकुर साहब! ये... ये कैसे?"बाबूजी मुस्कुराए —"इसे रख लो मेरे पास तो और है।"

यह सब उसके घर के सामने गली में हो रहा था,और मैं खड़ा-खड़ा हर दृश्य अपने भीतर उतार रहा था।बाबूजी ने चलते-चलते फिर कहा —"मैं कुछ दिन यहीं रहूँगा।अगर कोई तकलीफ हो...तो सीधे घर आ जाना।"कुम्हार की आँखों से आँसू बह निकले।उसने दोनों हाथ जोड़ लिए —"भगवान आपको लंबी उम्र दे, ठाकुर साहब..."बाबूजी कुछ नहीं बोले।बस हल्के से सिर हिलाया और आगे बढ़ गए।मैं चुपचाप उनके पीछे-पीछे चलता रहा।मन में एक अजीब सा कंपन था। कुम्हार जैसे लोगों की दुवाओं का फल था या बाबूजी का अपने स्वास्थ्य के प्रति सजगता पर बाबूजी 90 वर्ष से कुछ अधिक समय तक स्वस्थ और शांतिपूर्ण जीवन जिया|

मैंने धीरे से पूछा —"बाबूजी... आपने अपना कुर्ता भी दे दिया..."बाबूजी ने मेरी ओर देखा —"बेटा,उस गरीब की आँखों में खुशी देखकर मेरी खुशी दोगुनी हो गई |"उनके शब्द मेरे भीतर गहरे उतर गए।आज भी जब वह दृश्य याद करता हूँ, तो मन द्रवित हो जाता है।सोचता हूँ —क्या हम कभी इतने उदार बन पाएँगे? क्या हम कभी जरूरतमंद को देखकर पहले इंसान देख पाएँगे,फिर उसकी हैसियत? उस दिन खेतों तक जाते-जाते मुझे समझ आ गया था —सच्ची संपन्नता पैसे में नहीं,मन की करुणा में होती है।

किताबें सबसे अच्छी दोस्त -एक शाम मैंने बाबूजी का बैग खोलते हुए पूछा—"बाबूजी, इसमें हर बार किताबें ही क्यों रहती हैं, मिठाई क्यों नहीं?"वे मुस्कुराए—"क्योंकि किताबें आदमी को रास्ता दिखाती हैं, बेटा।"मैंने उत्सुक होकर कहा—"आप हर तरह की किताबें पढ़ते हैं?"उन्होंने बैग से एक-एक कर निकालते हुए कहा—"आध्यात्मिक हो, सामाजिक हो,किसी महापुरुष की जीवनी हो या पत्रिका—सब कुछ।"मैंने देखा—बैग में *सरिता, मुक्ता, कल्याण, सत्यकथा* , *धर्मयुग* और साथ में दैनिक समाचार पत्र भी।मैं बोला—"इतनी सारी?"बाबूजी हँसे—"जिसे ज्ञान की प्यास है वह कभी नहीं बुझती "

उन्हीं दिनों मेरे भीतर भी पढ़ने की ललक जागी।मैं चुपचाप उनके बैग से जो हाथ लग जाता उसे पढ़ने लगता।एक दिन उन्होंने मुझे पढ़ते देख लिया।मैं डर गया।पर वे बोले—"पढ़ रहे हो?"मैंने धीमे से कहा—"हाँ बाबूजी..."वे बहुत खुश हुए—"बस यही आदत चाहिए।"

मेरी उम्र तब सिर्फ़ बारह साल थी।कुछ दिन बाद उन्होंने मुझे 'डेल कार्नेगी' की छोटी-छोटी पॉकेट बुक्स दीं—'आत्मविश्वास की कुंजी', 'डर को जीतने की कला', 'उन्नति की राह', 'अपना भाग्य स्वयं बदलें'।उन्होंने कहा—"इन्हें ध्यान से पढ़ना,ये किताबें आदमी को खड़ा होना सिखाती हैं।" मैं उन किताबों को जुनून के साथ पढ़ गया|वो सभी किताबें प्रेरणादायक थीं |

बाबूजी को घर के कमरे की दीवारों पर महान पुरुषों की तस्वीरें लगाने का शौक था|मैं उन्हें देखकर पूछता—"ये कौन हैं बाबूजी?"वे बड़े स्नेह से बताते—सरदार बल्लभ भाई पटेल,सुभाष चंद्र बोस,चंद्रशेखर

आज़ाद,स्वामी विवेकानंद,संत कबीर।मैं उन्हें देर तक निहारता रहता।

कालांतर में जब मैंने घर बनवाया तो मैंने कमरे में जंगली जानवरों और प्राकृतिक दृश्यों की तस्वीरें लगा दीं। बाबूजी ने जब उन तस्वीरों को देखा तो बस इतना कहा—"बेटा,महान पुरुषों की तस्वीरें हमें प्रेरणा देती हैं,उन्हें लगाना चाहिए।" फिर कभी-कभी वे उन्हीं महापुरुषों के किस्से सुनाते—उनका साहस,उनका त्याग,उनकी दृढ़ता।

मुझे उनके साथ रहने का समय कम ही मिलता था,पर जितने दिन साथ रहते—सुबह की सैर हमेशा साथ होती।चलते-चलते वे पूछते—"आज क्या पढ़ा?"मैं बताता—"आज ये समझ आया बाबूजी..."वे ध्यान से सुनते और कहते—"अच्छा...पर इसे जीवन में उतारना और भी ज़रूरी है।"वही सुबह की सैर हमारी बातचीत का समय होती।किताबों से जीवन तक—हर बात वहीं होती। वो कहते थे, "किताबें हमारी सबसे अच्छी दोस्त हैं |" यही वजह है कि सुबह सैर करने और किताबें पढ़ने का सिलसिला सिर्फ़ बचपन तक नहीं,जीवन भर चलता रहा।

7

सैनिक बनने की प्रेरणा

"माता-पिता बच्चों को पंख देते हैं, उड़ान उन्हें स्वयं भरनी होती है।"

भारत-पाक युद्ध—सन 1971 का वह वर्ष मेरे जीवन की दिशा बदल देने वाला सिद्ध हुआ। मैं उस समय सातवीं कक्षा में पढ़ता था। देश का वातावरण असाधारण था— हर घर, हर चौराहे, हर विद्यालय में एक ही चर्चा— युद्ध।पूर्वी पाकिस्तान में उत्पन्न परिस्थितियों के कारण भारत-पाकिस्तान का संघर्ष छिड़ गया था। रेडियो ही उस समय समाचारों का मुख्य माध्यम था। शाम होते ही हम सब रेडियो के पास बैठ जाते। समाचार वाचक की गंभीर आवाज़ में जब भारतीय सेना की वीरता की गाथाएँ सुनाई देतीं, तो मेरे बालमन में एक अनोखा उत्साह भर जाता।समाचारों में बताया जाता कि भारतीय सेनाएँ आगे बढ़ रही हैं, दुश्मन के मोर्चे ध्वस्त हो रहे हैं। मात्र 14 दिनों में युद्ध का रुख स्पष्ट हो गया। अंततः पाकिस्तान के लगभग 93,000 सैनिकों को आत्मसमर्पण करना पड़ा— यह विश्व इतिहास की सबसे बड़ी सैन्य आत्मसमर्पण घटनाओं में से एक थी।जब रेडियो पर यह समाचार सुनाया गया, तो घर में जैसे उत्सव का वातावरण बन गया। बाबूजी की आँखों में गर्व था। वे शांत स्वर में बोले—“यह केवल जीत नहीं, यह न्याय की विजय है।”उस युद्ध का परिणाम था एक नए राष्ट्र का जन्म— बांग्लादेश।

युद्ध के पश्चात अनेक पुस्तकें प्रकाशित हुईं— सेनाओं की रणनीति, वीर सैनिकों की कथाएँ, पराक्रम की गाथाएँ।पिताजी को पढ़ने का विशेष शौक था। वे जब भी बाजार जाते, मेरे लिए कोई न कोई पुस्तक अवश्य लाते। उस समय उन्होंने युद्ध से संबंधित कई किताबें लाकर मेरे हाथों में थमा दीं।मैं रात-रात भर उन्हें पढ़ता।टैंकों की गर्जना, सैनिकों का साहस, सीमा पर डटे जवानों का अनुशासन— सब कुछ मेरे मन में चलचित्र की तरह घूमने लगा।धीरे-धीरे एक संकल्प आकार लेने लगा—"मैं बड़ा होकर भारतीय सेना का सैनिक बनूँगा।"यह केवल एक बालसुलभ उत्साह नहीं था; यह भीतर से उठी पुकार थी।

कर्म करो फल की चिंता छोड़ो -एक दिन मैंने बाबूजी से पूछा, "बाबूजी क्या यह सच है कि "अगर किसी चीज़ को शिद्दत से चाहो, तो पूरी कायनात उसे तुमसे मिलाने की कोशिश में लग जाती है?" बाबूजी थोड़ा गंभीर हो गए और पूछा, "यह तुमने कहाँ पढ़ा ?" मैंने कहा, "पाउलो कोलहो कि किताब 'Alchemist' का यह बहुचर्चित कथन है|"

बाबूजी थोड़ा सोचते रहे फिर कहा, "यदि इसे शाब्दिक अर्थ में लिया जाए, तो यह पूरी तरह सत्य नहीं है। ब्रह्मांड (कायनात) किसी व्यक्ति की इच्छाओं को पूरा करने के लिए सक्रिय रूप से काम नहीं करता। संसार में अनेक लोग पूरी लगन से सपने देखते हैं, फिर भी हर सपना पूरा नहीं होता। सफलता पर प्रतिभा, परिश्रम, अवसर, परिस्थितियाँ, संसाधन, समय और कभी-कभी भाग्य भी प्रभाव डालते हैं।हाँ, इस कथन के पीछे एक मनोवैज्ञानिक सत्य अवश्य है|

मेरा अनुभव कहता है कि कायनात से पहले तुम्हें खुद दृढ़ निश्चय करना पड़ता है और जब तुम हर दिन अपने सपने को पूरा करने के लिए मेहनत करते हो, तब लोग, अवसर और परिस्थितियाँ धीरे-धीरे तुम्हारे पक्ष में आने लगती हैं| इसलिए ऐसा लगता है मानो "कायनात" आपका साथ दे रही हो, जबकि वास्तव में आपकी एकाग्रता, निरंतर प्रयास और लोगों का सहयोग मिलकर परिणाम उत्पन्न कर रहे होते हैं।इसे अधिक यथार्थवादी रूप में इस प्रकार कहा जा सकता है:"**यदि आप किसी लक्ष्य के प्रति पूरी निष्ठा, तैयारी और निरंतर प्रयास के साथ जुट जाएँ, तो सफलता की संभावनाएँ कई गुना बढ़ जाती हैं।**"

सैनिक बनने का स्वप्न तो मेरे मन में दृढ़ हो चुका था, पर उस स्वप्न तक पहुँचने का मार्ग धुँधला था। मुझे केवल इतना पता था कि वर्दी पहननी है, देश की सेवा करनी है– पर कैसे? एक दिन बाबूजी ने मेरी आँखों में झाँकते हुए कहा—"बेटा, केवल सोचने से कुछ नहीं होगा। सैनिक बनना है तो शरीर और मन दोनों को तैयार करना होगा।"मैंने उत्सुकता से पूछा—"क्या तैयारी करनी होगी?"वे बोले—"सबसे पहले अनुशासन। रोज़ सुबह सूर्योदय से पहले उठो, दौड़ो, और व्यायाम करो। शरीर मजबूत होगा, फेफड़े मजबूत होंगे, और मन में स्थिरता आएगी।"अगले ही दिन से मेरी दिनचर्या बदल गई। अँधेरी भोर में जब अधिकांश लोग नींद में होते, मैं उठ जाता। ठंडी हवा चेहरे से टकराती, और मैं गाँव की पगडंडियों पर दौड़ने निकल पड़ता।शुरुआत में साँस फूलती, पैर दुखते, पर बाबूजी के शब्द कानों में गूँजते—"सैनिक की पहचान उसका धैर्य है।"धीरे-धीरे दौड़ लंबी होने लगी। शरीर में स्फूर्ति आने लगी। व्यायाम, दंड-बैठक, और अन्य अभ्यास मेरी आदत बन गए।

शीर्षासन का पाठ -बाबूजी स्वयं योगाभ्यास करते थे। विशेषकर शीर्षासन। सुबह जब वे शांत मन से सिर नीचे और पैर ऊपर कर स्थिर हो जाते, तो मुझे लगता जैसे कोई योगी तप कर रहा हो।मैं उन्हें देखकर रोमांचित हो उठता। मन में आया—"यदि सैनिक बनना है, तो ऐसा संतुलन और साहस भी चाहिए।"एक दिन मैंने उनसे कहा—"बाबूजी, मुझे भी शीर्षासन करना सिखा दीजिए।"वे मुस्कराए।"बहुत आसान है। दीवार का सहारा लो, सिर नीचे रखो और पैर ऊपर उठा दो।"मैंने उत्साह में वैसा ही किया। पर जैसे ही संतुलन बिगड़ा—'धड़ाम!'मैं नीचे गिर पड़ा।हल्की चोट लगी। सिर चकराया।मैंने थोड़े रूठे स्वर में कहा—"बाबूजी, आप सहारा दे दीजिए न।"उन्होंने शांत स्वर में उत्तर दिया—"अपने आप करो। दो-चार बार गिरोगे, तब संतुलन समझ में आएगा। जीवन में भी ऐसा ही होता है।"उनकी बात में गहराई थी, पर उस समय मुझे चोट ज्यादा महसूस हो रही थी।

मैंने सोचा— दीवार के पास गिरना जोखिम भरा है। फिर मन में उपाय आया। गाँव के पास नदी का किनारा था, जहाँ नरम रेत बिछी

रहती थी।मैं वहाँ पहुँचा। रेत पर हाथ और सिर टिकाकर फिर प्रयास किया।पहली बार फिर गिरा— रेत ने चोट कम कर दी।दूसरी बार गिरा— पर अब डर थोड़ा कम हुआ।तीसरी-चौथी बार... और धीरे-धीरे पैरों ने संतुलन पकड़ लिया।

एक क्षण ऐसा आया जब मैं सचमुच स्थिर था—सिर नीचे, पैर ऊपर, और शरीर सीधा।मुझे लगा जैसे मैंने कोई छोटी-सी विजय प्राप्त कर ली हो।उस पल समझ आया कि संतुलन बाहर नहीं, भीतर बनता है।उत्साह से भरा मैं घर लौटा।“बाबूजी!” मैंने पुकारा, “मैंने शीर्षासन करना सीख लिया है।”वे बाहर आए। मैंने रेत से सने कपड़ों में ही शीर्षासन करके दिखाया।बाबूजी के चेहरे पर हल्की मुस्कान आई—“देखा, अपने प्रयास से सीखा। यही असली सीख है।”उस दिन मुझे केवल एक योगासन नहीं आया था; मैंने आत्मविश्वास सीखा था।गिरकर उठना, चोट खाकर भी प्रयास जारी रखना— यही सैनिक का पहला पाठ था।

सन **1972-74** के बीच की बात है।मैं कटघोरा के एक छोटे से हॉस्टल में रहता था। कटघोरा एक छोटा-सा कस्बा, छोटी-सी तहसील — सीमित साधन, सीमित अवसर। वहीं रहकर मैंने दसवीं की परीक्षा पास कर ली।एक शाम बाबूजी मुझे ध्यान से देखते हुए बोले —“बेटा, यहाँ का वातावरण तुम्हारे भविष्य के लिए पर्याप्त नहीं है।”मैं चुप रहा। वे आगे बोले —“और तुम्हारे चाचा का व्यवहार भी... मैं सब जानता हूँ। अब तुम्हें वहाँ नहीं रहना है।”मैंने आश्चर्य से पूछा —“तो फिर, बाबूजी?”उन्होंने दृढ़ स्वर में कहा, “तुम्हें बिलासपुर भेज रहा हूँ। मिशन हायर सेकेंडरी स्कूल में ग्यारहवीं में दाखिला होगा।”मैंने धीमे से पूछा —“रहूँगा कहाँ?”“किराये के मकान में। और खाना... खाना तुम खुद नहीं बनाओगे।”“क्यों बाबूजी? सीख लूँगा, बना लूँगा।”वे मुस्कराए, लेकिन आँखों में गंभीरता थी —“खाना बनाने में अपना समय बर्बाद मत करो। तुम्हारा काम पढ़ना है। भोजनालय में दो वक्त का भोजन करोगे। समय बचाओगे, वही तुम्हारी पूँजी है।”मैंने सिर हिलाया।पहले हॉस्टल में बना-बनाया भोजन मिलता था, अब यहाँ भी वैसी ही सुविधा मिल रही थी। फर्क बस इतना था कि अब हर कौर में बाबूजी का त्याग मिला हुआ था।

बाबूजी का वेतन -उस समय बाबूजी का वेतन मात्र 400 रुपये था।हर महीने वे लगभग 120 रुपये मुझे दे देते थे।एक दिन मैंने संकोच से पूछा —"बाबूजी... इतना खर्च? घर कैसे चलता होगा?"वे हँस पड़े "घर भगवान चलाता है, हम तो बस माध्यम हैं।"मैंने जिद की —"घर में सात सदस्य हैं... 280 रुपये में कैसे?"उन्होंने मेरे कंधे पर हाथ रखा —"बेटा, जरूरतें कम कर लो तो आमदनी बड़ी लगने लगती है। लेकिन तुम्हारी पढ़ाई में कमी नहीं आनी चाहिए। याद रखना — यह खर्च नहीं, निवेश है।"उनकी आवाज़ में विश्वास था।मेरी आँखों में संकल्प।मई 1979 में मैंने स्नातक पूरा कर लिया।उस दिन मैंने बाबूजी से कहा —"अब पढ़ाई के नाम पर आपसे एक भी रुपया नहीं लूँगा।"उन्होंने मुझे गौर से देखा —"क्यों?"मैंने उत्तर दिया —"यह मेरे स्वाभिमान के खिलाफ होगा। अब मैं अपना खर्च स्वयं उठाऊँगा।"उनकी आँखों में गर्व की चमक थी।"यही तो चाहता था मैं... बेटा अपने पैरों पर खड़ा हो जाए।"

बी. ए. की पढ़ाई समाप्त होने के सात महीने बाद, दिसंबर 1979 में, मेरा चयन सेना में हो गया।वह मेरा बचपन का सपना था जब नियुक्ति पत्र हाथ में आया, तो मैंने बाबूजी के चरण छुए।उन्होंने धीमे से कहा —"यह तुम्हारी मेहनत का फल है।"मैंने भावुक होकर उत्तर दिया "नहीं बाबूजी... यह आपके त्याग, आपके सपनों और आपके परिश्रम का फल है। यदि आपका संरक्षण न होता, तो जीवन की दिशा और दशा दोनों ही कुछ और होती।"वे कुछ क्षण मौन रहे, फिर बोले —"पिता का कर्तव्य है छाया देना। पर पेड़ के नीचे बैठा पौधा अगर खुद सूरज की ओर न बढ़े, तो छाया भी बेकार है।"

उस दिन मुझे समझ आया —पिता केवल पालन-पोषण नहीं करते,वे अपने सपनों को त्यागकर हमारे सपनों को आकार देते हैं।आज जब मैं जीवन की इस लंबी यात्रा के पड़ाव पर खड़ा पीछे मुड़कर देखता हूँ, तो एक दृश्य बार-बार आँखों के सामने उभर आता है —चार सौ रुपये का वह वेतन...उसमें से एक सौ बीस रुपये हर महीने मेरे हाथ में रख देने वाले मेरे बाबूजी। सोचता हूँ —क्या आज मैं वैसा कर पाता? क्या आज कोई पिता उसी अनुपात में, उसी स्वार्थ भाव से अपने एक बच्चे पर इतना भरोसा, इतना निवेश कर पाता है?

घर में सात सदस्य थे।रसोई का धुआँ, जिम्मेदारियों का बोझ, जरूरतों की लंबी सूची...फिर भी मेरी पढ़ाई कभी अधूरी नहीं रहने दी गई।मैं तब शायद समझ नहीं पाता था,पर आज समझता हूँ —माता पिता का त्याग हमेशा शब्दों में नहीं होता,वह अपनी जरूरतों को टाल देने में छिपा होता है। वह अपने लिए नए कपड़े न खरीदकर बेटे की किताब खरीदने में छिपा होता है।

मुझे याद है —जब उन्होंने कहा था,“यह खर्च नहीं, निवेश है।”उस समय यह एक साधारण वाक्य लगा था।आज लगता है — वह मेरे जीवन का बीज-मंत्र था।कॉलेज की पढ़ाई के बाद मैंने जब उनसे कहा कि अब पढ़ाई के नाम पर एक पैसा नहीं लूँगा,तो वह मेरा स्वाभिमान था —पर उस स्वाभिमान की नींव भी तो उन्होंने ही रखी थी।

सेना में भर्ती—दिसंबर 1979...सेना में भर्ती का वह दिन।मेरे हाथ में नियुक्ति पत्र था,पर असली जीत तो उनकी आँखों में थी।आज सोचता हूँ —यदि उस समय उन्होंने मुझे कटघोरा के छोटे से कस्बे में ही छोड़ दिया होता,यदि उन्होंने परिस्थितियों से समझौता कर लिया होता,यदि उन्होंने कहा होता “जितना है, उसी में चलाओ” —तो शायद मैं भी परिस्थितियों से समझौता करना सीख जाता।पर उन्होंने समझौता नहीं सिखाया,संघर्ष सिखाया।उन्होंने अभाव नहीं दिखाया,संभावना दिखाई।

नदी की उस रेत पर सीखा गया शीर्षासन केवल शरीर का संतुलन नहीं था; वह जीवन का संतुलन था।बाबूजी ने सहारा नहीं दिया, क्योंकि वे चाहते थे कि मैं अपने पैरों पर खड़ा होना सीखूँ।और शायद उसी दिन मेरे भीतर वह जज़्बा और मजबूत हुआ, जिसने आगे चलकर मुझे सेना की कठिन प्रशिक्षण भूमि पर भी टिकाए रखा।समय बीतता गया। पढ़ाई पूरी हुई। कठिन परिश्रम और दृढ़ निश्चय के साथ मैंने तैयारी की और 21 वर्ष की आयु में भारतीय सेना में भर्ती हो गया।जब पहली बार वर्दी पहनी, तो मुझे लगा जैसे 1971 के उस बालक का सपना साकार हो गया हो।सेना की सेवा ने मेरे व्यक्तित्व को गढ़ा—अनुशासन,समय का मूल्य,साथियों के प्रति निष्ठा,राष्ट्र के प्रति समर्पण|

सेना केवल नौकरी नहीं, एक संस्कार है। वह व्यक्ति को भीतर से बदल देती है।सेना के जीवन का मेरे ऊपर इतना गहरा प्रभाव पड़ा कि

मैंने अपने छोटे भाई अर्जुन को भी प्रेरित किया। उसने भी वर्दी धारण की और परिश्रम व समर्पण से सूबेदार के पद तक पहुँचा, फिर सम्मानपूर्वक सेवानिवृत्त हुआ।मेरे बेटे विक्रम ने भी उसी परंपरा को आगे बढ़ाया। वह आज लेफ्टिनेंट कर्नल के पद पर सेवारत है। इतना ही नहीं, मेरी बहू भी लेफ्टिनेंट कर्नल के पद पर राष्ट्र सेवा में तत्पर है।जब लोग इस विषय पर चर्चा करते हैं, तो मुझे गर्व और कृतज्ञता दोनों का अनुभव होता है।

आज पीछे मुड़कर देखता हूँ तो समझ आता है—उस सातवीं कक्षा के बालक के हाथ में जो युद्ध की पुस्तकें आई थीं, वे केवल कागज के पन्ने नहीं थे; वे दिशा देने वाले दीपक थे।यदि पिताजी पढ़ने का संस्कार न देते, यदि वे मेरे हाथ में वे पुस्तकें न रखते, तो शायद मेरे भीतर यह स्वप्न न जागता।वास्तव में, यह सब उनकी प्रेरणा का ही परिणाम था।उन्होंने सिखाया—“पुस्तकें केवल ज्ञान नहीं देतीं, वे जीवन की राह भी दिखाती हैं।”1971 की वह रेडियो पर सुनी गई आवाज़, वे पढ़ी गई किताबें, और पिताजी का मौन प्रोत्साहन—इन्हीं ने हमारे परिवार में राष्ट्र सेवा की एक परंपरा स्थापित कर दी।

आज जब मैं अपनी संतानों को देखता हूँ,तो मन ही मन पूछता हूँ —क्या मैं भी अपने पिता की तरह दूरदर्शी हूँ?क्या मैं भी उनके जैसा त्याग कर सकता हूँ?क्या मैं भी अपने बच्चों के सपनों को अपने सपनों से ऊपर रख सकता हूँ?जीवन की सच्चाई यही है —हम अपने पिता के ऋण से कभी मुक्त नहीं होते।हम बस उसे आगे बढ़ाते हैं —अपने कर्मों में, अपने संस्कारों में,अपनी अगली पीढ़ी में।मेरे लिए बाबूजी केवल पिता नहीं थे,वे मेरी दिशा थे।वे मेरी दशा बदलने वाले निर्माता थे।आज भी जब कोई कठिन निर्णय सामने आता है,तो भीतर से एक आवाज़ आती है —“डर मत...तू उसी आदमी का बेटा है जिसने चार सौ रुपये में भी तेरे सपनों को अमीर बना दिया था।”

8

इंसानियत की सीख

"मनुष्य की सबसे बड़ी विरासत उसकी संपत्ति नहीं, उसके संस्कार होते हैं।"

जिम्मेदारी और स्वाभिमान -छत्तीसगढ़ के घने जंगलों में लकड़ी और बाँस की कटाई के लिए हर साल बड़ी संख्या में मजदूरों की जरूरत पड़ती थी।मध्य प्रदेश के विंध्य क्षेत्र में वर्षा कम होती थी, खेती सीमित थी, इसलिए मजदूर आसानी से तैयार हो जाते थे।

एक दिन कंपनी के मालिक ने बाबूजी से कहा —"देखिए ठाकुर साहब, इस बार काम जल्दी शुरू करना है। मजदूर समय पर पहुँचने चाहिए।"बाबूजी ने शांत स्वर में उत्तर दिया —"चिंता मत कीजिए, गाँव से मजदूर लेकर आऊँगा । लोग तैयार हो जाएँगे।"बाबूजी गाँव गए और गाँव की चौपाल पर बाबूजी ने मजदूरों को इकट्ठा कर समझाया —"काम कठिन है, जंगल दूर है, लेकिन मेहनताना ठीक मिलेगा। पेशगी भी मिलेगी ताकि घर का खर्च चलता रहे।"

एक मजदूर ने संकोच से पूछा —"बाबूजी, जंगल बहुत घना है... सुना है जंगली जानवर भी हैं।"बाबूजी ने भरोसा दिलाया —"डरने की बात नहीं। मैं साथ रहूँगा। किसी के साथ अन्याय नहीं होने दूँगा।"लोग उनके शब्दों पर विश्वास करते थे।उनकी बात में सच्चाई थी, और सच्चाई में ताकत।

मजदूरों को पेशगी के रूप में रुपये दिए गए ताकि उनकी अनुपस्थिति में उनके घरों के चूल्हे जलते रहें।लेकिन हर बार हालात आसान नहीं होते थे।कभी जंगल की कठिन परिस्थितियाँ, कभी किसी सुपरवाइजर का कठोर व्यवहार...कभी बीमारी, कभी भय और कुछ मजदूर काम अधूरा छोड़कर लौट आते।

एक दिन मालिक ने कड़क आवाज़ में पूछा —“ठाकुर साहब, ये क्या हो रहा है? आधे मजदूर भाग गए! कंपनी का पैसा डूब रहा है।”बाबूजी शांत खड़े रहे।“सर, कोशिश कर रहा हूँ समझाने की... पर परिस्थितियाँ कठिन हैं।”मालिक ने हिसाब की कॉपी मेज पर पटकी —“ये देखिए! इतनी पेशगी गई है। इसका जवाब कौन देगा?”कुछ क्षण का मौन।फिर बाबूजी ने धीमे लेकिन दृढ़ स्वर में कहा —“जिम्मेदारी मेरी है।”“मतलब?”“मतलब... जिन मजदूरों की पेशगी डूब गई है, उसका हिसाब मेरे वेतन से काट लीजिए।”मालिक चौंक गए —“आप क्यों भरेंगे? गलती तो मजदूरों की है।”बाबूजी ने सिर उठाकर कहा —“उन्हें काम पर मैं लाया था। विश्वास मेरा था।अगर विश्वास टूटा है तो कीमत भी मुझे ही चुकानी चाहिए।”

उस महीने घर में तंगी थी।माँ ने धीरे से पूछा —“इतने कम पैसे क्यों आए इस बार?”बाबूजी ने बात टालनी चाही, पर माँ समझ गईं।“फिर किसी की पेशगी चुकाई है आपने?”बाबूजी मुस्कराए —“कंपनी पर बोझ डालूँगा तो कल को कौन भरोसा करेगा?स्वाभिमान बचा रहे, यही काफी है।”माँ की आँखें भर आईं —“पर घर का खर्च?”“थोड़ा कम में चल जाएगा।रोटी एक कम सही,पर सिर ऊँचा रहना चाहिए।”

मैं एक कोने में खड़ा यह सब सुन रहा था।तब पूरी बात समझ में नहीं आई थी।आज समझता हूँ —बाबूजी मजदूरों के ठेकेदार नहीं थे,वे विश्वास के संरक्षक थे।उन्होंने कभी कंपनी को यह मौका नहीं दिया कि उँगली उठे —“आपके लाए लोग भाग गए।”वे खुद आर्थिक तंगी झेल लेते,पर अपने नाम पर दाग नहीं लगने देते।

एक रात मैंने साहस कर पूछा —“बाबूजी, आप दूसरों की गलती की सजा क्यों भुगतते हैं?”उन्होंने मुझे पास बिठाया और कहा, “बेटा, गलती उनकी हो सकती है,पर जिम्मेदारी मेरी है।जो नेतृत्व करता है,उसे सबसे

आगे खड़ा होना पड़ता है —सफलता में भी, असफलता में भी।"फिर थोड़ी देर बाद जोड़ा —"पैसा फिर आ जाएगा,पर अगर भरोसा चला गया —तो फिर कुछ नहीं बचेगा।"

आज जब उस घटना को याद करता हूँ, तो मन भीतर तक भीग जाता है।तब मैं केवल एक बालक था —मुझे लगता था कि बाबूजी बेवजह अपनी जेब खाली कर देते हैं।पर आज समझ आता है —वे जेब खाली नहीं करते थे,वे बल्कि अपने सिद्धांतों पर टीके रहते थे।

आज के समय में अक्सर लोग सफलता का श्रेय लेने के लिए आगे खड़े हो जाते हैं,पर असफलता आते ही पीछे हट जाते हैं।जिम्मेदारी शब्दों में रहती है, व्यवहार में नहीं।लेकिन मैंने अपने पिता को देखा है —वे असफलता के समय सबसे आगे खड़े होते थे।वे कहते नहीं थे कि "मैं जिम्मेदार हूँ",वे जिम्मेदारी निभाते थे।

मैं सोचता हूँ —कंपनी को शायद फर्क नहीं पड़ता अगर वह रकम डूब भी जाती।पर बाबूजी को फर्क पड़ता था।क्योंकि बात रुपये की नहीं थी,बात भरोसे की थी।आज समझता हूँ —स्वाभिमान बड़ी-बड़ी बातों से नहीं बचता,वह छोटे-छोटे त्यागों से सुरक्षित रहता है।वह तब सुरक्षित रहता है जब आदमी अपनी सुविधा से ऊपर अपने सिद्धांत को रखता है।

कई बार घर में अभाव रहा होगा,कई बार आवश्यकताएँ टली होंगी,पर मैंने कभी बाबूजी को झुकते नहीं देखा।अब जब जीवन के अनुभवों ने मुझे परिपक्व किया है,तो मैं स्वयं से पूछता हूँ —क्या मैं भी अपने निर्णयों में उतना ही पारदर्शी हूँ? क्या मैं भी अपनी टीम, अपने परिवार, अपने साथ काम करने वालों के लिए वैसी ही जिम्मेदारी ले सकता हूँ? बाबूजी ने मुझे केवल पढ़ाई का महत्व नहीं सिखाया,उन्होंने यह सिखाया कि नेतृत्व पद से नहीं,चरित्र से पैदा होता है।आज जब किसी कठिन निर्णय के सामने खड़ा होता हूँ,तो भीतर से वही आवाज़ आती है —"जिम्मेदारी से मत भागो।यदि तुमने किसी को साथ लिया है,तो उसकी असफलता में भी तुम्हारा हिस्सा है।"मैं गर्व से कह सकता हूँ —मैंने अपने पिता से धन नहीं,धन से बड़ी चीज़ विरासत में पाई है —विश्वास निभाने की आदत। यही मेरे पिता की विरासत है|

इंसानियत का फल -मैंने एक दिन जिज्ञासा से पूछा—"बाबूजी, लोग कहते हैं कि आपके साथ काम करने वाले मजदूर और कर्मचारी आपको बहुत सम्मान करते थे। ऐसा क्यों?"बाबूजी हल्के से मुस्कराए—"क्योंकि बेटा, काम सिर्फ हुक्म से नहीं चलता, इंसानियत से चलता है।"मैंने पूछा—"इंसानियत से?"बाबूजी बोले—"जो मेरे साथ काम करता था, मैं उसे सिर्फ मजदूर नहीं मानता था। समय-समय पर अच्छे काम के लिए इनाम देता, हौसला बढ़ाता। किसी की बेटी की शादी हो, कोई बीमार पड़ जाए—तो जितनी मदद बन पड़े, करता था। इसका फायदा भी मिला—मेरे काम में कभी रुकावट नहीं आई।" मैं उन्हे मीठी डांट फटकार भी लगाता था पर वे कभी बुरा नहीं मानते थे बल्कि डांट फटकार के लिए मुझे उकसाते थे| जब मैं कुछ दिनों के लिए घर छुट्टी पर जाता था तो वापस आने पर शिकायत करते थे "बाबू साहब, आपके बिना काम में मन नहीं लगता, आप रहते हैं तो काम में मन लगता है और समय का पता ही नहीं चलता|" बाबूजी पूछते "मैं ऐसा क्या करता हूँ कि तुम्हारा मन लगता है?" "बाबू साहब, आप प्यार से डांटते हैं, समझाते हैं, और खूब हँसाते हैं|" बाबूजी कहते थे "खुद काम करना आसान है पर लोगों से काम लेना एक कला है, उस कला में मानवीय संवेदना होना चाहिए| कर्मियों की क्षमता, उनके मनोभाव, उनके सुख-दुःख सब अलग अलग होते हैं| एक मैनेजर के लिए उनको समझना बहुत जरूरी है वरना जैसा परिणाम आप चाहते हैं वैसा परिणाम नहीं मिलेगा|मैंने उत्सुकता से कहा—"वही बात है क्या, जो झारखंड के जंगल में आपके साथ हुई थी?" बाबूजी कुछ पल चुप रहे, फिर बोले—"हाँ, वही घटना।" मैं सिमटते हुए बोला—"वो... नक्सल वाली?"

नक्सल सरदार ने क्षमा मांगी -बाबूजी ने शांत स्वर में कहना शुरू किया—"एक दिन मैं झारखंड के नक्सल इलाके से जीप में सफर कर रहा था। जंगल के बीच की सड़क थी। अचानक चार हथियारबंद नक्सल सामने आ गए। बंदूक तान दी। कुछ समझने का मौका ही नहीं मिला।"मैं घबरा गया—"फिर क्या हुआ, बाबूजी?""उन्होंने मेरी आँखों पर पट्टी बाँधी," बाबूजी बोले,"और घने जंगल में ले गए। मैं चुपचाप चलता रहा। न डर दिखाया, न गिड़गिड़ाया।"

मैंने साँस रोके पूछा—"और...?""थोड़ी देर बाद," बाबूजी ने कहा,"नक्सल का सरदार सामने आया। जैसे ही उसने मुझे देखा, ठिठक गया।"मैंने कहा—"उसने आपको पहचान लिया?"बाबूजी बोले—"हाँ। उसने तुरंत हाथ जोड़ लिए और बोला—"ठाकुर साहब, हमें माफ कर दीजिए। लड़के आपको पहचान नहीं पाए|" ऐसा कहते हुए पैरों को हाथ लगाकर क्षमा मांगने लगा|"

"मैं चौंक पड़ा—"फिर?"बाबूजी की आवाज़ में सहजता थी—"उसने अपने साथियों से कहा—'ठाकुर साहब को अभी सम्मानपूर्वक सड़क तक छोड़कर आओ।'"मैं अविश्वास से बोला—"बस... इतना ही?"बाबूजी ने सिर हिलाया—"वह सरदार कभी मेरे अधीन काम करता था। उसकी बहन की शादी में मैंने आर्थिक मदद की थी। उसे सब याद था।"मैंने धीमे से कहा,"मतलब... आपको छोड़ दिया गया?"बाबूजी बोले—"हाँ। बिना फिरौती के। उस समय यह पहली घटना थी जब नक्सलियों ने किसी को बिना पैसे लिए छोड़ दिया।"

मैंने कहा—"अगर कोई और होता तो...?"बाबूजी ने बात पूरी की—"तो लाखों की फिरौती देनी पड़ती। नक्सल ठेकेदारों और कर्मचारियों को उठाकर मोटी रकम वसूल करते थे।"

मैं आज भी योगी हूँ -एक शाम मैं आँगन में बैठा मिट्टी की दीवारों को देख रहा था।खपरैल की छत से झरती धूप की रेखाएँ जैसे हमारे घर की सादगी की गवाही दे रही थीं।सालों से बाबूजी जंगलों का काम कर रहे थे।अनुभव, सम्मान, प्रभाव — सब कुछ था।पर घर की स्थिति वही थी।न खेती की जमीन बची,न शहर में मकान।

मैंने हिम्मत कर एक दिन बाबूजी से कहा —"बाबूजी, आपको इस जंगल के काम का पूरा अनुभव है।आप खुद ठेका क्यों नहीं ले लेते?"वे मुझे ध्यान से देखने लगे।"क्यों लेना चाहिए मुझे जंगल का ठेका?" उन्होंने शांत स्वर में पूछा।मैंने उत्साह से कहा "घर की हालत सुधरेगी।हमारा अपना व्यवसाय होगा।पैसा तो सुख-सुविधा का साधन है।हर इंसान को पैसा कमाना चाहिए।"बाबूजी हल्के से मुस्कराए।"बेटा, ठेका लेने के लिए पूँजी चाहिए।और पूँजी कहाँ से आएगी?""कर्ज ले लेंगे... लोग आपको जानते हैं, भरोसा करते हैं।"

उन्होंने सिर हिलाया —"कर्ज का बोझ मैंने अपने भाइयों के जीवन में देखा है।और जहाँ तक पैसे की बात है...मैंने कभी गलत तरीके से कमाया नहीं।जो मिला, ईमानदारी से मिला।गलत रास्ते से धन लाकर मैं तुम्हें क्या सिखाऊँगा?"मैंने फिर आग्रह किया, "पर बाबूजी, थोड़ी आर्थिक मजबूती तो जरूरी है।देखिए, जमीन चली गई...घर की हालत भी साधारण है..."वे कुछ देर मौन रहे।

फिर धीमे स्वर में बोले —"सुनो एक बात —'पूत सपूत तो का धन संचय,पूत कपूत तो का धन संचय।'"मैं चुपचाप सुनता रहा।उन्होंने समझाया —"यदि पुत्र सपूत है, सक्षम है, परिश्रमी है —तो धन जमा करने की क्या आवश्यकता है ? वह स्वयं कमा लेगा।और यदि पुत्र कपूत है तो चाहे जितना धन जमा कर दो,वह उसे नष्ट कर देगा।धन से अधिक जरूरी है संस्कार।"मैं निरुत्तर हो गया। उनकी बात अक्षरशः सत्य निकली| मैंने अपनी मेहनत और पिता के संस्कारों से अपनी जरूरतों के लिए पर्याप्त धन कमाया|

वे आगे बोले —"मैं तुम्हें जमीन नहीं दे पाया,न पक्का मकान।पर मैंने तुम्हें ईमान दिया है,मेहनत दी है,और सिर ऊँचा रखकर जीने का साहस दिया है।यदि ये तुम्हारे पास हैं,तो समझो तुम्हारे पास सबसे बड़ी पूँजी है।"मैंने धीमे से पूछा —"तो आपको कभी अफसोस नहीं होता?" वे हँस पड़े —"अफसोस? बेटा, योगी को क्या चाहिए? दो वक्त की रोटी और संतोष|" मैंने कहा, "बाबूजी, योगी को धन संचय और गृहस्थ को धन त्याग सोभा नहीं देता|" बाबूजी मुस्कुराये और कहा, "बेटा, हालात ने मुझे गृहस्थ बना दिया,पर भीतर से मैं तो आज भी योगी हूँ। मैंने धन को कभी अपना स्वामी नहीं बनने दिया।"

संध्या की हवा चल रही थी।खपरैल की छत के नीचे बैठे मेरे पिता उस क्षण मुझे साधारण गृहस्थ नहीं,एक विरक्त संत लगे।मेरी जुबान सचमुच बंद हो गई थी।क्योंकि मैंने समझ लिया था —वे धन नहीं,चरित्र का साम्राज्य खड़ा कर रहे थे।

सरल हृदय इंसान -सन 2001 की बात है।बाबूजी तब 74 वर्ष के हो चुके थे। 14 वर्ष की उम्र से उन्होंने काम शुरू किया था — खेत, कारोबार, परिवार, रिश्तेदारी... जीवन का कोई कोना ऐसा नहीं था जहाँ उन्होंने

श्रम न किया हो। जीवन के 60 वर्ष उन्होंने जंगलों में काम करते हुए बिताया था | जंगल का जीवन बहुत कठोर था | यह जीवन एक योगी की तरह था पर यह उनके स्वभाव के अनुकूल था |मैं बार-बार उनसे कहता —"बाबूजी, अब बहुत हो गया। आपने जीवन भर काम किया है। अब आराम कीजिए।"वे मुस्कराकर कहते —"बेटा, शरीर को चलाते रहो तो चलता है, बैठा दो तो जंग लग जाती है।"बहुत समझाने पर उन्होंने नियमित काम छोड़ तो दिया, पर उनका स्वभाव कहाँ बदलने वाला था।

उसी समय सतना में मेरा घर बन रहा था।सतना की उस नई बसी कॉलोनी में सुबह की धूप जब कच्ची दीवारों पर पड़ती, तो बाबूजी सबसे पहले वहाँ पहुँच जाते।मैं नौकरी के कारण अक्सर बाहर रहता था। पर बाबूजी सुबह सूरज निकलने से पहले उठते, स्नान करते, नाश्ता करते और मजदूरों के पहुँचने से पहले ही सीधा निर्माण स्थल पर पहुँच जाते।

एक दिन मैंने देखा —वे पाइप से दीवारों पर पानी की बौछार कर रहे हैं।मैंने कहा —"अरे बाबूजी! यह काम मजदूर कर लेंगे, आप क्यों कर रहे हैं?"उन्होंने हँसते हुए जवाब दिया —"दीवारों को मजबूत बनाना है तो समय पर पानी देना जरूरी है। मकान भी बच्चे जैसा होता है, शुरू में सही देखभाल करो तो उम्र भर साथ देता है।"वे केवल पानी ही नहीं देते थे —ईंट की सीध देखते, मसाले की मजबूती परखते, छत की ढलाई के समय खुद खड़े रहते।मजदूरों से कहते —"भइया, काम ऐसा करो कि यह घर पीढ़ियों तक खड़ा रहे। यह सिर्फ ईंट-गारा नहीं, किसी का सपना है।"

मजदूर भी उन्हें "बाबूजी" कहकर सम्मान देते।क्योंकि वे मालिक की तरह आदेश नहीं देते थे, बल्कि परिवार के बुजुर्ग की तरह समझाते थे।शाम को वे सबके लिए नाश्ता और चाय भी मँगवा देते।किसी मजदूर की तबीयत खराब हो जाए तो पूछ लेते —"दवा ली कि नहीं?"

घर धीरे-धीरे आकार लेने लगा।दीवारें उठीं, छत पड़ी, फर्श चमकने लगा।और फिर वह दिन आया — गृह प्रवेश का।घर सजा हुआ था। दरवाजे पर आम के पत्तों की बंदनवार, अंदर पूजा की तैयारी। रिश्तेदार और परिचित आने लगे। अक्सर लोग मकान बनने के बाद मजदूरों को भूल जाते हैं।पर बाबूजी कहते थे —"जिसने तुम्हारे लिए पसीना बहाया हो, उसे कभी मत भूलो। ईंटें पैसे से आती हैं, पर मजबूती इंसानियत से

आती है।"तभी मैंने देखा —बाबूजी खुद बाहर खड़े हैं और कुछ लोगों को बड़े आदर से अंदर ला रहे हैं|वे वही मजदूर थे —जिन्होंने नींव खोदी थी, ईंटें उठाई थीं, छत ढाली थी।मैंने धीरे से कहा "बाबूजी, आपने इन्हें भी बुलाया है?"उन्होंने गंभीर होकर कहा —"क्यों नहीं बुलाता? इस घर में जितना हक हमारा है, उतना ही इनका भी है। इन हाथों ने इसे खड़ा किया है।"

गृह प्रवेश की पूजा के बाद सबको प्रेम से भोजन कराया गया।मजदूर संकोच में थे —"बाबूजी, हम लोग यहीं बाहर खा लेंगे।"बाबूजी ने दृढ़ स्वर में कहा —"नहीं, अंदर बैठो। आज तुम मेहमान हो।"भोजन के बाद उन्होंने प्रत्येक को एक-एक उपहार भी दिया। मजदूरों की आँखों में संतोष था।मैं उस दिन उन्हें देख रहा था —74 वर्ष की उम्र में भी वही ऊर्जा, वही करुणा, वही सम्मान। उन्होंने जीवन भर मजदूरों से काम लिया था,पर उन्हें कभी "मजदूर" नहीं समझा —वे उनके लिए श्रमिक नहीं, सहायक थे;रोज़गार नहीं, सहयोगी थे।

आज जब उस घर की दीवारों को देखता हूँ,तो मुझे केवल सीमेंट और ईंट नहीं दिखती —मुझे बाबूजी का श्रम, उनका स्नेह और उनकी मानवता दिखाई देती है।सच ही है —कुछ लोग मकान बनाते हैं,और कुछ लोग घर।बाबूजी ने केवल मेरा घर नहीं बनवाया,उन्होंने उसमें इंसानियत की नींव भी रख दी।

विरोधियों से रिश्ते -गाँव सलैया की शाम थी। आँगन में नीम का पेड़ था और उसके नीचे चारपाई बिछी थी। बाबूजी शांत भाव से बैठे किताब पढ़ रहे थे। मैं शहर से आया था और जमीन के मुकदमे की बात सुनकर भीतर ही भीतर चिंतित था।मैंने धीरे से पूछा, "बाबूजी, सुना है आप हर पेशी में हमारे विरोधी के साथ ही अदालत जाते हैं?"बाबूजी ने मुस्कराकर मेरी ओर देखा —"कौन आदमी?""वही... जिसने हमारी जमीन अपने नाम करा ली। जिसने धोखा दिया।"बाबूजी ने किताब एक ओर रखा और बोले, "बेटा, गुस्से से बात मत किया कर। आखिर वह भी तो अपना ही खून है।"

मैंने थोड़ा तीखे स्वर में कहा —"अपना खून है तो क्या हुआ? उसने तो जालसाजी की है। आपकी सादगी का फायदा उठाया। आपको उसके

साथ कार में नहीं जाना चाहिए। कुछ भी हो सकता है।"बाबूजी हल्के से हँसे —"अरे पगले, मैं उसके साथ नहीं गया था। मैं तो अकेला ही जा रहा था। वह खुद आया, मेरे पैर छुए और बोला —'काका, एक ही अदालत में हम दोनों को जाना है। आइए, साथ चलते हैं।'अब जब उसने इतने आदर से कहा तो मैं मना कैसे करता?"

मैंने चिंतित होकर कहा —"पर बाबूजी, वह आदमी कुटिल है। जिसने जमीन हड़प ली, वह कुछ भी कर सकता है। आप इतने सीधे क्यों हैं?"बाबूजी का चेहरा गंभीर हो गया।"सीधा होना कमजोरी नहीं होता बेटा। इंसानियत कभी मत छोड़ना। मुकदमा अपनी जगह है, पर रिश्ते अपनी जगह।"मैंने कहा —"लेकिन उसने रिश्ते निभाए कहाँ?"

बाबूजी ने आकाश की ओर देखते हुए कहा —"जिस दिन मैं भी उसकी तरह हो जाऊँगा, उस दिन फर्क क्या रह जाएगा उसमें और मुझमें? अदालत में सच जीतेगा। अगर हमारी जमीन हमारी है तो कोई छीन नहीं सकता। और अगर भगवान ने उसे दे दी है तो शायद यही उसकी किस्मत है।"मैं भावुक हो गया।"आपको डर नहीं लगता?""डर किस बात का?" बाबूजी ने दृढ़ स्वर में कहा।"जिसका मन साफ होता है, उसका रास्ता भी साफ होता है। मैं अदालत इसलिए जाता हूँ कि न्याय पर भरोसा है। और उसके साथ बैठकर इसलिए जाता हूँ कि मन में उसके लिए जहर नहीं है।"

समय बीतता गया।सन 2012 में शुरू हुआ मुकदमा साल दर साल खिंचता रहा। हर पेशी पर बाबूजी पहले सलैया जाते, पुरानी चौखट को प्रणाम करते, फिर अदालत की राह पकड़ते।एक दिन मैंने फिर कहा —"बाबूजी, कब तक यह चलेगा?"उन्होंने मुस्कराकर कहा —"बेटा, न्याय की राह लंबी होती है। पर जो सच्चा है, वह थकता नहीं।"

पर नियति को कुछ और ही मंजूर था।मुकदमा चलता रहा... तारीख पर तारीख पड़ती रही...और एक दिन बाबूजी इस संसार से विदा हो गए।चौदह वर्ष बीत गए, मुकदमा आज भी अदालत में है।

9

पिताजी की जीवन संध्या

"सच्ची सफलता वही है जो परिवार को साथ लेकर चले।"

जीवन का आखरी पड़ाव - बाबूजी ने मेरे बार बार आग्रह करने पर 75 वर्ष की उम्र में नौकरी से मुक्ति ले ली परंतु उनकी दिनचर्या में कोई फर्क नहीं आया | सुबह की सैर, योग, प्राणायाम, ध्यान,गाँव की यात्राएँ, रिश्तेदारों के यहाँ जाना —शादी हो, उत्सव हो या किसी का निधन —"जाना तो पड़ेगा," वे कहते,"रिश्ते निभाने से ही जिंदा रहते हैं।"

किसी भी इंसान के चरित्र निर्माण में पिता के अलावा उसकी माता और पत्नी की भी मुख्य भूमिका होती है | माँ संस्कार देती है और पत्नी उसके जीवन की दशा और दिशा तय करती है| संस्कार कितने भी अच्छे हो परंतु यदि उसकी दशा और दिशा सही नहीं है तो इंसान की दुर्दशा हो जाती है | वह अपने लक्ष्यों से भटक जाता है | बाबूजी की माँ ने उन्हे संघर्ष करना सिखाया और मेरी माँ ने उन्हे सेवा और धैर्य सिखाया | मैंने अपने जीवनकाल में कभी नहीं देखा कि बाबूजी अपनी माता से या मेरी माता से आवेश में बात किया हो| इन दोनो ने उनके जीवन को हमेशा खुशहाल बनाया| उनकी माता अर्थात मेरी दादी का निधन 1984 में हो गया और मेरी माता का निधन अगस्त 2003 में हो गया| मेरी माँ पिछले

14 वर्षों से कैंसर से पीड़ित थी| इलाज की वजह से चल फिर रही थी| उनके इलाज की जिम्मेदारी मेरे ऊपर थी | माँ के निधन पर पिता को रोते हुए मैंने देखा था|वो आम तौर पर अपना दुःख किसी के सामने प्रकट नहीं करते थे पर मेरे सामने वो अपनेआप को रोक नहीं पाते थे| मैंने उन्हे गले से लगा लिया और वो फफक फफक कर रोने लगे मानो बहुत समय का जमा दर्द बांध के पानी की तरह तटबंध को तोड़कर बाहर फूट पड़ा हो|

माँ के निधन के पश्चात वे नियमित रूप से श्रीमद्भगवद्गीता का अध्ययन करते थे।भगवद्गीता उनके हाथों में मानो जीवन का मार्गदर्शक थी।एक दिन मैंने पूछा —“बाबूजी, आप रोज़ गीता ही क्यों पढ़ते हैं?”उन्होंने उत्तर दिया —“क्योंकि इसमें हर प्रश्न का उत्तर है... और जब तक साँस है, सीखना बंद नहीं करना चाहिए।”

बाबूजी ने एक्यूप्रेशर भी सीखा।गाँव का कोई व्यक्ति घुटनों के दर्द से परेशान हो या सिरदर्द से पीड़ित हो बाबूजी उसे बुलाकर कहते —“आओ, हाथ दिखाओ... यहाँ दबाओ... दर्द यहीं से निकलता है।”लोग ठीक होकर जाते और आशीर्वाद देते।वे बस मुस्करा देते —“सेवा करने से ही मन शांत रहता है।”

90 वर्ष की आयु में भी उनका रक्तचाप 120/80 था।न शुगर, न कोई बड़ी बीमारी।पर समय की चाल धीरे-धीरे दिखने लगी थी।सुबह की सैर चार किलोमीटर तक सिमट गई, नींद चार घंटे की रह गई।रात 9 बजे सोते, और सुबह 1 बजे उठ जाते।ठंड के दिनों में मैं काँपता हुआ रज़ाई में दुबका रहता,और वे ठंडे पानी से स्नान कर चुके होते।एक दिन मैंने कहा —“बाबूजी, इतनी ठंड में ठंडे पानी से क्यों नहाते हैं?”वे हँसकर बोले —“शरीर को अनुशासन में रखो, तो वह साथ देता है।”

सुबह 5 बजे जब मैं उठता,वे पूरी तरह तैयार होकर बैठे होते ।“कॉफी बनी?” वे हल्के से पूछते।मैं उनके चरण छूता।कभी-कभी उन्हें गले लगा लेता।मेरी पत्नी उन्हें दो केले और कॉफी देती।वे धीरे-धीरे कॉफी पीते और कहते —“चलो, अब सैर पर निकलते हैं।”

उनकी पढ़ने की लगन अद्भुत थी।अगर सुबह बिजली चली जाती,तो वे एक हाथ में टॉर्च, दूसरे हाथ में किताब लेकर पढ़ते रहते।लगातार योग क्रिया करने से उनके आँखों का चश्मा भी छूट गया था | उनका यह जुनून

कई बार मुझसे देखा नहीं जाता था |मैं सोचता था कि क्या मैं अपने पिता की तरह अनुशासन प्रिय बन पाऊँगा? एक दिन मैंने मज़ाक में उनके हाथ से टॉर्च खींचने की कोशिश की।दोनो के छीना झपटी में टॉर्च का ऊपरी हिस्सा मेरे हाथ में आ गया,पर उन्होंने पकड़ नहीं छोड़ी।"मज़ाक क्यों करता है?" उन्होंने हल्के झुंझलाहट से कहा,"मुझे पढ़ने दे।"मैं मुस्करा दिया,पर भीतर से भावुक हो गया —90 वर्ष की उम्र में भी ज्ञान के प्रति ऐसा आग्रह! उनकी याद आते ही आज भी आँसू टपकने लगते हैं|

मृत्यु से लगभग छह महीने पहले उनकी चाल थोड़ी धीमी हो गई थी।चेहरे की चमक वही थी, पर लौ मंद होने लगी थी। ओशो ने कहा था कि मृत्यु आने से छः महीने पहले ही दस्तक देने लगती है पर आम इंसान उन संदेशों को समझ नहीं पाता वहीं सिद्ध पुरुष को इसका आभास हो जाता है |मृत्यु से दो दिन पहले उन्होंने भोजन त्याग दिया।मैंने पूछा —"बाबूजी, कुछ खाइए।"उन्होंने सिर हिलाया —"अब इच्छा नहीं है।"मुझे लगा सर्दी लग गई है।डॉक्टर को दिखाया।दवा आई।पर कोई असर नहीं हुआ ।

अंतिम दिन - 26 जनवरी 2017 को शाम के लगभग साढ़े आठ बजे थे ।कमरे में हल्की रोशनी थी।उनकी साँसें घरघराहट के साथ चल रही थीं।मैं उनके कमरे में ही लेटा हुआ था।मेरी पत्नी पास ही बैठी थी। उनकी साँसों की आवाज़ अचानक धीमी हुई...फिर...पूर्ण शांति।मैंने घबराकर कहा, "देखो... बाबूजी की आवाज सुनाई क्यों नहीं दे रही?"मेरी पत्नी ने उनका सीना देखा।फिर मेरी ओर देखा।"शायद..." उसकी आवाज़ भर्रा गई।मैंने कान बाबूजी के मुँह के पास लगाया।कुछ नहीं।उनकी साँसें थम चुकी थीं।मैंने उनका हाथ अपने माथे से लगाया।वह शांत था... स्थिर... निर्मल।मैं फूट पड़ा —"बाबूजी... उठिए...आप तो कहते थे शरीर को चलाते रहो...अब क्यों रुक गए?"कमरा मौन था।

एक महान आत्मा हमसे जुदा हो चुकी थी।एक सच्चा, निष्कलंक इंसान इस दुनिया से विदा हो गया था।90 वर्ष और 6 महीने का जीवन...पर ऐसा लगता था जैसे एक युग समाप्त हो गया।उस रात मैंने पहली बार अपने आप को सचमुच अकेला महसूस किया।लगा जैसे मैं अनाथ हो गया हूँ | एक विशाल वृक्ष की छाया मेरे सर से गायब

हो चुकी है | चिलचिलाती धूप में नंगे पैर खुले आकाश के नीचे खड़ा हूँ |मैंने आकाश की ओर देखा और मन ही मन कहा –"बाबूजी,आप चले गए...पर आपका अनुशासन, आपकी करुणा, आपका वचन,आपकी गीता...सब मेरे भीतर छोड़ गए।आज आपका साया उठ गया,पर आपके संस्कारों की छाया जीवन भर मेरे साथ रहेगी|"

हम उन्हे तुरंत ही सतना से प्रयागराज ले गए | दूसरे दिन सुबह का समय था |प्रयागराज में गंगा तट पर उस दिन अजीब-सा सन्नाटा था। लहरें धीमे-धीमे बह रही थीं, मानो स्वयं भी शोक में डूबी हों। जैसे ही मैंने मुखाग्नि दी, मेरे आंसुओं का बांध फूट पड़ा| चंद घंटे बाद ही चिता की अग्नि शांत हो चुकी थी।राख से उठती हल्की धुआँसी लकीर आकाश की ओर बढ़ रही थी – जैसे बाबूजी की आत्मा किसी ऊँचाई की ओर प्रस्थान कर रही हो । रिश्तेदार चारों ओर खड़े थे,पर भीतर एक गहरा खालीपन गूँज रहा था।

चिता की अग्नि शांत हो चुकी थी। हमने बाबूजी की अस्थियाँ बड़े आदर से समेटीं और त्रिवेणी संगम की ओर चल पड़े। नाव धीरे-धीरे लहरों को चीरती हुई संगम की ओर बढ़ रही थी। चारों ओर एक गहरा सन्नाटा था। केवल चप्पुओं की लयबद्ध आवाज़ और गंगा की मंथर धारा सुनाई दे रही थी।

मेरे साथ मेरा बेटा संग्राम भी था। हम दोनों ने काँपते हाथों से बाबूजी की अस्थियाँ गंगा की गोद में समर्पित कर दीं। देखते ही देखते उनका एक-एक कण पवित्र जल में विलीन हो गया। उस क्षण मन में यही विचार उठा—यही तो मनुष्य की अंतिम यात्रा है। जो शरीर कभी परिवार का सहारा था, जो हाथ जीवन भर दूसरों का हाथ थामते रहे, अंततः प्रकृति की गोद में लौट जाते हैं।संग्राम की आँखें भर आईं। वह मौन खड़ा गंगा की लहरों को देखता रहा। उसके भीतर स्मृतियों का सैलाब उमड़ पड़ा।

"दादाजी... क्या सचमुच अब आप कभी नहीं मिलेंगे? याद है, मैं आपकी धोती खींचकर भाग जाता था और आप केवल मुस्कुरा देते थे। जब आप शीर्षासन करते थे, मैं शरारत में आपको छेड़ देता था और आप गिर पड़ते थे, फिर भी कभी डाँटते नहीं थे। आपका चश्मा छिपा देता था, आपकी डायरी खोलकर पढ़ने लगता था, लेकिन आपने कभी मुझे अपने

से दूर नहीं किया। आपकी आँखों में हर बार केवल स्नेह ही दिखाई देता था।

दो साल... पूरे दो साल मैंने आपके साथ बिताए। तब समझ नहीं पाया था कि मैं कितना भाग्यशाली हूँ। आज एहसास हो रहा है कि हर बच्चे को अपने दादा का इतना साथ नहीं मिलता। आपने मुझे केवल कहानियाँ ही नहीं सुनाईं, बल्कि जीवन जीना भी सिखाया।

कहते हैं, दादा पोते का पहला और आख़िरी दोस्त होता है। अब समझ में आ रहा है कि यह बात कितनी सच है। पहला इसलिए, क्योंकि बचपन की सबसे निश्छल दोस्ती उन्हीं से होती है; और आख़िरी इसलिए, क्योंकि उनके जाने के बाद उस जगह को कोई भर नहीं सकता।

दादाजी... जहाँ भी हों, मुझे अपना आशीर्वाद देते रहिए। आपकी यादें ही अब मेरी सबसे बड़ी धरोहर हैं।"

संग्राम ने चुपचाप गंगा का जल अपनी आँखों से लगाया। उसके आँसू गंगा की धारा में ऐसे घुल गए, जैसे बाबूजी की अस्थियाँ—दोनों अब उसी अनंत प्रवाह का हिस्सा बन चुके थे।मैं गंगा की बहती धारा को निहारता रहा। ऐसा लग रहा था मानो जल के साथ मेरी स्मृतियाँ भी बहती चली जा रही हों।

"बाबूजी... कहते हैं कि मैंने अपने जीवन के अट्ठावन वर्ष आपके साथ बिताए, लेकिन अब सोचता हूँ तो लगता है कि वह साथ कभी निरंतर था ही नहीं। बचपन बीता, फिर पढ़ाई के लिए घर से दूर चला गया। नौकरी मिली तो एक शहर से दूसरे शहर भटकता रहा। छुट्टियों में कुछ दिन घर आना, फिर वापस चले जाना—बस यही सिलसिला चलता रहा। यदि उन बिखरे हुए दिनों को जोड़ूँ, तो शायद दो-चार वर्ष भी लगातार आपके साथ नहीं रहा।

लेकिन अजीब बात है... दूरी ने कभी आपके होने का एहसास कम नहीं होने दिया। आप भले मेरे पास नहीं रहते थे, पर हर निर्णय में, हर कठिनाई में, हर सफलता में मुझे लगता था कि मेरे सिर पर आपका हाथ है। यह विश्वास ही मेरी सबसे बड़ी ताकत था। मैं निश्चिंत रहता था कि दुनिया चाहे जैसी हो जाए, गाँव के उस घर में एक व्यक्ति है जो बिना किसी शर्त के मेरा इंतज़ार करता है।

सेवानिवृत्ति के बाद जब मैं हमेशा के लिए घर लौटा था, तब मन में कितने सपने थे। सोचता था—अब कहीं जाना नहीं है। अब सुबह की चाय आपके साथ पीऊँगा, खेतों की मेड़ पर साथ टहलूँगा, आपकी पुरानी बातें सुनूँगा, आपकी डायरी पढ़ूँगा, उन दिनों की भरपाई करूँगा जो नौकरी की मजबूरियों ने हमसे छीन लिए थे।

लेकिन समय ने शायद कुछ और ही लिख रखा था। मैं लौटा ही था कि कुछ महीनों बाद आपने हमेशा के लिए विदा ले ली। एक पल में सब कुछ बदल गया। जिन सपनों को मैंने वर्षों तक संजोकर रखा था, वे बिना पूरे हुए ही बिखर गए। उस दिन पहली बार समझ आया कि जीवन किसी का इंतज़ार नहीं करता। वह अपनी गति से चलता रहता है।

आज आपके जाने के बाद एहसास होता है कि माता-पिता के साथ बिताए हुए वे छोटे-छोटे क्षण ही जीवन की सबसे बड़ी पूँजी होते हैं। बचपन की डाँट, युवावस्था की नसीहतें, साथ बैठकर खाना खाना, बिना किसी कारण उनकी आवाज़ सुन लेना—समय बीतने के बाद यही सब स्मृतियाँ मन के सबसे सुरक्षित कोने में बस जाती हैं। समय बहुत कुछ धुंधला कर देता है, लेकिन माँ-बाप के साथ बिताए हुए दिन कभी धुंधले नहीं पड़ते। वे हर बीतते वर्ष के साथ और अधिक मूल्यवान हो जाते हैं।

कभी-कभी मन उन बच्चों के बारे में भी सोचता है जिनके पिता उनके बचपन में ही उन्हें छोड़कर चले जाते हैं। उन्होंने तो शायद पिता की उँगली पकड़कर चलना भी ठीक से नहीं सीखा होगा। उन्होंने वह साया, वह सुरक्षा, वह निस्वार्थ स्नेह ही नहीं जाना होगा, जिसे मैंने इतने वर्षों तक महसूस किया। यदि आज, अट्ठावन वर्ष साथ रहने के बाद भी यह विरह असहनीय लग रहा है, तो उन नन्हे बच्चों के मन पर क्या बीतती होगी, जो पिता के चेहरे की याद भी ठीक से नहीं बना पाते?

बाबूजी... अब समझ में आया है कि पिता केवल एक व्यक्ति नहीं होते। वे घर की दीवार नहीं, उसकी नींव होते हैं। जब तक नींव दिखाई नहीं देती, तब तक उसके महत्व का एहसास भी नहीं होता। लेकिन जब वही नींव आँखों से ओझल हो जाती है, तब जीवन का पूरा घर पहले जैसा कभी नहीं रह जाता।"

बाबूजी की मृत्यु के करीब एक महीने बीत चुके थे| जीवन पटरी पर आ गया था पर बाबूजी की यादें मुझे घेरे रहती थी| उनके तारपोलिन बैग को अलमारी में ठूंस कर रख दिया गया था| मैंने उसे खोला| सबसे पहले डायरी हाथ लगी| उसके पन्ने पलटने लगा तभी मेरे नाम का एक लिफाफा गिरा जो पोस्ट नहीं किया गया था| धड़कते हृदय से लिफाफा खोला और पढ़ने लगा| उसमें लिखा था .....

सतना, 10 अक्टूबर 2016

प्रिय बेटे,

जब तुम यह पत्र पढ़ रहे होगे, तब शायद मैं तुम्हारे सामने बैठकर तुमसे बातें करने की स्थिति में न रहूँ। हो सकता है मैं इस संसार में रहूँ, हो सकता है न रहूँ। इसलिए सोचा, जो बातें जीवन भर कहना चाहता रहा, उन्हें कागज़ पर लिख दूँ। शब्द शायद वहाँ पहुँच जाते हैं, जहाँ आवाज़ नहीं पहुँच पाती।

सबसे पहले तुमसे एक बात कहना चाहता हूँ।यदि जीवन में कभी मेरी किसी बात से तुम्हारा मन दुखा हो, यदि कभी मेरी डाँट तुम्हें कठोर लगी हो, यदि कभी मेरी मजबूरियों को तुम मेरी बेरुख़ी समझ बैठे हो, तो अपने इस बूढ़े पिता को क्षमा कर देना।

बेटा, विश्वास करना, मैंने जो भी किया, तुम्हारी भलाई के लिए किया। पिता का प्रेम अक्सर माँ की तरह दिखाई नहीं देता। वह चिंता के रूप में सामने आता है, अनुशासन के रूप में दिखाई देता है और कई बार कठोर शब्दों में भी छिपा होता है। जिस दिन तुम स्वयं पिता बनोगे, उस दिन शायद मेरी कई बातें बिना समझाए ही समझ में आ जाएँगी।

जीवन ने मुझे बहुत कुछ सिखाया है। वही अनुभव मैं तुम्हारे लिए छोड़कर जा रहा हूँ।**सत्य का साथ कभी मत छोड़ना।** झूठ कभी-कभी जल्दी सफलता दिला देता है, लेकिन वह आत्मा की शांति छीन लेता है। सत्य कठिन अवश्य होता है, पर अंत में वही सिर ऊँचा रखकर जीने का साहस देता है।

अपने चरित्र को सबसे बड़ी पूँजी समझना। धन कमाया जा सकता है, खोया भी जा सकता है। पद आज है, कल किसी और का हो जाएगा। लेकिन चरित्र एक बार टूट गया तो जीवन भर उसकी आवाज़ सुनाई देती

रहती है।

अपने माता-पिता और गुरुओं का सम्मान कभी कम मत होने देना। जिस वृक्ष की जड़ें मजबूत होती हैं, वही आँधी में भी खड़ा रहता है। मनुष्य की जड़ें उसके संस्कार हैं।

परिश्रम से कभी समझौता मत करना। भाग्य पर विश्वास करना, लेकिन उससे पहले अपने श्रम पर विश्वास करना। पसीने की कमाई कभी धोखा नहीं देती।**किसी का अधिकार मत छीनना।** दूसरे के हिस्से का सुख लेकर अपने जीवन में कभी शांति नहीं मिलती।

अपने परिवार को जोड़े रखना। मतभेद हर घर में होते हैं, लेकिन मनभेद मत होने देना। टूटे हुए घरों की आवाज़ बाहर नहीं सुनाई देती, लेकिन भीतर रहने वाले लोग जीवन भर उसे सुनते रहते हैं।**जिस दिन तुम्हारे पास दूसरों की सहायता करने की सामर्थ्य हो, उस दिन पीछे मत हटना।** ईश्वर ने यदि तुम्हें दो रोटियाँ दी हैं, तो एक रोटी किसी भूखे के हिस्से की भी समझना।

अपने बच्चों को अच्छी शिक्षा देना। लेकिन केवल पढ़ा-लिखा मत बनाना, उन्हें अच्छा इंसान बनाना। याद रखना, डिग्रियाँ नौकरी दिलाती हैं, संस्कार सम्मान दिलाते हैं।**क्रोध में कभी निर्णय मत लेना।** क्रोध की आग सबसे पहले उसी को जलाती है जिसके भीतर वह पैदा होती है।

अपने देश को कभी मत भूलना। यह मिट्टी ही हमारी पहचान है। यदि अवसर मिले तो समाज और राष्ट्र के लिए कुछ ऐसा अवश्य करना कि तुम्हारे जाने के बाद लोग तुम्हें सम्मान से याद करें।और एक बात, जिसे मैं सबसे अधिक महत्वपूर्ण मानता हूँ—**अपने बच्चों को धन से अधिक संस्कार देना।**यदि वे ईमानदार, संवेदनशील और अच्छे इंसान बन गए, तो समझना कि तुम एक सफल पिता हो। यदि केवल धनवान बने और इंसानियत खो बैठे, तो समझना कि सब कुछ पाकर भी बहुत कुछ खो दिया।

बेटा, जीवन का उद्देश्य केवल सफल होना नहीं है, **सार्थक होना है।** बड़े पद पर पहुँच जाना उपलब्धि है, लेकिन किसी के आँसू पोंछ देना उससे भी बड़ी उपलब्धि है। लोग तुम्हारा पद भूल जाएँगे, लेकिन तुम्हारा व्यवहार कभी नहीं भूलेंगे।अब अपने बारे में भी कुछ कहूँ।

मैं यह दावा नहीं करता कि मैं एक आदर्श पिता था। मुझसे भी गलतियाँ हुई होंगी। कई बार परिस्थितियों ने मुझे कठोर बना दिया। कई बार मैं तुम्हें वह सब नहीं दे पाया, जिसका तुम हक़दार थे। कई इच्छाएँ तुम्हारी अधूरी रह गई होंगी। इसके लिए मेरे मन में हमेशा एक कसक रहेगी।लेकिन एक बात पूरे विश्वास से कह सकता हूँ—**मैंने कभी अपने स्वार्थ के लिए तुम्हारा अहित नहीं चाहा।**

आज मेरे पास तुम्हारे लिए छोड़ने को बहुत बड़ी संपत्ति नहीं है। न बड़ा घर हैं, न अपार धन-दौलत। इसका मुझे कभी-कभी दुःख भी होता है।पर यदि मैं तुम्हें ईमानदारी, परिश्रम, आत्मसम्मान और अच्छे संस्कार दे पाया हूँ, तो मुझे विश्वास है कि मैंने तुम्हें दुनिया की सबसे बड़ी दौलत दे दी है। धन तुम स्वयं कमा लोगे, लेकिन चरित्र विरासत में ही मिलता है।

मेरी एक छोटी-सी इच्छा है।मेरे जाने के बाद मेरी तस्वीर पर फूल चढ़ाना या न चढ़ाना, इससे मुझे कोई फर्क नहीं पड़ेगा। लेकिन यदि मेरे बताए हुए रास्ते पर चलने का प्रयास करोगे, परिवार को जोड़े रखोगे, सत्य का साथ दोगे और अपने बच्चों में अच्छे संस्कार बोओगे, तो समझूँगा कि मैं आज भी तुम्हारे बीच जीवित हूँ।मुझे तुम पर विश्वास है।

तुम मुझसे कहीं अधिक आगे बढ़ोगे। लोग तुम्हें तुम्हारे पद से नहीं, तुम्हारे व्यक्तित्व से पहचानेंगे। मैं जहाँ भी रहूँगा, तुम्हारी हर सफलता पर गर्व करूँगा और तुम्हारे हर अच्छे कर्म पर तुम्हें आशीर्वाद दूँगा।ईश्वर तुम्हें स्वस्थ रखे, दीर्घायु दे, परिवार में प्रेम बनाए रखे और तुम्हारे जीवन को इतना ऊँचा बनाए कि तुम्हारी सफलता देखकर तुम्हारे बच्चे भी गर्व से कहें—**"ये मेरे पापा हैं।"**ढेर सारा आशीर्वाद।

तुम्हारा बाबूजी

बाबूजी का यह पत्र सिर्फ पत्र नहीं बल्कि उनके जीवन भर के अनुभव और चरित्र का निचोड़ था| पढ़ते पढ़ते मेरी आँखें आंसुओं से भीग गईं| मैं सिर्फ इतना कह सका बाबूजी आपको भूलना मेरे लिए मुश्किल है और मैं फफक कर रो पड़ा......

10

विक्रम

“पापा, आपकी हर सीख जिंदगी की सबसे बड़ी ताकत है|”

सन 2024: “पापा, आज आप दोनों को स्टेशन कमांडर के ऑफिस चलना है। तैयार रहिए,” मेरे बेटे ने उत्साह भरे स्वर में कहा।“अच्छा! कोई खास बात है क्या?” मैंने उत्सुकता से पूछा।बेटा हल्का-सा मुस्कुराया, “बस... आप लोग तैयार रहिए, सब पता चल जाएगा।”

ठीक नौ बजकर पैंतालीस मिनट पर एक चमचमाती टाटा जिप्सी बंगले के सामने आकर रुकी।ड्राइवर ने उतरकर सलाम किया,“साहब, गाड़ी तैयार है।”हम तीनों गाड़ी में बैठे और स्टेशन कमांडर के ऑफिस पहुँच गए।

ऑफिस के बरामदे से गुजर ही रहे थे कि सामने से लगभग छह फुट लंबे, स्मार्ट-से कर्नल आते दिखाई दिए।उन्होंने पास आकर झुककर हमारे चरण स्पर्श किए और मुस्कराते हुए बोले—“नमस्ते अंकल! बहुत-बहुत बधाई हो।”मैंने आश्चर्य से बेटे की ओर देखा“अरे! सच?”कर्नल ने तुरंत विक्रम से भी हाथ मिलाया—“विक्रम, बहुत-बहुत बधाई! स्वागत है।” विक्रम ने विनम्रता से कहा“थैंक यू, सर।” मैं और उसकी माँ एक-दूसरे को देखते रह गए। हमारी आँखों में गर्व, खुशी और भावुकता एक साथ उतर आई थी।

ज्यों ही हमने स्टेशन कमांडर के कार्यालय में प्रवेश किए, सामने बैठे ब्रिगेडियर साहब तुरंत अपनी कुर्सी से उठ खड़े हुए। उन्होंने दोनों हाथ

जोड़कर हमारा अभिवादन किया।"नमस्कार अंकल, नमस्कार आंटी। आपका स्वागत है। कृपया बैठिए," उन्होंने बड़े सम्मान के साथ कहा।

हमने बैठते हुए चारों ओर नजर दौड़ाई। कमरे में पहले से ही लगभग दस वरिष्ठ सैन्य अधिकारी मौजूद थे। ऐसा प्रतीत हो रहा था मानो वे सभी हमारे आने की प्रतीक्षा कर रहे हों। तभी एक अधिकारी ने ब्रिगेडियर साहब से कहा, "सर, पाइपिंग सेरेमनी की सारी तैयारियाँ पूरी हो चुकी हैं।""बहुत अच्छा," ब्रिगेडियर ने संतोष से सिर हिलाया, "तो फिर हम समारोह आरंभ करते हैं।"

मैं और उसकी माँ उत्सुकता से सब कुछ देख रहे थे।ब्रिगेडियर साहब ने हमारी ओर देखकर कहा, "अंकल, आज आप जिस समारोह के साक्षी बनने जा रहे हैं, वह सेना और पुलिस की सबसे गौरवशाली तथा सम्मानित परंपराओं में से एक है। इसे 'पाइपिंग सेरेमनी' कहा जाता है।"उन्होंने आगे समझाया, "जब किसी कैडेट का प्रशिक्षण पूरा होता है या किसी अधिकारी का पदोन्नयन होता है, तब उसकी नई रैंक और नई जिम्मेदारियों के प्रतीक स्वरूप उसके कंधों पर नए स्टार, बैज या इंसिग्निया लगाए जाते हैं। यही प्रक्रिया 'पाइपिंग' कहलाती है।"

एक अन्य अधिकारी मुस्कराकर बोला, "और इस सम्मानजनक कार्य के लिए सबसे पहले परिवार के सदस्यों को आमंत्रित किया जाता है, क्योंकि उस उपलब्धि के पीछे उनका त्याग और सहयोग भी उतना ही महत्वपूर्ण होता है।"यह सुनकर मेरे हृदय में एक अनोखा गर्व भर गया। अब मुझे समझ में आने लगा था कि आज का दिन केवल विक्रम के लिए ही नहीं, बल्कि हम दोनों माता-पिता के लिए भी कितना विशेष और यादगार था।

ब्रिगेडियर साहब ने मेज पर रखे नए रैंक-स्टार उठाए और एक स्टार मेरे हाथ में दे दिया।"अंकल, यह सम्मान आपको प्राप्त होना चाहिए," उन्होंने मुस्कुराते हुए कहा।मेरे हाथ हल्के-से काँप उठे। वर्षों की स्मृतियाँ एक साथ आँखों के सामने तैर गईं—विक्रम का बचपन, उसकी पढ़ाई, उसका संघर्ष और सेना में जाने का उसका सपना।

"आइए," ब्रिगेडियर साहब ने संकेत किया।विक्रम सावधान की मुद्रा में हमारे सामने खड़ा हो गया। उसके चेहरे पर आत्मविश्वास था, लेकिन

आँखों में भावनाओं की चमक साफ दिखाई दे रही थी।मैंने उसके एक कंधे पर और ब्रिगेडियर साहब ने दूसरे कंधे पर नया स्टार लगा दिया।कमरे में तालियों की गड़गड़ाहट गूँज उठी।ब्रिगेडियर साहब ने ऊँची आवाज में घोषणा की—"जेंटलमेन, अब मेजर विक्रम सिंह, लेफ्टिनेंट कर्नल विक्रम सिंह बन चुके हैं।"पूरा कमरा तालियों से गूँज उठा।"बधाई हो, लेफ्टिनेंट कर्नल विक्रम सिंह!" कई अधिकारियों की आवाजें एक साथ सुनाई दीं।

मैंने विक्रम की ओर देखा। उसकी माँ की आँखें खुशी से चमक रही थीं। वह बार-बार अपने बेटे को देख रही थी, मानो विश्वास ही न हो रहा हो कि उसका छोटा-सा बेटा विक्की आज सेना में इतनी ऊँची जिम्मेदारी तक पहुँच गया है।

समारोह के बाद टी-पार्टी का आयोजन किया गया।एक अधिकारी ने विनम्रता से कहा, "कृपया आप सब जलपान ग्रहण करें।"सभी अतिथियों को मिठाइयाँ, स्नैक्स, कॉफी और चाय परोसी गईं।एक-एक करके सभी अधिकारी विक्रम के पास आए।"बहुत-बहुत बधाई, विक्रम।""नई जिम्मेदारियों के लिए शुभकामनाएँ।""हमें विश्वास है कि आप इस पद की गरिमा को और बढ़ाएँगे।"विक्रम मुस्कराकर सबका धन्यवाद करता रहा।उधर फोटोग्राफर लगातार तस्वीरें ले रहा था।"सर, इधर देखिए।""एक फोटो माता-पिता के साथ।""अब ब्रिगेडियर साहब के साथ।"

कैमरे की फ्लैश बार-बार चमक रही थी और हर तस्वीर उस गौरवपूर्ण क्षण को हमेशा के लिए सहेज रही थी।चाय के दौरान ब्रिगेडियर साहब मेरे पास आकर बैठे।उन्होंने मुस्कराते हुए कहा, "अंकल, आज आपको देखकर मुझे अपने माता-पिता की याद आ गई। जब मेरा प्रमोशन हुआ था, तब उनके चेहरे पर भी ठीक ऐसी ही खुशी थी।"कुछ क्षण रुककर उन्होंने आगे कहा, "सच पूछिए तो किसी भी सैनिक की सफलता केवल उसकी नहीं होती, उसके परिवार के त्याग और समर्थन का भी उतना ही बड़ा योगदान होता है।"मैंने सहमति में सिर हिलाया। उस समय मेरे पास कहने के लिए शब्द कम थे, लेकिन हृदय गर्व और संतोष से भरा हुआ था।धीरे-धीरे समारोह समाप्त होने लगा। अधिकारी

अपने-अपने कार्यों के लिए जाने लगे।

हमने भी विदा लेने की अनुमति माँगी।ब्रिगेडियर साहब स्वयं अपनी कुर्सी से उठे और हमारे साथ कार्यालय के बाहर तक आए।"अंकल, आंटी, आज हमारे बीच आने के लिए आपका बहुत-बहुत धन्यवाद," उन्होंने हाथ जोड़ते हुए कहा।फिर विक्रम की ओर देखकर बोले, "लेफ्टिनेंट कर्नल विक्रम, एक बार फिर बहुत-बहुत बधाई और शुभकामनाएँ।""थैंक यू, सर," विक्रम ने सम्मानपूर्वक उत्तर दिया।

हम जिप्सी की ओर बढ़े। पीछे मुड़कर देखा तो ब्रिगेडियर साहब अब भी वहीं खड़े मुस्करा रहे थे। उस क्षण मुझे लगा कि यह केवल मेरे बेटे के प्रमोशन का समारोह नहीं था, बल्कि एक पिता के सपनों, संघर्षों और वर्षों की तपस्या को मिला सम्मान था।

मीठी यादें - मैं जब समारोह से वापस अपने कमरे में आया तो सन 1985 का वो साल एक चलचित्र की भांति मेरी आँखों से गुजरने लगा | मैं खो गया उन खूबसूरत और मीठी यादों में | वह साल हमारे जीवन में खुशियों की सौगात लेकर आया था | मुझे याद आ रहा है जब आशा ने मुझे यह खुशखबरी दी कि उसकी कोख में एक मेहमान आ चुका है । उस पल को शब्दों में बाँध पाना आज भी मेरे लिए आसान नहीं है। ऐसा लगा जैसे समय ठहर गया हो, जैसे सारी दुनिया अचानक उजली हो गई हो।मैंने उसे बिना कुछ सोचे-समझे अपने आलिंगन में भर लिया। मेरी खुशी इतनी प्रबल थी कि मैं खुद को रोक नहीं पाया—मैं उसे उठाकर गोल-गोल घुमाने लगा, जैसे मेरे पैरों के नीचे जमीन ही न हो। उस क्षण मुझे लगा कि मैं सचमुच उड़ सकता हूँ—आसमान तक, तारों के पार—क्योंकि मेरी दुनिया में मेरी संतान आने वाली थी ।मेरी खुशी का कोई पारावार नहीं था। मैं हँस रहा था, जैसे कोई बच्चा खिलौना पाकर खिलखिला उठता है।तभी वह छटपटाई और हल्की सी नाराज़गी में बोली, "पागल हो गए हो क्या! कोई देखेगा तो क्या कहेगा!" उसकी आवाज़ में झुंझलाहट कम, संकोच ज्यादा था।

मैंने तुरंत उसे छोड़ दिया, पर मेरे हाथ अब भी कांप रहे थे—खुशी से, उत्साह से, उस अनकहे एहसास से जो पहली बार मेरे भीतर जन्म ले रहा था। मैंने उसके माथे को धीरे से चूमा—एक धन्यवाद की तरह,

एक वचन की तरह। फिर मैंने बहुत सावधानी से उसके पेट पर हाथ रखा, जैसे किसी मंदिर की देहरी को छू रहा हूँ। वह हल्के से सिमट गई, उसके गाल लाल हो गए। वह शर्म से मुस्कुरा रही थी, जैसे उसकी आँखों में कोई अनकहा गीत छुपा हो।

उसने अपना चेहरा आँचल में छुपा लिया, पर उसकी हँसी छुप नहीं पाई। वह हँसती रही—धीमे-धीमे, फिर खुलकर।और मैं...मैं उसे देखता रह गया—एक पागल की तरह, एक सपने में खोए हुए इंसान की तरह। उसकी आँखों में खुशी थी, पर उसमें एक संकोच भी था—नारी सुलभ लज्जा, जो उसे अपने भाव पूरी तरह व्यक्त करने से रोक रही थी।लेकिन मैं... मैं तो बेसब्र था।मुझे हर पल यही लगता था कि कब मेरा बेटा इस दुनिया में आएगा , कब मैं उसे अपनी बाहों में भर पाऊँगा, कब मैं उसे "बेटा" कहकर पुकारूँगा।उस दिन के बाद मेरी दुनिया बदल गई थी।मैं सिर्फ एक इंसान नहीं रहा—मैं एक होने वाला पिता बन चुका था।और यह एहसास ही मेरे जीवन की सबसे बड़ी खुशी बन गया।

कल्पनाओं का संसार -समय धीरे-धीरे बीत रहा था, पर मेरे लिए हर दिन जैसे एक नई प्रतीक्षा लेकर आता था। हर सुबह बेटे के ख़याल के साथ शुरू होती और हर रात उसकी कल्पनाओं में खोकर खत्म हो जाती। ऐसा लगता था जैसे मेरी साँसों में भी अब उसका ही नाम बस गया हो।हम दोनों अक्सर सायंकाल सैर के लिए निकल जाते। वह धीरे-धीरे चलता है।, मैं उसके कदमों के साथ अपने कदम मिलाता हूँ। उस समय दुनिया की कोई और बात हमारे बीच नहीं होती थी—सिर्फ बेटा होता था।हम उसके बारे में बातें करते, उसके आने के बाद की दुनिया की कल्पना करते। कभी सोचते वह मेरे जैसे दिखेगा , कभी कहते कि वह अपनी माँ की तरह सुंदर और शांत स्वभाव का होगा ।हम उसके लिए नाम सोचते, उसके छोटे-छोटे कपड़ों की कल्पना करते, उसकी पहली मुस्कान, पहला कदम—हर पल को पहले से ही जी लेने की कोशिश करते।हम दोनों सपनों के जाल बुन रहे थे—एक ऐसी दुनिया के, जिसमें वह हमारे बीच हँस रहा होगा।

चंद ही महीनों में आशा का गर्भ धीरे-धीरे भारी होने लगा। उसके चलने में एक सावधानी आ गई थी, उसकी हर हरकत में एक जिम्मेदारी

झलकती थी। और मेरी जिज्ञासा... वह तो दिन-ब-दिन बढ़ती ही जा रही थी।मैं कभी उसके पेट पर हाथ रखकर तुम्हें महसूस करने की कोशिश करता, जैसे बेटे की धड़कनों को अपनी उँगलियों से छू लूँ।कभी अपना कान लगाकर सुनता, यह उम्मीद करते हुए कि शायद वह कुछ कह रहा हो...और तब मेरे मन में एक कल्पना जन्म लेती—जैसे वह अंदर से धीरे से कह रहा हो,"पापा, मुझे परेशान मत करो... मुझे सोने दो... मुझे नींद आ रही है..."मैं मुस्कुरा उठता।

कभी-कभी मैं मज़ाक में कह देता,"अरे, कब तक इंतज़ार करवाओगी? इसे जलेबी दिखाओ, ये तो तुरंत बाहर आ जाएगा!"मेरी इस बात पर आशा हल्के से शर्माती, उसकी आँखों में हँसी और संकोच दोनों एक साथ तैर जाते।वह मुस्कुराकर कहती,"इतने बेसब्र मत बनो... नौ महीने तो पूरे होने दो..."मैं जानता था कि वह सही कह रही है। प्रकृति के अपने नियम होते हैं, अपनी गति होती है।पर मेरा दिल... वह कहाँ मानता था? मैं बस इतना चाहता था कि यह समय जल्दी बीत जाए और मैं बेटे को अपनी बाहों में भर सकूँ।

लेकिन उसी के साथ एक और भावना भी मेरे भीतर गहराती जा रही थी—जिम्मेदारी की।मैं जानता था कि इस समय आशा को खुश रखना, उसका ख्याल रखना, उसका हर दर्द समझना मेरा सबसे बड़ा कर्तव्य है।वह सिर्फ मेरी पत्नी नहीं थी उस समय—वह मेरे आने वाले वंश की वाहक थी।वह बेटे का संसार थी। उसका स्वस्थ और खुश रहना, उसके स्वास्थ्य और उसकी मुस्कान पर निर्भर था।इसलिए मैं उसकी हर छोटी-बड़ी जरूरत का ध्यान रखता।कभी उसके लिए उसका मनपसंद खाना बनवाता, कभी उसके पैरों को दबाता, कभी बस उसके पास बैठकर बातें करता—ताकि वह अकेला महसूस न करे।उसकी मुस्कान अब मेरे लिए सबसे जरूरी चीज बन चुकी थी, क्योंकि उसी मुस्कान में बेटे की खुशियाँ छुपी थीं।और इसी इंतज़ार, इसी प्यार और इसी जिम्मेदारी के बीच...पता ही नहीं चला कि नौ महीने कब बीत गए।

आशा की प्रसव पीड़ा -समय जैसे चुपके से अपनी चाल चलता रहा, और हम उसकी हर धड़कन में बेटे को महसूस करते रहे।फिर वह दिन आया...जिसका हम दोनों को बेसब्री से इंतज़ार था—पर साथ ही, वह दिन

अपने साथ एक ऐसी पीड़ा लेकर आया, जिसे शब्दों में बाँध पाना आसान नहीं है।आशा की प्रसव पीड़ा शुरू हो चुकी थी।उसके चेहरे पर दर्द की लकीरें उभर आई थीं। उसकी हर साँस भारी हो रही थी, हर क्षण जैसे एक परीक्षा बन गया था।मैं उसके पास खड़ा था, पर उस दर्द को बाँट पाने में असमर्थ—बस उसकी उँगलियों को थामे, उसकी आँखों में झांकता हुआ।

उस समय मुझे पहली बार यह एहसास हुआ कि एक माँ बनना कितना कठिन होता है...कितना साहस, कितना धैर्य और कितना त्याग चाहिए होता है इस एक क्षण को पार करने के लिए।वह पीड़ा...वह संघर्ष...वह केवल एक माँ ही पूरी तरह समझ सकती है।और मैं...मैं बस एक मौन साक्षी था—उस अद्भुत क्षण का, जब दर्द के उस पार...बेटे का जन्म होने वाला था।बरसात का मौसम था।आकाश में काले बादल इस तरह छाए हुए थे मानो किसी अनजाने भय का संकेत दे रहे हों। दूर कहीं बादलों की गर्जना गूँज रही थी—धीरे-धीरे, फिर अचानक तेज़। बिजली आकाश को चीरती हुई चमकती, और कुछ पल के लिए सब कुछ उजाले में डूब जाता... फिर वही घना अंधेरा।उसी रात, जैसे प्रकृति भी किसी बड़े परिवर्तन की साक्षी बन रही थी, आशा के भीतर भी एक तूफ़ान उठ रहा था।बारिश शुरू हो चुकी थी—पहले हल्की फुहार, फिर तेज़ बौछारों में बदलती हुई। और उसी के साथ, आशा प्रसव पीड़ा से कराहने लगी।

रात के ठीक 12 बजे का समय था।वह मेरे पास ही लेटी हुई थी, पर अब उसकी साँसें तेज़ हो गई थीं, चेहरा पीड़ा से सिकुड़ गया था। उसकी हर कराह मेरे दिल को चीर रही थी।मैंने उसे इस तरह तड़पते देखा तो मेरा दिल घबरा गया।मैंने तुरंत कहा,"मैं एम्बुलेंस लेकर आता हूँ... तुम्हें अस्पताल जाना होगा..."मैं उठकर जाने ही वाला था कि अचानक उसने मेरे पैरों को पकड़ लिया।उसकी पकड़ कमजोर थी, पर उसमें एक अजीब सी जिद थी।उसने दर्द से भरी आवाज़ में कहा,"मैं... अभी अस्पताल नहीं जाऊँगी... समय से पहले गए तो डॉक्टर... चीर-फाड़ कर देंगे..."

उसकी आँखों में डर था—सिर्फ दर्द का नहीं, बल्कि उस अनजाने डर का, जो हर माँ के मन में उस समय कहीं न कहीं होता है।मैं ठिठक गया।मेरे कदम जैसे जमीन में जम गए।एक तरफ उसका असहनीय दर्द था, दूसरी तरफ उसका डर...और मैं... इन दोनों के बीच खड़ा एक

असहाय इंसान।मुझे समझ नहीं आ रहा था कि क्या करूँ—उसे जबरदस्ती अस्पताल ले जाऊँ या उसकी बात मानकर इंतज़ार करूँ।

वह रात...मेरे जीवन की सबसे लंबी रात बन गई।वह बिस्तर पर तड़पती रही—कभी कराहती, कभी दाँत भींचकर दर्द सहने की कोशिश करती।कभी मेरा हाथ कसकर पकड़ लेती, जैसे उस दर्द से लड़ने के लिए मुझसे ताकत ले रही हो।और मैं...मैं पूरी रात उसके पास बैठा रहा।उसका माथा सहलाता, उसके बालों को ठीक करता, कभी पानी पिलाता...पर हर बार मुझे यही एहसास होता कि मैं उसके दर्द को कम करने में कितना असमर्थ हूँ।बाहर बारिश लगातार होती रही।बादलों की गर्जना और उसकी कराह—दोनों मिलकर जैसे उस रात को और भी भयावह बना रहे थे।मेरी आँखों में नींद नहीं थी, बस चिंता थी...हर पल यह डर कि कहीं देर न हो जाए।समय जैसे रुक गया था।हर मिनट एक घंटे के बराबर लग रहा था।आख़िरकार...

सुबह के 5 बज गए।अब मुझसे और इंतज़ार नहीं हुआ।मैंने ठान लिया कि चाहे जो हो, अब उसे अस्पताल ले जाना ही होगा।मैं तुरंत बाहर निकला—बारिश अब भी हल्की-हल्की हो रही थी।भीगे रास्तों पर भागते हुए मैं एम्बुलेंस लेने गया।कुछ ही देर में एम्बुलेंस आ गई।मैंने बड़ी सावधानी से आशा को सहारा देकर उसमें बैठाया।उसकी हालत देखकर मेरा दिल और भी बेचैन हो रहा था।हम अस्पताल पहुँचे।मैंने जल्दी-जल्दी डॉक्टर को सारी बात बताई,"सर... ये रात भर तड़पती रही... इसे जल्दी भर्ती कर लीजिए... कहीं देर न हो जाए..."डॉक्टर फौजी स्वभाव का था—सख्त, अनुशासित और सीधे बोलने वाला।उसने मेरी बात सुनी, फिर गुस्से में कहा,"जब इतनी जल्दी थी तो इसे पहले क्यों नहीं लाया?"उसकी आवाज़ में नाराज़गी थी, और शायद थोड़ी झुंझलाहट भी।मैं चुप हो गया।मेरे पास कोई जवाब नहीं था—न अपने डर का, न उसकी जिद का, न उस रात की मजबूरी का।मैं बस सिर झुकाकर खड़ा रहा।

डॉक्टर ने एक नज़र आशा पर डाली और तुरंत नर्सों को निर्देश देने लगा।वह अपने काम में लग गया—तेज़ी से, बिना समय गंवाए।फिर उसने मेरी ओर देखकर कहा, "अब तुम जा सकते हो।"उस एक वाक्य ने

मुझे भीतर तक हिला दिया।मैं दरवाज़े के बाहर आ गया...पर मेरा मन वहीं अंदर रह गया—उस कमरे में, जहाँ आशा दर्द से लड़ रही थी...और जहाँ...कुछ ही पलों में,मेरा बेटा इस दुनिया में आने वाला था ।

आशा को उस हालत में छोड़कर ड्यूटी पर जाना मेरे लिए किसी युद्ध से कम नहीं था। कदम तो आगे बढ़ रहे थे, पर मन बार-बार पीछे मुड़कर उसी अस्पताल के दरवाज़े पर अटक जाता था। हर पल यही चिंता मन को कचोट रही थी कि वह अकेले इस असहनीय पीड़ा को कैसे सह रही होगी। एक स्त्री के लिए प्रसव का समय जितना शारीरिक संघर्ष होता है, उतना ही भावनात्मक सहारा भी मांगता है... और उस समय उसका अपना व्यक्ति उसके पास न हो, यह सोचकर मेरा हृदय बेचैन हो उठता था।

मैं ड्यूटी पर चला गया पर वहाँ सिर्फ शरीर मौजूद था, लेकिन आत्मा जैसे अस्पताल के उस वार्ड में भटक रही थी। घड़ी की सुइयाँ जैसे थम-सी गई थीं। हर एक मिनट एक युग जैसा लग रहा था। जैसे-तैसे दिन बीता, और जब शाम के चार बजे, तो ऐसा लगा मानो किसी ने कैद से आज़ाद कर दिया हो।आसमान बिल्कुल साफ था। सूरज की लालिमा पूरे आकाश में ऐसे फैल रही थी जैसे प्रकृति स्वयं किसी शुभ समाचार की घोषणा कर रही हो। मेरे भीतर एक अजीब-सी खुशी और उत्सुकता उमड़ रही थी। दिल बार-बार कह रहा था – "आज कुछ बदल गया है... आज तुम्हारी दुनिया में कोई नया आया है।"

मैंने जल्दी-जल्दी साइकिल उठाई और पूरे जोर से पैडल मारने लगा।रास्ते में एक कुत्ते से टकराते टकराते बचा| वह मेरी तरफ भौंका मानो कह रहा हो "अभी तो तुझे छोड़ दिया दुबारा ऐसा किया तो छोड़ूँगा नहीं|" रास्ते की हर रुकावट मुझे बोझ लग रही थी। हवा मेरे चेहरे से टकरा रही थी, पर मुझे सिर्फ अस्पताल तक पहुँचने की जल्दी थी। ऐसा लग रहा था जैसे मेरी साँसें भी मुझसे आगे दौड़ रही हों।अस्पताल पहुँचा तो दिल की धड़कनें और तेज़ हो गईं।

पिता बनने का एहसास - अगस्त 1985 का पहला दिन था।ड्यूटी नर्स मुझे वार्ड तक ले गई। जैसे ही मैंने कमरे में कदम रखा, मेरी नज़र सीधे आशा पर गई – वह थकी हुई थी, लेकिन उसके चेहरे पर एक

अद्‌भुत शांति थी... एक संतोष, एक विजय की चमक।और फिर मेरी नज़र बेटे पर पड़ी...

वह छोटे से पालने में लेटा हुआ था , बिल्कुल शांत... जैसे इस दुनिया के कोलाहल से बिल्कुल अनजान। उस क्षण समय जैसे ठहर गया। मेरी आँखें भर आईं। मैं कुछ पल के लिए वहीं खड़ा रह गया – न आगे बढ़ पा रहा था, न पीछे हट पा रहा था।मैं समझ ही नहीं पा रहा था कि बेटे को कैसे उठाऊँ... कैसे छूऊँ... कहीं मेरी उँगलियों की कठोरता उसकी कोमलता को चोट न पहुँचा दे। शायद मेरी इस झिझक को नर्स ने पढ़ लिया। उसने हल्की मुस्कान के साथ उसे उठाया और मेरे हाथों में सौंप दिया।उस पल... मेरे हाथ काँप रहे थे।ऐसा लग रहा था जैसे मैं कोई साधारण चीज़ नहीं, बल्कि अपने जीवन का सबसे अनमोल उपहार थामे हुए हूँ। मैंने बेटे को अपनी बाँहों में लिया, और एकटक उसके चेहरे को निहारता रहा.....यह था मेरा बेटा विक्की ....विक्रम सिंह|

वह सचमुच एक नन्हे, कोमल फूल की तरह था ...उसकी छोटी-छोटी मुट्‌ठियाँ बंधी हुई थीं, जैसे वह इस दुनिया से अपने अधिकार की कोई चीज़ पकड़कर आया हो। उसकी आँखें खुली थीं, और उनमें एक अजीब-सी जिज्ञासा थी। वह मुझे देख रहा था ... लगातार... जैसे पहचानने की कोशिश कर रहा हो कि यह नया चेहरा कौन है।उस क्षण मुझे लगा जैसे वह मुझसे पूछ रहा हो – “क्या आप ही मेरे पिता हैं?”मेरी आँखों से आँसू स्वतः बहने लगे। मैंने उसे धीरे-से अपने करीब लाया और बहुत ही आहिस्ता तुम्हारे माथे को चूमा। वह एक साधारण चुंबन नहीं था... उसमें मेरी सारी खुशियाँ, मेरे सारे सपने, और मेरा सारा प्यार समाया हुआ था।

मुझे ऐसा महसूस हुआ जैसे मैंने जीवन की सबसे ऊँची चोटी को छू लिया हो... जैसे किसी कठिन पर्वतारोहण के बाद शिखर पर पहुँचकर मन गर्व और आनंद से भर गया हो । मैं उसे अपने कंधों पर उठाकर मानो पूरे आसमान में उड़ जाना चाहता था।उस क्षण मैं सिर्फ एक इंसान नहीं था... मैं “पिता” बन चुका था।

आशा मुझे देख रही थी। उसकी आँखों में थकान थी, लेकिन उससे कहीं ज्यादा गर्व और संतोष था। उसकी मुस्कान जैसे कह रही थी

—"देखा, मैंने अपना वादा निभा दिया..."मुझे उसकी वो बात याद आ गई —"देखना, बेटा ही होगा... बिल्कुल तुम्हारी तरह।"मैंने हँसते हुए कहा था —"अगर बेटा हुआ, तो उसका नाम 'विक्रम' होगा, प्यार से उसे हम विक्की पुकारेंगे।" और आज...उसने धीमे से मुस्कुराते हुए कहा —"आपका विक्रम आ गया..."उसकी आवाज़ ने मुझे जैसे किसी स्वप्न से जगाया। मेरी तंद्रा भंग हुई। मैंने झुककर उसके माथे को चूमा। उस एक क्षण में हमारे बीच अनगिनत भावनाएँ बह रही थीं — प्यार, विश्वास, संघर्ष, और एक नई शुरुआत की खुशी।वह मुस्कुराई... और उसकी मुस्कान में एक संपूर्ण स्त्री की जीत थी, एक माँ की पूर्णता थी।

उस दिन... हमारा जीवन सच में बदल गया था।खट्टी-मीठी यादों और सुनहरे सपनों के साथ हमारी जिंदगी आगे बढ़ रही थी। घर में छोटे से विक्रम की किलकारियाँ गूँजती थीं और उन्हीं किलकारियों के साथ हमारा संसार भी बदल गया था।विक्रम के जन्म के बाद कुछ महीनों तक मेरी माँ हमारे साथ रहीं। उनका स्नेह और अनुभव आशा के लिए बहुत बड़ा सहारा था। वे हर समय बच्चे को गोद में लिए रहतीं और आशा को आराम करने की सलाह देतीं।"बहू, अभी तुम्हारा शरीर पूरी तरह संभला नहीं है," माँ प्यार से कहतीं, "तुम बस बच्चे को दूध पिलाओ, बाकी काम मैं देख लूँगी।"आशा मुस्कराकर कहती, "अम्मा जी, आप इतना काम मत किया कीजिए।"माँ हँस पड़तीं, "अरे, पोते का सुख हर किसी के भाग्य में कहाँ होता है!"

लेकिन समय अपनी गति से चलता रहा। कुछ महीनों बाद माँ को गाँव लौटना पड़ा।जिस दिन वे वापस जा रही थीं, आशा की आँखें नम थीं।"अम्मा जी, आपके बिना घर सूना लगेगा," उसने भावुक स्वर में कहा।माँ ने उसके सिर पर हाथ फेरते हुए कहा, "बेटी, अब यह घर तुम्हारा है। और यह नन्हा-सा राजकुमार भी तुम्हारी जिम्मेदारी है। मुझे पूरा विश्वास है कि तुम सब संभाल लोगी।"मेरी माँ चली गईं और उनके साथ घर का सबसे बड़ा सहारा भी चला गया।

माँ की जिम्मेदारी -अब घर की सारी जिम्मेदारी और छोटे से विक्रम की देखभाल का पूरा भार आशा के कंधों पर आ गया।हमारा सरकारी आवास पहली मंजिल पर था। उस पुराने भवन में पानी की समस्या

अक्सर बनी रहती थी। कई बार नल सूखे रह जाते और पानी नीचे ग्राउंड फ्लोर से भरकर लाना पड़ता।एक दिन मैंने देखा कि आशा दोनों हाथों में पानी से भरी भारी बाल्टियाँ उठाकर सीढ़ियाँ चढ़ रही है।"अरे, यह क्या कर रही हो?" मैंने चिंतित होकर कहा। "अभी तुम्हारी तबीयत पूरी तरह ठीक भी नहीं हुई है।"आशा ने बाल्टी नीचे रखी और हल्की-सी मुस्कान के साथ बोली, "तो क्या करूँ? घर में पानी भी तो चाहिए।""मेरा इंतजार कर लिया करो।""आपका इंतजार करूँगी तो खाना कब बनेगा, कपड़े कब धुलेंगे और विक्रम को कब संभालूँगी?" उसने हँसते हुए कहा।मैं चुप हो गया।

मैं जानता था कि प्रसव के बाद एक स्त्री का शरीर कितना कमजोर हो जाता है। ऐसा लगता है मानो उसने सचमुच दूसरा जन्म लिया हो। लेकिन छोटे कद और दुबले-पतले शरीर वाली आशा के भीतर अद्भुत साहस था।फौजी जीवन की दिनचर्या भी आसान नहीं थी। मेरी सुबह चार बजे ही शुरू हो जाती थी। कभी परेड, कभी प्रशिक्षण, कभी प्रशासनिक कार्य—दिन कब शुरू होता और कब समाप्त हो जाता, पता ही नहीं चलता था।ऐसे में घर और बच्चे की पूरी दुनिया आशा के इर्द-गिर्द सिमट गई थी।

रात को कई बार विक्रम रो पड़ता।मैं थकान के कारण गहरी नींद में होता, लेकिन आशा तुरंत उठ जाती।"क्या हुआ मेरे राजा बेटे?" वह उसे गोद में लेकर धीरे-धीरे थपकियाँ देती।कुछ ही देर में विक्रम उसकी छाती से लगकर शांत हो जाता।मैं कई बार रात को जागकर यह दृश्य देखता।"तुम सोती कब हो?" मैंने एक रात पूछा।आशा मुस्कराई।"माँ बनने के बाद नींद भी बच्चे की हो जाती है।""थक नहीं जाती?"उसने विक्रम के माथे को चूमते हुए कहा, "थकान तो होती है, लेकिन इसकी मुस्कान सारी थकान दूर कर देती है।"

उसकी आँखों में एक अनोखी चमक थी।वह चमक किसी उपलब्धि की नहीं, बल्कि मातृत्व की थी।उसे माँ बनने का गौरव मिला था, और यही गौरव उसकी सबसे बड़ी शक्ति बन गया था।दिनभर की भागदौड़, घर के काम, पानी की बाल्टियाँ, नींद रहित रातें और शरीर की कमजोरी—इन सबके बावजूद उसके चेहरे पर संतोष था।जब वह

विक्रम को गोद में लेकर खिलखिलाती, तब लगता था कि दुनिया की सारी कठिनाइयाँ उसके सामने छोटी पड़ गई हैं।

माँ की ममता की झलक -एक शाम मैं ड्यूटी से लौटकर घर पहुँचा। दिनभर की थकान मेरे चेहरे पर साफ झलक रही थी। जैसे ही मैंने कमरे के पास कदम रखा, भीतर से आशा की धीमी और स्नेह भरी आवाज सुनाई दी।मैं दरवाजे की ओट में ही रुक गया।आशा की पीठ मेरी ओर थी। वह विक्रम को गोद में लेकर पलंग पर बैठी थी। उसकी आँखों में ममता छलक रही थी और वह अपने नन्हे बेटे से ऐसे बातें कर रही थी मानो वह सब कुछ समझ रहा हो।

"अरे मेरे राजा बेटे को भूख लगी है क्या?" उसने प्यार से उसके गाल सहलाते हुए कहा।विक्रम अपनी छोटी-छोटी बाँहें हिला रहा था।आशा मुस्कराई।"हाँ, मम्मी को पता है... मेरे राजा बेटे को दूध चाहिए। अभी देती हूँ।"इतना कहकर उसने उसे सीने से लगा लिया और दूध पिलाने लगी।उस क्षण उसके चेहरे पर जो संतोष और ममता थी, उसे शब्दों में बाँधना कठिन था। ऐसा लग रहा था जैसे संसार की सारी खुशियाँ उसी की गोद में सिमट आई हों।

कुछ देर बाद विक्रम का पेट भर गया। वह शांत होकर अपनी माँ की ओर देखने लगा।आशा ने उसके माथे को चूम लिया।"वाह! अब तो मेरे राजा बेटे का पेट भर गया।"फिर उसने उसकी नन्ही उँगलियों को अपने हाथ में लेते हुए कहा—"मेरा बेटा कितना प्यारा है।"विक्रम मुस्कराया या शायद मुझे ऐसा लगा।आशा खिलखिला उठी।"अरे वाह! मेरे राजा बेटे ने मुस्कराया भी।"फिर उसने उसे अपनी बाँहों में भर लिया और उसके गालों पर प्यार बरसाते हुए बोली—"मोर जलेबी हैं..."उसने एक चुम्बन दिया।"मोर पेड़ा हैं..."और फिर दूसरा चुम्बन दिया।"मोर लड्डू हैं..."कहकर उसने उसे सीने से लगा लिया।

मैं दरवाजे के पीछे खड़ा होकर इस दृश्य को देख रहा था। मेरे होंठों पर अनायास मुस्कान आ गई।आखिर मुझसे रहा नहीं गया।मैंने वहीं से हँसते हुए कहा—"अच्छा! तो घर की सारी जलेबी और पेड़ा यहीं खत्म किए जा रहे हैं?"आशा चौंककर पीछे मुड़ी।"अरे! आप कब आए?"मैं कमरे में आते हुए बोला—"जब से जलेबी और पेड़े की दुकान खुली है, तब से

सब देख रहा हूँ।"वह शर्म से लाल हो गई।मैंने बनावटी शिकायत करते हुए कहा—"कुछ जलेबी और पेड़ा मेरे लिए भी छोड़ दो। सारा प्यार तो इस साहबजादे को ही मिल रहा है।"आशा हँस पड़ी।"आपको जलन हो रही है अपने ही बेटे से?""बिल्कुल हो रही है," मैंने मुस्कराकर कहा, "पहले तो सारा प्यार मुझे मिलता था। अब मेरी जगह किसी और ने ले ली है।""ऐसी बात है?" आशा ने शरारत से पूछा।"हाँ, बिल्कुल ऐसी ही बात है।"

वह मुस्कराते हुए बोली—"तो फिर आइए, आपके हिस्से का पेड़ा भी मिल जाएगा।""सच?""हाँ, लेकिन एक शर्त पर।""क्या?""पहले अपने बेटे को गोद में लीजिए।"मैंने तुरंत विक्रम को अपनी बाँहों में उठा लिया।वह मेरी उँगली पकड़कर मुस्कराने लगा।आशा हमें देखती रही। उसके चेहरे पर संतोष, प्रेम और मातृत्व की उजली चमक फैली हुई थी।उस शाम हमारे छोटे-से कमरे में कोई बड़ी दौलत नहीं थी, कोई विशेष सुविधा नहीं थी, लेकिन वहाँ प्रेम की ऐसी संपत्ति थी जिसके सामने संसार का हर वैभव फीका पड़ जाता था।

किलकारियाँ - आज पीछे मुड़कर देखता हूँ तो समझ आता है कि उस समय मैं सेना की ड्यूटी में व्यस्त था, लेकिन हमारे छोटे से परिवार की असली कमांडर आशा ही थी। उसी के धैर्य, त्याग और प्रेम ने हमारे घर को घर बनाए रखा था।वह समय हमारे जीवन का सबसे सुखद समय था। घर में हर समय विक्रम की किलकारियाँ गूँजती रहती थीं। एक दिन मैं ड्यूटी से लौटकर आँगन में बैठा था। आशा पालने के पास बैठी, उसे खेलते हुए देख रही थी।"देखिए जी," आशा मुस्कराते हुए बोली, "आपका बेटा फिर अपना पैर का अंगूठा मुँह में डालकर चूस रहा है।"

मैंने हँसते हुए कहा, "अरे, यह तो बहादुर सोल्जर बनेगा। अभी से हाथ-पैर चलाना नहीं छोड़ता।"पालने में लेटा विक्रम जोर-जोर से हाथ-पैर मार रहा था। कभी अपने पैर का अंगूठा पकड़कर मुँह में डाल लेता, कभी कुछ बोलने की कोशिश करता।"सुनिए, कुछ कह रहा है," आशा बोली।मैं उसके पास जाकर झुका और कहा, "क्या कह रहे हो राजा बेटा ?"विक्रम खिलखिलाकर हँस पड़ा। उसकी हँसी सुनकर हम दोनों भी हँसने लगे।धीरे-धीरे वह एक साल का हो गया। अब पेट के बल रेंगने

लगा था और घुटनों के बल चलने की कोशिश करता था। दो कदम बढ़ाता, फिर धप्प से गिर जाता।

एक दिन की बात है। मैं सुबह ड्यूटी पर जाने के लिए तैयार हो रहा था। जूते पहनकर जैसे ही दरवाजे की ओर बढ़ा, पीछे से आशा की आवाज आई—"जरा रुकिए।"मैंने मुड़कर देखा। विक्रम घुटनों के बल लड़खड़ाता हुआ मेरी ओर आ रहा था।"अरे, मेरे शेर!" मैंने कहा।वह जल्दी-जल्दी मेरे पास आने की कोशिश करने लगा। लेकिन अचानक उसका संतुलन बिगड़ गया और वह गिर पड़ा। उसका चेहरा उतर गया और वह रोने ही वाला था।मैं तुरंत उसके पास गया और उसे गोद में उठा लिया।"क्या हुआ मेरे बेटे? इतने बहादुर होकर रोओगे?"

उसने अपनी छोटी-सी हथेली मेरे गाल पर रख दी। उसकी आँखों में आँसू थे, लेकिन मुझे देखते ही मुस्कुरा दिया।आशा भावुक होकर बोली, "देखा आपने? यह आपको जाने नहीं देना चाहता।"मैंने विक्रम को सीने से लगाते हुए कहा, "और मैं भी इसे छोड़कर कहाँ जाना चाहता हूँ? लेकिन ड्यूटी भी तो करनी है।"विक्रम मेरी वर्दी के बटन से खेलने लगा। जैसे उसे समझ ही नहीं आ रहा था कि उसका पिता कुछ देर के लिए उससे दूर जा रहा है।

आशा उसे गोद में लेकर घर के बाहर तक मुझे छोड़ने आई। मैं सड़क पर आगे बढ़ता गया। पीछे मुड़कर देखा तो आशा उसे गोद में लिए खड़ी थी। विक्रम अपनी छोटी-सी हथेली हवा में हिला रहा था।उस दिन न जाने क्यों मेरी आँखें भर आईं। जीवन में बहुत सम्मान, बहुत सफलताएँ मिलीं, लेकिन उस छोटे से हाथ का वह विदा करना आज भी मेरे हृदय की सबसे अनमोल स्मृतियों में से एक है।हमारे दिन सचमुच आनंद और संतोष से भरे हुए बीत रहे थे।

11

विक्रम का बचपन

“बच्चे की मुस्कान एक पिता को दिनभर की सारी थकान भुला देती है|”

चिकन खाऊँगा -विक्रम ढाई साल का हो चुका था| 1988 में मेरी बटालियन का स्थानांतरण बबीना छावनी से पश्चिम बंगाल के बागडोगरा मिलिटरी स्टेशन में हो गया। चारों ओर फैले चाय बागानों की हरियाली, बीच-बीच में खड़े साल के ऊँचे-ऊँचे पेड़, और उनके आसपास जवानों की बैरकें तथा पारिवारिक आवास—पूरा इलाका किसी चित्रकार की बनाई हुई तस्वीर जैसा लगता था।मैं भी अपने छोटे-से परिवार के साथ वहीं रहने लगा था।

एक सुबह घर के अंदर से किसी बच्चे के रोने की आवाज़ सुनाई दी।"ऊँ... ऊँ... ऊँ..."मेरी माँ ने कहा, "लगता है विक्रम किसी नई मुसीबत में फँस गया है।"वह आवाज़ की दिशा में किचन की ओर गई। वहाँ का दृश्य देखकर उन्हें अपनी हँसी रोकना मुश्किल हो गया।विक्रम फर्श पर बैठा था। उसके सामने प्रेशर कूकर रखा था और वह पूरी ताकत लगाकर उसका ढक्कन बंद करने की कोशिश कर रहा था।

"अरे बेटा, क्यों रो रहे हो?" दादी ने पूछा।विक्रम ने आँसू पोंछते हुए तोतली ज़ुबान में शिकायत की—"दादी... कुतल का दक्कन बंद नहीं हो लहा... इसे बंद कल दो।"दादी ने कूकर के अंदर झाँका और सारी कहानी समझ गईं।कूकर के भीतर एक छोटा-सा मुर्गी का बच्चा पानी में आराम

से तैर रहा था।"हे भगवान!" दादी के मुँह से निकला।उन्होंने पूछा, "यह इसमें कैसे आया?"विक्रम ने गर्व से बताया—"मैंने डाला है।""क्यों?" "इसे पकाना है।" "पकाना है?""हाँ। मैं चिकन खाऊँगा।"दादी अब हँसी रोकने के लिए मुँह फेर चुकी थीं।

"तो यह मुर्गी का बच्चा तुमने पकड़ा?" "हाँ।""फिर?" "कुतल में डाला।""फिर?""पानी डाला।" "फिर?" "अब दक्कन बंद नहीं हो लहा।"उसकी आवाज़ में इतनी निराशा थी मानो कोई महान वैज्ञानिक अपना असफल प्रयोग बता रहा हो।तभी मैं भी किचन में पहुँच गया।"क्या हुआ?" माँ ने हँसते-हँसते कूकर की ओर इशारा किया।मैंने अंदर झाँका और फिर विक्रम की ओर देखा।"बेटा , यह क्या चल रहा है?"विक्रम ने गंभीर चेहरे से उत्तर दिया—"पापा, चिकन बनाना है।""अच्छा! और यह किसने सिखाया?" "आप खाते हो। मैं भी खाऊँगा।"

मैं और माँ दोनों ठहाका लगाकर हँस पड़े।इतने में आशा भी आ गई।"क्या बात है?"मैंने कहा, "तुम्हारा बेटा आज पहली बार खाना बनाने की कोशिश कर रहा था।"आशा ने कूकर देखा तो माथा पकड़ लिया।"अरे शैतान! जिंदा चूजे को कौन पकाता है?"विक्रम मासूमियत से बोला—"पहले पकाएँगे, फिर खाएँगे।"

दादी ने तुरंत चूजे को बाहर निकाला। बेचारा बाहर आते ही फुर्र से भाग गया।विक्रम उसे भागते देखकर और दुखी हो गया।"अरे! मेरा चिकन भाग गया!"उस दिन पूरे घर में देर तक हँसी गूँजती रही।दिलचस्प बात यह है कि वर्षों बाद वही विक्रम बड़ा होकर होटल मैनेजमेंट की पढ़ाई करने लगा। उसने बैचलर डिग्री हासिल की और तरह-तरह के व्यंजन बनाना सीख लिया।जब भी वह कोई नया पकवान बनाता, मैं उसे छेड़ते हुए कहता—"बेटा, तुम्हारी पहली रेसिपी आज भी मुझे याद है।"वह पूछता, "कौन सी?"मैं मुस्कराकर कहता—"जिंदा चूजा प्रेशर कूकर में डालकर चिकन बनाने वाली।"पूरा परिवार हँस पड़ता और विक्रम शर्माते हुए कहता—"पापा, दो साल की उम्र की बातें अब छोड़ भी दीजिए!"लेकिन सच तो यह था कि शायद उसी दिन उसके भीतर का भावी शेफ पहली बार जागा था।

माँ की परवरिश -विक्रम फौजी आवासों के सामने पेड़ों की छाया में अपने हमउम्र बच्चों के साथ दिनभर खेलता रहता था। सामने जवानों का कुक हाउस था, जिसे केवल कपड़े की कनात से परिवारों के आवासों से अलग किया गया था। विक्रम मौका मिलते ही कनात उठाकर चुपचाप कुक हाउस में घुस जाता और वहाँ जवानों के बीच घूमता रहता।

एक दिन ड्यूटी से लौटते समय मैंने देखा कि वह धूल में लथपथ, केवल चड्डी पहने बच्चों के साथ खेल रहा है। मुझे देखते ही वह खुशी से चिल्लाया—"पापा आ गए... पापा आ गए!"और दौड़कर मेरी ओर आया। अगले ही पल वह मेरी टांगों से लिपट गया। उसकी हालत देखकर मैं मुस्कुरा पड़ा। वर्दी की परवाह किए बिना मैंने उसे गोद में उठा लिया।तभी आशा बाहर निकलकर बोली,"आप रोज़-रोज़ वर्दी गंदी कर देते हैं!"मैंने हँसते हुए कहा—"तो क्या करूँ? तुम बच्चे को ऐसे ही धूल में खेलने के लिए छोड़ देती हो।"

आशा ने हल्की झुंझलाहट के साथ जवाब दिया—"छोड़ देती हूँ? अकेले दो छोटे बच्चों को संभालूँ, खाना बनाऊँ, घर का काम करूँ या इसके पीछे-पीछे दौड़ती रहूँ? यह घर में टिकता ही नहीं। मेरी नज़र जरा-सी इधर-उधर हुई नहीं कि कुक हाउस पहुँच जाता है।"

मैंने विक्रम की ओर देखा। वह मेरी गोद से उतरकर फिर मिट्टी में खेलने के लिए तैयार खड़ा था। आशा सच कह रही थी। मैं चुप हो गया। उस समय पहली बार मुझे एहसास हुआ कि दो छोटे बच्चों को संभालना कितना कठिन काम है। इसे एक माँ ही अच्छी तरह समझ सकती है।

इसी बीच हमने देखा कि विक्रम का पेट असामान्य रूप से बढ़ता जा रहा था। उसका दुबला-पतला शरीर और निकला हुआ पेट उसे किसी कार्टून पात्र जैसा बना देता था।एक शाम मैंने चिंता से आशा से कहा—"मुझे इसका बढ़ता हुआ पेट देखकर अच्छा नहीं लग रहा। कहीं कोई बीमारी तो नहीं?"आशा भी चिंतित थी।"मुझे भी डर लग रहा है। कल इसे डॉक्टर को दिखाते हैं।"

अगले दिन हम उसे आर्मी अस्पताल ले गए। डॉक्टर ने जांच करने के बाद मुस्कुराते हुए कहा—"घबराने की कोई बात नहीं है। बच्चे का लीवर थोड़ा कमजोर है। इसे नियमित रूप से 'लिवर-52 टॉनिक' पिलाइए, सब

ठीक हो जाएगा।"घर लौटते समय आशा ने दृढ़ स्वर में कहा—"मैं समय पर दवा दूँगी। मेरा बेटा जल्दी ठीक हो जाएगा।"और सचमुच उसने पूरे छह महीने तक बिना एक भी दिन नागा किए विक्रम को टॉनिक पिलाया। धीरे-धीरे उसका शरीर सामान्य होने लगा। बढ़ा हुआ पेट भी कम हो गया और वह पहले से अधिक स्वस्थ दिखाई देने लगा।

मैं भी फौजी बनूँगा—विक्रम का विकास बिल्कुल अलग दिशा में हुआ।बचपन में वह शर्मीला था। कम बोलता था। लेकिन जो लक्ष्य तय कर लेता, उसे पूरा करके ही मानता था।पाँच वर्ष की उम्र में ही उसके भीतर सैनिक जीवन के बीज अंकुरित होने लगे थे।सुबह जब जवान दौड़ने निकलते तो वह भी उनके पीछे दौड़ पड़ता।एक दिन एक आर्मी डॉक्टर ने उसे रोक लिया।"अरे छोटे फौजी, कहाँ जा रहे हो?"विक्रम हाँफते हुए बोला—"मैं भी फौजी अंकल की तरह दौड़ूँगा।"डॉक्टर हँस पड़े।"अभी तुम बहुत छोटे हो। पहले बड़े हो जाओ, फिर खूब दौड़ना।"विक्रम ने सिर तो हिला दिया, लेकिन उसकी आँखों में जो जिद थी, वह मैंने साफ देख ली थी।डॉक्टर के जाने के बाद मैंने पूछा—"इतनी दौड़ क्यों लगाते हो?"वह बोला—"क्योंकि मैं भी बड़ा होकर फौजी बनूँगा।"मैंने उसके सिर पर हाथ फेरते हुए कहा—"तो फिर अभी से तैयारी शुरू हो गई है?"वह गर्व से मुस्कुराया।

मुशीबतें सिखाती हैं -आशा कई दिनों से बीमार थी । डॉक्टर ने जांच करने के बाद कहा, "इन्हे अस्पताल में भर्ती करना पड़ेगा। कुछ दिनों तक निगरानी में रखना आवश्यक है।"छोटे बच्चों की हालत देखकर आशा की आँखें भर आईं।"मैं इन्हे अकेला छोड़कर कहीं नहीं जाऊँगी," उसने दृढ़ स्वर में कहा।डॉक्टर मुस्कुराया, "भर्ती तो होना पड़ेगा वरना इलाज कैसे होगा ?" आशा अस्पताल में भर्ती हो गई। घर में अब विक्रम ,संग्राम और मैं रह गए थे।

सुबह मैं जल्दी उठता, दूध गरम करता, कुछ जरूरी सामान बैग में रखता और साइकिल से अस्पताल चला जाता। विक्रम और संग्राम अक्सर जिद करते —"पापा, हम भी चलेंगे ।""अरे बेटा, अस्पताल कोई घूमने की जगह नहीं है।""हम मम्मी को देखने जाएंगे ," वे मासूमियत से कहते ।उस दिन भी दोनो मेरे साथ थे । अस्पताल में विक्रम ने माँ के

सिर पर हाथ फेरा और बोला,"मम्मी , जल्दी ठीक हो जाओ। घर में बहुत सन्नाटा लगता है।" विक्रम कमजोर आवाज़ में मुस्कुराया।

शाम को हम तीनों साइकिल से घर लौट रहे थे। रास्ते भर संग्राम बातें करता जा रहा था।वह आगे बैठा था और विक्रम पीछे |"पापा, मम्मी घर कब आएंगी ?""जल्दी आ जाएंगी बेटा। डॉक्टर अंकल ने कहा है कि अब पहले से बेहतर हैं।"अचानक एक चीख सुनाई दी।"आह... पापा!"मैंने घबराकर साइकिल रोकी। देखा, संग्राम का पैर आगे के पहिये की तीलियों में फँस गया था। उसका पैर बुरी तरह छिल गया था और खून निकल रहा था।मेरे हाथ-पाँव फूल गए।"बेटा, हिम्मत रखो। अभी डॉक्टर के पास ले चलता हूँ।"संग्राम दर्द से रो रहा था, पर मेरे गले से चिपक गया।

मैं तुरंत साइकिल मोड़कर फिर अस्पताल पहुँचा। डॉक्टर ने घाव देखकर कहा—"इसे भी भर्ती करना पड़ेगा। कुछ दिन आराम जरूरी है।"मैंने थकी हुई मुस्कान के साथ कहा—"डॉक्टर साहब, लगता है पूरा परिवार अस्पताल में शिफ्ट हो रहा है।"पास खड़ी आशा भी चिंता के बीच मुस्कुरा दी।अब अस्पताल के एक कमरे में आशा, और संग्राम दोनों थे।

उस रात जब मैं घर लौटा तो पहली बार घर मुझे सूना नहीं, बल्कि वीरान लगा। मैं बिस्तर पर लेटा ही था कि शरीर टूटने लगा। रात तक तेज़ बुखार चढ़ गया। डॉक्टर ने बताया कि मुझे वायरल फीवर हो गया है।अगले चार दिन मैं स्वयं बिस्तर से उठने की स्थिति में नहीं था। अस्पताल जाना तो दूर, ठीक से खाना तक नहीं बना पाता था। विक्रम और मेरे लिए पड़ोसी ही खाना देते थे|

उधर अस्पताल में आशा रोज़ दरवाजे की ओर देखती।एक दिन उसने नर्स से पूछा—"मेरे पति चार दिन से दिखाई नहीं दिए। कहीं कोई परेशानी तो नहीं?"नर्स ने अनभिज्ञता जताई।आशा का मन घबराने लगा।वह संग्राम से बोली—"बेटा, मुझे तुम्हारे पापा की चिंता हो रही है।"संग्राम ने कमजोर स्वर में कहा—"मम्मी, पापा जरूर बीमार होंगे, नहीं तो हमें देखने रोज़ आते थे।"आखिरकार आशा ने डॉक्टर से कहा—"डॉक्टर साहब मुझे डिस्चार्ज कर दीजिए मेरे पति बीमार हैं|" दो दिन बाद वह संग्राम को लेकर घर लौट आई।घर का दरवाजा खुला तो

उसने मुझे बिस्तर पर पड़ा देखा।"हे भगवान! आपको क्या हो गया?"मैंने मुस्कुराने की कोशिश की।"कुछ नहीं, बस वायरल फीवर था।"आशा की आँखें भर आईं।"और आप अकेले यह सब झेलते रहे? एक खबर तक नहीं भेजी?"मैंने धीमे स्वर में कहा—"तुम पहले ही संग्राम को संभाल रही थीं। मैं तुम्हारी चिंता नहीं बढ़ाना चाहता था, तुम अगर पहले आती तो तुम्हें और संग्राम को भी वायरल फीवर हो सकता था।"संग्राम तुरंत मेरे पास आकर बैठ गया।"पापा, अब आप अस्पताल नहीं जाओगे।"विक्रम भी बोला—"पहले आप ठीक हो जाइए।"उन दोनों की बातें सुनकर मेरा बुखार जैसे आधा उसी क्षण उतर गया।दो दिन बाद मैं पूरी तरह स्वस्थ हो गया।

उस घटना ने मुझे जीवन का एक बड़ा सत्य फिर से याद दिलाया।मैंने आशा से कहा,"अजीब बात है। जब मुसीबत आती है तो अकेली नहीं आती। वह अपने साथ कई और परेशानियाँ लेकर आती है।"आशा मुस्कुराई।"शायद इसलिए कि वह देखना चाहती है कि परिवार कितना मजबूत है।"मैंने सिर हिलाया।"हाँ। कठिनाइयाँ हमारी परीक्षा लेती हैं। लेकिन माता-पिता भी हार मानने वालों में नहीं होते। चाहे कितनी ही परेशानी क्यों न हो, उनका पहला विचार अपने बच्चों की सुरक्षा और देखभाल का ही होता है।"

आशा ने बच्चों की ओर देखते हुए कहा—"यह केवल इंसानों में नहीं, प्रकृति ने हर जीव में यह गुण दिया है। चिड़िया अपने बच्चों के लिए बड़े से बड़े शिकारी से भिड़ जाती है। गाय अपने बछड़े की रक्षा के लिए सींग तान देती है।"मैंने आगे कहा—"सच है। लेकिन पिता का दायित्व कुछ अलग होता है। वह अक्सर अपने दर्द को छिपा लेता है। परिवार को सुरक्षित रखने के लिए स्वयं कठिनाइयों का भार उठाता है। शायद इसी कारण प्रकृति ने उसे शारीरिक रूप से अधिक मजबूत बनाया है—ताकि संकट के समय वह सबसे आगे खड़ा रह सके।"

संग्राम ने भोलेपन से पूछा—"पापा, क्या आप सुपरमैन हो?"कमरे में सब हँस पड़े।मैंने उसे गोद में उठाते हुए कहा—"नहीं बेटा, मैं सुपरमैन नहीं हूँ। मैं सिर्फ तुम्हारा पिता हूँ।"और उस क्षण मुझे लगा कि संसार में इससे बड़ा परिचय किसी मनुष्य का हो ही नहीं सकता।

आपदा में अवसर—विक्रम और संग्राम अब स्कूल जाने लायक हो गए थे। मैं उनके भविष्य को लेकर योजनाएँ बना ही रहा था कि एक दिन यूनिट के कार्यालय से आदेश आ गया।"आपको एक महीने के भीतर सरकारी आवास खाली करना होगा।"मैंने अधिकारी से पूछा, "सर, क्या आवास की अवधि बढ़ाई नहीं जा सकती?"उन्होंने सहानुभूति से कहा, "मैं आपकी स्थिति समझता हूँ, लेकिन प्रतीक्षा सूची बहुत लंबी है। कई जवान अपने परिवारों को साथ रखना चाहते हैं। नियम सबके लिए समान हैं।"मैं चुपचाप बाहर निकल आया।शाम को आशा ने पूछा, "क्या बात है? आप कुछ परेशान लग रहे हैं।"मैंने आदेश पत्र उसकी ओर बढ़ा दिया।वह पढ़कर बोली, "तो अब हम कहाँ जाएँगे?""यही सोच रहा हूँ।"

मैंने अहमदनगर मिलिटरी स्टेशन के आसपास कई घर देखे, लेकिन या तो अनुमति नहीं मिली या वे परिवार के रहने योग्य नहीं थे। अंततः निर्णय लिया कि बच्चों को कुछ समय के लिए गाँव भेज दिया जाए।जब हम गाँव चैतमा पहुँचे तो दोनों बच्चे नए वातावरण को देखकर खुश हो गए।"पापा, इतने सारे पेड़!" संग्राम खुशी से चिल्लाया।"और ये देखो, अमरूद!" विक्रम दौड़कर बगीचे में पहुँच गया।घर के पीछे दस अमरूद के पेड़ों का छोटा-सा बगीचा था। कुछ ही दिनों में वह उनका साम्राज्य बन गया।सुबह होते ही दोनों पेड़ों पर चढ़ जाते। बंदरों की तरह इस डाल से उस डाल में उछल कूद करते रहते और अमरूद तोड़ कर खाते रहते|

आशा दूर से आवाज लगाती—"अरे संभल कर ! गिर मत जाना।"विक्रम हँसकर कहता—"मम्मी, मैं बंदर से भी तेज़ चढ़ सकता हूँ।"संग्राम तुरंत जवाब देता—"और मैं उससे भी तेज़!"फिर दोनों में बहस शुरू हो जाती कि कौन ज्यादा ऊँचा चढ़ा।गाँव का सरकारी स्कूल बच्चों की पढ़ाई के लिए उपयुक्त नहीं लगा। इसलिए आशा ने स्वयं उन्हें पढ़ाने का निर्णय लिया।बरामदे में चटाई बिछती, स्लेट और खड़िया निकलती।आशा कहती—"चलो, आज 'क' से कबूतर।"संग्राम बीच में बोल पड़ता—"और 'अ' से अमरूद!"सब हँस पड़ते।

आज सोचता हूँ कि उस समय सरकारी आवास न मिलना हमें बहुत बड़ी परेशानी लगा था, लेकिन वही बच्चों के लिए गाँव का जीवन जीने का सुनहरा अवसर बन गया। उन्होंने प्रकृति को करीब से देखा, पेड़ों पर

चढ़ना सीखा, खुले मैदानों में दौड़े और जीवन की छोटी-छोटी खुशियों का आनंद लिया।

एक वर्ष बाद मैं परिवार को फिर अहमदनगर के मिलिटरी स्टेशन ले आया। दोनों का प्रवेश केन्द्रीय विद्यालय में करा दिया गया।स्कूल घर से लगभग दो किलोमीटर दूर था।सुबह दोनों बस्ते टाँगकर निकल पड़ते।रास्ते भर कभी दौड़ लगाते, कभी बहस करते।"तू आगे क्यों चल रहा है?""क्योंकि मैं बड़ा हूँ।""तो क्या हुआ, मैं तेज़ हूँ।"और फिर दोनों दौड़ पड़ते।शाम को लौटते समय भी यही हाल रहता। कभी हँसते हुए आते, कभी झगड़ते हुए।

दोस्ती की सीख -एक दिन दरवाज़ा खुला तो विक्रम रोता हुआ अंदर आया। उसकी आँखें लाल थीं और हाथ में फटी हुई किताब थी।मैंने उसे पास बुलाया।"क्या हुआ बेटा?"उसने सिसकते हुए कहा—"एक लड़के ने मुझे मारा... और मेरी किताब भी फाड़ दी।"संग्राम तुरंत बोला—"पापा, वह बहुत बदमाश है।"मैंने विक्रम को अपने पास बैठाया।"तुमने क्या किया?""कुछ नहीं।""क्यों?""वह मुझसे बड़ा था।"मैं कुछ क्षण चुप रहा। फिर उसके आँसू पोंछते हुए बोला—"सुनो बेटा, जीवन हमेशा कोई न कोई तुमसे बड़ा, ताकतवर या प्रभावशाली मिलेगा। यदि हर बार डरकर भागोगे तो लोग तुम्हें सताते रहेंगे।"विक्रम ध्यान से मेरी ओर देखने लगा।मैंने आगे कहा—"लेकिन याद रखना, ताकत का मतलब लड़ाई करना नहीं होता। तुम्हारे सामने दो रास्ते हैं।""कौन से?""पहला—उससे दोस्ती कर लो। कई बार गलतफहमी दोस्ती में बदल जाती है।""और दूसरा?""यदि वह बिना कारण परेशान करे, तो उसे दृढ़ता से बता दो कि तुम कमजोर नहीं हो। अपनी रक्षा करना सीखो। अन्याय सहना भी ठीक नहीं है।""तो मैं क्या करूँ?"मैं मुस्कुराया।"कल स्कूल जाओ। पहले उससे बात करो। यदि वह दोस्ती का हाथ बढ़ाए तो दोस्त बन जाना। लेकिन डरकर कभी पीछे मत हटना।"विक्रम ने सिर हिलाया।

अगले दिन वह स्कूल चला गया।शाम को मैं यूनिट से लौटा तो सामने का दृश्य देखकर ठिठक गया।विक्रम उसी लड़के के साथ मैदान में खेल रहा था।दोनों कभी फुटबॉल मार रहे थे, कभी एक-दूसरे का पीछा कर रहे थे।मैंने आशा से पूछा—"यह वही लड़का है?"आशा हँस पड़ी।"हाँ,

वही है जिसने किताब फाड़ी थी।""फिर दोस्ती कैसे हो गई?"तभी विक्रम दौड़ता हुआ आया।"पापा!""क्या हुआ?""मैंने उससे बात की। उसने कहा कि उसे लगा मैं उसकी शिकायत करूँगा। फिर उसने माफी माँग ली।""और किताब?""वह नई किताब दिलाने वाला है।"मैंने उसके सिर पर हाथ फेरा।"बहुत बढ़िया।"

उस रात मैं देर तक सोचता रहा।बच्चों को हर समय अपने संरक्षण में रखना आसान है, लेकिन इससे वे मजबूत नहीं बनते। जीवन की राह में हर मोड़ पर माता-पिता साथ नहीं होंगे। उन्हें स्वयं निर्णय लेना, समस्याओं का सामना करना और अपनी रक्षा करना सीखना होगा।मैं अक्सर बच्चों से कहता था—"साहस का अर्थ लड़ाई करना नहीं है। साहस का अर्थ है—डर के बावजूद सही काम करना।"

बच्चों को बचपन से ही आत्मविश्वासी और हिम्मती बनाना चाहिए। जो बच्चा अपनी समस्या का सामना करना सीख जाता है, वही बड़ा होकर जीवन की कठिन परिस्थितियों का भी सामना कर पाता है। माता-पिता का कर्तव्य केवल बच्चों का हाथ पकड़कर चलाना नहीं, बल्कि उन्हें इतना सक्षम बनाना है कि एक दिन वे बिना सहारे भी मजबूती से चल सकें।

डर के आगे जीत है -किसी ने ठीक ही कहा है -“डर के आगे जीत है |” बचपन में अधिकांश बच्चे सुई से डरते हैं, पर विक्रम कुछ ज़्यादा ही डरता था। जब भी उसे अस्पताल ले जाया जाता, डॉक्टर को देखते ही उसकी बेचैनी बढ़ जाती थी।एक बार डॉक्टर इंजेक्शन लगाने के लिए आगे बढ़े तो वह तुरंत माँ के पीछे छिप गया।डॉक्टर हँसकर बोले, "अरे विक्रम, मैं तुम्हें धीरे से सुई लगाऊँगा , तुम्हें बिल्कुल दर्द नहीं होगा।""नहीं... मुझे सुई नहीं लगवानी!" वह जोर से चिल्लाया।आशा उसे समझाने लगी, "बेटा, बस एक सेकंड लगेगा।"

लेकिन विक्रम कहाँ मानने वाला था। वह कमरे से बाहर भागा, फिर अंदर आया, कभी मेज के पीछे छिपा तो कभी बिस्तर के नीचे घुसने की कोशिश करने लगा।अंत में दो लोगों ने उसे पकड़कर बैठाया, तब जाकर डॉक्टर इंजेक्शन लगा पाए।डॉक्टर मुस्कुराकर बोले, "इतनी बहादुरी तो युद्ध में भी नहीं दिखाते होंगे लोग!"मैं भी हँस पड़ा, लेकिन मन ही मन

चिंतित था।

यही हाल मेले में होता था। मैं उसे घोड़े पर बैठाने की कोशिश की , तो वह रोने लगा।"मैं नहीं बैठूँगा, मैं गिर जाऊँगा!" उसने डरते हुए कहा।मैंने उसे समझाते हुए कहा,"देखो तुम्हारा छोटा भाई संग्राम घोड़े पर बैठकर कैसे मुस्कुरा रहा है, उसे बिल्कुल डर नहीं लग रहा है|" वह काँपते हुए मेरी डांट से डरते हुए बैठा रहा| मैं उसके साथ साथ घोड़े की लगाम पकड़कर चलता रहा|उसकी इन हरकतों से कभी-कभी मुझे निराशा होती थी। मैं सोचता, "क्या यह लड़का कभी अपने डर पर विजय पा सकेगा?"

घोड़ा भी हार गया - लेकिन समय के साथ मैंने एक बात सीखी—बच्चों का मूल्यांकन उनके बचपन के डर से नहीं करना चाहिए। उनमें छिपी हुई ताकत अक्सर समय आने पर ही दिखाई देती है।वर्ष 2008-09 की बात है। विक्रम चेन्नई की मिलिटरी अकादमी में प्रशिक्षण ले रहा था। उस दिन घुड़सवारी का अभ्यास होना था। प्रशिक्षक ने उसे एक ऐसा घोड़ा दिया जो पूरे प्रशिक्षण केंद्र में बदनाम था।एक कैडेट ने फुसफुसाकर कहा, "सावधान रहना, यह घोड़ा किसी को भी गिरा देता है।"दूसरे ने हँसते हुए कहा, "आज विक्रम की परीक्षा होगी।"विक्रम ने कुछ नहीं कहा। वह घोड़े पर सवार हुआ।कुछ ही क्षण बीते थे कि घोड़े ने उछलकर उसे जमीन पर पटक दिया।आसपास खड़े कैडेट दौड़कर आए।"सब ठीक है?"विक्रम उठ खड़ा हुआ, कपड़ों की धूल झाड़ी और बोला, "हाँ, बिल्कुल ठीक हूँ।"पहला दिन समाप्त हो गया।

दूसरे दिन फिर वही घोड़ा उसे मिला।इस बार भी घोड़े ने जोरदार झटका दिया और विक्रम फिर जमीन पर था।प्रशिक्षक उसके पास आए और बोले,"कैडेट, चाहो तो तुम्हें दूसरा घोड़ा दे सकता हूँ।"विक्रम ने बिना एक पल गंवाए उत्तर दिया,"नहीं, सर। मुझे यही घोड़ा चाहिए।" प्रशिक्षक ने आश्चर्य से पूछा,"यही क्यों?"विक्रम ने घोड़े की ओर देखते हुए कहा,"क्योंकि अगर मैं इससे हार गया तो मेरा डर जीत जाएगा। और मैं अपने डर को जीतने आया हूँ, उससे भागने नहीं।"प्रशिक्षक के चेहरे पर मुस्कान आ गई।"ठीक है कैडेट, फिर इसे काबू करके दिखाओ।"अगले कई दिनों तक संघर्ष चलता रहा। घोड़ा अपनी जिद पर अड़ा था और विक्रम अपनी जिद पर।हर बार गिरने के बाद वह फिर उठता, काठी

कसता और दोबारा सवार हो जाता।

एक दिन प्रशिक्षक दूर से यह सब देख रहे थे। उन्होंने देखा कि घोड़ा अब पहले जैसा उग्र नहीं रहा। वह विक्रम के संकेत समझने लगा था।प्रशिक्षक ने पास आकर कहा,"बधाई हो कैडेट। तुमने घोड़े को नहीं, अपने डर को काबू किया है।"विक्रम ने घोड़े की गर्दन थपथपाई। घोड़ा भी जैसे उसके कंधे से सिर सटाकर जवाब दे रहा था।

मुझे इस घटना से बचपन का वही पाँच वर्ष का बच्चा विक्रम याद आया जो इंजेक्शन देखकर भाग जाता था और मेले में घोड़े पर बैठने से डरता था।तब मैंने समझा कि साहस का अर्थ डर का न होना नहीं है। साहस का अर्थ है—डर के बावजूद आगे बढ़ना। विक्रम ने अपने सैन्य सर्विस के दौरान इसे साबित करके दिखाया|

बहादुरी का पुरस्कार -ऐसी ही एक घटना याद आ रही है जब विक्रम को अपने साहस और वीरता से देश को गौरवान्वित करने का मौका मिला |सन 2016-17 में विक्रम कश्मीर के त्राल एरिया में 42 बटालियन राष्ट्रीय राइफल में कंपनी कमांडर के पद पर पदस्थ था | बटालियन आतंकियों और उग्रवादियों के खिलाफ ऑपरेशन चला रही थी| यह ऑपरेशन 26 मई 2017 को सोईमुह गाँव के एक घर में चलाया गया था जहाँ आतंकवादी छुपे थे | यह ऑपरेशन 14 घंटे तक चला था | इस ऑपरेशन में दो आतंकी मारे गए थे | उनमें से एक दक्षिण कश्मीर में हिजबुल मुजाहिद्दीन का A++ श्रेणी का कमांडर कुख्यात आतंकी सबजार अहमद भट्ट उर्फ 'साबा डान' था जो कुख्यात आतंकी बुरहान वानी के मारे जाने के बाद दक्षिण कश्मीर का एरिया कमांडर बना था |और दूसरा B श्रेणी का आतंकी फैजन मुजफ्फर भट्ट था| उस ग्राउन्ड ऑपरेशन का नेतृत्व मेजर विक्रम सिंह ने किया था और इन दोनो आतंकियों को 72 हूरों के पास भेजा था| मेजर विक्रम सिंह को इस ऑपरेशन में अदम्य साहस और वीरता के लिए जनवरी 2018 में "सेना मेडल" से नवाजा गया था| इस ऑपरेशन की पूरी कहानी को मैंने शौर्यगाथा-2 के पृष्ठ संख्या 154 से 158 में किया है| इसे आप google में भी सर्च कर सकते हैं|

युद्ध के मैदान में हर सैनिक को मरने का डर होता है, पर वो जानता है डर के आगे जीत है|सेना के जीवन ने मुझे एक बड़ा सत्य सिखाया।युद्ध के मैदान में कोई भी सैनिक मृत्यु से निर्भय नहीं होता। गोलियाँ किसी को भी डराती हैं। विस्फोटों की आवाज किसी का भी हृदय कंपा सकती है। साहस का अर्थ यह नहीं कि सैनिक को डर नहीं लगता। साहस का अर्थ है कि वह डर के बावजूद अपना कदम पीछे नहीं हटाता।

मैंने समझा कि बहादुर और डरपोक आदमी में अंतर यह नहीं कि एक डरता है और दूसरा नहीं। अंतर केवल इतना है कि डरपोक आदमी अपने डर के सामने झुक जाता है, जबकि बहादुर आदमी उसी डर का हाथ पकड़कर आगे बढ़ जाता है। भारतीय सेना में जनरल मानेक शॉ एक कथन प्रचलित है -"यदि कोई कहता है कि उसे मौत से डर नहीं लगता तो, वह या तो झूठ बोल रहा है या गोरखा है|" अर्थात डर सभी को लगता है|

शायद विक्रम के भीतर भी यही परिवर्तन हुआ था। जो बच्चा कभी सुई से बचने के लिए कमरे में चक्कर लगाता था, वही युवक बाद में एक अड़ियल घोड़े के सामने डटा रहा,आतंकवादियों का मुकाबला किया तब मुझे एहसास हुआ कि साहस जन्म से नहीं आता, वह छोटे-छोटे डरों पर विजय प्राप्त करते हुए धीरे-धीरे बनता है।युद्ध के मैदान में वीर अचानक पैदा नहीं होते, वहाँ केवल वही सैनिक विजय प्राप्त करते हैं जो पहले अपने डर को मार कर अपने लक्ष्य के लिए संघर्ष करते हैं|

12

मेरे सपने

"भविष्य उन्हीं का होता है जो वर्तमान में सपने देखने का साहस रखते हैं।"

प्रेरणा -सन 1984 की एक शाम ड्यूटी के बाद मैं बैरक के बाहर बैठा था। तभी मेरा एक साथी जवान बड़े उत्साह में आया। उसके चेहरे पर ऐसी चमक थी मानो कोई बड़ी जीत हासिल कर ली हो।मैंने मुस्कराकर पूछा,"क्या बात है भाई, आज बहुत खुश दिखाई दे रहे हो?"वह गर्व से बोला,"अभी-अभी अपने बेटे का एडमिशन मिलिटरी स्कूल में करवा कर लौटा हूँ।" मैंने उससे हाथ मिलाकर बधाई दी,"बहुत अच्छी बात है!"उसने सीना चौड़ा करते हुए कहा, "अब मेरे बेटे के सेना में अफसर बनने का रास्ता खुल गया है। एक दिन उसके कंधों पर भी स्टार चमकेंगे।"

उसकी बात सुनकर मैं कुछ देर चुप हो गया। वह तो चला गया, लेकिन उसके शब्द मेरे मन में गूंजते रहे।मैंने मन ही मन सोचा,"*एक दिन मेरा भी बेटा होगा। मैं भी उसे मिलिटरी स्कूल में पढ़ाऊँगा। वह भी सेना में अफसर बनेगा। उसके कंधों पर भी स्टार चमकेंगे।*"उस समय विक्रम का जन्म भी नहीं हुआ था, लेकिन सपनों की कोई उम्र नहीं होती। कई बार सपने बच्चे के जन्म से पहले ही जन्म ले लेते हैं।कहते हैं, खुली आँखों से देखे गए सपने और उन्हें पूरा करने के लिए की गई अथक मेहनत कभी व्यर्थ नहीं जाती।

समय बीतता गया।जब विक्रम दस वर्ष का हुआ तो उसने सैनिक स्कूल और मिलिटरी स्कूल की प्रवेश परीक्षा दी। परिणाम आया तो उसका नाम वरीयता सूची में नहीं था।मैं कुछ देर तक परिणाम पत्र को देखता रहा।विक्रम ने धीरे से पूछा,,"पापा, मेरा चयन नहीं हुआ?"मैंने उसके सिर पर हाथ फेरते हुए कहा,"नहीं बेटा, इस बार नहीं हुआ।"वह उदास होकर बोला,

"तो क्या अब मैं अफसर नहीं बन पाऊँगा?"मैंने दृढ़ स्वर में कहा,"हार केवल वही मानता है जो प्रयास करना छोड़ देता है। यह अंत नहीं, शुरुआत है।"

उस दिन मैं निराश अवश्य हुआ, लेकिन मेरा सपना टूटा नहीं। मैंने उसे अपने भीतर जीवित रखा।कुछ दिनों बाद मैंने विक्रम और उसके छोटे भाई संग्राम को हरियाणा के भिवानी शहर के एक प्रसिद्ध कोचिंग संस्थान में एक वर्ष के लिए दाखिल करा दिया।विदा करते समय मैंने विक्रम से कहा,"बेटा, याद रखना—सफलता उन्हीं को मिलती है जो गिरकर भी उठ खड़े होते हैं।" विक्रम ने दृढ़ता से उत्तर दिया,"मैं पूरी मेहनत करूँगा पापा।"

एक वर्ष बाद फिर प्रवेश परीक्षा हुई।परिणाम घोषित हुआ तो पता चला कि उस पूरे कोचिंग सेंटर से मिलिटरी स्कूल में चयनित होने वाला विक्रम अकेला विद्यार्थी था।उसका नाम वरीयता सूची में आ चुका था।मेरी खुशी का ठिकाना नहीं था।

मिलिटरी स्कूल में एडमिशन का संघर्ष -विक्रम का एडमिशन मिलिटरी स्कूल बेलगाम में होना था। वर्षों पुराना सपना साकार होने के बिल्कुल करीब था। मैं बेहद खुश था, लेकिन यह खुशी अधिक देर तक न टिक सकी।कुछ ही दिनों बाद स्कूल से प्रवेश-पत्र आ गया। मैंने पत्र खोला और फीस तथा अन्य खर्चों का विवरण पढ़ने लगा। जैसे-जैसे पंक्तियाँ पढ़ता गया, मेरा चेहरा उतरता गया।उस समय मेरी बचत लगभग शून्य थी। वेतन मिलने में भी पूरा एक महीना बाकी था। स्कूल में जमा की जाने वाली राशि मेरे एक महीने के वेतन से लगभग चार गुना थी।

मैं देर तक चुप बैठा रहा।आशा ने मेरे चेहरे की उदासी भाँप ली।उसने पूछा,"क्या बात है? अभी तो आप इतने खुश थे।"मैंने प्रवेश-पत्र उसकी

और बढ़ाते हुए कहा,"विक्रम का एडमिशन तो हो जाएगा, लेकिन फीस जमा करने के लिए पैसे कहाँ से आएँगे? बचत कुछ है नहीं और मैं किसी से कर्ज भी नहीं लेना चाहता।"

कुछ क्षण के लिए कमरे में सन्नाटा छा गया।फिर आशा के चेहरे पर हल्की मुस्कान उभरी।वह बोली,"बस इतनी सी बात?"मैंने आश्चर्य से उसकी ओर देखा।वह बोली,"आप हर महीने घर खर्च के लिए जो रुपये देते हैं, उनमें से थोड़ा-थोड़ा बचाकर मैं पोस्ट ऑफिस में जमा करती रही हूँ।"मैं चौंक पड़ा।"क्या? पोस्ट ऑफिस में जमा करती रही हो? मुझे तो इसकी जानकारी ही नहीं थी!" आशा मुस्कराई।"हर बात बताना जरूरी नहीं होता। गृहस्थी केवल आज का खर्च चलाने से नहीं चलती, आने वाले कल के लिए भी कुछ बचाकर रखना पड़ता है।"मैं अवाक उसकी ओर देखता रह गया।

वह आगे बोली,"आप चिंता मत कीजिए। कल ही पोस्ट ऑफिस जाकर पैसे निकाल लाऊँगी। विक्रम का एडमिशन समय पर हो जाएगा।"उस क्षण मुझे ऐसा लगा जैसे मेरे कंधों से कोई बहुत बड़ा बोझ उतर गया हो।जिस समस्या का कोई समाधान मुझे दिखाई नहीं दे रहा था, उसका उत्तर आशा ने बड़ी सहजता से दे दिया था।मैंने भावुक होकर उसका हाथ अपने हाथ में लिया और कहा,"इसीलिए तो तुम्हें गृहलक्ष्मी कहते हैं। घर केवल प्यार से नहीं चलता, तुम्हारी जैसी समझदारी और त्याग से चलता है।"

आशा मुस्कराकर बोली,"विक्रम केवल आपका बेटा नहीं है, मेरा भी बेटा है। उसके सपने पूरे करना केवल आपकी जिम्मेदारी नहीं, मेरी भी है।"मेरी आँखें नम हो गईं।मैंने कहा,"सच कहूँ तो विक्रम के इस एडमिशन में जितना योगदान मेरा है, उतना ही तुम्हारा भी है। शायद उससे भी कहीं अधिक। अगर तुम्हारी दूरदर्शिता और बचत न होती तो आज मेरा वर्षों पुराना सपना अधूरा रह जाता।"आशा ने धीरे से कहा,"पति सपने देखता है, लेकिन उन्हें पूरा करने के लिए पत्नी भी चुपचाप अपना धर्म निभाती है। बस अंतर इतना है कि उसके त्याग की चर्चा कम होती है।"उसकी बात सुनकर मैं निरुत्तर हो गया।उस दिन मुझे एहसास हुआ कि घर का मुखिया होने का अर्थ केवल कमाकर लाना नहीं

है। एक सफल परिवार के पीछे अक्सर एक ऐसी स्त्री होती है जो बिना किसी प्रशंसा की अपेक्षा के, चुपचाप अपने परिवार के भविष्य की नींव मजबूत करती रहती है।अगले ही दिन आशा पोस्ट ऑफिस गई और अपनी वर्षों की छोटी-छोटी बचत निकाल लाई। उन्हीं रुपयों से विक्रम की प्रवेश-फीस जमा हुई।

जब हम बेलगाम में उसके एडमिशन के लिए पहुँचे और मैं स्कूल परिसर में खड़ा था, तब मेरे मन में बार-बार एक ही विचार आ रहा था—"यह केवल मेरे सपनों की जीत नहीं है। यह आशा की मितव्ययिता, उसके त्याग और उसके विश्वास की भी जीत है।"विक्रम स्कूल के गेट के भीतर प्रवेश कर रहा था, लेकिन उसके साथ-साथ हमारे वर्षों के संघर्ष, हमारी उम्मीदें और एक माँ की अनकही कुर्बानियाँ भी उस गेट के भीतर प्रवेश कर रही थीं।उस दिन मैंने मन ही मन ईश्वर को धन्यवाद दिया और आशा की ओर देखकर सोचा—"बेटे के कंधों पर सितारे चमकने से पहले, इस घर की असली सितारा तो तुम हो।"

मैंने बेटे को गले लगाकर कहा,"देखा बेटा, मेहनत कभी बेकार नहीं जाती ।"विक्रम मुस्कराया,"आपने ही तो कहा था पापा,असफलता ही **सफलता की पहली सीढ़ी है।**"उसका प्रवेश मिलिटरी स्कूल बेलगाम, कर्नाटक में हो गया।

एडमिशन के दिन की एक घटना आज भी मुझे याद है।स्कूल परिसर में एक पिता अपने बेटे का सामान समेट रहे थे।मैंने आश्चर्य से पूछा,"क्या एडमिशन नहीं हुआ?"उन्होंने उदास स्वर में कहा,"एडमिशन तो हो गया था, लेकिन बच्चे की माँ बहुत दुखी है। बच्चा भी माँ के बिना दुखी है । इसलिए हम उसे वापस ले जा रहे हैं।"मैं कुछ क्षण चुप रहा।मन में विचार आया,"*क्या कोई बच्चा हमेशा माँ की गोद में रह सकता है? पशु-पक्षियों के बच्चे भी बड़े होकर अपना आकाश खोज लेते हैं।*"लेकिन यह उनका निर्णय था और उसका सम्मान करना चाहिए।

मैं और आशा पहले ही तय कर चुके थे कि बेटे के उज्ज्वल भविष्य के लिए हमें अपनी भावनाओं का बलिदान देना होगा।एडमिशन की सारी औपचारिकताएँ पूरी हो गईं।अब विदा का समय था।मैंने विक्रम के दोनों कंधों पर हाथ रखकर कहा,"बेटा, आज मैं तुम्हें यहाँ छोड़कर जा

रहा हूँ। लेकिन एक दिन मैं तुम्हारे इन्हीं कंधों पर मिलिटरी अफसर के स्टार चमकते हुए देखना चाहता हूँ।"विक्रम ने मेरी आँखों में देखते हुए कहा,"पापा, आपका सपना अब मेरा सपना है ,मैं इसे पूरा करूंगा|

ग्यारह वर्ष के बच्चे से इतनी बड़ी बात सुनकर मेरा गला भर आया।आँखों में आँसू तैरने लगे, लेकिन मैं उन्हें रोके रखा ।मैंने बेटे को सीने से लगाया, उसकी पीठ थपथपाई और उससे विदा लेकर चल पड़ा|एक बार पीछे मुड़कर देखा तो वह मेरी ओर ही देख रहा था | उसने हाथ हिलाकर अलविदा कहा |स्कूल के विशाल गेट से मैं बाहर निकल आया।कुछ कदम चलने के बाद हिम्मत जवाब दे गई।सड़क किनारे एक पेड़ की आड़ में खड़ा हो गया।जिन आंसुओं को मैं बेटे के सामने रोक रहा था, वे अब रुक नहीं पाए।आँखों से आँसुओं का सैलाब बह निकला। बहुत देर तक चुपचाप मैं रोता रहा।यह कमजोरी के आँसू नहीं थे।यह एक पिता के सपनों, त्याग और बेटे से बिछड़ने की पीड़ा के आँसू थे।जब आँसू थम गए तो मैंने रूमाल से चेहरा पोंछा, आसमान की ओर देखा और मन ही मन कहा—"अब बारी तुम्हारी है बेटा। मैंने तुम्हें मंज़िल के रास्ते पर खड़ा कर दिया है। आगे की यात्रा तुम्हें स्वयं तय करनी है।"

फिर मैं अपना बैग उठाकर स्टेशन की ओर चल पड़ा, लेकिन इस विश्वास के साथ कि एक दिन मेरा बेटा सचमुच अपने कंधों पर स्टार सजाकर मेरे उस पुराने सपने को पूरा करेगा, जो उसके जन्म से भी पहले मेरी आँखों में बस गया था।

व्यक्तित्व का विकास -वर्षों बाद वही बालक मिलिटरी स्कूल पहुँचा, फिर कॉलेज गया और फिर अकादमी।फुटबॉल और हॉकी टीम का कप्तान बना।धीरे-धीरे उसका मित्रों का दायरा बढ़ा, आत्मविश्वास बढ़ा और नेतृत्व क्षमता विकसित होती गई। सुई से डरने वाला बच्चा सैन्य अधिकारी बनने के बाद कश्मीर में सेना के एक ऑपरेशन में आतंकवादियों को मार गिराया |उसकी इस वीरता के लिए 'सेना मेडल' से नवाजा गया | आज जब मैं उसे देखता हूँ तो लगता है कि समय ने उसके व्यक्तित्व को पूरी तरह निखार दिया है।वह विनम्र है, लेकिन दृढ़ भी।अनुशासित है, लेकिन संवेदनशील भी।अपने जवानों की समस्याएँ सुनता है, उनकी मदद करता है और कठिन परिस्थितियों में भी शांत

रहता है।वह हमेशा हमारी केयर करता है, सम्मान करता है और प्यार करता है|और इन सबसे अच्छी बात - वह एक अच्छा इंसान है| माता-पिता को अपनी संतान से इससे ज्यादा क्या उम्मीद करनी चाहिए!

उसे किताबें पढ़ने का जुनून है। गोल्फ खेलने का जुनून है। फिट रहने का जुनून है।मैंने कई बार देखा है कि सुबह मेरी आँख खुलने से पहले वह उठ चुका होता है और किसी पुस्तक में ध्यानमग्न होकर पढ़ रहा होता है।दोपहर को लोग भोजन के बाद विश्राम करते हैं, लेकिन वह कॉफी पीकर गोल्फ किट उठाता है और तपती धूप में अभ्यास के लिए निकल पड़ता है।कभी-कभी मैं सोचता हूँ कि ईश्वर हर बच्चे को अलग साँचे में ढालता है।हर एक की रूचियाँ, लक्ष्य, उन्हे पूरा करने के लिए कर्म अलग अलग होते हैं|

संग्राम को परमात्मा ने साहस, जोखिम उठाने की क्षमता और आत्मविश्वास दिए।विक्रम को उसने अनुशासन, धैर्य, नेतृत्व और लक्ष्य के प्रति समर्पण दिए।एक ने जीवन को चुनौती की तरह स्वीकार किया, दूसरे ने जीवन को साधना की तरह जिया।दोनों के रास्ते अलग थे, लेकिन मंजिल एक ही थी—अपने व्यक्तित्व की सर्वोत्तम सम्भावना तक पहुँचना।

एक पिता के रूप में मुझे उन दोनो पर गर्व है, क्योंकि उन्होंने मेरी इच्छाओं की नहीं, बल्कि अपने भीतर छिपी संभावनाओं की आवाज़ सुनी। शायद यही किसी भी सफल पालन-पोषण की सबसे बड़ी उपलब्धि होती है।

13

संग्राम का बचपन

"जिसे पिता का विश्वास मिल जाए, उसे दुनिया की किसी पूँजी की आवश्यकता नहीं रहती।"

डॉक्टर से मिली ही नहीं—विक्रम को पैदा हुए एक वर्ष और दो महीने बीत चुके थे। जीवन फिर अपनी सामान्य गति से चल रहा था कि एक दिन मैंने आशा के शरीर में कुछ परिवर्तन देखे।शाम को चाय पीते समय मैंने पूछा, "आशा, एक बात पूछूँ?""पूछिए," उसने सहज भाव से कहा।"तुम्हारे मासिक धर्म समय पर आ रहे हैं न?"मेरे प्रश्न पर वह थोड़ी झेंप गई।"नहीं... पिछले दो महीने से नहीं आए हैं।""क्या?" मैं चौंक गया। "और तुमने मुझे बताया भी नहीं?"वह हँसकर बोली, "अरे, इसमें चिंता की क्या बात है? डिलेवरी के बाद कभी-कभी ऐसा हो जाता है।""मुझे नहीं लगता कि यह सामान्य बात है। कल ही अस्पताल जाकर जाँच करवाओ।""ठीक है बाबा, करवा लूँगी।"

उन दिनों मैं ड्यूटी में बहुत व्यस्त था। इसलिए आशा अकेले ही मिलिट्री अस्पताल चली गई।शाम को लौटी तो मैंने उत्सुकता से पूछा, "क्या कहा डॉक्टर ने?""उन्होंने झाँसी के मिलिट्री अस्पताल में स्त्री रोग विशेषज्ञ को दिखाने के लिए कहा है।""तो कब जाओगी?" "जल्दी ही चली जाऊँगी।"लेकिन उसके बाद भी हर बार कोई न कोई बहाना सामने आ जाता।"आज डॉक्टर छुट्टी पर थीं।""आज बहुत भीड़ थी।""आज नम्बर ही नहीं आया।"मैं उसकी बातें सुनता, पर पूरी तरह आश्वस्त

नहीं हो पाता था।आखिर पंद्रह दिन बाद मैंने कुछ नाराज़ होकर कहा, "आशा, आखिर डॉक्टर ने कहा क्या है?"वह कुछ क्षण चुप रही, फिर बोली, "डॉक्टर का कहना है कि गर्भ को तीन महीने से भी अधिक हो चुके हैं।"मेरी सारी शंकाएँ सही निकलीं।मैं कुछ देर तक चुप बैठा रहा।"क्या हुआ?" आशा ने पूछा।"मैं इतनी जल्दी दूसरा बच्चा नहीं चाहता था। तुम्हारी सेहत पहले ही कमजोर है।"आशा ने मुस्कराकर कहा, "जो होना था, वह तो हो चुका।"मैंने गहरी साँस ली और कहा, "हाँ, शायद यही ईश्वर की इच्छा है।"

मेरे पिताजी की पीढ़ी के लोग बच्चे पैदा करने के बारे में सोचते नहीं थे; बल्कि बच्चे हो जाते थे| ज्यादा से ज्यादा बच्चों का होना खुशी की बात थी| कृषि आधारित व्यवस्था में परिवार में जितने ज्यादा सदस्य होते खेती के लिए उतने ही काम करने वाले हाथ होते| हम पाँच भाई बहन थे| मैं जब 12 वर्ष का था और परिवार में आर्थिक संघर्ष देखा, तभी मैंने निश्चय कर लिया था कि मैं अपने जीवन में दो से ज्यादा बच्चे पैदा नहीं करूंगा| परिवार में दो से अधिक बच्चों को देखकर मुझे हमेशा लगता था कि इससे बड़ी गैरजिम्मेदारी शायद कोई नहीं हो सकती। डर इस बात का था कि यदि बच्चे अधिक हुए तो उनकी शिक्षा-दीक्षा कैसे होगी? वे आगे क्या करेंगे? कहीं उन्हें भी मेरी तरह अभावों में जीवन तो नहीं बिताना पड़ेगा? यही सोचकर मैंने बहुत पहले निश्चय कर लिया था—"सिर्फ दो बच्चे, परिवार के लिए अच्छे।"

खुशियाँ ही खुशियाँ—वसंत ऋतु अपने पूरे यौवन पर थी। बबीना छावनी के चारों ओर फैले पेड़ों पर नई-नई कोपलें फूट आई थीं। पलाश के फूलों ने जंगलों को मानो अग्नि की लालिमा से रंग दिया था। आम के पेड़ों पर बौर आ चुके थे और हवा में उनकी भीनी-भीनी सुगंध घुली रहती थी। कोयल की मधुर कूक हर सुबह एक नई उम्मीद जगा देती थी। कुछ ही दिन पहले होली का त्योहार बीता था। पूरे सैन्य परिसर में रंग, गुलाल और हँसी-ठिठोली की गूँज कई दिनों तक सुनाई देती रही। जवान एक-दूसरे को रंग लगाते हुए कहते, "अबकी होली के बाद तुम्हारे घर भी एक नया मेहमान आने वाला है।" मैं भी मुस्कुरा देता, लेकिन भीतर कहीं एक अनकही चिंता और उत्सुकता साथ-साथ चलती रहती।

अब जबकि आशा गर्भवती हो चुकी थी, इस सच्चाई को मैंने पूरी सहजता से स्वीकार कर लिया था। मन ही मन परमात्मा से प्रार्थना करता था कि इस बार एक बिटिया हो जाए। यदि बेटी हुई तो उसका नाम दुर्गा रखूँगा, और यदि बेटा हुआ तो संग्राम। लेकिन जीवन हमें हमेशा वही नहीं देता जिसकी हम कल्पना करते हैं; वह अक्सर वही देता है जो हमारी नियति में लिखा होता है।

उस दिन के बाद मैंने मन ही मन संकल्प कर लिया कि अब आशा की सेहत का पूरा ध्यान रखूँगा। छुट्टी के दिनों में मैं उसे शाम की सैर पर ले जाता था। हम दोनों कैंटोनमेंट की शांत सड़कों पर धीरे-धीरे टहलते। सड़क के दोनों ओर खड़े यूकेलिप्टस और नीम के पेड़ हवा के साथ सरसराते रहते। चलते-चलते हम आने वाले बच्चे के बारे में बातें करते। कभी मैं पूछता, "अगर बेटी हुई तो?" आशा मुस्कुराकर कहती, "जो भी आए, बस स्वस्थ रहे।" और मैं हँसते हुए कहता, "नाम तो मैंने पहले ही तय कर रखा है।"

मैं उसे पौष्टिक भोजन खाने के लिए प्रेरित करता, समय पर आराम करने की सलाह देता और हर छोटी-बड़ी आवश्यकता का ध्यान रखने की कोशिश करता। धीरे-धीरे उसके चेहरे की रौनक लौटने लगी। शरीर में पहले जैसी कमजोरी नहीं रही और उसके आत्मविश्वास में भी वृद्धि होने लगी। उसे स्वस्थ होते देखकर मेरे मन का बोझ भी हल्का होने लगा।

संग्राम का जन्म - समय अपनी गति से आगे बढ़ता रहा और फिर वह शुभ दिन भी आ पहुँचा जिसका हम दोनों बेसब्री से इंतजार कर रहे थे। विक्रम के जन्म के ठीक बीस महीने बाद, **3 अप्रैल 1987** को बबीना के मिलिटरी अस्पताल में हमारे दूसरे पुत्र का जन्म हुआ।

जब मैं अस्पताल पहुँचा और प्रसूति वार्ड के बाहर खड़ा था, तभी अचानक एक परिचित आवाज़ सुनाई दी—"सर , बधाई हो इस बार भी बेटा पैदा हुआ है"|मैंने मुड़कर देखा तो वही नर्स सामने खड़ी मुस्कुरा रही थी, जिसने लगभग दो वर्ष पहले विक्रम की डिलीवरी करवाई थी। उसने मुझे देखते ही पहचान लिया।मैं भी हँस पड़ा और बोला, "लगता है आपको हमारी फैमिली अच्छी तरह याद है।"वह खिलखिलाकर बोली,

"कैसे भूल सकती हूँ? एक ही वार्ड, वही बेड... और अब दूसरी बार भी मैं ही ड्यूटी पर हूँ।"

कुछ देर बाद उसने शरारती अंदाज़ में कहा, "सुनिए, इस बार तो गिफ्ट पहले से तय है। पिछली बार तो मिठाई देकर काम चला लिया था।"मैंने मुस्कुराकर पूछा, "अच्छा! इस बार क्या चाहिए?"वह हँसते हुए बोली, "कम-से-कम एक अच्छी-सी साड़ी तो बनती है। आखिर दो-दो बार आपके घर खुशखबरी आई है।"इतने में उसने आशा की ओर देखकर मज़ाक किया—"बहनजी, आपने तो बड़ी समझदारी दिखाई। दहेज देने से बचने के लिए दोनों बार लड़के ही पैदा कर दिए!"

पूरा वार्ड उसकी बात सुनकर ठहाकों से गूँज उठा। आशा, जो अभी तक प्रसव की थकान से चुपचाप लेटी थी, पहली बार खुलकर हँसी। उसके गालों पर हल्की लाली आ गई। उसने मुस्कुराते हुए कहा, "सिस्टर, यह सब हमारे हाथ में कहाँ होता है?"नर्स ने तुरंत जवाब दिया, "अरे, पता है... लेकिन मज़ाक किए बिना अस्पताल का माहौल भी तो सूना लगता है।"

मैंने भी हँसते हुए कहा, "सिस्टर, दहेज से तो बचा लिया, लेकिन अब दो लड़कों की पढ़ाई-लिखाई का खर्च कौन उठाएगा?"नर्स ने तुरंत कहा, "वह तो आपको ही उठाना पड़ेगा साहब! हम तो सिर्फ बच्चे सुरक्षित दुनिया में लाने का काम करते हैं।"कुछ देर के लिए पूरा वातावरण हँसी से भर गया। प्रसूति वार्ड, जहाँ अक्सर दर्द और चिंता का माहौल रहता है, वहाँ भी उस दिन अपनापन और उल्लास का रंग बिखर गया था।थोड़ी देर बाद नर्स मेरी गोद में नन्हे से शिशु को रखते हुए बोली, "लीजिए, अपने दूसरे शेर को संभालिए।"

मैंने पहली बार उसे अपनी बाँहों में उठाया। उसका गुलाबी चेहरा, भरे-भरे गाल और मजबूत शरीर देखकर मेरे मुँह से अनायास निकल पड़ा, "अरे! यह तो अपने बड़े भाई से भी ज्यादा स्वस्थ और मजबूत दिखाई देता है।"मेरी बात सुनकर आशा के चेहरे पर संतोष से भरी मुस्कान फैल गई। उस मुस्कान में पिछले कई महीनों की चिंता, संघर्ष, पीड़ा और उम्मीद—सब कुछ समाया हुआ था।तभी नर्स ने फिर पूछा, "तो साहब, इस वीर का नाम क्या रखेंगे?"मैंने बिना एक पल गंवाए उत्तर दिया, "संग्राम।"वह मुस्कुराकर बोली, "वाह! नाम भी बड़ा दमदार रखा

है। लगता है बड़ा होकर फौज में ही जाएगा।"

मैंने उत्तर दिया, "जीवन अपने आप में एक संग्राम है। जो साहस, धैर्य और दृढ़ संकल्प के साथ उससे लड़ता है, वही अंततः विजयी होता है। मैं चाहता हूँ कि मेरा बेटा हर संघर्ष का सामना इसी भावना के साथ करे।"

नर्स ने बच्चे के माथे पर प्यार से हाथ फेरा और कहा, "भगवान करे, यह अपने नाम की तरह हर कठिनाई में विजयी हो।"उस क्षण मेरी आँखें अनायास ही नम हो गईं। मैं आशा की ओर देख रहा था। पिछले कई महीनों में उसने जितनी शारीरिक पीड़ा, मानसिक चिंता और अनिश्चितता झेली थी, उसका अनुमान भी मैं पूरी तरह नहीं लगा सकता था। उसने अपनी अनेक तकलीफें मुझसे छिपाकर रखीं, केवल इसलिए कि मैं अनावश्यक चिंता में न पड़ जाऊँ।

आज जब मैं पीछे मुड़कर उस दिन को याद करता हूँ, तो लगता है कि संग्राम का जन्म केवल हमारे परिवार में एक नए सदस्य का आगमन नहीं था। वह आशा के धैर्य, त्याग, साहस और अटूट विश्वास की विजय का उत्सव था। वह हमारे जीवन में परमात्मा का दिया हुआ एक ऐसा अनमोल उपहार था, जिसने एक बार फिर हमारे छोटे-से घर को मासूम किलकारियों, नई आशाओं और उज्ज्वल भविष्य के सपनों से भर दिया।

मुझे बहुत खुशी थी, लेकिन दो बच्चों से अधिक की मेरी कोई इच्छा नहीं थी।मैंने डॉक्टर से कहा, "डॉक्टर साहब, अब परिवार नियोजन का ऑपरेशन कर दीजिए।"डॉक्टर हँस पड़े।"अरे भाई, अभी पहला बच्चा केवल बीस महीने का है। आपकी पत्नी का स्वास्थ्य भी पूरी तरह स्थिर नहीं है। पाँच साल बाद इस बारे में सोचिए।"मैं निराश होकर चुप हो गया।

तीन दिन बाद जब हम संग्राम को लेकर घर पहुँचे तो एक अप्रत्याशित दृश्य हमारा इंतजार कर रहा था।विक्रम माँ को देखते ही जोर-जोर से रोने लगा।"अरे, इसे क्या हो गया?" मैंने पूछा।आशा ने उसे गोद में लेने की कोशिश की, लेकिन वह हिचकियाँ लेकर रोए जा रहा था।"शायद तीन दिन माँ से दूर रहने का दुःख है," आशा बोली।मैंने हँसते हुए कहा, "या फिर इसे लग रहा है कि इसके हिस्से का प्यार बाँटने वाला कोई और आ गया है।"आखिर कुछ देर बाद वह माँ की गोद में चिपककर शांत हुआ।उस दृश्य को देखकर हमारा मन भी भर आया।घर में अब दो

बच्चों की किलकारियाँ गूँजने लगी थीं और मैं दो बेटों का पिता बन चुका था।

समय अपनी रफ्तार से चलता रहा।लगभग तीस वर्ष बाद एक दिन हम दोनों पुरानी यादें ताजा कर रहे थे। अचानक आशा हँसने लगी।मैंने पूछा, "क्या बात है?"वह बोली, "आज तुम्हें एक राज की बात बताऊँ?" "अब इस उम्र में कौन सा राज बचा है?" वह खिलखिलाकर हँस पड़ी।"संग्राम के समय जब आप मुझे बार-बार डॉक्टर के पास भेज रहे थे, तब मैं डॉक्टर से मिलती ही नहीं थी।"मैं स्तब्ध रह गया।"क्या मतलब?" "मतलब यह कि मैं अस्पताल तो जाती थी, लेकिन डॉक्टर के चेम्बर के बाहर बेंच पर बैठ जाती थी। फिर अस्पताल की गाड़ी से वापस घर आ जाती थी।" "क्या!" मैं लगभग उछल पड़ा। "तो पंद्रह दिन तक तुम मुझे बेवकूफ बनाती रहीं?" वह हँसते-हँसते बोली, "मुझे गर्भपात का बहुत डर लग रहा था। मुझे लगता था कि कहीं डॉक्टर गर्भ गिराने की सलाह न दे दें। इसलिए मैं उनसे मिली ही नहीं थी।"

मैंने माथा पकड़ लिया।"हे भगवान! और मैं समझता रहा कि तुम नियमित जाँच करा रही हो।" आशा ने कहा ,"अंत में जब पेट छिपाना मुश्किल हो गया तब मुझे बहाना बनाना पड़ा।"मैंने मुस्कराकर कहा, "तो संग्राम के जन्म का सबसे बड़ा श्रेय तुम्हारी इस समझदारी को जाता है।"आशा हँसते हुए बोली, "समझदारी नहीं, माँ का डर था।"हम दोनों देर तक हँसते रहे। इतने वर्षों बाद भी उस घटना को याद करके ऐसा लग रहा था मानो वह कल की ही बात हो। इसी संदर्भ में एक प्रसिद्ध सूक्ति याद आ गई - “त्रिया चरित्रम पुरुषस्य भाग्यम, देवो न जानाती कुतो मनुष्यः अर्थात स्त्री का चरित्र और पुरुष का भाग्य कब बदल जाए, इसे स्वयं देवता भी नही समझ सकते , फिर मनुष्यों की बात ही क्या है!

व्यक्तित्व का विकास - मिलिटरी स्टेशन में सरकारी आवास न मिलने के कारण आशा और बच्चों को कुछ समय के लिए गाँव में ही रहना पड़ा था। एक दिन मैं और मेरे पिता बरामदे में बैठे बातें कर रहे थे। दोपहर का समय था। तभी तीन वर्ष का संग्राम आँगन से दौड़ता हुआ आया। उसकी दोनों बाँहों में दो छोटे-छोटे कुत्ते के पिल्ले दबाए हुए थे। वजन के मारे उसका चलना मुश्किल हो रहा था क्योंकि उसकी पेंट नीचे

खिसक रही थी।

पिता जी ने मुस्कुराकर पूछा, "अरे बेटा, ये पिल्ले कहाँ से उठा लाए?"संग्राम ने गर्व से पिल्लों को दिखाते हुए कहा, "दादाजी, ये मेरे हैं!""अच्छा! और इनका क्या करोगे?""पालूँगा," उसने तुरंत उत्तर दिया, "इन्हें दूध पिलाऊँगा, रोटी खिलाऊँगा।"पिता जी ने छेड़ते हुए पूछा, "और अगर इनकी माँ इन्हें लेने आ गई तो?"संग्राम कुछ क्षण सोचता रहा, फिर पूरी गंभीरता से बोला, "उसे भी दूध पिलाऊँगा... रोटी खिलाऊँगा।"उसका भोला-भाला उत्तर सुनकर मैं हँस पड़ा। पिता जी भी ठहाका लगाकर हँसे। फिर उनकी आँखों में जैसे पुरानी यादें तैरने लगीं।

उन्होंने संग्राम को अपने पास बुलाया और कहा, "जानते हो बेटा, मुझे भी तुम्हारी उम्र में कुत्ते पालने का बहुत शौक था।"संग्राम उत्सुक होकर उनकी गोद में बैठ गया।"सच दादाजी?""हाँ, बिल्कुल सच। मेरे पास भी एक कुत्ता था—मोती। वह मेरा सबसे अच्छा दोस्त था। मैं जहाँ जाता, वह मेरे पीछे-पीछे आता।""फिर क्या हुआ?" संग्राम ने बड़ी उत्सुकता से पूछा।पिता जी का चेहरा थोड़ा गंभीर हो गया।

"एक रात की बात है। गर्मियों के दिन थे। मैं बरामदे में चारपाई पर सो रहा था और मोती मेरे पास ही लेटा हुआ था। आधी रात को अचानक उसकी 'कायँ-कायँ' की आवाज सुनकर मेरी आँख खुल गई।""क्यों?" संग्राम ने पूछा।"मैंने देखा कि एक चीता उसे अपने मुँह में दबाकर ले जा रहा है।""चीता!" संग्राम की आँखें फैल गईं।"हाँ बेटा, उस समय हमारे गाँव के आसपास जंगल बहुत घने थे। जंगली जानवर अक्सर गाँव तक आ जाते थे।""फिर आपने मोती को बचाया नहीं?" संग्राम ने मासूमियत से पूछा।पिता जी ने गहरी साँस ली।"मैं बहुत छोटा था। डर के मारे मेरी आवाज तक नहीं निकली। जब तक मैं कुछ समझ पाता, चीता मोती को लेकर अँधेरे में गायब हो चुका था।"

संग्राम कुछ देर चुप रहा। फिर उसने अपने दोनों पिल्लों को और कसकर सीने से लगा लिया और बोला,"दादाजी, मैं अपने पिल्लों को रात में बाहर नहीं सोने दूँगा।"पिता जी ने उसके सिर पर हाथ फेरते हुए कहा, "हाँ बेटा, अपने दोस्तों का हमेशा ध्यान रखना चाहिए।"

बरामदे में फिर से हँसी गूँज उठी। संग्राम अपने पिल्लों को लेकर आँगन की ओर भाग गया, जबकि मैं पिता जी के चेहरे पर उभर आई उस हल्की-सी उदासी को देख रहा था। इतने वर्षों बाद भी उन्हें अपना मोती याद था। शायद बचपन के सच्चे साथी कभी भुलाए नहीं जाते।

नटखट बचपन -एक साल गाँव में रहने के बाद आशा विक्रम और संग्राम को लेकर वापस अहमदनगर लौट आई | मुझे सरकारी आवास मिल गया था | बच्चों की दुनिया बदल गई थी। अब उनके पास स्कूल था, दोस्त थे और मिलिटरी स्टेशन का खुला वातावरण था। लेकिन एक चीज़ नहीं बदली थी—उनकी शरारतें।वैसे भी बच्चे और बंदर शायद ही कभी शांत बैठते हैं। उनके भीतर ऊर्जा का एक अथाह स्रोत होता है। उन्हें हर समय कुछ नया करना होता है, कुछ खोज निकालना होता है, किसी चुनौती को स्वीकार करना होता है।कभी दोनों पेड़ों पर चढ़ जाते, कभी डालियों से लटकते। कभी पत्थर से निशाना लगाते, तो कभी एक-दूसरे का पीछा करते हुए पूरे कैंपस का चक्कर लगा आते।

भाग विक्की भाग -एक दिन मैं सुबह की परेड से लौट रहा था। दूर एक गुलमोहर के पेड़ पर दोनों भाई चढ़े हुए दिखाई दिए।मुझे देखते ही संग्राम चिल्लाया—"भाग विक्की, भाग! पापा आ रहे हैं!"यह कहकर वह धड़ाम से नीचे कूदा और घर की ओर दौड़ पड़ा। उसके पीछे विक्रम भी भागा।मैं सामान्य चाल से चलता हुआ घर पहुँचा। दरवाज़ा खोला तो दोनों अंदर खड़े थे। चेहरा पसीने से तर, साँसें तेज़ और आँखों में डर साफ दिखाई दे रहा था।मैं हँसी रोकते हुए बोला—"अरे, तुम दोनों मुझे देखकर भाग क्यों रहे थे?"दोनों चुप।"अगर गिर जाते तो? हाथ-पैर टूट जाते तो?"संग्राम ने धीरे से कहा—"आपसे डर लगता है।"मैंने उसे पास बुलाकर कंधे पर हाथ रखा।"बेटा, पापा से नहीं, गलत काम से डरना चाहिए। मैं तुम्हारा दुश्मन नहीं हूँ। लेकिन ऐसी हरकतों में खतरा होता है।" विक्रम बोला—"हम दुबारा नहीं करेंगे।"मैं मुस्कुराया।"यह वादा तो तुम लोग हर हफ्ते करते हो।"दोनों हँस पड़े।लेकिन उस दिन के बाद मैंने एक बात नोटिस की। संग्राम का डर कम हो गया था, जबकि उसका साहस और बढ़ गया था।

मैं गिरा कहाँ— कुछ ही दिनों बाद वह जामुन के एक ऊँचे पेड़ पर चढ़ गया। ऊपर बैठकर पके हुए जामुन तोड़-तोड़कर नीचे फेंक रहा था।नीचे खड़ा विक्रम उन्हें इकट्ठा कर रहा था।अचानक एक सूखी डाल टूट गई।संग्राम का संतुलन बिगड़ा और वह नीचे की ओर गिरने लगा।सौभाग्य से गिरते समय उसके हाथ में एक मजबूत डाल आ गई और वह हवा में झूल गया।

पास के घर की खिड़की से यह दृश्य देख रही पड़ोसन चीख पड़ी—"हाय राम! बच्चा गिर गया!"विक्रम का चेहरा पीला पड़ गया।"संग्राम!"वह रोते हुए घर की ओर भागा।"मम्मी! मम्मी! संग्राम गिर गया!"उधर पड़ोसन पहले ही आशा को खबर दे चुकी थी।आशा घबराकर दौड़ी।लेकिन जब वह वहाँ पहुँची तो दृश्य कुछ और ही था।संग्राम आराम से नीचे उतर चुका था और बड़े मजे से जामुन खा रहा था।

आशा ने झल्लाकर कहा—"तुम गिरते-गिरते बचे हो और तुम्हें जामुन खाने की पड़ी है!"संग्राम ने मासूमियत से जवाब दिया,"मम्मी, मैं गिरा कहाँ? मैं तो लटक गया था।"पास खड़ा विक्रम अभी भी काँप रहा था।उस दिन मुझे पहली बार दोनों भाइयों के स्वभाव का स्पष्ट अंतर दिखाई दिया।जहाँ विक्रम किसी खतरे को देखकर पहले उसके परिणामों के बारे में सोचता था, वहीं संग्राम पहले चुनौती स्वीकार करता था और बाद में उसके बारे में सोचता था।समय के साथ यह अंतर और स्पष्ट होता गया।

पापा घर में नहीं हैं - बच्चों को किसी भी परिस्थिति में झूठ बोलने के लिए नहीं कहना चाहिए| ऐसी गलती एक बार मैंने की थी| मेरे एक अधिकारी फौजियों को यात्रा के लिए दिए जाने वाले फ्री वारंट अवैध रूप से जारी करने का दबाव डाल रहे थे और मैं उससे बचना चाहता था | मैं ऑफिस से चुपचाप घर आ गया | मेरे आने के कुछ देर बाद ही उन्होंने एक जवान को मेरे घर भेज दिया | जवान ने दरवाजा खटखटाया तो मैं चौकन्ना हो गया और अपने तीन साल के बेटे संग्राम से कहा, “बेटा, दरवाजा खोलो और अंकल से कहो पापा घर में नहीं हैं|” संग्राम ने कहना मानते हुए तुरंत दरवाजा खोला और खोलते ही कहा, “अंकल पापा ने

कहा है कि वो घर पर नहीं हैं!"

गड्ढे को पार करो - संग्राम और विक्रम दोनो छः और आठ साल के थे| वे दोनो सेना के परेड ग्राउन्ड में सैनिकों को रस्से पर चढ़ते हुए ,गड्ढे को दौड़ कर पार करते हुए, बाधा दौड़ करते हुए अक्सर देखते थे | और जब भी मौका मिलता खुद भी बंदरों की तरह नकल करने लगते थे |वे फौजियों की तरह रस्से में चढ़ते, गड्ढे को दौड़ कर पार करते| एक दिन एक जवान गड्ढे को जंप करने की बजाय गड्ढे में ही कूद गया | फेल होने वाले जवानों को शाम को भी अभ्यास कराया जा रहा था |संग्राम से एक जवान ने पूछा, "यहाँ क्या कर रहे हो|" "अंकल हम गड्ढे को पार कर रहे हैं, आप भी गड्ढे को पार करो |" और ऐसा कहते हुए गड्ढे को पार करने लगा | वह जवान झेंप गया और दुबारा प्रयास किया |इस बार वह गड्ढे को जंप कर पार कर गया | बच्चे ताली बजाने लगे और कहा, "शाबास अंकल|"

संग्राम फौजियों को देखकर सेलूट करते हुए कहता था, "जय हिन्द सर |" उसकी इस मासूम हरकत को देखकर वो मुस्कुराने लगते थे |इस फौजी वातावरण ने बच्चों को साहसिक और रिस्क टेकिंग बना दिया था | हम जो भी बनते हैं उसमें हमारी सोच और आसपास के वातावरण का प्रभाव होता है| मुझे खुशी थी कि मेरे बच्चे फौजी वातावरण से बहुत कुछ सीख रहे थे |

डरेंगे तो नई चीज कैसे सीखेंगे—उस समय संग्राम लगभग आठ वर्ष का था। उसे तैराकी सीखने का बड़ा शौक था। स्कूल से लौटते ही वह अपना बैग एक ओर फेंकता और जल्दी-जल्दी कपड़े बदलकर आर्मी के स्विमिंग पूल की ओर निकल जाता। दोपहर तीन से चार बजे के बीच बच्चों के लिए तैराकी का समय निर्धारित था और वह शायद ही कोई दिन छोड़ता हो।

एक दिन मैं यूनिट से लौट रहा था। ध्यान से देखा तो मेरा दिल एक पल के लिए अटक-सा गया।एक लड़का साइकिल चला रहा था और उसके पीछे, पिछले पहिए के एक्सल पर दोनों पैर जमाए, संग्राम खड़ा था। उसके दोनों हाथ हवा में फैले हुए थे। वह किसी सर्कस के कलाकार की तरह इधर-उधर झूल रहा था और साइकिल पूरी रफ्तार से सड़क पर

दौड़ी जा रही थी।मेरे मुंह से अनायास निकला,"अरे! यह क्या कर रहा है?"मैंने जोर से आवाज लगाई,"संग्राम!"

मेरी आवाज सुनते ही उसने पीछे मुड़कर देखा, मुस्कुराया और फिर भी कुछ सेकंड तक उसी मुद्रा में खड़ा रहा। आखिर उसका दोस्त साइकिल रोककर खड़ा हुआ।मैं तेज कदमों से उनके पास पहुँचा।"नीचे उतरो!"संग्राम सायकल से नीचे कूद गया, मानो उसने कोई असाधारण काम किया ही न हो।मैंने थोड़ा सख्त स्वर में पूछा,"तुम्हें पता है, अभी अगर संतुलन बिगड़ जाता तो क्या हो सकता था?"वह मेरी ओर देखने लगा और सिर खुजाते हुए पूछा ,"क्या हो सकता था, पापा?""क्या हो सकता था?" मैंने आश्चर्य से कहा, "हाथ-पैर टूट सकते थे, सिर में चोट लग सकती थी। इतनी तेज साइकिल पर खड़े होकर हाथ छोड़ दिए थे तुमने!"

संग्राम ने बड़ी सहजता से उत्तर दिया,"लेकिन मैं गिरा तो नहीं।"उसकी बात सुनकर मैं कुछ क्षण चुप रह गया।"गिरे नहीं, इसका मतलब यह नहीं कि खतरा नहीं था।"वह मुस्कुराया। "पापा, मेरी प्रैक्टिस हो गई है।""प्रैक्टिस?" मैंने भौंहें उठाईं, "यह प्रैक्टिस कब से चल रही है?"उसका दोस्त हँस पड़ा।"अंकल, यह तो रोज़ करता है।""रोज़ करता है?" मैंने आश्चर्य से संग्राम की ओर देखा।संग्राम ने गर्व से कहा,"पहले मैं सीट पकड़कर खड़ा होता था। फिर एक हाथ छोड़कर खड़ा होने लगा। अब तो दोनों हाथ छोड़कर भी बैलेंस बना लेता हूँ।"

"वाह!" मैंने व्यंग्य से कहा, "और अगला कदम क्या है? आँखें बंद करके खड़े होना?"वह गंभीरता से सोचने लगा।"वो भी ट्राई कर सकता हूँ।"उसका उत्तर सुनकर मैं सिर पकड़कर रह गया।पास खड़े उसके दोस्त ने खिलखिलाकर कहा,"अंकल, यह किसी से नहीं डरता।"मैंने संग्राम की ओर देखते हुए कहा,"बेटा, बहादुरी अच्छी बात है, लेकिन बेवजह जान जोखिम में डालना समझदारी नहीं है।"संग्राम कुछ क्षण सोचता रहा, फिर बोला,"लेकिन पापा, अगर डरते रहेंगे तो नई चीज़ें कैसे सीखेंगे?"उसकी बात में तर्क भी था और बचपना भी।

मैंने उसके कंधे पर हाथ रखा और कहा,"नई चीज़ें सीखो, खूब सीखो। तैरना सीखो, खेलो, दौड़ो, पहाड़ चढ़ो। लेकिन ऐसा जोखिम मत लो

जिसमें गलती की कीमत बहुत बड़ी हो सकती है।" संग्राम मुस्कुराकर और सिर हिलाया।"ठीक है पापा... लेकिन सच कह रहा हूँ, अब मेरी प्रैक्टिस हो गई है।"उसके चेहरे पर वही आत्मविश्वास था जो कुछ देर पहले साइकिल के पीछे खड़े होकर हवा में हाथ लहराते समय था।मैं उसे देखकर मुस्कुरा दिया। उस दिन मुझे महसूस हुआ कि यह लड़का साधारण बच्चों जैसा नहीं है। इसके भीतर निर्भीकता कूट-कूटकर भरी हुई है। बस जरूरत इस बात की थी कि इस निर्भीकता को सही दिशा मिले, ताकि साहस दुस्साहस में न बदल जाए।

स्वाभिमानी -संग्राम और विक्रम दोनों एक ही कक्षा में तीसरी कक्षा में पढ़ते थे, लेकिन पढ़ाई के प्रति दोनों का स्वभाव बिल्कुल अलग था। विक्रम शुरू से ही अनुशासित और पढ़ाकू था, जबकि संग्राम का मन किताबों से अधिक खेलकूद, शरारतों और नए-नए प्रयोगों में लगता था।एक दिन विद्यालय से दोनों की तीसरी कक्षा की प्रोग्रेस रिपोर्ट आई। मैंने रिपोर्ट हाथ में ली और दोनों के अंक देखने लगा। अपेक्षा के अनुसार विक्रम के अंक बहुत अच्छे थे, जबकि संग्राम के अंक उससे काफी कम थे।

उस समय मुझसे वही गलती हो गई जो अक्सर माता-पिता अनजाने में कर बैठते हैं।मैंने दोनों रिपोर्टें सामने रखते हुए कहा,"देखो संग्राम, तुम्हें शर्म नहीं आती? भैया से कितने कम नंबर आए हैं तुम्हारे।"संग्राम चुपचाप खड़ा सुनता रहा।मैंने आगे कहा,"अगर यही हाल रहा तो बड़े होकर कोई काम नहीं मिलेगा तुम्हें।ऐसी हालत में मैं तुम्हारे लिए सूअर खरीद दूँगा और तुम सूअर पालना।"

शायद मुझे लगा था कि मेरी डाँट का उस पर असर होगा, लेकिन उसका असर कुछ और ही हुआ।संग्राम ने मेरी ओर देखा। उसकी आँखों में गुस्सा भी था और आत्मसम्मान भी।उसने बिना झिझक जवाब दिया,"हाँ, पालूँगा !"मैं उसके इस उत्तर से थोड़ा चौंका।लेकिन वह यहीं नहीं रुका।उसने आगे कहा,"पर अगर कोई पूछेगा कि किसके बेटे हो, तो मैं बताऊँगा—मैं आर. पी. सिंह का बेटा हूँ।"कुछ क्षण के लिए कमरे में सन्नाटा छा गया।

उसका उत्तर सुनकर मैं अवाक् रह गया।उसने अपने कम अंकों का बचाव नहीं किया था। उसने कोई बहाना नहीं बनाया था। उसने केवल इतना जताया था कि चाहे वह जीवन में कुछ भी करे, उसे अपने पिता का पुत्र होने पर गर्व रहेगा।उस क्षण मुझे अपनी गलती का एहसास हुआ।मैंने सोचा, जिस बच्चे का आत्मविश्वास इतना मजबूत है कि वह डाँट खाने के बाद भी अपने अस्तित्व पर गर्व कर रहा है, उसकी तुलना किसी और से करना कितना अनुचित है।उसकी बातों में एक संदेश छुपा था "बच्चा हूँ तो क्या हुआ मेरा भी आत्मसम्मान है|"

उस दिन मैंने एक महत्वपूर्ण सबक सीखा—हर बच्चा अलग होता है।किसी के अच्छे अंक उसकी सफलता की गारंटी नहीं होते और कम अंक किसी की क्षमता का अंतिम प्रमाण नहीं होते।बचपन में हम केवल रिपोर्ट कार्ड देखते हैं, लेकिन भविष्य चरित्र, आत्मविश्वास, साहस, मेहनत और अवसरों से बनता है।उस दिन के बाद मैंने निश्चय कर लिया कि कभी भी अपने बच्चों की किसी से तुलना नहीं करूँगा।

समय ने भी यही सिद्ध किया कि बच्चों की प्रतिभा का आकलन केवल अंकों से करना सबसे बड़ी भूल है। हर बच्चे के भीतर ईश्वर ने कोई न कोई विशेषता छिपाकर रखी होती है। माता-पिता का काम उसकी तुलना करना नहीं, बल्कि उसकी उस विशेषता को पहचानकर उसे विकसित होने का अवसर देना है। मैं अगर अपना ही उदाहरण दूँ तो मैं गणित में बहुत कमजोर था| गणित की क्लास में मेरे पसीने छूट जाते थे |मेरे शिक्षक सभी बच्चों को इतनी पिटाई करते थे कि गणित से मैंने दूरी बना ली| गणित फार्मूले रटने का विषय था जबकि मैं कल्पना में खोया रहने वाला बालक था |मुझे किस्से कहानियाँ अच्छी लगती थी | इसका ही परिणाम है कि मैं जीवन की संध्या पर एक लेखक बन गया और 40 से अधिक उपन्यास लिख डाला |

मोह से बड़ा बच्चों का भविष्य - विक्रम के मिलिटरी स्कूल चले जाने के बाद घर जैसे कुछ खाली-खाली सा हो गया था। उसकी हँसी, उसकी आवाज़ और उसकी शरारतों की कमी हम दोनों महसूस करते थे। फिर भी एक तसल्ली थी—संग्राम हमारे पास था।

शाम को ड्यूटी से लौटता तो संग्राम दौड़कर मेरे पास आ जाता। कभी मेरे जूते साफ करता, कभी बैग उठा लेता, कभी दिनभर की अपनी कहानियाँ सुनाने लगता। धीरे-धीरे वह मेरा और भी लाड़ला बन गया।एक दिन उसने मेरे गले में बाँहें डालकर कहा,"पापा, आप मुझे कभी हॉस्टल मत भेजिएगा।"मैं मुस्कराया,"क्यों बेटा?"वह बोला,"मुझे आपके और मम्मी के साथ रहना अच्छा लगता है।"मैंने उसके सिर पर हाथ फेर दिया, लेकिन मन में एक चिंता घर कर चुकी थी।

संग्राम बुद्धिमान था, लेकिन पढ़ाई के प्रति उतना गंभीर नहीं था। खेल-कूद, दोस्तों और मस्ती में उसका मन ज्यादा लगता था।उसके गणित के अंक कमजोर आ रहे थे, इसलिए मैंने उसे शाम को एक शिक्षक के पास ट्यूशन भेजना शुरू कर दिया।कुछ महीनों बाद उसके अंकों में सुधार दिखाई दिया।मैंने राहत की साँस ली।लेकिन एक दिन पड़ोस के एक व्यक्ति ने हँसते हुए कहा,"सर, आपका बेटा बड़ा खिलाड़ी है। रोज ट्यूशन के बाद मैदान में फुटबॉल खेलता है।"मैंने सोचा, *खेलना भी जरूरी है*, इसलिए बात को अधिक महत्व नहीं दिया।फिर मैंने उसे सुबह भी ट्यूशन भेजना शुरू कर दिया।

लेकिन उसके मस्तमौला स्वभाव को देखते हुए एक दिन मैं अचानक उसके शिक्षक के घर पहुँच गया।मैंने पूछा,"कैसा चल रहा है संग्राम का पढ़ाई में?"शिक्षक ने आश्चर्य से मेरी ओर देखा।"संग्राम? वह तो पिछले पंद्रह दिनों से आया ही नहीं है।"मेरे पैरों तले जमीन खिसक गई।"क्या कहा आपने? वह रोज घर से ट्यूशन के लिए निकलता है!"शिक्षक ने सिर हिलाया।"कुछ दिन आया था, फिर आना बंद कर दिया।"मैं तुरंत उसे खोजने निकल पड़ा।थोड़ी देर बाद मैं पास के फुटबॉल मैदान पहुँचा।वहाँ देखा, संग्राम पूरी तन्मयता से फुटबॉल खेल रहा था। उसके चेहरे पर खुशी थी, मानो दुनिया की कोई चिंता ही न हो।मैं कुछ देर दूर खड़ा उसे देखता रहा।फिर उसने मुझे देखा।उसके चेहरे की मुस्कान अचानक गायब हो गई।

धीरे-धीरे मेरे पास आया।मैंने शांत स्वर में पूछा,"बेटा, ट्यूशन यहीं लगती है क्या?"वह सिर झुकाकर खड़ा रहा।उस दिन मैंने उसे डाँटा नहीं।लेकिन लौटते समय मन में एक निर्णय आकार लेने लगा था।रात

को मैंने आशा से कहा,"मुझे लगता है, अब संग्राम को भी बोर्डिंग स्कूल भेजना पड़ेगा।"आशा चौंक गई।"विक्रम तो पहले ही दूर है। अब संग्राम भी चला जाएगा?"मैंने भारी मन से कहा,"मैं भी उसे अपने पास रखना चाहता हूँ, लेकिन केवल प्यार से भविष्य नहीं बनता। यदि अभी अनुशासन नहीं सीखा तो आगे बहुत मुश्किल होगी।"आशा कुछ देर चुप रही।फिर बोली,"अगर यह उसके भले के लिए है, तो हमें अपने दिल पर पत्थर रखना होगा।"

आर्मी पब्लिक स्कूल -संग्राम ने आर्मी पब्लिक स्कूल दगशाई की प्रवेश परीक्षा दी।यह एक अखिल भारतीय प्रवेश परीक्षा थी | उसमें ज्यादातर सैनिकों के बच्चे और एन आर आई (अनिवासी भारतीय) के बच्चे पढ़ते थे |जब उसका नाम वरीयता सूची में आया तो खुशी भी हुई और मन भारी भी हो गया।फीस मेरी हैसियत से अधिक थी।मैंने हिसाब लगाया, फिर कागज एक तरफ रख दिए।आशा ने पूछा,"क्या सोच रहे हैं?"मैंने दृढ़ स्वर में कहा,"पैसे की चिंता बाद में करेंगे। बच्चों के भविष्य से समझौता नहीं करेंगे।"

अंततः मैंने भविष्य निधि से कुछ रुपये निकाले और संग्राम का प्रवेश हिमाचल प्रदेश के सोलन जिले के दगशाई की पहाड़ी में स्थित आर्मी पब्लिक स्कूल में कक्षा 7 वीं में करा दिया।एडमिशन का दिन आ गया।सारा सामान हॉस्टल के कमरे में रख दिया गया।अब विदा का समय था।संग्राम ने हम दोनों के पैर छुए।मैंने उसके कंधे थपथपाए।"बेटा, मन लगाकर पढ़ना।"वह बोला,"जी, पापा।"

आशा ने उसका चेहरा दोनों हाथों में लेकर कहा,"समय पर खाना खाना और अपना ध्यान रखना।"संग्राम मुस्कुराया।"आप लोग चिंता मत करें, मम्मी।"फिर वह अपना बैग उठाकर हॉस्टल की सीढ़ियाँ चढ़ने लगा।मैं और आशा वहीं खड़े उसे जाते हुए देखते रहे।हर सीढ़ी के साथ ऐसा लग रहा था जैसे वह हमसे थोड़ा और दूर होता जा रहा हो।

मेरे मन में बार-बार एक ही उम्मीद जाग रही थी—*"बस एक बार पीछे मुड़कर देख ले..."*आशा की आँखें भी उसी दिशा में टिकी थीं।वह धीरे से बोली,"देखिए, अभी मुड़ेगा..."मैंने कहा,"हाँ, अभी मुड़ेगा..."लेकिन वह नहीं मुड़ा।वह सीढ़ियाँ चढ़ता हुआ सीधे हॉस्टल के अंदर चला गया।कुछ

क्षण तक हम दोनों उसी ओर देखते रहे जहाँ अब वह दिखाई भी नहीं दे रहा था।उस पल मुझे ऐसा लगा मानो किसी ने मेरे सीने से मेरा दिल निकाल लिया हो।

भारी मन से दगसाई से हम शिमला चले गए।होटल के कमरे में पहुँचते ही मैं अपने आँसू नहीं रोक पाया।जिस पिता ने बेटे के सामने अपने आँसू रोक लिए थे, वह अब टूट चुका था।मैं फूट-फूटकर रो पड़ा।आशा मेरे पास बैठ गई।उसने मेरा हाथ पकड़कर कहा,"इतना मत रोइए। बच्चे हमेशा हमारे पास नहीं रह सकते।"मैंने भर्राए गले से कहा,"पहले विक्रम गया, अब संग्राम भी चला गया। घर कितना खाली हो जाएगा।"आशा की आँखें भी नम थीं।वह बोली,"आज हम दुखी हैं, लेकिन एक दिन यही बच्चे अपने पैरों पर खड़े होंगे तो हमें गर्व होगा।"

मैं खिड़की के पास जाकर खड़ा हो गया।दूर पहाड़ों पर बादल उतर रहे थे।मैंने अपने आँसू पोंछे और स्वयं से कहा—"**मोह और ममता हर माता-पिता के जीवन का सबसे बड़ा सत्य हैं, लेकिन बच्चों का भविष्य उससे भी बड़ा सत्य है।**"उस दिन मैंने समझा कि त्याग केवल सीमा पर खड़ा सैनिक ही नहीं करता। माता-पिता भी अपने बच्चों के उज्ज्वल भविष्य के लिए हर दिन छोटे-छोटे त्याग करते हैं।और कभी-कभी सबसे कठिन त्याग यह होता है कि जिन बच्चों को सीने से लगाकर बड़ा किया हो, उन्हें अपने से दूर जाने की अनुमति दे दी जाए।क्योंकि सच्चा प्रेम बाँधता नहीं, उड़ने के लिए पंख देता है।

सहनशील बच्चा - संग्राम बचपन से ही असाधारण रूप से सहनशील था। दर्द सहना मानो उसके स्वभाव का हिस्सा था। छोटी-छोटी तकलीफों की शिकायत तो उसने कभी की ही नहीं, बल्कि बड़ी से बड़ी पीड़ा को भी मुस्कुराकर सह लेता था। एक बार की बात है। वह हिमाचल प्रदेश के बोर्डिंग स्कूल में सातवीं कक्षा में पढ़ता था। सर्दियों की हल्की धूप निकली हुई थी। स्कूल के मैदान में इंटर-हाउस फुटबॉल प्रतियोगिता चल रही थी। संग्राम हमेशा की तरह पूरे जोश से खेल रहा था। गेंद पर कब्ज़ा करने के लिए वह तेज़ी से आगे बढ़ा। सामने वाले खिलाड़ी से टक्कर हुई और उसका संतुलन बिगड़ गया। गिरते समय उसका पैर बुरी तरह मुड़ गया।मैदान में उसकी दर्दभरी चीख गूँज उठी।

खेल तुरंत रोक दिया गया। साथी छात्रों ने उसे उठाने की कोशिश की, लेकिन वह खड़ा भी नहीं हो पाया। कुछ ही देर में उसे चंडीगढ़ के मिलिटरी अस्पताल ले जाया गया। एक्स-रे हुआ तो पता चला कि पैर में फ्रैक्चर है। डॉक्टर ने प्लास्टर चढ़ा दिया और उसे अस्पताल में भर्ती कर लिया।

उस समय मैं त्रिपुरा में ड्यूटी कर रहा था। हजारों किलोमीटर दूर होने के कारण मुझे इस दुर्घटना की कोई सूचना नहीं दी गई।करीब दस दिन बाद मैंने हमेशा की तरह हॉस्टल में फोन किया।"हैलो, संग्राम से बात कराइए।"उधर कुछ क्षणों की चुप्पी रही। फिर वार्डन की धीमी आवाज़ आई—"सर... संग्राम अभी हॉस्टल में नहीं है।"मैं चौंक गया।"कहाँ गया? सब ठीक तो है?"

वार्डन बोले, "सर, फुटबॉल खेलते समय उसका पैर फ्रैक्चर हो गया था। अभी वह चंडीगढ़ मिलिटरी अस्पताल में भर्ती है।"मेरे हाथ से रिसीवर लगभग छूट गया।"क्या...? और मुझे आज तक किसी ने बताया भी नहीं?"वार्डन हल्का-सा मुस्कुराए और बोले,"सर, गलती हमारी नहीं है। संग्राम ने हमें मना कर दिया था। उसका कहना था—'पापा को मत बताइए। वे बहुत दूर हैं। बेकार परेशान होंगे। जब मैं ठीक हो जाऊँगा तब बता देना।'"कुछ क्षणों तक मैं कुछ बोल ही नहीं पाया। मेरी आँखें भर आईं। तेरह साल का एक बच्चा, जो खुद अस्पताल में दर्द सह रहा था, उसे अपनी तकलीफ से ज्यादा अपने पिता की चिंता थी।उसी दिन मुझे पहली बार एहसास हुआ कि संग्राम केवल शारीरिक रूप से ही नहीं, मानसिक रूप से भी अपनी उम्र से कहीं अधिक परिपक्व था।

तीन दिन और तीन रातों की यात्रा -सन 2001 की बात है। उस समय मैं त्रिपुरा की राजधानी अगरतला में पदस्थ था। गर्मी की छुट्टियों में विक्रम और संग्राम मुझसे मिलने आए थे। छुट्टियाँ समाप्त होने के बाद उन्हें वापस सतना लौटना था।अगरतला से गुवाहाटी तक लगभग 535 किलोमीटर की यात्रा बस से करनी थी। गुवाहाटी से मुंबई जाने वाली ट्रेन में दोनों भाइयों का एसी में रिजर्वेशन था।

सुबह नौ बजे बस चली।उस समय त्रिपुरा और असम का यह मार्ग बेहद संवेदनशील माना जाता था। रास्ते भर घने जंगल थे। उग्रवादियों

के हमले का खतरा हमेशा बना रहता था। इसलिए नागरिक बसें और सुरक्षा बलों के वाहन एक बड़े काफिले में चलते थे। आगे-पीछे सीआरपीएफ की एस्कॉर्ट गाड़ियाँ रहती थीं।पहला चरण किसी तरह पूरा हुआ।फिर मेघालय की पहाड़ियाँ शुरू हुईं।ऊँचे-ऊँचे पर्वत... गहरी खाइयाँ... और लगातार होती बारिश।अचानक बस रुक गई।सामने पहाड़ का एक बड़ा हिस्सा टूटकर सड़क पर आ गिरा था।लैंडस्लाइड...सैकड़ों वाहन वहीं फँस गए।एक घंटा...दो घंटे...तीन घंटे...धीरे-धीरे छह घंटे बीत गए।

विक्रम बार-बार घड़ी देख रहा था।वह धीरे से बोला,"अब तो ट्रेन निकल जाएगी।" इतना कहते हुए उसके आँसू निकल पड़े |संग्राम ने उसकी ओर देखा , फिर मुस्कुराकर बोला,"भैया, ट्रेन हमारे रोने से तो रुकेगी नहीं।""अब घर कैसे पहुँचेंगे? विक्रम ने कहा |"संग्राम ने उसके कंधे पर हाथ रखा।"भैया, पहले पकोड़े खाते हैं। खाली पेट चिंता और ज्यादा लगती है।"विक्रम उसे अवाक् देखकर बोला,"तुझे हर समय खाने की ही पड़ी रहती है?"संग्राम हँस पड़ा।"हाँ... क्योंकि भूखे पेट कोई लड़ाई नहीं जीती जाती।" उसकी यह बात सुनकर विक्रम भी मुस्कुरा दिया।

लगभग चौबीस घंटे बाद बस गुवाहाटी पहुँची।जैसा अनुमान था, ट्रेन जा चुकी थी।स्टेशन पर एक कुली आया।"साहब, मैं टिकट कैंसिल करा देता हूँ।"दोनों बच्चे अनुभवहीन थे।उन्होंने टिकट उसे दे दिया।उसने एसी टिकट कैंसिल कराया, जनरल टिकट खरीदकर दे दिया और बाकी पैसे खुद रख लिए।बच्चों को इसकी भनक भी नहीं लगी।जब जनरल डिब्बे के सामने पहुँचे तो दोनों के होश उड़ गए।भीड़ इतनी थी कि अंदर पैर रखने की जगह नहीं थी।किसी तरह दोनों दरवाज़े के पायदान पर बैठ गए।गर्मी...उमस...पसीना...और अठारह घंटे तक लगभग नौ सौ किलोमीटर की यात्रा।मुज़फ्फरपुर पहुँचे तो दोनों पूरी तरह थक चुके थे।टीटी ने उनकी हालत देखकर पूछा,"कहाँ जाना है बेटा?""सतना।" "सतना के लिए सीधी ट्रेन नहीं है। नैनी तक चलो, मैं बैठा देता हूँ।वहाँ से दूसरी ट्रेन पकड़कर सतना चले जाना"| उस अजनबी की मदद ने उनमें फिर उम्मीद जगा दी।

नैनी तक आठ घंटे...फिर वहाँ से एक और जनरल टिकट...और अंततः रात को तीन घंटे की यात्रा के बाद दोनों सतना पहुँचे।तीन दिन...तीन रातें...लगातार बदलती गाड़ियाँ...भूख...गर्मी...थकान...लेकिन दोनों भाइयों ने हार नहीं मानी।उस समय उनकी उम्र मात्र बारह और चौदह वर्ष थी।उस कठिन यात्रा ने दोनों के व्यक्तित्व को और स्पष्ट कर दिया।विक्रम हर मोड़ पर जिम्मेदार बड़े भाई की तरह सोचता रहा—अगली ट्रेन कैसे मिलेगी, पैसे कैसे बचेंगे, घर कैसे पहुँचेंगे।और संग्राम...वह हर कठिनाई में मुस्कुराने का कोई न कोई कारण खोज ही लेता था।जब भी हालात बिगड़ते, वह कहता—"कोई बात नहीं भैया... यह भी एक एडवेंचर है।"

पहली अकेली हवाई यात्रा—सन 2000 की सर्दियों की बात है।संग्राम को हिमाचल प्रदेश के बोर्डिंग स्कूल से अगरतला मेरे पास आना था।तेरह साल का बच्चा...लगभग दो हजार किलोमीटर की यात्रा...पहले बस...फिर ट्रेन...फिर टैक्सी...और उसके बाद हवाई जहाज।मैं भीतर ही भीतर परेशान था।आख़िर मैंने उसकी हवाई टिकट बुक करवा दी और एक लंबा पत्र लिखा—कहाँ उतरना है, किससे पूछना है, टिकट कैसे संभालनी है, टैक्सी कहाँ मिलेगी—हर बात विस्तार से समझा दिया।निर्धारित दिन संग्राम बस से चंडीगढ़ पहुँचा।वहाँ से ट्रेन पकड़कर दिल्ली आया।नई दिल्ली स्टेशन से टैक्सी ली।अकेले एयरपोर्ट पहुँचा।सुरक्षा जाँच पूरी की।पहली बार विमान में बैठा।

उधर मैं अपने अधिकारी से बार-बार अनुमति माँग रहा था।"सर, मेरा बेटा पहली बार अकेले फ्लाइट से आ रहा है। एयरपोर्ट जाना है।"लेकिन हर बार वही उत्तर मिलता—"थोड़ी देर रुकिए।"फ्लाइट उतरे एक घंटा बीत गया।आख़िरकार अनुमति मिली।मैं घबराया हुआ एयरपोर्ट की ओर निकल पड़ा।रास्ते में सोचा, पहले घर फोन कर दूँ।पत्नी ने फोन उठाया।मैंने घबराकर पूछा,"संग्राम आया क्या?"उधर से हँसने की आवाज़ आई।"आ गया।""कहाँ है?""यहीं बैठा है। चाय पी रहा है।"मैंने अविश्वास से पूछा,"क्या... घर पहुँच गया?"तभी पीछे से संग्राम की आवाज़ आई—"पापा, आप आराम से आइए। मैं तो कब से मम्मी के हाथ की गरम पकौड़ियाँ खा रहा हूँ।"उसकी आवाज़ सुनकर

मेरी सारी चिंता पलभर में समाप्त हो गई।यही था संग्राम का स्वभाव बचपन में।जहाँ दूसरे बच्चे घबरा जाते, वहाँ वह मुस्कुराते हुए रास्ता निकाल लेता था।

संग्राम बचपन से ही कुछ अलग स्वभाव का था। उसमें साहस तो था ही, लेकिन कई बार उसका साहस दुस्साहस की सीमा तक पहुँच जाता था। लोग अक्सर साहस और दुस्साहस को एक ही समझ लेते हैं, जबकि दोनों में बड़ा अंतर होता है। साहसी व्यक्ति सोच-समझकर जोखिम उठाता है और उसके पीछे कोई अच्छा उद्देश्य होता है, जबकि दुस्साहसी व्यक्ति परिणामों की परवाह किए बिना नियमों की अनदेखी कर बैठता है।

संग्राम में दोनों की झलक दिखाई देती थी। वह निडर था, परिस्थितियों से नहीं घबराता था और हर चुनौती को खेल की तरह लेता था। दूसरी ओर विक्रम हर कदम सोच-समझकर रखता, जिम्मेदारियों का भार अपने कंधों पर महसूस करता और हर निर्णय के परिणामों पर पहले विचार करता था। शायद यही कारण था कि दोनों भाई एक-दूसरे के पूरक बन गए थे—एक विवेक का प्रतीक था, तो दूसरा अदम्य साहस और आशावाद का।

मैं बिजनेस करूंगा - एक दिन जब संग्राम लगभग सोलह वर्ष का था, मैंने उससे पूछा,"बेटा, बड़े होकर क्या बनना चाहते हो?"उसने बिना एक पल सोचे कहा,"मैं बिजनेस करूँगा।"मैंने हँसकर कहा—"मेरे पास तो कोई जमा-पूँजी नहीं है। मैं तुम्हारी ज्यादा मदद नहीं कर पाऊँगा।"उसने आत्मविश्वास से कहा—"पापा, आप चिंता मत करिए। मैं सब मैनेज कर लूँगा।"उसकी आँखों में ऐसा विश्वास था कि मुझे लगा जैसे उसने अपना भविष्य पहले ही देख लिया हो।और सचमुच, उसने वही किया।

संग्राम का चरित्र जन्मजात साहसी और उद्यमी व्यक्तित्व था । वह जोखिम से नहीं डरता था , असफलता उसे विचलित नहीं करती थी और संकट में भी सामान्य बना रहता था। ऐसे गुण आगे चलकर नेतृत्व, व्यवसाय और सामाजिक संबंधों में सफलता दिलाते हैं। **विक्रम** का चरित्र "स्व-निर्मित नेता" (Self-made Leader) का उदाहरण है। बचपन में वह अंतर्मुखी और संकोची था, लेकिन अनुशासन, खेलकूद,

प्रतिस्पर्धा और सैन्य प्रशिक्षण ने उसमें नेतृत्व क्षमता विकसित की। उसका परिवर्तन यह दिखाता है कि व्यक्तित्व केवल जन्मजात नहीं होता, बल्कि अनुभवों और प्रशिक्षण से भी निर्मित होता है।दोनों भाइयों का अंतर स्पष्ट दिखता है—एक साहस का प्रतीक, दूसरा अनुशासन का प्रतीक। एक जोखिम लेकर आगे बढ़ता है, दूसरा योजना बनाकर लक्ष्य प्राप्त करता है। यही भिन्नता मेरे दोनों बेटों को अलग और जीवंत बनाती है।

14

सपने सच हो गए

"पसीने से सींचे गए सपने ही फल देते हैं।"

किताबें पढ़ो - विक्रम और संग्राम दसवीं की परीक्षा के बाद गर्मी की छुट्टियों में हॉस्टल से घर आए हुए थे। मुझे हमेशा लगता था कि छुट्टियाँ केवल खेलने और आराम करने के लिए नहीं होतीं, बल्कि नए विषयों को जानने और अपनी समझ बढ़ाने का भी अवसर होती हैं।

एक दिन मैंने विक्रम से कहा,"बेटा, लाइब्रेरी जाकर मेरे नाम से कुछ किताबें ले आओ और पढ़ो।" "कौन-सी किताबें, पापा?" उसने पूछा।"इतिहास, साहित्य, जीवनी, सामान्य ज्ञान—जो अच्छी लगें। सिर्फ पाठ्यपुस्तकें पढ़ने से ज्ञान नहीं बढ़ता। दुनिया को समझने के लिए किताबों से दोस्ती करनी पड़ती है।"संग्राम पास ही बैठा था। उसने मुस्कुराकर कहा,"पापा, छुट्टियों में भी पढ़ाई?"मैंने हँसते हुए कहा,"यह पढ़ाई नहीं, दुनिया देखने का दूसरा तरीका है।"दोनों ने सिर हिला दिया।

शाम को जब मैं ड्यूटी से लौटा तो सबसे पहला प्रश्न यही था,"बेटा , किताबें ले आए?"मेरे प्रश्न सुनते ही दोनों भाई एक-दूसरे का चेहरा देखने लगे।"क्या हुआ?" मैंने पूछा।दोनों चुप।"किताबें लाई कि नहीं?"इस बार भी कोई उत्तर नहीं।अब मुझे समझते देर नहीं लगी कि दोनों लाइब्रेरी गए ही नहीं थे।मैं थोड़ा नाराज़ हो गया।"पूरा दिन खाली था। एक छोटा-सा काम भी नहीं कर सकते? समय की कीमत समझो। ऐसे ही समय बर्बाद करोगे तो आगे कैसे बढ़ोगे?"मेरी डाँट कुछ देर तक चलती रही। विक्रम

सिर झुकाकर खड़ा रहा। वह स्वभाव से शांत था। अपनी बात सीधे कहने की बजाय अक्सर माँ या संग्राम के माध्यम से मुझ तक पहुँचाता था।

डाँट समाप्त हुई तो कमरे में कुछ देर सन्नाटा रहा।तभी संग्राम ने धीरे से कहा,"पापा, एक बात कहूँ?""कहो।""भैया ने कहा है कि पापा जब देखो मुझे डाँटते ही रहते हैं।"मैं चुपचाप उसकी बात सुनने लगा।संग्राम ने आगे कहा,"उन्होंने कहा है कि अब अगली छुट्टी में घर नहीं आऊँगा। स्कूल में कोई बहाना बनाकर वहीं रह जाऊँगा।"यह सुनकर मैं चौंक गया।

मैंने विक्रम की ओर देखा। वह अभी भी सिर झुकाए खड़ा था।मैं कुछ सोच ही रहा था कि संग्राम ने अपनी ओर से अंतिम घोषणा भी कर दी।"और पापा...""हाँ?""अगर भैया घर नहीं आएँगे, तो मैं भी नहीं आऊँगा।"उसने यह बात इतने दृढ़ स्वर में कही मानो कोई सैन्य आदेश सुना रहा हो।मैं दोनों भाइयों को देखने लगा।

बच्चे अब छोटे नहीं रहे—उस क्षण पहली बार मुझे महसूस हुआ कि बच्चे अब छोटे नहीं रहे हैं। वे सोचते हैं, महसूस करते हैं और अपने आत्मसम्मान को भी महत्व देते हैं।मेरे मन में एक विचार कौंधा—"अगर अभी मैं केवल अपनी बात मनवाने की कोशिश करता रहा, तो शायद इनके दिल से दूर हो जाऊँगा।"मैंने अपना स्वर नरम किया।"अच्छा, इधर आओ दोनों।"दोनों धीरे-धीरे मेरे पास आकर बैठ गए।मैंने प्यार से कहा,"देखो बेटा, मैं तुम्हें डाँटता हूँ क्योंकि चाहता हूँ कि तुम जीवन में कुछ अच्छा करो। लेकिन शायद मैं अपनी बात सही तरीके से नहीं कह पाया।"

दोनों ध्यान से सुन रहे थे।मैंने आगे कहा,"आज से मैं वादा करता हूँ कि बिना वजह तुम्हें नहीं डाँटूँगा। तुम खेलो, पढ़ो, जो अच्छा लगे करो। लेकिन एक बात याद रखना—जो व्यक्ति किताबों से दोस्ती करता है, वह कभी अकेला नहीं रहता।"विक्रम ने पहली बार मेरी ओर देखा।मैंने मुस्कुराकर कहा,"मैं तुम्हारा दुश्मन नहीं हूँ बेटा, तुम्हारा पिता हूँ।"कमरे का वातावरण अचानक हल्का हो गया।संग्राम ने तुरंत कहा,"तो फिर अगली छुट्टी में आएँगे।"मैं हँस पड़ा।"यह तो अच्छी बात है।"

कुछ महीनों बाद अगली छुट्टियाँ आईं।इस बार जब विक्रम हॉस्टल से घर आया तो मैंने देखा कि उसके हाथ में एक बैग था जो सामान्य से कुछ अधिक भारी लग रहा था।मैंने पूछा,"क्या लाए हो इसमें?"उसने बैग खोला।अंदर कई किताबें थीं—कुछ उपन्यास, कुछ जीवनी, कुछ सामान्य ज्ञान की पुस्तकें और कुछ पत्रिकाएँ।मैंने आश्चर्य से पूछा,"इतनी सारी किताबें?"वह मुस्कुराया।"समय मिलता है तो पढ़ लेता हूँ।"

उस दिन मुझे बहुत खुशी हुई, लेकिन उससे भी अधिक खुशी इस बात की थी कि यह बदलाव डाँट से नहीं, समझाने से आया था।समय बीतता गया।आज भी विक्रम अपने व्यस्त फौजी दिनचर्या से समय निकालकर पढ़ता है। उसके पास किताबों का विशाल संग्रह है। इतिहास, सैन्य विषय, जीवनी, साहित्य और सामान्य ज्ञान—सब कुछ उसकी अलमारियों में सजा हुआ है।जब भी मैं उसकी पुस्तकें देखता हूँ, मुझे वह दिन याद आ जाता है जब मैंने पहली बार बच्चों के मन को समझने का प्रयास किया था।

उस घटना ने मुझे जीवन का एक बड़ा पाठ सिखाया—बच्चों को केवल अनुशासन की नहीं, समझ की भी आवश्यकता होती है।डाँट कभी-कभी व्यवहार बदल सकती है, लेकिन प्रेम और संवाद सोच बदल देते हैं।बच्चे कच्ची मिट्टी के घड़े के समान होते हैं। यदि उन पर बहुत ज़ोर से चोट की जाए तो वे टूट सकते हैं, और यदि उन्हें बिल्कुल न संवारा जाए तो वे बेडौल रह जाते हैं। एक अच्छे कुम्हार की तरह माता-पिता को प्रेम, धैर्य और समझदारी से उन्हें आकार देना पड़ता है।क्योंकि बच्चों का भविष्य केवल आदेशों से नहीं, बल्कि विश्वास, संवाद और स्नेह से बनता है।

बच्चों को निर्णय करने दो—समय अपनी गति से चलता रहा। देखते ही देखते विक्रम और संग्राम ने बारहवीं की परीक्षा पास कर ली। अब उनके जीवन का नया अध्याय शुरू होने वाला था।एक शाम मैं बरामदे में बैठा था। विक्रम मेरे पास आकर बोला—"पापा, मैंने राष्ट्रीय रक्षा अकादमी की परीक्षा दी थी, लेकिन इस बार सफल नहीं हो पाया।"उसकी आवाज़ में निराशा थी।मैंने उसे ध्यान से देखा और पूछा—"तो अब क्या

सोच रहे हो?""मैं सेना में जाना चाहता हूँ, लेकिन उसके लिए पहले ग्रेजुएशन करना होगा। मैं होटल मैनेजमेंट पढ़ना चाहता हूँ।"मैं कुछ क्षण चुप रहा। सच कहूँ तो मेरी इच्छा थी कि वह कानून की पढ़ाई करे। मुझे लगता था कि कानून की डिग्री उसके लिए अधिक उपयोगी होगी।मैंने मुस्कुराकर पूछा—"यह तुम्हारा अपना निर्णय है या किसी के कहने पर?""मेरा अपना निर्णय है पापा।"

मैंने उसके कंधे पर हाथ रखा।"ठीक है बेटा। जीवन तुम्हें जीना है, इसलिए निर्णय भी तुम्हारा होना चाहिए। मेरा काम रास्ता दिखाना है, तुम्हारे लिए रास्ता चुनना नहीं।"उसके चेहरे पर आत्मविश्वास लौट आया। सालाना खर्च तो मेरी हैसियत से अधिक था पर मैंने बैंक से लोन ले लिया |कुछ ही दिनों बाद उसका प्रवेश बैंगलोर के आर्मी इंस्टिट्यूट ऑफ होटल मैनेजमेंट में हो गया।

अंधेरे के बाद उजाला आता है - सन 2008 पढ़ाई का आखरी साल था |चार वर्ष बीत गए थे । प्लेसमेंट के लिए देश के प्रसिद्ध होटल्स के प्रतिनिधियों को प्रशिक्षित विद्यार्थियों का साक्षात्कार करने के लिए बुलाया गया था| पूरे कार्यक्रम की जिम्मेदारी विक्रम को सौंपी गई थी | ताज, ओबेरॉय, फोर सीजन हॉटल के प्रतिनिधि आए, विद्यार्थियों का साक्षात्कार किया, कुछ लड़कों जॉब के अनुकूल पाया पर विक्रम का चुनाव नहीं हो पाया| वह निराश था| “पापा अब चारों तरफ अंधेरा है|” मैंने कहा, “बेटा, निराश मत हो, अंधेरे के बाद ही उजाला होता है| उन्हे मूंगफली चाहिए थी, पर तुम बादाम हो और बादाम सभी नहीं खरीदते|”

कुछ दिनों बाद उसने फिर साक्षात्कार दिया| आश्चर्य की बात थी कि उसका चुनाव एक साथ ही ताज, ओबेरॉय, फोर सीजन हॉटल में हो गया| हॉटल का जॉब ज्वाइन करने में महीने भर का समय था| मैंने कहा, “बेटा, हॉटल ज्वाइन कर लो|” उसने कहा, “पापा, मेरा लक्ष्य तो सेना में अफसर बनना है|” “फिर मेरे चार लाख और चार साल का समय हॉटल मैनेजमेंट पढ़ने में क्यों लगाए?” “पापा, वो मेरा सेकंड ऑपसन है, इंसान हो हमेशा दूसरा प्लान भी तैयार रखना चाहिए|” उसे सेना में अफसर बनने का जल्दी ही यह मौका मिल गया|

एक दिन फोन की घंटी बजी।दूसरी तरफ विक्रम था।उसकी आवाज़ उत्साह से काँप रही थी—"पापा! मैं कम्बाइन्ड डिफेंस सर्विसेज की परीक्षा में पास हो गया हूँ।"मैं खुशी से भर उठा।"शाबाश बेटा! अब अगला कदम?""इलाहाबाद में सर्विस सेलेक्शन बोर्ड का इंटरव्यू है।"मैंने कहा—"जाओ, पूरी तैयारी से जाओ। परिणाम की चिंता मत करो, अपना सर्वश्रेष्ठ देना।"दस दिन बाद फिर उसका फोन आया।"पापा...""हाँ बेटा?"कुछ क्षण चुप्पी रही।फिर उसने कहा—"मैं एस.एस.बी. भी क्लियर कर गया हूँ।"मेरे हाथ काँप गए।आँखों से आँसू निकल पड़े।मैं कुछ क्षण बोल ही नहीं पाया।"पापा... आप सुन रहे हैं?"मैंने भर्राए गले से कहा—"हाँ बेटा, सुन रहा हूँ। आज तुमने मेरा सबसे बड़ा सपना पूरा कर दिया।"

उस शाम जब मैं टहलने निकला तो सचमुच ऐसा लग रहा था जैसे मेरे पैर जमीन पर नहीं पड़ रहे हों।ऐसा लगा जैसे मैं आसमान में उड़ रहा हूँ| मैं मन ही मन सोच रहा था—"इस सफलता में विक्रम की मेहनत है, उसकी माँ की दुआएँ हैं और मेरे संघर्ष की अनगिनत बूंदें भी हैं।"कुछ महीने बाद विक्रम ऑफिसर्स ट्रेनिंग स्कूल, चेन्नई चला गया।

लेफ्टिनेंट विक्रम—19 सितंबर 2009 का वह ऐतिहासिक दिन आया, पासिंग आउट परेड का दिन।परेड ग्राउंड पर सैकड़ों युवा अधिकारी अपने सपनों को साकार होते देख रहे थे।आशा, संग्राम मेरे पिता और मैं —चारो वहाँ उपस्थित थे।जब विक्रम हमारे सामने आया तो मेरी आँखें भर आईं।आशा ने उसके कंधे पर स्टार लगाया।मैंने दूसरा स्टार लगाया।मेरे पिता की आँखों में गर्व साफ दिखाई दे रहा था।उन्होंने धीमे स्वर में कहा—"बेटा, आज तीन पीढ़ियों का सपना पूरा हुआ है।"

उसी दिन हमारी मुलाकात श्रुति नायर से हुई।विक्रम ने मुस्कुराकर परिचय कराया—"पापा, ये श्रुति हैं। मेरी बैचमेट।"श्रुति ने विनम्रता से प्रणाम किया।बाद में पता चला कि वह बैंगलोर विश्वविद्यालय की गोल्ड मेडलिस्ट थी।समय के साथ दोनों एक-दूसरे को पसंद करने लगे।लेकिन यह अंतर्जातीय विवाह था।श्रुति के परिवार को इस रिश्ते को स्वीकार करने में लगभग दो वर्ष लग गए।एक दिन विक्रम ने मुझसे पूछा—"पापा, क्या आपको इस रिश्ते से कोई आपत्ति है?"मैंने कहा—"बेटा, विवाह जाति से नहीं, चरित्र से सफल होता है। यदि तुम

दोनों एक-दूसरे का सम्मान करते हो तो मुझे कोई आपत्ति नहीं।"आखिरकार 4 फरवरी 2012 को दोनों विवाह बंधन में बंध गए।आज दोनों अपने-अपने क्षेत्र में सफल अधिकारी हैं और अपने पुत्र विहान के साथ सुखी जीवन जी रहे हैं।

संग्राम के संघर्ष का रास्ता - उधर संग्राम का रास्ता बिल्कुल अलग था।एक दिन उसने कहा—"पापा, मैं कॉमर्स पढ़ना चाहता हूँ।""ठीक है बेटा।"उसने अहमदनगर कॉलेज में प्रवेश ले लिया।दो वर्ष बाद उसने एक दिन अचानक कहा—"पापा, मैं पढ़ाई छोड़कर मार्केटिंग में काम करना चाहता हूँ।"मैं चौंक गया।"क्या? डिग्री पूरी किए बिना?""हाँ पापा।""मुझे यह निर्णय ठीक नहीं लगता। मैं चाहता हूँ कि तुम एम.बी.ए. करो।"संग्राम ने आत्मविश्वास से कहा—"पापा, मैं पढ़ाई भी पूरी करूँगा और बिजनेस भी सीखूँगा।"हालाँकि उस समय मुझे उसकी बात पर पूरा विश्वास नहीं था।लेकिन मैंने उसे रोकने की कोशिश भी नहीं की।जीवन में कई बार पिता का काम आदेश देना नहीं, बल्कि बच्चों को उनके निर्णयों की जिम्मेदारी लेने देना होता है।

सेमसन इंटरनेशनल - संग्राम दिन में बारह-चौदह घंटे काम करता था।धूप, बारिश, ठंड—कुछ भी उसे रोक नहीं पाता।कई बार मैं फोन करता—"बेटा, आराम भी कर लिया करो।"वह हँसकर कहता—"पापा, अभी आराम कर लिया तो सपना कौन पूरा करेगा?"चार वर्षों की अथक मेहनत के बाद उसने 25 मर्चेंडाइजर की टीम खड़ी कर ली और सन 2010 में एक इंडिपेंडेंट ऑफिस का मैनेजर बन गया उसका नाम रखा - सेमसन इंटरनेशनल ।इस नाम की सलाह मैंने ही दिया था जिसका अर्थ है '**सूर्यपुत्र**'| यह हिब्रू भाषा के 'shemesh' शब्द का अंग्रेजी नाम Shimshon का रूपांतरण है |सन 2010 तक संग्राम की मासिक आय दो लाख तक पहुँच गई थी ।उसने पुणे में घर खरीदा,कार खरीदी और अपना व्यवसाय बढ़ाया।मैं मन ही मन प्रसन्न था। संग्राम ने जो सोचा था वह कर दिखाया| वह मेहनती है, स्वाभिमानी है,अपने लक्ष्य के प्रति ईमानदार है और उसे अपना लक्ष्य हासिल करने का जुनून है |

स्वाभिमान पर चोट -सन 2018 में एक बार ऐसा भी समय आया जब उसका डोर टू डोर बुक मार्केटिंग का काम मंदा पड़ गया| ऑफिस बंद

करना पड़ा, टीम बिखर गई |संग्राम ने मारुति कंपनी में 15 हजार रुपये महीना की नौकरी करने लगा | 2 लाख रुपये महीने कमाने वाला लड़का 15 हजार रुपये की नौकरी कैसे करता? उसके स्वाभिमान पर चोट थी, उसने ठीक 15 दिन बाद ही काम छोड़ दिया| वह बना ही नहीं था किसी के अधीन नौकरी करने के लिए| एक पिता होने के नाते जो आर्थिक मदद कर सकता था वो किया| पर उसने मुझसे कभी नहीं कहा- “पापा मेरी मदद करो|”

कोरोना महामारी का संकट -इसके पहले कि और कुछ कर पाता साल 2020 के शुरुआत में कोरोना महामारी भारत में फैल गई ।कोरोना महामारी ने पूरी दुनिया की रफ्तार रोक दी।उसका डोर-टू-डोर बुक मार्केटिंग का काम लगभग बंद हो गया।एक दिन उसका फोन आया।आवाज़ में पहली बार थकान थी।"पापा, हालात अच्छे नहीं हैं।"मैंने कहा—"बेटा, कठिन समय हमेशा नहीं होता,पर मजबूत लोग डटे रहते हैं।""लेकिन बिजनेस लगभग रुक गया है।""तो नया रास्ता खोजो। तुम वही लड़के हो जिसने बिना पूँजी के अपना साम्राज्य बनाया था।"कुछ क्षण चुप रहने के बाद उसने कहा—"आप सही कह रहे हैं। मैं हार नहीं मानूँगा।"

सेमसन रियलटर - 2021 में उसने प्रॉपर्टी कंसल्टेंट का काम शुरू किया।नई शुरुआत आसान नहीं थी।लेकिन संग्राम ने फिर वही किया जो वह बचपन से करता आया था—जोखिम उठाया, मेहनत की और आगे बढ़ता गया।आज उसका पुणे में शानदार ऑफिस।अपना घर है।सम्मानजनक आय है।छोटा सा परिवार है|सबसे बड़ी बात, वह अपने काम से संतुष्ट है।

कई बार लोग मुझसे पूछते हैं—"आपके दोनों बेटे इतने अलग होते हुए भी सफल कैसे हुए?" मैं मुस्कुराकर एक ही बात कहता हूँ,"मैंने उन्हें अपने सपने चुनने की आज़ादी दी।"विक्रम ने अनुशासन और सेवा का रास्ता चुना।संग्राम ने संघर्ष और उद्यमिता का।दोनों रास्ते अलग थे, लेकिन दोनों को मंजिल तक पहुँचाने के लिए एक ही चीज़ जरूरी थी—निरंतर मेहनत।

पिता की भूमिका बच्चों के लिए रास्ता बनाना नहीं है। पिता का काम उन्हें इतना मजबूत बनाना है कि वे अपना रास्ता स्वयं बना सकें।बच्चों की सफलता केवल उनकी उपलब्धि नहीं होती। उसमें माँ की प्रार्थनाएँ, पिता के त्याग, परिवार के विश्वास और वर्षों के संघर्ष की अनगिनत परतें जुड़ी होती हैं।और जब एक दिन बच्चे अपने पैरों पर खड़े होकर मुस्कुराते हैं, तब पिता को लगता है कि उसके जीवन का सबसे बड़ा पुरस्कार उसे मिल गया|आज जब पीछे मुड़कर देखता हूँ तो लगता है कि हमने पूरी सिद्दत से माता-पिता का फर्ज निभाया है| मेरे दोनो बेटों का परिवार खुशहाल है| एक आम इंसान को इससे ज्यादा और क्या चाहिए!

15

मेरा पोता विहान

"बच्चे हमारी बातें नहीं, हमारा जीवन देखकर सीखते हैं।"

विहान -दिसंबर का महीना था। ठंड अपने पूरे शबाब पर थी। एक दिन शाम को मेरा फोन बजा। स्क्रीन पर मेरे समधी मेजर सिवदासन का नाम चमक रहा था।मैंने उत्सुकता से फोन उठाया, "नमस्कार भाई साहब!"उधर से प्रसन्न स्वर सुनाई दिया, "भाई साहब, बहुत-बहुत बधाई हो! आप दादा बन गए हैं। आपकी बहू ने बेटे को जन्म दिया है।"

एक पल के लिए मुझे लगा जैसे समय ठहर गया हो। मेरे चेहरे पर अनायास मुस्कान फैल गई।"सच कह रहे हैं आप?" मैंने भावुक होकर पूछा।"बिल्कुल सच। माँ और बच्चा दोनों स्वस्थ हैं।""भगवान का लाख-लाख शुक्र है," मैंने राहत की साँस लेते हुए कहा। "श्रुति कैसी है? उसे कोई परेशानी तो नहीं हुई?""नहीं, सब ठीक है। आप चिंता मत कीजिए। और सुनिए, एक महीने बाद बच्चे का अन्नप्राशन और नामकरण संस्कार रखा है। आप सबको सपरिवार आना है।""यह भी कोई कहने की बात है! अपने पोते के पहले संस्कार में हम कैसे नहीं आएँगे?"फोन रखने के बाद मैं कुछ क्षण चुप बैठा रहा। मेरी आँखों में खुशी झलक रही थी।

पत्नी ने उत्सुकता से पूछा, "क्या बात है? किसका फोन था?"मैंने मुस्कुराते हुए कहा, "बधाई हो... तुम दादी बन गई हो।""क्या!" वह लगभग उछल पड़ी। "सच?""हाँ, हमारा पोता हुआ है।"उनकी आँखें खुशी से भर आईं। उन्होंने तुरंत घर में सबको आवाज़ लगाई, "अरे सुनिए,

हमारे घर पोता आया है!"कुछ ही देर में पूरा घर खुशियों से गूंज उठा।

विहान का जन्म : 24 दिसंबर 2013 का वह दिन हमारे जीवन की सबसे सुखद स्मृतियों में शामिल हो गया।एक महीने बाद हम चार लोग—मेरे पिता, मेरी पत्नी, विक्रम और मैं—पुणे से केरल के कोझिकोड जिले के क्विलांडी गाँव जाने के लिए ट्रेन में सवार हुए।रास्ते भर मेरे पिता जी बच्चे की बातें करते रहे।"देखना, मेरा पड़पोता बिल्कुल हमारे खानदान पर जाएगा," उन्होंने मुस्कुराते हुए कहा।विक्रम हँस पड़ा, "दादाजी, अभी तो आपने उसे देखा भी नहीं है।""देखने की क्या जरूरत है?" पिता जी ने गर्व से कहा, "खून अपनी पहचान खुद बता देता है।"सभी हँस पड़े।

ट्रेन पश्चिमी घाटों के बीच से गुजर रही थी। बाहर हरे-भरे पहाड़, सुरंगें, झरने और समुद्र के किनारे दौड़ती पटरियाँ मन मोह रही थीं।पत्नी खिड़की से बाहर देखते हुए बोलीं, "यात्रा तो सुंदर है, पर मन तो बस उस नन्हे से बच्चे को देखने के लिए बेचैन है।"मैंने सहमति में सिर हिलाया, "सच कह रही हो।"कोझिकोड स्टेशन पर ट्रेन रुकी तो प्लेटफॉर्म पर मेजर सिवदासन अपनी कार के साथ हमारा इंतजार कर रहे थे।उन्होंने आगे बढ़कर मेरा हाथ थामा।"स्वागत है भाई साहब! आखिर दादा जी आ ही गए।"मैंने हँसते हुए कहा, "अब तो सीधे पोते के पास ले चलिए।""बस एक घंटे की दूरी और है," उन्होंने मुस्कुराकर कहा।

घर पहुँचते ही श्रुति और उसकी माँ ने हमारा स्वागत किया।"नमस्ते पापा जी," श्रुति ने झुककर प्रणाम किया।"खुश रहो बेटी," मैंने उसके सिर पर हाथ फेरते हुए कहा।पत्नी की निगाहें बार-बार इधर-उधर घूम रही थीं।आखिर उन्होंने पूछ ही लिया, "और हमारा पोता कहाँ है?"श्रुति की माँ हँस पड़ीं।"अभी सो रहा है। इतनी दूर से आए हैं, पहले थोड़ा आराम कर लीजिए।"पत्नी ने मुस्कुराकर कहा, "आराम तो बाद में भी हो जाएगा, पहले उसे देखने का मन है।""सुबह आराम से देख लीजिएगा," उन्होंने समझाया।

अन्नप्राशन - अगले दिन अन्नप्राशन का समारोह था।सुबह घर में पूजा की तैयारियाँ चल रही थीं। मेहमान आने लगे थे। आँगन में चहल-पहल थी।पंडित जी ने मंत्रोच्चारण प्रारंभ किया।"बच्चे को लेकर आइए,"

उन्होंने कहा।श्रुति बच्चे को गोद में लेकर आई। सफेद रेशमी वस्त्रों में लिपटा वह नन्हा-सा बालक किसी देवदूत जैसा लग रहा था।मेरी पत्नी की आँखें उसे देखते ही भर आईं।उन्होंने धीरे से कहा, "देखिए, कितना सुंदर है।"मैं भी कुछ क्षण उसे निहारता रह गया। "बिल्कुल विक्रम जैसा लगता है," मैंने कहा।"नहीं," श्रुति की माँ बोलीं, "नाक तो हमारी बेटी पर गई है।"इस पर सभी हँस पड़े। पंडित जी ने पूछा, “बच्चे का नाम क्या रखा है ?” विक्रम ने कहा, “विहान|” पंडित जी हँस पड़े और कहा, “बहुत अच्छा नाम है, इसका अर्थ है ‘सूर्योदय’”

पूजा समाप्त होने के बाद पंडित जी बोले, "अब अन्नप्राशन की विधि आरंभ की जाए।"सबसे पहले मेरे पिता ने विहान को गोद में लिया ।पिता जी काँपते हाथों से उसे संभालते हुए पंडित जी के सामने बैठ गए और बोले, "अरे वाह! मैं तो पड़दादा बन गया।"उनकी आँखों में गर्व और स्नेह दोनों झलक रहे थे।मैंने मजाक में कहा, "पिताजी, अब तो चार पीढ़ियाँ एक साथ हैं।"उन्होंने बच्चे के माथे को चूमते हुए कहा, "भगवान करे यह हम सबका नाम रोशन करे।"इसके बाद खीर की छोटी-सी चम्मच बच्चे के होंठों से लगाई गई।बच्चे ने थोड़ा-सा मुँह बनाया तो सब खिलखिलाकर हँस पड़े।"सभी ने ताली बजाई| मैं अपने कैमरे से फोटो खींचने लगा|

एक-एक करके परिवार के सभी सदस्यों ने विहान को खीर खिलाने की रस्म निभाई और उसे आशीर्वाद दिया।"दीर्घायु हो।""स्वस्थ रहो।""अपने माता-पिता का नाम रोशन करो।"आशीर्वादों की मानो वर्षा हो रही थी।मैं उस दृश्य को निहार रहा था। मेरे सामने मेरे पिता थे, उनकी गोद में मेरा पोता था, और बगल में मेरा बेटा विक्रम खड़ा था।मेरे मन में एक ही विचार बार-बार आ रहा था—जीवन का इससे सुंदर दृश्य शायद ही कोई हो सकता है।चार पीढ़ियाँ एक साथ थीं—पड़दादा, दादा, पिता और पुत्र।उस क्षण मुझे लगा मानो समय ने स्वयं रुककर हमारे परिवार को यह अमूल्य उपहार दिया हो।

समारोह के बाद सामूहिक भोजन हुआ। धीरे-धीरे मेहमान विदा होने लगे।जाते-जाते एक बुजुर्ग रिश्तेदार ने मेरे पिता से कहा, "आप बड़े भाग्यशाली हैं। हर किसी को चार पीढ़ियाँ एक साथ देखने का सौभाग्य

नहीं मिलता।"पिता जी ने मुस्कुराकर अपने पड़पोते की ओर देखा और बोले,"हाँ, आज जीवन सचमुच पूर्ण लग रहा है।"

मैं महाराणा प्रताप हूँ - बच्चों के बचपन की छोटी-छोटी शरारतें और कारगुजारियाँ माता-पिता के जीवन की सबसे अनमोल यादें बन जाती हैं। वे जो कुछ भी करते हैं, उसमें एक ऐसा भोला आकर्षण होता है जो मन को आनंद से भर देता है। शायद यही कारण है कि बच्चे कब बड़े हो जाते हैं, पता ही नहीं चलता, लेकिन उनकी नटखट बातें और मासूम हरकतें जीवन भर स्मृतियों में जीवित रहती हैं।

सन 2015 में विक्रम और श्रुति की पोस्टिंग राजस्थान के कोटा शहर में हो गई |विहान जब दो वर्ष का हुआ तो उसे एक प्ले स्कूल में भेजा जाने लगा। एक दिन विद्यालय में फैंसी ड्रेस प्रतियोगिता आयोजित की गई। बच्चों को किसी ऐतिहासिक या प्रेरणादायक चरित्र का रूप धारण करके आना था।सुबह श्रुति ने बड़े प्यार से विहान को तैयार किया। उसने सुनहरे जरी के काम वाला बंद गले का कुर्ता और सफेद पायजामा पहनाया। उसके सिर पर छोटी-सी राजपूती पगड़ी बाँधी गई और हाथ में एक छोटी-सी खिलौना तलवार दे दी गई।जैसे ही उसने खुद को शीशे में देखा, उसकी आँखें चमक उठीं।"मम्मी, मैं राजा बन गया!" उसने उत्साह से कहा।श्रुति हँसते हुए बोली, "हाँ बेटा, आज तुम महाराणा प्रताप बने हो।"बस फिर क्या था!विहान ने तलवार को हवा में लहराया और पूरे घर में इधर-उधर घूमते हुए ऊँची आवाज़ में घोषणा करने लगा,"मैं महाराणा प्रताप हूँ!"कुछ कदम चलता, फिर तलवार ऊपर उठाकर कहता,"मैं महाराणा प्रताप हूँ!"उसके चेहरे पर ऐसा आत्मविश्वास था मानो सचमुच हल्दीघाटी के रणक्षेत्र में जाने की तैयारी कर रहा हो।

मैं पास बैठा यह दृश्य देख रहा था। उसकी मासूम अदाएँ देखकर मेरी हँसी नहीं रुक रही थी।मैंने पूछा, "अच्छा महाराणा प्रताप जी, कहाँ जा रहे हैं?"उसने तलवार सीधी करते हुए उत्तर दिया,"लड़ाई करने !""किससे लड़ाई करोगे?" मैंने मुस्कुराते हुए पूछा।वह कुछ क्षण सोचता रहा, फिर बोला,"जो मुझे परेशान करेगा उससे!"यह सुनकर घर में सब लोग हँस पड़े।वह फिर तलवार घुमाते हुए बोला,"मैं महाराणा प्रताप हूँ... मैं किसी

से नहीं डरता!"उसकी आवाज़ में बालसुलभ दृढ़ता थी और चेहरे पर मासूम गर्व।मुझे लगा कि यह दृश्य केवल कुछ मिनटों का नहीं, बल्कि जीवन भर सँजोकर रखने योग्य है। मैंने तुरंत अपना मोबाइल निकाला और उसका वीडियो रिकॉर्ड कर लिया।आज भी जब वह वीडियो देखता हूँ, तो अनायास मुस्कान चेहरे पर आ जाती है। दो वर्ष का वह नन्हा बालक, हाथ में छोटी-सी तलवार लिए, पूरे आत्मविश्वास के साथ बार-बार कह रहा था—"मैं महाराणा प्रताप हूँ... मैं महाराणा प्रताप हूँ!"

समय के साथ बच्चे बड़े हो जाते हैं, उनकी आवाज़ बदल जाती है, उनके खिलौने बदल जाते हैं, लेकिन माता-पिता और दादा-दादी के लिए ऐसे क्षण कभी पुराने नहीं होते। वे स्मृतियों के उस खजाने में सुरक्षित रहते हैं, जिसे याद करके हर बार मन स्नेह, गर्व और आनंद से भर उठता है।बच्चों की दुनिया कितनी निराली होती है। वे अपने माता-पिता को ही अपना सबसे बड़ा आदर्श मानते हैं और उनकी हर बात, हर आदत की नकल करने की कोशिश करते हैं। कई बार उनकी यही मासूम कोशिशें ऐसे दृश्य पैदा कर देती हैं, जिन्हें याद करके बरसों बाद भी चेहरे पर मुस्कान आ जाती है।

मम्मी के जूते - विहान भी अपने मम्मी-पापा को सेना की वर्दी पहनकर ड्यूटी पर जाते हुए बड़े ध्यान से देखता था। उसे सबसे अधिक आकर्षित करते थे उनके चमचमाते फौजी बूट। जब भी उसके माता-पिता तैयार होकर बाहर निकलते, वह उनकी ओर गर्व भरी निगाहों से देखता रहता।कई बार वह चुपके से उनके बड़े-बड़े बूटों में अपने नन्हे पैर डालने की कोशिश करता। बूट उसके पैरों से कई गुना बड़े थे, फिर भी वह उन्हें पहनकर दो-चार कदम चलने का प्रयास करता और फिर लड़खड़ाकर बैठ जाता। लेकिन उसकी कोशिशें कभी बंद नहीं हुईं।

एक दिन सुबह का समय था। उसकी माँ को ड्यूटी पर जाना था। वह तैयार होने में व्यस्त थी। तभी विहान की नज़र दरवाजे के पास रखे फौजी बूटों पर पड़ी।उसने मन ही मन सोचा,"मम्मी रोज़ ये जूते पहनकर ड्यूटी पर जाती हैं। ड्यूटी पर जाने से पहले जूते साफ होने चाहिए।"बस, फिर क्या था!उसने चुपचाप दोनों बूट उठाए और आँगन में रखी एक बाल्टी के पास पहुँच गया। बाल्टी पानी से भरी हुई थी।विहान ने बड़े

मनोयोग से दोनों बूट पानी में डुबो दिए।"आज मैं मम्मी के जूते साफ करूँगा," वह खुद से बोला।फिर उसने दोनों हाथों से बूटों को पकड़कर पानी में इधर-उधर घुमाना शुरू कर दिया। कभी उन्हें डुबोता, कभी निकालता और फिर वापस पानी में डाल देता।

उधर उसकी माँ तैयार होकर बाहर आई।"अरे, मेरे बूट कहाँ गए?" उसने इधर-उधर देखते हुए पूछा।उसने कमरे में देखा, बरामदे में देखा, दरवाजे के पास देखा, लेकिन बूट कहीं दिखाई नहीं दिए।"विहान!" उसने आवाज लगाई, "बेटा, मेरे जूते देखे हैं क्या?"कोई उत्तर नहीं मिला।अब वह थोड़ा परेशान हुई। ड्यूटी पर जाने का समय हो रहा था।"विहान, कहाँ हो?"आवाज सुनकर वह आँगन की ओर बढ़ी। वहाँ का दृश्य देखकर वह कुछ क्षण के लिए ठिठक गई।

बाल्टी के पास विहान बैठा था। दोनों फौजी बूट आधे पानी में डूबे हुए थे और वह पूरे मन से उन्हें धोने में लगा था।माँ ने आश्चर्य से पूछा,"अरे बेटा, यह क्या कर रहे हो?"विहान ने सिर उठाकर बड़ी मासूमियत से कहा,"मम्मी, आपके जूते गंदे थे। मैं धो रहा हूँ।""धो रहे हो?" माँ हँसी रोकते हुए बोली।"हाँ," उसने गर्व से कहा, "अब ये साफ हो जाएँगे।"माँ ने देखा कि चमड़े के बूट पानी से पूरी तरह भीग चुके थे।"लेकिन बेटा, ऐसे नहीं धोते।"विहान ने भोलेपन से पूछा,"क्यों? कपड़े तो पानी से धोते हैं न?"अब माँ की हँसी छूट गई।"हाँ, लेकिन फौजी बूट कपड़ों की तरह नहीं धोए जाते।"विहान कुछ क्षण सोचता रहा, फिर बोला,"मैं आपकी मदद कर रहा था।"

यह सुनकर माँ का सारा गुस्सा और चिंता पल भर में गायब हो गईं। उसने झुककर उसे गोद में उठा लिया और उसके माथे को चूमते हुए कहा,"मुझे पता है, मेरे बेटे। तुम तो मेरी मदद ही कर रहे थे।"विहान मुस्कुराया और बोला,"जब मैं बड़ा हो जाऊँगा, तब मैं भी ऐसे ही बूट पहनकर ड्यूटी पर जाऊँगा।"माँ ने उसके गाल थपथपाए और कहा,"ज़रूर जाओगे।"

उस दिन भले ही फौजी बूटों को दोबारा सुखाने और पॉलिश करने में काफी मेहनत लगी, लेकिन विहान की वह मासूम हरकत परिवार के लिए एक ऐसी याद बन गई, जिसे याद करके आज भी सबके चेहरे पर

मुस्कान आ जाती है। उसकी नन्ही-सी समझ में वह अपनी माँ की मदद कर रहा था, और उसी भोलेपन में बचपन की सबसे सुंदर झलक छिपी हुई थी।

मंकी फिंगर खा गया।बच्चों की भाषा और उनकी सोच का अपना ही संसार होता है। वे जो देखते हैं, उसे अपनी समझ के अनुसार शब्दों में ढाल देते हैं। कई बार उनकी यही मासूम अभिव्यक्तियाँ पूरे परिवार के लिए हँसी और आनंद का कारण बन जाती हैं।

बंगले के पीछे एक छोटा-सा किचन गार्डन था, जहाँ तरह-तरह की सब्जियाँ उगाई जाती थीं। भिंडी, टमाटर, बैंगन और हरी मिर्च के पौधे लहलहाते रहते थे। वहीं आसपास पेड़ों पर बंदरों का एक झुंड भी अक्सर आ जाया करता था।विहान को बंदर बहुत अच्छे लगते थे। जैसे ही कोई बंदर दिखाई देता, वह उत्साह से उछल पड़ता।"दादी, देखो... मंकी आया है!" वह खुशी से चिल्लाता।दादी मुस्कुराकर कहतीं, "हाँ बेटा, देख रही हूँ।"

एक दिन वह पीछे बगीचे में खेल रहा था। तभी कुछ बंदर वहाँ आ पहुँचे और भिंडी के पौधों पर टूट पड़े। वे एक-एक करके कोमल भिंडियाँ तोड़कर खाने लगे।विहान आश्चर्य से उन्हें देखता रहा।उसके मन में तुरंत विचार आया,"अरे! ये तो हमारी सब्जियाँ हैं। इन्हें तो हम खाने वाले थे। बंदर इन्हें क्यों खा रहे हैं?"उसने देखा कि एक बंदर भिंडी तोड़कर चबा रहा है।विहान के चेहरे पर चिंता के भाव आ गए।"अरे नहीं!" वह बुदबुदाया।फिर वह जितनी तेजी से दौड़ सकता था, घर की ओर भागा। दौड़ते-दौड़ते कई बार लड़खड़ाया, लेकिन रुका नहीं।

घर में पहुँचते ही उसने घबराकर आवाज लगाई,"दादी... दादी...!"दादी रसोई से बाहर आईं।"क्या हुआ बेटा?" विहान ने हाँफते हुए कहा,"दादी... मंकी फिंगर खा गया!"दादी कुछ समझीं नहीं।"क्या खा गया?" "विहान ने फिर कहा,"मंकी फिंगर खा गया!'" "दादी ने हैरानी से उसकी ओर देखा।"कौन-सी फिंगर?"अब विहान ने उनका हाथ पकड़ लिया और खींचते हुए बोला,"आओ दादी... जल्दी आओ!"वह उन्हें लगभग घसीटते हुए बगीचे तक ले गया।वहाँ पहुँचकर उसने उँगली से बंदरों की ओर इशारा किया और शिकायत भरे स्वर में बोला,"देखो...

मंकी फिंगर खा रहा है!"

दादी ने ध्यान से देखा। बंदर भिंडी तोड़-तोड़कर खा रहे थे।तब उन्हें समझ आया कि विहान "लेडीज़ फिंगर" यानी भिंडी की बात कर रहा है। अपनी छोटी-सी अंग्रेज़ी में उसने "लेडीज़ फिंगर" को सिर्फ "फिंगर" समझ लिया था।दादी अपनी हँसी नहीं रोक पाईं।"अरे बेटा, ये तुम्हारी उँगलियाँ नहीं खा रहे हैं, भिंडी खा रहे हैं!"विहान ने गंभीरता से कहा,"लेकिन ये हमारी फिंगर है न!""हाँ, हमारी है।""तो फिर मंकी क्यों खा रहा है?"उसकी मासूम शिकायत सुनकर दादी और भी हँसने लगीं।उन्होंने उसे गोद में उठाते हुए कहा,"बेटा, बंदरों को भी भूख लगती है।"विहान ने बंदरों की ओर देखा, फिर दादी की ओर।कुछ पल सोचने के बाद बोला,"अच्छा... तो उनको भी खाना चाहिए।"उसकी बात सुनकर दादी ने उसके माथे को चूम लिया।उस दिन परिवार में देर तक "मंकी फिंगर खा गया" वाला किस्सा चलता रहा। और जब भी भिंडी की सब्जी बनती, किसी न किसी को विहान की वह मासूम शिकायत याद आ जाती—"**दादी, मंकी फिंगर खा गया!**"

काजीरंगा की सैर- सन 2018 मेंश्रुति असम के मिसामारी मिलिटरी स्टेशन में पोस्टेड थी|विहान उस समय लगभग चार वर्ष का था। उसकी दुनिया अभी खोज और आश्चर्य से भरी हुई थी। हर नई चीज़ उसे रोमांचित कर देती थी। पेड़, पक्षी, जानवर, गाड़ियाँ—सब उसके लिए किसी कहानी की किताब के पात्रों जैसे थे। एक दिन आशा और मैंने निश्चय किया कि काजीरंगा राष्ट्रीय उद्यान घूमने चलना चाहिए। मैंने सोचा कि विहान को भी प्रकृति और वन्यजीवों को करीब से देखने का अवसर मिलेगा।

सुबह-सुबह हम कार से निकल पड़े। मिलिटरी स्टेशन मिसामारी (असम) से काजीरंगा की दूरी लगभग दो घंटे की थी। रास्ते भर हरे-भरे चाय बागान, ऊँचे पेड़ और दूर-दूर तक फैले खेत दिखाई देते रहे। विहान खिड़की से बाहर झाँकते हुए लगातार सवाल पूछ रहा था।"दादाजी, हम कहाँ जा रहे हैं?""काजीरंगा।""वहाँ क्या है?""वहाँ जंगल है, बहुत सारे जानवर हैं।"उसकी आँखें चमक उठीं। "सच? शेर भी?""हो सकता है, लेकिन गैंडा जरूर दिखेगा।""गैंडा कितना बड़ा होता है?"मैंने हाथ

फैलाकर दिखाया।"इतना बड़ा!"वह आश्चर्य से मेरी ओर देखने लगा।

काजीरंगा पहुँचकर हमने सफारी के लिए एक खुली जीप ली। विहान के लिए यह अपने आप में एक रोमांचक अनुभव था।जैसे ही जीप जंगल के रास्ते पर आगे बढ़ी, उसकी उत्सुकता और बढ़ गई।कुछ दूर जाने पर एक मोर दिखाई दिया।विहान तुरंत उछल पड़ा।"दादाजी, पीकॉक!हाँ, बेटा, मोर।"थोड़ी दूर पर बंदरों का झुंड पेड़ों पर कूद रहा था।"मंकी! मंकी!" वह खुशी से चिल्लाया।फिर एक विशाल गैंडा दिखाई दिया।जीप रुक गई।गैंडा आराम से घास चर रहा था।विहान ने विस्मित होकर पूछा,"दादाजी, यह डायनासोर है क्या?"हम सब हँस पड़े।"नहीं, बेटा, यह गैंडा है।"उसने कुछ क्षण तक उसे देखा और फिर गंभीरता से बोला,"बहुत बड़ा है।"

जंगल के भीतर जाते-जाते हम एक ऐसे स्थान पर पहुँचे जहाँ कुछ हाथी पेड़ों के बीच खड़े थे।उनमें एक हथिनी अपने छोटे-से बच्चे के साथ थी।वह अपनी सूँड़ से पेड़ की डालियाँ खींच-खींचकर पत्ते तोड़ रही थी और आराम से खा रही थी। उसका बच्चा भी उसके आसपास घूम रहा था।विहान ने अपने जीवन में पहली बार इतने पास से जीवित हाथी देखा था।उसका उत्साह अचानक फूट पड़ा।वह जीप की सीट पर खड़ा हो गया और पूरे जंगल में गूँजने वाली आवाज़ में चिल्लाया,"दादाजी... एलीफेंट!"फिर उसने हाथी के बच्चे को देखा।उसकी खुशी दोगुनी हो गई।"चाइल्ड एलीफेंट! चाइल्ड एलीफेंट!"

वह बार-बार उँगली दिखाकर चिल्ला रहा था।मैंने धीरे से कहा,"विहान, बेटा, धीरे बोलो।"लेकिन वह कहाँ मानने वाला था।"दादाजी, देखो... "बेबी एलीफेंट!"उसकी आवाज़ सुनकर हथिनी ने खाना बंद कर दिया।उसने धीरे-धीरे अपना सिर उठाया और हमारी ओर देखा।उसके कान हल्के-हल्के फड़फड़ाने लगे।हमारे ड्राइवर का चेहरा अचानक गंभीर हो गया।उसने धीमी आवाज़ में कहा,"सर, मैडम, कृपया शांत रहिए।"मैंने भी स्थिति को समझ लिया।

माँ अपने बच्चे के साथ थी और हाथियों में मातृत्व की भावना बहुत प्रबल होती है। उन्हें यदि थोड़ा भी खतरा महसूस हो जाए तो वे अपने बच्चे की रक्षा के लिए आक्रामक हो सकते हैं।उधर विहान अभी भी

उत्साह में था।"एलीफेंट... एलीफेंट..."तभी हथिनी ने एक कदम आगे बढ़ाया।फिर दूसरा।अचानक उसने अपनी सूँड़ ऊपर उठाई और हमारी दिशा में तेजी से बढ़ने लगी।"ओह!" आशा के मुँह से निकला।ड्राइवर पहले से ही सतर्क था।उसने तुरंत जीप स्टार्ट की और एक्सीलेटर दबा दिया।जीप झटके से आगे बढ़ी।कुछ क्षण के लिए हमारे दिलों की धड़कन तेज हो गई।पीछे हथिनी कुछ दूरी तक हमारी ओर बढ़ती रही, मानो चेतावनी दे रही हो,"मेरे बच्चे के पास ज्यादा मत आना।"कुछ देर बाद जब हमारी जीप पर्याप्त दूर पहुँच गई तो वह रुक गई और वापस अपने बच्चे के पास लौट गई।खतरा टल चुका था।मैंने राहत की साँस ली।

आशा मुस्कुराते हुए बोलीं,"विहान, तुम्हारी वजह से हाथी नाराज़ हो गया था।"विहान को अभी तक पूरी घटना का महत्व समझ में नहीं आया था।वह जीप की पिछली सीट पर खड़ा होकर पीछे देख रहा था।हथिनी अब दूर दिखाई दे रही थी।उसने हाथ हिलाते हुए कहा,"बाय-बाय एलीफेंट!"फिर मेरी ओर मुड़कर बड़ी मासूमियत से बोला,"दादाजी, एलीफेंट गया।"उसके चेहरे पर निराशा थी, मानो उसका नया दोस्त उसे छोड़कर चला गया हो।मैं हँस पड़ा।"हाँ, बेटा, एलीफेंट अपने बच्चे के पास वापस चला गया।"विहान कुछ क्षण सोचता रहा।फिर बोला,"उसकी भी मम्मी है न?""हाँ बेटा।""इसलिए वह अपने बेबी को छोड़कर नहीं गई।"मैंने उसके सिर पर हाथ फेरते हुए कहा,"बिल्कुल सही कहा तुमने।"

आज भी जब उस यात्रा को याद करता हूँ तो आँखों के सामने वही दृश्य तैर उठता है—खुली जीप, काजीरंगा का हरा-भरा जंगल, अपने बच्चे के साथ खड़ी विशाल हथिनी और चार वर्ष का एक उत्साहित बालक, जो पूरी दुनिया को बताना चाहता था—"दादाजी, एलीफेंट... चाइल्ड एलीफेंट!"उस दिन हमने केवल वन्यजीव नहीं देखे थे; हमने एक माँ की ममता और एक बच्चे के निष्कपट उत्साह को भी बहुत करीब से देखा था।

16

विहान के सपनों की उड़ान

"बड़े सपने देखने वालों को ही बड़ा संघर्ष करने का अवसर मिलता है।"

सैनिक स्कूल का अनुशासित जीवन - सन 2019 में मेजर विक्रम उन दिनों कर्नाटक के बीजापुर स्थित सैनिक स्कूल में प्रशासनिक अधिकारी के पद पर कार्यरत था। बीजापुर के सैनिक स्कूल का विशाल और अनुशासित परिसर विहान के लिए किसी खुले विद्यालय से कम नहीं था। वहाँ उसने केवल कक्षा की पढ़ाई ही नहीं सीखी, बल्कि जीवन के अनेक छोटे-बड़े पाठ भी सीखे। सुबह की ताज़ी हवा, खेल के मैदान, घुड़सवारी का ट्रैक, स्विमिंग पूल और लंबी सड़कों से घिरा वह परिसर उसके बचपन का अभिन्न हिस्सा बन गया।

जब भी मैं बीजापुर जाता, विहान मेरे साथ साइकिलिंग के लिए निकल पड़ता। कभी हम स्कूल परिसर की शांत सड़कों पर साइकिल चलाते, कभी स्विमिंग पूल में तैराकी करने जाते और कभी घुड़सवारी के मैदान में घोड़ों को दौड़ते हुए देखते।विहान को मैं घुड़सवारी कराता| शाम को हम दोनों टहलने निकलते और वह रास्ते भर सवाल पूछता रहता।"दादाजी, घोड़े इतने तेज़ क्यों दौड़ते हैं?" "दादाजी, स्कूल के बच्चे रोज़ दौड़ते क्यों हैं?" "दादाजी, तैरना सीखना जरूरी है क्या?" उसकी जिज्ञासाओं का कोई अंत नहीं था।इन्ही दिनों वह इंग्लिश में बात करना

भी सीख रहा था| यह उसके स्कूल और घर के वातावरण का प्रभाव था|

बड़ों का सम्मान करो—विहान दूसरी कक्षा में पढ़ रहा था। घर में उसे शुरू से ही एक बात सिखाई गई थी—"अपने से बड़ों का सम्मान करो और मिलने पर उन्हें विश करो।"विहान ने इस शिक्षा को इतनी गंभीरता से आत्मसात कर लिया कि उसने उसमें कोई भेदभाव करना सीखा ही नहीं।

एक दिन मैं उसके साथ स्कूल परिसर में टहल रहा था। सामने झाड़ू लगाते हुए एक सफाई कर्मचारी मिले।विहान तुरंत मुस्कुराया और बोला,"गुड मॉर्निंग, अंकल!"सफाई कर्मचारी ने भी मुस्कुराकर कहा,"गुड मॉर्निंग, बेटा!"थोड़ा आगे बढ़े तो माली मिले।"गुड मॉर्निंग, अंकल!"फिर सुरक्षा गार्ड मिले।"गुड मॉर्निंग, अंकल!"कुछ दूर आगे स्कूल के प्रधानाचार्य आते दिखाई दिए। मैं सोच रहा था कि अब शायद यह कुछ अलग ढंग से अभिवादन करेगा।लेकिन विहान पूरे आत्मविश्वास के साथ बोला,"गुड मॉर्निंग, अंकल!"प्रधानाचार्य महोदय ठहाका लगाकर हँस पड़े।"गुड मॉर्निंग, विहान! कैसे हो?"विहान ने सीना तानकर उत्तर दिया,"आई एम फाइन, अंकल!"प्रधानाचार्य आगे बढ़ गए।

मैंने मुस्कुराकर पूछा,"बेटा, ये स्कूल के प्रिंसिपल थे।"विहान ने सहजता से कहा,"तो क्या हुआ दादाजी? ये भी तो मुझसे बड़े हैं।"उसके उत्तर में ऐसी सरलता थी कि मैं कुछ क्षण उसे देखता रह गया।धीरे-धीरे उसकी विनम्रता पूरे स्कूल में चर्चा का विषय बन गई। सफाई कर्मचारी से लेकर अध्यापक और अधिकारी तक, सभी उसके व्यवहार की प्रशंसा करते थे। आज भी उसकी यह आदत नहीं बदली है। वह हर व्यक्ति को समान सम्मान देता है।

ड्रोन उड़ाने का जुनून - जब विहान लगभग सात वर्ष का था तभी उसके भीतर उड़ने वाली मशीनों के प्रति एक अनोखा आकर्षण पैदा हो गया था।उससे कुछ समय पहले उसकी मुलाकात अपने मौसा गोकुल से हुई थी। गोकुल आयरलैंड के नागरिक और पेशे से इंजीनियर थे। तकनीक और मशीनों के प्रति उनका विशेष लगाव था।एक दिन विहान ने उनसे कहा,"मौसा, मुझे एक ड्रोन चाहिए।"गोकुल ने मुस्कुराकर पूछा,"ड्रोन लेकर क्या करोगे?""उसे उड़ाऊँगा, आसमान में भेजूँगा और ऊपर से सब कुछ देखूँगा।"गोकुल उसकी चमकती आँखों को देखकर हँस

पड़े।"ठीक है, तुम्हारे लिए ड्रोन भेजता हूँ।"

कुछ दिनों बाद ड्रोन आ गया।विहान की खुशी का ठिकाना नहीं था।वह घंटों उसके पुर्ज़ों को जोड़ता, रिमोट से चलाने की कोशिश करता और फिर उसे हवा में उड़ाने का प्रयास करता।लेकिन ड्रोन उड़ाना उतना आसान नहीं था जितना उसने सोचा था।कभी ड्रोन कुछ फीट ऊपर जाकर सीधे जमीन पर गिर पड़ता।कभी घूमते-घूमते पेड़ की शाखाओं में जा फँसता।एक दिन वह भागता हुआ मेरे पास आया।"दादाजी... जल्दी आइए!""क्या हुआ?""ड्रोन फिर पेड़ पर चढ़ गया।"मैंने ऊपर देखा। ड्रोन एक ऊँची डाल में अटका हुआ था।मैं हँसते हुए बोला,"लगता है तुम्हारा ड्रोन उड़ने से ज्यादा पेड़ों पर बैठना पसंद करता है।"विहान गंभीर होकर बोला,"दादाजी, मज़ाक मत कीजिए, उसे नीचे उतारिए।"फिर मैं एक लंबा बाँस लेकर आया और काफी कोशिशों के बाद ड्रोन को नीचे गिराया।ड्रोन के नीचे आते ही विहान ने उसे ऐसे उठा लिया जैसे कोई सैनिक युद्धभूमि से अपने घायल साथी को बचाकर लाया हो।"अबकी बार सही उड़ाऊँगा।"उसकी आँखों में फिर वही उत्साह था।

समय बीतता गया।बीजापुर से देवलाली आ गए, लेकिन ड्रोन का जुनून कम नहीं हुआ।अब उसने इंटरनेट पर ड्रोन के अलग-अलग पार्ट्स देखना शुरू कर दिया।कभी मोटर मँगवाता, कभी प्रोपेलर, कभी कंट्रोल बोर्ड।उसका कमरा छोटे-मोटे एरोनॉटिक्स प्रयोगशाला जैसा दिखने लगा था।एक दिन विक्रम ने देखा कि किताबों से अधिक ध्यान ड्रोन के पुर्ज़ों पर दिया जा रहा है।उसने कहा,"बेटा, पढ़ाई भी जरूरी है।विहान ने सिर उठाए बिना जवाब दिया,"हाँ पापा, कर रहा हूँ।""और यह क्या कर रहे हो?""अपना ड्रोन बना रहा हूँ।""लेकिन यह आर्मी का कैंपस है। यहाँ ड्रोन उड़ाने की अनुमति नहीं है।"विहान ने तुरंत प्रतिवाद किया,"पापा, ये आर्मी वाले एक बच्चे की फीलिंग नहीं समझते।"मैं और विक्रम दोनों हँस पड़े।लेकिन वह पूरी गंभीरता से बोला,"अगर कोई बच्चा अभी ड्रोन उड़ाना नहीं सीखेगा तो कब सीखेगा?"उसके चेहरे पर इतनी सच्चाई थी कि कोई उसे डाँट भी नहीं सकता था।

आज भी उसका यह जुनून वैसा ही है।उसके स्टडी रूम की दीवारों पर आधुनिक लड़ाकू विमानों की तस्वीरें लगी हैं।उसकी मेज़ पर एक फाइटर

जेट का मॉडल रखा रहता है।जब भी उसे समय मिलता है, वह दुनिया भर के विमानों, हेलीकॉप्टरों, ड्रोन और उनकी तकनीक के बारे में पढ़ता रहता है और उनके मॉडल you Tube पर देखता रहता है| बच्चों की यही जिज्ञासा एक दिन मूर्तरूप ले लेती है| यह शुरुआत है|

विहान का सपना - एक दिन मैंने उससे पूछा,"बेटा, बड़े होकर क्या बनोगे?"उसने बिना एक पल गंवाए उत्तर दिया,"या तो **एरोनॉटिकल इंजीनियर बनूँगा या फाइटर जेट पायलट**।""इतना बड़ा सपना?""हाँ दादाजी, आसमान में उड़ना है।"उसकी आँखों में वही चमक थी जो कभी ड्रोन उड़ाते समय दिखाई देती थी।उसे देखकर मुझे अपना बचपन याद आ जाता है।मैंने उससे कहा,"जानते हो, तुम्हारी उम्र में मैंने भी एक सपना देखा था।""कौन-सा सपना?""1971 के भारत-पाकिस्तान युद्ध की कहानियाँ सुनकर मैंने सैनिक बनने का सपना देखा था।""फिर?""फिर मैंने उसी सपने को पकड़े रखा। पढ़ाई की; मेहनत की और आखिरकार सैनिक बन गया।"

विहान ध्यान से सुन रहा था।मैंने आगे कहा,"सपने तभी सच होते हैं जब उन्हें छोड़ो नहीं।"मुझे भारत के पूर्व राष्ट्रपति ए. पी. जे. अब्दुल कलाम का एक साक्षात्कार याद आता है।उन्होंने कहा था,"मैं फाइटर पायलट बनना चाहता था। मैंने एरोनॉटिकल इंजीनियरिंग की पढ़ाई की, लेकिन एयर फ़ोर्स में चयन नहीं हो पाया।"विहान उत्सुक होकर बोला,"फिर उनका सपना टूट गया?""नहीं बेटा।""फिर क्या हुआ?""जब वे भारत के राष्ट्रपति बने, तब वे तीनों सेनाओं के सर्वोच्च कमांडर थे। उन्होंने एयर फ़ोर्स प्रमुख से कहा कि वे फाइटर जेट उड़ाना चाहते हैं। उन्होंने प्रशिक्षण लिया और अंततः फाइटर जेट उड़ाया।" विहान की आँखें चमक उठीं।"मतलब सपना पूरा हुआ!""हाँ, कभी-कभी सपने पूरे होने में समय लगता है, लेकिन यदि जुनून सच्चा हो तो वे अपना रास्ता खोज ही लेते हैं।"

मैं अक्सर सोचता हूँ कि बच्चों के मन पर कुछ दृश्य, कुछ घटनाएँ और कुछ सपने ऐसे अंकित हो जाते हैं जो जीवन भर उनका मार्गदर्शन करते हैं।शायद ड्रोन के पीछे भागता हुआ यह छोटा-सा बालक एक दिन सचमुच आसमान की ऊँचाइयों को छुए।शायद वह एरोनॉटिकल

इंजीनियर बने, शायद फाइटर जेट पायलट।और शायद किसी दिन वह स्वयं किसी बच्चे से कहे—"सपनों को कभी मत छोड़ो। मैंने भी एक ड्रोन से शुरुआत की थी।"मुझे विश्वास है कि यदि उसका उत्साह, परिश्रम और जिज्ञासा ऐसे ही बनी रही, तो उसका सपना अवश्य साकार होगा। क्योंकि इतिहास गवाह है कि बड़े सपनों की शुरुआत अक्सर बच्चों की छोटी-छोटी जिदों और कल्पनाओं से ही होती है।

वफादार दोस्त - मैंने एक बार विहान को कहा था " बेटा, कुत्ता इंसान का वफादार दोस्त होता है|" यह बात उसके दिमाग में बैठ गई थी |विहान बहुत दिनों से कह रहा था "पापा मेरे लिए एक छोटा सा डॉग ला दो|"विक्रम ने उसकी बात मान ली और एक बीगल नस्ल का सुंदर और चंचल फ़ीमेल डॉग ले आया |उसका नाम था **पिक्सी** रखा ।जैसे ही पिक्सी घर आई , पूरे घर में रौनक बढ़ गई। उसके लंबे-लंबे मुलायम कान, चमकती आँखें और हर समय हिलती हुई पूँछ किसी का भी मन मोह लेती थी।पिक्सी को सबसे अधिक लगाव विहान से हो गया था।जहाँ विहान जाता, पिक्सी उसके पीछे-पीछे चल पड़ती।बंगले के पीछे फलों का बगीचा था उसमें केला, चीकू आम और नीबू के पेड़ों की बहुतायत थी | पिक्सी केले के घने पेड़ों के बीच छुप जाती थी| विहान उसे ढूँढता रहता था| बगीचे के पीछे मुर्गियों का दरबा था| वहाँ पिक्सी मुर्गियों को डराने की कोशिश करती थी |लेकिन विहान को देखते ही विहान का पीछा करने लगती थी|शुरुआत में विहान उससे थोड़ा डरता था।

एक दिन मैं बरामदे में बैठा अखबार पढ़ रहा था। सामने लॉन में विहान खेल रहा था। तभी पिक्सी दौड़ती हुई उसकी ओर बढ़ी|विहान ने जैसे ही उसे अपनी ओर आते देखा, घबराकर चिल्लाया,"दादाजी... पिक्सी आ रही है!"और वह भागकर पास की एक बेंच पर चढ़ गया। नीचे पिक्सी खड़ी होकर अपनी पूँछ हिलाने लगी ।वह बार-बार ऊपर देखकर जैसे कह रही हो,"अरे, मैं तुम्हारी दोस्त हूँ, दुश्मन नहीं!"कुछ देर बाद वह बेंच के पास बैठ गई । उसके लंबे कान हवा में झूल रहे थे और वह गर्दन तिरछी करके बड़े धैर्य से विहान को देख रही थी।मैं हँसते हुए बोला,"विहान, वह तुम्हें काटने नहीं आई है।""लेकिन वह मेरे पीछे दौड़ती है।""वह खेलना चाहती है।""सच?""हाँ, बिल्कुल।"पिक्सी ने जैसे

मेरी बात की पुष्टि करते हुए अपनी पूँछ और ज़ोर से हिलानी शुरू कर दी।

विहान धीरे-धीरे बेंच से उतरा, लेकिन पूरी सावधानी के साथ।पिक्सी तुरंत उसके पास आई और उसके पैरों को सूँघने लगी।विहान फिर थोड़ा पीछे हट गया।मैंने कहा,"उसके सिर पर हाथ फेरकर देखो।"पहले तो वह झिझका, फिर धीरे-धीरे उसने अपना हाथ आगे बढ़ाया।पिक्सी बिल्कुल शांत खड़ी रही।जैसे ही विहान का हाथ उसके सिर पर पड़ा, पिक्सी ने खुशी से अपनी आँखें बंद कर लीं।उस दिन दोनों की दोस्ती की शुरुआत हुई।धीरे-धीरे विहान का डर पूरी तरह समाप्त हो गया।अब दृश्य बिल्कुल बदल चुका था।पहले विहान पिक्सी से भागता था, अब दोनों एक-दूसरे के पीछे दौड़ते थे।कभी विहान गेंद फेंकता और पिक्सी उसे उठाकर वापस लाती या चबाने लगती।कभी दोनों लॉन में साथ-साथ दौड़ते।कभी पिक्सी उसके पास आकर लेट जाती और विहान उसके लंबे कानों से खेलता रहता।उनकी मित्रता इतनी गहरी हो गई कि यदि विहान कहीं बाहर जाता, तो पिक्सी दरवाजे के पास बैठकर उसका इंतजार करती रहती।

एक दिन दोनों लॉन में खेल रहे थे। डूबते सूरज की सुनहरी रोशनी उनके ऊपर पड़ रही थी। पिक्सी घास पर बैठी थी और विहान उसके गले में हाथ डाले मुस्कुरा रहा था।मैंने तुरंत कैमरा उठाया और उनकी तस्वीर खींच ली।आज भी वह तस्वीर मेरे पास सुरक्षित है।जब भी मैं उसे देखता हूँ, मुझे केवल एक बच्चे और उसके कुत्ते की तस्वीर नहीं दिखाई देती; मुझे विश्वास, स्नेह और मित्रता की कहानी दिखाई देती है।

सच तो यह है कि कुत्तों के प्रति मेरा लगाव बहुत पुराना है।बचपन से ही मुझे कुत्ते पालने का शौक रहा है। यही शौक मेरे बेटों को और मेरे पोते को भी हो गया| जब मैं विहान और पिक्सी की मित्रता को देखता हूँ, तो मुझे एक और बात समझ आती है।हम अपने बच्चों को केवल संपत्ति, शिक्षा या सुविधाएँ ही नहीं देते। हम उन्हें अपने संस्कार, अपने शौक, अपनी रुचियाँ और अपने मूल्य भी देते हैं।यदि पिता को किताबों से प्रेम है, तो अक्सर बच्चे भी पुस्तकों के करीब आते हैं।यदि पिता प्रकृति से प्रेम करता है, तो वह प्रेम अगली पीढ़ी तक पहुँचता है।यदि पिता पशुओं

से स्नेह करता है, तो बच्चे भी करुणा और संवेदनशीलता सीखते हैं।इसी को शायद "पिता की विरासत" कहा जाता है।

विरासत केवल जमीन-जायदाद नहीं होती; विरासत वह होती है जो हमारे जाने के बाद भी हमारी अगली पीढ़ियों के स्वभाव, विचारों और जीवन दृष्टि में जीवित रहती है।पिक्सी और विहान की दोस्ती को देखकर मुझे अक्सर लगता था कि मेरे भीतर का पशु-प्रेम अब अगली पीढ़ी तक पहुँच चुका है। और एक पिता या दादा के लिए इससे बड़ी संतुष्टि शायद कोई नहीं कि उसकी अच्छी आदतें और मानवीय मूल्य उसके बच्चों और पोते-पोतियों के जीवन का हिस्सा बन जाएँ।

17

हम्पी की सैर

"जो अपने इतिहास को जानता है, वही अपने भविष्य का निर्माण कर सकता है।"

जनवरी 2022 - विहान तब आठ वर्ष का था। उसकी आँखों में दुनिया को देखने की वही स्वाभाविक जिज्ञासा थी, जो हर बच्चे के भीतर होती है। उसके लिए हर नया रास्ता एक रोमांच था, हर पहाड़ किसी रहस्य की तरह लगता था और हर पुरानी इमारत किसी राजा-महाराजा की कहानी सुनाती प्रतीत होती थी।

एक दिन हमने निश्चय किया कि उसे केवल किताबों में इतिहास पढ़ाना पर्याप्त नहीं है; उसे इतिहास के बीच ले जाकर खड़ा करना चाहिए। हमने बीजापुर (वर्तमान विजयपुर) से सड़क मार्ग द्वारा विश्वप्रसिद्ध ऐतिहासिक नगरी हम्पी की यात्रा का कार्यक्रम बनाया।प्राचीनकल में हम्पी विजयनगर राज्य की राजधानी थी और इसका गौरवशाली इतिहास है|

हम तीन लोग थे—मैं, आशा और हमारा नन्हा साथी विहान। हमारे साथ एक अनुभवी ड्राइवर और स्थानीय इतिहास का अच्छा ज्ञान रखने वाला गाइड भी था। सुबह की हल्की ठंडी हवा के साथ हमारी यात्रा शुरू हुई। आसमान बिल्कुल साफ था और बरसात के बाद की हरियाली ने पूरे उत्तर कर्नाटक को मानो नए रंगों से सजा दिया था।

जैसे-जैसे गाड़ी आगे बढ़ती गई, सड़क के दोनों ओर फैले खेत, दूर-दूर तक दिखाई देने वाली लाल मिट्टी, कहीं-कहीं खड़े बरगद और नीम के विशाल वृक्ष तथा छोटे-छोटे गाँव यात्रा को और भी मनोहारी बना रहे थे। विहान कभी खिड़की से बाहर झाँकता, कभी बादलों का आकार देखकर अपनी कल्पनाएँ सुनाता|

कूडल संगम- सबसे पहले हम कूडल संगम पहुँचे, जहाँ कृष्णा और मालप्रभा नदियों का संगम होता है। शांत जलधारा और मंदिर का वातावरण मन को अद्भुत शांति दे रहा था। मैंने विहान से कहा, "देखो बेटा, जब दो नदियाँ मिलती हैं तो वे अपनी अलग पहचान खोती नहीं, बल्कि और विशाल हो जाती हैं।

आलमट्टी बाँध - इसके बाद हम आलमट्टी बाँध पहुँचे। विशाल जलराशि को देखकर विहान की आँखें आश्चर्य से फैल गईं।"दादू ! इतना सारा पानी... क्या यह पूरा नदी है?"मैंने हँसते हुए कहा, "नदी भी है और इंसान की मेहनत का कमाल भी।"वह रेलिंग पकड़कर काफी देर तक पानी को निहारता रहा। फिर बोला, "अगर मैं यहाँ कागज़ की नाव छोड़ दूँ, तो वह कहाँ जाएगी?"उसके भोले प्रश्न पर हम सब खिलखिलाकर हँस पड़े।

बादामी गुफा -आगे बढ़ते हुए हम बादामी पहुँचे।1500 साल पहले बनी ये लाल बलुआ पत्थरों से बनी पहाड़ियों के बीच स्थित प्राचीन गुफाएँ देखकर ऐसा लग रहा था जैसे समय हजारों वर्ष पीछे लौट गया हो। सीढ़ियाँ चढ़ते समय विहान कभी आगे भाग जाता, कभी लौटकर हमारा हाथ पकड़ लेता।गुफाओं की दीवारों पर बनी प्राचीन मूर्तियों को देखकर उसने पूछा,"दादू , लोगों ने बिना मशीन के ये सब कैसे बनाया होगा?"मैंने उत्तर दिया, "बेटा, जब मन में लगन और हाथों में कला हो, तब इंसान पत्थर में भी प्राण फूँक देता है।"वह कुछ क्षण मूर्तियों को देखता रहा और फिर बोला,"तो ये लोग भी सुपरहीरो थे!"उसकी मासूम कल्पना सुनकर गाइड भी मुस्कुरा उठा।

पट्टडकलऔरऐहोल -इसके बाद हमने 7 वीं और 8 वीं शताब्दी में बनी पट्टडकल और ऐहोल के ऐतिहासिक मंदिरों का भ्रमण किया। जहाँ-जहाँ हम रुकते, विहान दौड़कर सबसे पहले वहाँ पहुँच जाता। कभी

मंदिर के खंभों को छूकर उनकी नक्काशी देखता, कभी विशाल प्रांगण में खड़ा होकर अपनी आवाज़ की गूँज सुनने लगता।उस दिन एक और रोचक घटना हुई।मैं लगातार कैमरे से तस्वीरें खींच रहा था। शायद उसे लगा कि कैमरा केवल बड़ों की चीज़ नहीं है।उसने धीरे से कहा,"दादू ... एक फोटो मैं भी खींचूँ?"

मैंने मुस्कुराकर कैमरा उसके हाथ में दे दिया।वह कैमरे को किसी पेशेवर फोटोग्राफर की तरह दोनों हाथों से पकड़कर कभी झुकता, कभी पीछे हटता और फिर बड़े ध्यान से बटन दबाता।उसने हमारी, मंदिरों की, रास्ते की और यहाँ तक कि आसमान में उड़ते पक्षियों की भी तस्वीरें खींचीं।घर लौटकर जब हमने वे तस्वीरें देखीं, तो आश्चर्य हुआ कि सभी तस्वीरें बहुत अच्छी थीं| तस्वीरों में सबसे अधिक जीवन था, क्योंकि वे एक आठ वर्षीय बच्चे की आँखों से देखी गई दुनिया थीं।आज भी जब वे तस्वीरें देखता हूँ, तो कैमरे की गुणवत्ता नहीं, उस नन्हे फोटोग्राफर का उत्साह याद आता है।

हम्पी -कई घंटों की सड़क यात्रा के बाद हमारी गाड़ी तुंगभद्रा नदी के किनारे फैले विश्वविख्यात प्राचीन नगर हम्पी की सीमा में प्रवेश कर गई। दूर-दूर तक बिखरी हुई विशाल शिलाएँ, पहाड़ों की तरह एक-दूसरे पर टिकी चट्टानें, टूटे हुए भव्य मंदिरों के शिखर, पत्थरों से बनी लंबी सड़कें और प्राचीन खंडहर मानो हजारों वर्षों की कहानी सुना रहे थे।

गाड़ी जैसे ही रुकी, विहान उत्साह से बाहर कूद पड़ा। उसकी आँखों में आश्चर्य साफ दिखाई दे रहा था। वह कभी ऊँचे गोपुरम को देखता, कभी विशाल पत्थरों को, तो कभी दूर तक फैले खंडहरों को। कुछ क्षण वह सब कुछ चुपचाप देखता रहा, फिर दौड़कर मेरे पास आया और मेरा हाथ पकड़कर बोला,"दादू, क्या सचमुच यहाँ कभी पूरा शहर था? मुझे तो ऐसा लग रहा है जैसे किसी ने बहुत बड़ा महल तोड़ दिया हो।"मैं मुस्कुराया और उसके सिर पर हाथ फेरते हुए बोला, "हाँ बेटा, यह केवल शहर नहीं था, बल्कि अपने समय के संसार के सबसे समृद्ध और सुंदर नगरों में से एक था।"

उसने तुरंत दूसरा प्रश्न दाग दिया,"दादू, इसे किसने बनाया था?"मैंने सामने दिखाई दे रहे विशाल मंदिर की ओर इशारा करते हुए

कहा,"लगभग सात सौ वर्ष पहले दो वीर भाइयों—हरिहर और बुक्का—ने विजयनगर साम्राज्य की स्थापना की थी। बाद में अनेक राजाओं ने इसे और भी भव्य बनाया। इनमें सबसे प्रसिद्ध राजा श्रीकृष्णदेवराय थे। उनके शासनकाल में विजयनगर अपनी शक्ति, धन, संस्कृति, साहित्य, कला और व्यापार के कारण पूरे विश्व में प्रसिद्ध हो गया था।"विहान की आँखें और बड़ी हो गईं।

"क्या उस समय भी दूसरे देशों के लोग यहाँ आते थे?""हाँ," मैंने उत्तर दिया, "फारस, अरब, पुर्तगाल, चीन और अनेक देशों के व्यापारी यहाँ आते थे। वे यहाँ के हीरे, मसाले, घोड़े, रेशम और कीमती वस्तुएँ खरीदते थे। विदेशी यात्रियों ने अपनी पुस्तकों में लिखा है कि यह नगर इतना विशाल और समृद्ध था कि इसकी तुलना संसार के सबसे बड़े नगरों से की जाती थी।"

विहान ने आश्चर्य से चारों ओर देखा और बोला,"लेकिन दादू... अगर यह इतना सुंदर था तो फिर उजड़ कैसे गया?"मैं कुछ क्षण मौन रहा। खंडहरों की ओर देखते हुए बोला,

"बेटा, इतिहास हमें एक बहुत बड़ा सबक भी देता है। सन् 1565 में तालीकोटा का भयंकर युद्ध हुआ। विजयनगर की सेना पराजित हो गई। उसके बाद शत्रु सेनाएँ इस नगर में घुस आईं। उन्होंने कई महीनों तक मंदिरों, महलों और बाजारों को लूटा। जहाँ सोना-चाँदी मिला, उसे लूट लिया; जो नहीं ले जा सके, उसे तोड़ दिया। देखते-ही-देखते यह स्वर्णिम नगर खंडहरों में बदल गया।"विहान का चेहरा गंभीर हो गया।"दादू, क्या लोगों ने इसे फिर से नहीं बसाया?""कुछ लोग लौटे भी, लेकिन जिस नगर को बनाने में सैकड़ों वर्ष लगे थे, उसे कुछ ही महीनों की तबाही ने ऐसा घायल कर दिया कि वह कभी पहले जैसा नहीं बन सका। समय बीतता गया और लोग इसे छोड़कर दूसरी जगह बस गए।"

कुछ देर तक विहान शांत खड़ा रहा। फिर बोला,"दादू, क्या यह सच है कि यहाँ हीरे भी बिकते थे?" मैं हँस पड़ा।"हाँ, ऐसा कहा जाता है कि यहाँ के प्रसिद्ध बाजारों में हीरे-जवाहरात का व्यापार होता था। विदेशी यात्रियों ने लिखा है कि कुछ बाजारों में बहुमूल्य रत्न खुलेआम बिकते थे। सोचो, कितना समृद्ध नगर रहा होगा!""वाह!" विहान ने विस्मय से

कहा, "तब तो यह उस समय का सबसे अमीर शहर रहा होगा!"

"बिल्कुल। लेकिन केवल धन ही इसकी पहचान नहीं थी। यहाँ के लोग कला, संगीत, साहित्य, नृत्य, मूर्तिकला, सिंचाई व्यवस्था और स्थापत्य कला में भी अद्‌भुत थे। तुम जो पत्थर के ये विशाल रथ, संगीत उत्पन्न करने वाले स्तंभ, विशाल मंदिर और जल व्यवस्था देखोगे, वे सब उस समय के इंजीनियरों और कलाकारों की असाधारण प्रतिभा का प्रमाण हैं।"विहान ने उत्सुकता से पूछा,"दादू, क्या हम सब कुछ देखेंगे?"मैंने मुस्कुराकर कहा,"हाँ बेटा। आज हम केवल पत्थर नहीं देखेंगे, बल्कि उन पत्थरों में छिपा हुआ सात सौ वर्षों का इतिहास पढ़ेंगे। हर मंदिर एक कहानी सुनाएगा, हर मूर्ति एक रहस्य बताएगी और हर खंडहर हमें यह याद दिलाएगा कि कोई भी साम्राज्य कितना ही शक्तिशाली क्यों न हो, यदि समय विपरीत हो जाए तो उसका वैभव भी इतिहास के पन्नों में सिमट सकता है।"

यह सुनते ही विहान ने उत्साह से मेरा हाथ पकड़ लिया।"तो चलिए दादू, आज आप मेरे इतिहास वाले टीचर बन जाइए... और मैं आपका सबसे अच्छा विद्‌यार्थी।"उसकी मासूम बात सुनकर मैं हँस पड़ा। आशा भी मुस्कुरा उठी। हम तीनों धीरे-धीरे उन प्राचीन पत्थरों की ओर बढ़ चले, जहाँ हर कदम पर इतिहास हमारी प्रतीक्षा कर रहा था।हम धीरे-धीरे पत्थरों से बनी प्राचीन सड़क पर आगे बढ़ने लगे। सड़क के दोनों ओर टूटे हुए पत्थर के चबूतरे और लंबी-लंबी मेहराबों के अवशेष दिखाई दे रहे थे। मैंने विहान से कहा,"बेटा, आज यह सब खंडहर दिखाई दे रहे हैं, लेकिन लगभग पाँच सौ वर्ष पहले यही स्थान हम्पी का सबसे व्यस्त बाज़ार हुआ करता था।"

विहान ने आश्चर्य से पूछा, "दादू, क्या यहाँ दुकानें लगती थीं?""हाँ," मैंने उत्तर दिया, "यहाँ पत्थर के बने इन चबूतरों पर सैकड़ों दुकानें सजा करती थीं। कहीं रेशमी वस्त्र बिकते थे, कहीं चंदन और इत्र, कहीं मसाले, तो कहीं सोने-चाँदी के आभूषण। विदेशी व्यापारी अपने जहाज़ों से सामान लेकर आते थे और यहाँ से घोड़े, हीरे, मसाले तथा बहुमूल्य वस्तुएँ खरीदकर अपने देशों में ले जाते थे।"विहान ने चारों ओर देखा। उसकी कल्पना में उजड़ा हुआ बाज़ार अचानक जीवित हो उठा।"दादू,

अगर उस समय मैं यहाँ आता तो क्या मुझे भी खिलौने मिलते?"मैं हँस पड़ा।"क्यों नहीं! उस समय लकड़ी के खिलौने, मिट्टी की गुड़ियाएँ, रंग-बिरंगी बाँसुरियाँ और बच्चों के लिए छोटी-छोटी तलवारें भी बिकती थीं। शायद तुम सबसे पहले वही खरीदते।"विहान खिलखिलाकर हँस पड़ा।

विरुपाक्ष मंदिर -कुछ ही देर बाद हम विराट विरुपाक्ष मंदिर के सामने खड़े थे। ऊँचा गोपुरम नीले आकाश को छूता हुआ प्रतीत हो रहा था। उसकी प्रत्येक मंजिल पर अनगिनत देवी-देवताओं, पशु-पक्षियों और पौराणिक कथाओं की अद्भुत मूर्तियाँ उकेरी गई थीं।विहान ने गर्दन ऊपर उठाई। कुछ क्षण तक देखता ही रह गया।"दादू, इतना ऊँचा मंदिर बिना क्रेन के कैसे बनाया होगा?"मैंने कहा, "यही तो उस समय के शिल्पकारों की अद्भुत प्रतिभा थी। उन्होंने बिना आधुनिक मशीनों के केवल गणित, विज्ञान, संतुलन और अथक परिश्रम के बल पर यह चमत्कार कर दिखाया। उस युग के कारीगर सचमुच महान अभियंता थे।"हम मंदिर के भीतर पहुँचे। घंटियों की मधुर ध्वनि, श्रद्धालुओं की प्रार्थनाएँ और अगरबत्ती की सुगंध से वातावरण आध्यात्मिक हो उठा।मैंने बताया, "यह मंदिर भगवान शिव के विरुपाक्ष रूप को समर्पित है। सबसे आश्चर्य की बात यह है कि जब पूरा विजयनगर नगर नष्ट हो गया, तब भी यहाँ पूजा कभी बंद नहीं हुई। आज भी सदियों पुरानी परंपरा निरंतर चल रही है।"विहान ने श्रद्धा से हाथ जोड़ लिए।

हेमकुटा हिल -मंदिर से बाहर निकलकर हम हेमकूट पहाड़ी की ओर बढ़े। रास्ते भर विशाल-बड़े पत्थर ऐसे रखे थे मानो किसी दैत्य ने खेल-खेल में उन्हें एक-दूसरे के ऊपर जमा दिया हो।विहान ने मुस्कुराकर पूछा, "दादू, कहीं यह पत्थर रात में गिर तो नहीं जाते?"मैंने हँसते हुए कहा, "नहीं बेटा, ये लाखों वर्षों से ऐसे ही खड़े हैं। प्रकृति ने इन्हें बड़ी सावधानी से संतुलित किया है।"पहाड़ी पर पहुँचकर पूरे हम्पी का दृश्य दिखाई देने लगा। दूर-दूर तक मंदिरों के शिखर, बिखरे हुए महल, हरियाली और बीच में शांत बहती तुंगभद्रा नदी किसी चित्रकार की बनाई विशाल पेंटिंग जैसे लग रहे थे।विहान कुछ देर तक चुपचाप उस दृश्य को देखता रहा।फिर धीरे से बोला, "दादू, अगर यह नगर उजड़ा न होता तो कितना सुंदर लगता!"

मैंने उसके कंधे पर हाथ रखते हुए कहा, "इतिहास का यही सत्य है बेटा। समय किसी का नहीं होता। लेकिन जो सभ्यताएँ कला, ज्ञान और संस्कृति की अमिट छाप छोड़ जाती हैं, वे कभी पूरी तरह नष्ट नहीं होतीं। उनके पत्थर भी बोलते हैं।"

इतने में सामने एक विशाल पत्थर का रथ दिखाई दिया। उसे देखते ही विहान उत्साह से लगभग दौड़ पड़ा।"दादू... दादू! देखिए, पत्थर का रथ! क्या यह सचमुच चलता था?"मैं मुस्कुराया। "चलो, उसके पास चलते हैं। वहाँ पहुँचकर मैं तुम्हें इसकी सबसे रोचक कहानी सुनाऊँगा।"इतना सुनते ही विहान की उत्सुकता और बढ़ गई। उसके छोटे-छोटे कदम अब तेज़ी से उस अद्भुत रथ की ओर बढ़ रहे थे। उसके मन में प्रश्नों का सागर उमड़ रहा था, और मुझे पता था कि हम्पी का सबसे बड़ा आश्चर्य अभी उसके सामने आने वाला था।

पत्थर का रथ सामने था। सूर्य की सुनहरी किरणें उसके ग्रेनाइट के विशाल पहियों पर पड़ रही थीं। दूर से देखने पर ऐसा लगता था मानो अभी कोई सारथी आएगा, घोड़े जोतेगा और रथ धीरे-धीरे चल पड़ेगा।विहान दौड़कर उसके पास पहुँचा और आश्चर्य से बोला,"दादू! यह तो बिल्कुल असली रथ जैसा है। क्या यह कभी चलता था?"मैंने मुस्कुराते हुए कहा,

"यही प्रश्न लगभग हर पर्यटक पूछता है। नहीं, बेटा, यह चलने वाला रथ नहीं है। यह भगवान विष्णु के वाहन गरुड़ को समर्पित एक पत्थर का मंदिर है, जिसे रथ का स्वरूप दिया गया है। इसके शिल्पकारों ने इसे इतना जीवंत बनाया कि देखने वाले को लगता है मानो यह अभी चल पड़ेगा।"विहान झुककर उसके विशाल पहियों को देखने लगा।"लेकिन दादू, इसके पहिए तो बिल्कुल असली लग रहे हैं।""हाँ," मैंने कहा, "पहले लोग समझते थे कि ये पहिए घूमते थे, पर वास्तव में इन्हें स्थिर बनाया गया है। इसकी सबसे बड़ी विशेषता इसकी सुंदर नक्काशी और अद्भुत अनुपात हैं। यही कारण है कि इसे भारतीय स्थापत्य कला की उत्कृष्ट कृतियों में गिना जाता है।"विहान ने रथ की दीवारों पर बनी छोटी-छोटी आकृतियों को ध्यान से देखा।

"दादू, किसी ने पत्थर में इतने छोटे-छोटे फूल, हाथी, घोड़े और देवताओं की मूर्तियाँ कैसे बना दीं? यदि जरा-सी भी गलती होती तो पूरा पत्थर टूट जाता।"मैंने कहा,"यही तो उन शिल्पकारों की सबसे बड़ी प्रतिभा थी। वे वर्षों तक केवल अभ्यास करते थे। एक-एक छेनी का वार सोच-समझकर किया जाता था। उनके लिए पत्थर केवल पत्थर नहीं था, बल्कि जीवित कला था।"विहान कुछ क्षण चुप रहा, फिर बोला,"दादू, आज हमारे पास मशीनें हैं, फिर भी क्या हम ऐसा बना सकते हैं?"मैंने उत्तर दिया,"मशीनें बहुत कुछ कर सकती हैं, लेकिन कलाकार की कल्पना, धैर्य और समर्पण की बराबरी नहीं कर सकतीं। तकनीक सुविधा देती है, पर महान कृतियाँ मनुष्य की प्रतिभा और साधना से जन्म लेती हैं।"रथ के सामने खड़े-खड़े हम उसकी भव्यता को निहारते रहे। तभी मैंने विहान से कहा,"चलो, अब मैं तुम्हें इस मंदिर का सबसे बड़ा चमत्कार दिखाता हूँ।"

विट्ठल मंदिर -कुछ ही दूर आगे बढ़ने पर हम विट्ठल मंदिर के विशाल सभा-मंडप में पहुँचे। वहाँ अनेक ऊँचे-ऊँचे पत्थर के स्तंभ खड़े थे। पहली नज़र में वे साधारण दिखाई देते थे, पर उनका रहस्य असाधारण था।विहान ने पूछा,"दादू, इन स्तंभों में ऐसा क्या खास है?"मैंने कहा,"इन्हें संगीत स्तंभ कहा जाता है। कहा जाता है कि पहले जब इन्हें बहुत हल्के से थपथपाया जाता था, तो अलग-अलग स्तंभों से अलग-अलग स्वर निकलते थे—मानो कोई वीणा, मृदंग या घंटी बज रही हो।"विहान की आँखें चमक उठीं।"सच! फिर हम भी बजाकर देखें?"मैंने उसका हाथ पकड़ लिया और मुस्कुराकर कहा,"नहीं, बेटा। अब इन्हें छूना या बजाना मना है। वर्षों पहले कुछ लोगों ने उत्सुकतावश इन्हें बार-बार ठोकना शुरू कर दिया था। इससे इन अनमोल स्तंभों को नुकसान पहुँचने लगा। इसलिए इन्हें सुरक्षित रखने के लिए अब केवल देखा जा सकता है।"

विहान ने गंभीरता से सिर हिलाया।"ठीक ही है दादू। अगर हर कोई इन्हें बजाएगा तो ये टूट जाएँगे।मैंने संतोष से उसकी ओर देखा।"यही तो सच्चे पर्यटक की पहचान है—जो केवल इतिहास देखने नहीं, उसकी रक्षा करने भी आता है।"मंदिर के विशाल प्रांगण में खड़े होकर मैंने

कहा,"सोचो विहान, लगभग पाँच सौ वर्ष पहले इसी स्थान पर बड़े-बड़े संगीत समारोह होते होंगे। नर्तकियाँ नृत्य करती होंगी, गायक भजन गाते होंगे, वादक अपने वाद्य बजाते होंगे और हजारों लोग इस प्रांगण में बैठकर कला का आनंद लेते होंगे।"

विहान ने आँखें बंद कर लीं।कुछ क्षण बाद उसने धीरे से कहा,"दादू... मुझे ऐसा लग रहा है जैसे अभी भी कहीं से वीणा की आवाज़ आ रही है।"मैं मुस्कुराया।"यही इतिहास का जादू है, बेटा। जिन लोगों ने अपने जीवन से महान कृतियाँ बनाई, वे भले ही आज हमारे बीच नहीं हैं, लेकिन उनकी कला आज भी हमारे मन में संगीत जगा देती है।"

तुंगभद्रा नदी -इतने में हमारी नज़र दूर बहती तुंगभद्रा नदी पर पड़ी। नदी के शांत जल में मंदिरों की परछाइयाँ झिलमिला रही थीं। हवा के हल्के झोंके वातावरण को और भी मनोहारी बना रहे थे।मैंने कहा,"अब चलो, तुम्हें तुंगभद्रा नदी के किनारे ले चलता हूँ। "इतना सुनते ही विहान का उत्साह फिर लौट आया। उसने मेरा हाथ कसकर पकड़ लिया और हम दोनों इतिहास की अगली कहानी सुनने के लिए तुंगभद्रा नदी की ओर बढ़ चले।

हम विट्ठल मंदिर से निकलकर तुंगभद्रा नदी की ओर चल पड़े। रास्ते में दोनों ओर विशाल शिलाएँ, प्राचीन मंडप और पत्थरों से बनी पगडंडियाँ थीं। हल्की हवा चल रही थी। दूर से मंदिरों की घंटियों की मधुर ध्वनि सुनाई दे रही थी। जैसे-जैसे हम नदी के निकट पहुँच रहे थे, वातावरण और अधिक शांत तथा आध्यात्मिक होता जा रहा था।कुछ ही देर में हम तुंगभद्रा नदी के तट पर पहुँच गए। निर्मल जल धीरे-धीरे बह रहा था। नदी के उस पार ऊँची-ऊँची चट्टानें सूर्य की किरणों में चमक रही थीं। किनारे पर कुछ गोल-गोल नावें तैर रही थीं।विहान ने आश्चर्य से पूछा,"दादू, यह गोल टोकरी जैसी नाव कैसी है? क्या इसमें बैठकर नदी पार की जाती है?"मैंने हँसते हुए कहा,"हाँ बेटा। इसे 'कोरकल' कहते हैं। बाँस, लकड़ी और चमड़े या आधुनिक समय में फाइबर से बनी यह गोल नाव सदियों से तुंगभद्रा नदी में चलती आ रही है। पहले व्यापारी, किसान और यात्री इसी से नदी पार करते थे।"विहान ने उत्साह से कहा,"क्या हम भी इसमें बैठेंगे?""अवश्य," मैंने कहा, "लेकिन पहले इस नदी की कहानी

सुनो।"

हम एक बड़े पत्थर पर बैठ गए। सामने बहती नदी को देखते हुए मैंने कहना शुरू किया,"बेटा, किसी भी महान सभ्यता का जन्म प्रायः किसी नदी के किनारे हुआ है। जैसे मिस्र में नील नदी, भारत में गंगा और सिंधु, वैसे ही विजयनगर की समृद्धि का आधार यह तुंगभद्रा नदी थी। इसी नदी के जल से खेत सींचे जाते थे, नगर को पानी मिलता था और व्यापार चलता था।"विहान ध्यान से सुन रहा था।मैंने आगे कहा,"विजयनगर के राजाओं ने केवल युद्ध ही नहीं लड़े, बल्कि उन्होंने बाँध, नहरें और जलाशय भी बनवाए। वर्षा का पानी व्यर्थ न जाए, इसके लिए उन्होंने ऐसी जल-व्यवस्था बनाई थी जिसे देखकर आज के इंजीनियर भी आश्चर्य करते हैं। यहाँ के प्रसिद्ध और प्रतापी राजा कृष्णदेव राय थे उनके शासनकाल में विजयनगर प्रसिद्धियों की बुलंदी पर था| इतिहास पढ़ने का उद्देश्य केवल यह जानना नहीं कि कौन-सा युद्ध कब हुआ, बल्कि यह समझना भी है कि हमारे पूर्वज विज्ञान, गणित, कला और प्रशासन में कितने उन्नत थे।"

हाथीशाला—इतने में सामने से हाथियों का एक छोटा-सा दल अपने महावतों के साथ गुजरता दिखाई दिया। विहान उन्हें देखकर प्रसन्न हो उठा।मैंने कहा,"चलो, अब तुम्हें हाथीशाला दिखाता हूँ।"कुछ देर बाद हम विशाल हाथीशाला के सामने खड़े थे। एक लंबी इमारत, जिसमें एक के बाद एक गुम्बददार कक्ष बने थे।विहान ने पूछा,"दादू, क्या यहाँ सचमुच हाथी रहते थे?""हाँ," मैंने कहा, "राजा के युद्ध हाथी और शाही हाथी यहीं रखे जाते थे। प्रत्येक हाथी के लिए अलग कक्ष था। उनकी देखभाल के लिए अलग सेवक, चिकित्सक और प्रशिक्षक होते थे।""क्या हाथी भी सैनिक होते थे?""बिल्कुल। उस समय हाथी सेना की सबसे शक्तिशाली टुकड़ी माने जाते थे। वे दुश्मन के किलों के द्वार तोड़ देते थे और युद्धभूमि में शत्रु सेना में भय उत्पन्न कर देते थे।"विहान ने हाथीशाला की विशालता देखकर कहा,"दादू, इन हाथियों की तो राजाओं जैसी व्यवस्था थी।"

कमल महल—मैं हँस पड़ा।"क्योंकि वे वास्तव में राजा की सेना के महत्वपूर्ण सदस्य थे।"हाथीशाला से निकलकर हम कमल महल

पहुँचे।उसकी बनावट देखकर विहान की आँखें चमक उठीं।"दादू, यह तो किसी कहानी की राजकुमारी का महल लगता है।"मैंने कहा,"इसे कमल महल इसलिए कहते हैं क्योंकि इसकी छत और मेहराबें खिलते हुए कमल की पंखुड़ियों जैसी दिखाई देती हैं। यहाँ राजपरिवार की महिलाएँ विश्राम करती थीं। इसकी बनावट में भारतीय और इस्लामी स्थापत्य शैली का सुंदर मेल दिखाई देता है।"थोड़ी दूर आगे रानी स्नानागार था।मैंने बताया,"यह राजपरिवार की महिलाओं के स्नान के लिए बनाया गया था। इसमें सुगंधित जल भरा जाता था। चारों ओर सुंदर गलियारे, झरोखे और जल निकासी की अत्यंत वैज्ञानिक व्यवस्था थी।"विहान ने आश्चर्य से कहा,"दादू, पाँच सौ साल पहले भी लोग इतनी सुंदर और वैज्ञानिक इमारतें बनाते थे!"हाँ, बेटा," मैंने उत्तर दिया, "यही कारण है कि हम्पी केवल मंदिरों का नगर नहीं है। यह विज्ञान, कला, स्थापत्य, जल-प्रबंधन, व्यापार और संस्कृति का जीवंत विश्वविद्यालय था।"

सूर्य अब पश्चिम की ओर झुकने लगा था। उसकी सुनहरी किरणें प्राचीन पत्थरों पर पड़ रही थीं। ऐसा लग रहा था मानो इतिहास स्वयं स्वर्णिम आभा में नहा गया हो।विहान कुछ देर तक उन खंडहरों को देखता रहा। फिर धीरे से बोला,"दादू, आज मैंने किताब से ज़्यादा यहाँ आकर सीखा है। अब मुझे समझ में आया कि इतिहास रटने की चीज़ नहीं, देखने और महसूस करने की चीज़ है।"मैंने उसके कंधे पर हाथ रखा और कहा,"बिल्कुल बेटा। जब इतिहास को अपनी आँखों से देखा जाता है, तब वह केवल तारीख़ें नहीं रहता—वह अनुभव बन जाता है।"

मैं मन ही मन प्रसन्न था। आज की यात्रा ने विहान के भीतर केवल जिज्ञासा ही नहीं जगाई थी, बल्कि अपने देश की महान विरासत के प्रति सम्मान भी पैदा कर दिया था। मुझे विश्वास था कि यह दिन उसके जीवन की उन स्मृतियों में शामिल होगा जिन्हें वह कभी नहीं भूल पाएगा।हाथीशाला, कमल महल और रानी स्नानागार देखने के बाद हमारे गाइड ने मुस्कुराते हुए कहा,"यदि आप लोग हम्पी की सबसे सुंदर झलक देखना चाहते हैं, तो अब हमें मातंग पहाड़ी चलना चाहिए। सूर्यास्त होने में लगभग एक घंटा शेष है। वहाँ से पूरा हम्पी आपकी हथेली पर रखा हुआ दिखाई देगा।"विहान तो जैसे इसी बात की प्रतीक्षा

कर रहा था।

मातंग पहाड़ी -"दादू, चलिए... सबसे पहले हम ही ऊपर पहुँचेंगे।"मैंने हँसते हुए कहा,"पहाड़ी पर चढ़ना इतना आसान नहीं है, साहब! वहाँ तक पहुँचने के लिए सैकड़ों पत्थर की सीढ़ियाँ चढ़नी पड़ेंगी।""तो क्या हुआ?" विहान ने आत्मविश्वास से कहा, "मैं तो रोज़ दौड़ता हूँ।"हमने पानी की बोतलें उठाईं और चढ़ाई शुरू कर दी। कहीं चौड़ी सीढ़ियाँ थीं तो कहीं प्राकृतिक चट्टानों को काटकर रास्ता बनाया गया था। दोनों ओर अनगिनत विशाल शिलाएँ ऐसे खड़ी थीं, मानो प्रकृति ने स्वयं किसी महान शिल्पी का रूप धारण कर लिया हो।रास्ते में विहान कभी किसी बंदर को देखकर हँस पड़ता, कभी रंग-बिरंगी तितलियों के पीछे भागने लगता। एक बार उसने एक बड़ी-सी चट्टान की ओर इशारा करके पूछा,"दादू, यह पत्थर नीचे क्यों नहीं गिरता?"मैंने मुस्कुराकर कहा,"यही तो हम्पी का एक और आश्चर्य है। लाखों वर्ष पहले प्रकृति ने इन चट्टानों को इस प्रकार संतुलित किया कि आज भी ये बिना किसी सहारे के खड़ी हैं। इन्हें देखकर लगता है मानो किसी विशालकाय ने खेल-खेल में इन्हें एक-दूसरे के ऊपर रख दिया हो।"धीरे-धीरे हम शिखर के निकट पहुँच गए। ऊपर पहुँचते ही सामने जो दृश्य दिखाई दिया, उसे देखकर हम तीनों कुछ क्षणों के लिए बिल्कुल निःशब्द रह गए।जहाँ तक दृष्टि जाती थी, वहाँ तक केवल इतिहास ही इतिहास फैला था।

दूर क्षितिज पर विरुपाक्ष मंदिर का ऊँचा गोपुरम दिखाई दे रहा था। दूसरी ओर विट्ठल मंदिर का परिसर, कहीं हाथीशाला, कहीं राजमहल के अवशेष, कहीं टूटे हुए मंडप और उनके बीच चाँदी की रेखा की तरह बलखाती तुंगभद्रा नदी।डूबते हुए सूर्य की सुनहरी किरणें उन प्राचीन पत्थरों पर पड़ रही थीं। पूरा हम्पी ऐसा प्रतीत हो रहा था, मानो किसी चित्रकार ने सुनहरे और ताँबे के रंगों से एक विशाल जीवंत चित्र बना दिया हो।विहान मंत्रमुग्ध होकर बोला,"दादू... अब समझ में आया कि लोग हम्पी को देखने दुनिया भर से क्यों आते हैं।"

मैंने धीरे से कहा,"बेटा, कुछ स्थान केवल देखने के लिए नहीं होते, उन्हें महसूस करने के लिए जाना जाता है। हम्पी ऐसा ही स्थान है।"कुछ देर तक हम सब मौन बैठे रहे। हवा धीरे-धीरे बह रही थी। नीचे मंदिरों की

घंटियों की ध्वनि वातावरण में घुल रही थी। ऐसा लग रहा था जैसे पाँच सौ वर्ष पहले का विजयनगर एक बार फिर जीवित हो उठा हो।विहान ने अचानक पूछा,"दादू, क्या कोई शहर फिर से इतना महान बन सकता है?"मैंने उसकी ओर देखा और कहा,"क्यों नहीं? जब किसी देश के लोग परिश्रमी हों, ईमानदार हों, ज्ञान का सम्मान करें, कला और विज्ञान को साथ लेकर चलें और अपनी संस्कृति पर गर्व करें, तब नए विजयनगर भी बनते हैं। इमारतें पत्थरों से बनती हैं, लेकिन महान राष्ट्र अपने नागरिकों के चरित्र से बनते हैं।"

विहान ने गंभीर स्वर में कहा;"तो मैं बड़ा होकर ऐसा काम करूँगा कि भारत का नाम फिर पूरी दुनिया में सम्मान से लिया जाए।"उसकी बात सुनकर मेरे चेहरे पर संतोष की मुस्कान फैल गई। मैंने उसके सिर पर हाथ फेरते हुए कहा,"यही इस यात्रा की सबसे बड़ी कमाई है, बेटा। यदि किसी ऐतिहासिक स्थान से लौटते समय हमारे भीतर अपने देश के लिए सम्मान, कुछ नया सीखने की जिज्ञासा और कुछ अच्छा करने का संकल्प जन्म ले, तभी समझो कि यात्रा सफल हुई।"

इतने में सूर्य धीरे-धीरे पहाड़ियों के पीछे छिपने लगा। आकाश के रंग नीले से सुनहरे, सुनहरे से नारंगी और फिर गहरे लाल होते चले गए। तुंगभद्रा नदी उन रंगों को अपने जल में समेटे शांत भाव से बह रही थी।हमने अंतिम बार पूरे हम्पी की ओर देखा। ऐसा लगा जैसे यह प्राचीन नगरी हमसे कह रही हो—*"साम्राज्य मिट जाते हैं, महल ढह जाते हैं, राजसिंहासन खाली हो जाते हैं; पर ज्ञान, कला, संस्कृति और इतिहास अमर रहते हैं। जो उन्हें सहेजते हैं, वही सच्चे अर्थों में सभ्य कहलाते हैं।"*

मैंने विहान का हाथ थामा। हम धीरे-धीरे पहाड़ी से नीचे उतरने लगे। पीछे मुड़कर देखा तो डूबते सूर्य की अंतिम किरणें विरुपाक्ष मंदिर के शिखर को आलोकित कर रही थीं। वह दृश्य मेरी स्मृतियों में सदा-सदा के लिए अंकित हो गया।उस दिन हम हम्पी से केवल कुछ चित्र लेकर नहीं लौटे थे। हम अपने साथ भारत के गौरवशाली अतीत की प्रेरणा, इतिहास के अमूल्य पाठ और आने वाले भविष्य के लिए एक नया संकल्प लेकर लौट रहे थे।

मातंग पहाड़ी से नीचे उतरते-उतरते संध्या होने लगी थी। पश्चिमी आकाश में सूर्य पूरी तरह अस्त हो चुका था, पर उसकी लालिमा अभी भी क्षितिज पर फैली हुई थी। धीरे-धीरे अँधेरा उतर रहा था और हम फिर से विरुपाक्ष मंदिर की ओर बढ़ चले।रास्ते में मैंने विहान से पूछा,"बेटा, आज पूरे दिन में तुम्हें सबसे अच्छा क्या लगा?"विहान कुछ देर सोचता रहा। फिर बोला,"दादू, पत्थर का रथ बहुत अच्छा लगा, संगीत वाले स्तंभ भी। लेकिन सबसे ज़्यादा अच्छा तब लगा जब मातंग पहाड़ी से पूरा हम्पी दिखाई दे रहा था। ऐसा लग रहा था कि मैं इतिहास की किताब के ऊपर खड़ा हूँ।"मैंने मुस्कुराकर कहा,"आज तुमने केवल हम्पी नहीं देखा, बल्कि यह भी समझा कि एक महान राष्ट्र केवल युद्ध जीतकर नहीं बनता। उसके लिए अच्छे शासक, ईमानदार अधिकारी, कुशल इंजीनियर, कलाकार, किसान, व्यापारी और विद्वान—सबकी आवश्यकता होती है।"इतने में मंदिर से शंख और घंटियों की आवाज़ आने लगी।

हम विरुपाक्ष मंदिर पहुँचे तो संध्या आरती प्रारंभ होने वाली थी। श्रद्धालुओं की भीड़ धीरे-धीरे गर्भगृह की ओर बढ़ रही थी। दीपकों की पंक्तियाँ जल उठी थीं। धूप और चंदन की सुगंध पूरे वातावरण में फैल गई थी।कुछ ही क्षणों बाद पुजारियों ने बड़े-बड़े दीपों से आरती आरंभ की। शंखध्वनि, घंटियों का मधुर नाद और भक्तों का सामूहिक स्वर—"हर हर महादेव!"पूरा मंदिर गूँज उठा।विहान ने दोनों हाथ जोड़ लिए। उसके चेहरे पर अद्भुत शांति थी। वह बिना कुछ बोले आरती को देखता रहा।आरती समाप्त होने के बाद हम मंदिर के प्रांगण में कुछ देर बैठे रहे।मैंने धीरे से कहा,"देखो विहान, कितने साम्राज्य आए और चले गए, लेकिन आस्था की यह ज्योति आज भी जल रही है। यही भारत की सबसे बड़ी शक्ति है।"विहान ने सिर हिलाते हुए कहा,"दादू, अब मुझे समझ में आ गया कि इतिहास केवल राजा-महाराजाओं की कहानी नहीं होता। यह लोगों की आस्था, मेहनत और संस्कृति की भी कहानी है।"मैंने संतोष से उसकी ओर देखा। मुझे लगा कि आज का दिन उसके व्यक्तित्व में एक नया अध्याय जोड़ गया है।

मंदिर से बाहर निकलकर हम हम्पी बाज़ार की ओर आए। छोटी-छोटी दुकानों पर स्थानीय हस्तशिल्प, पत्थर की नक्काशी, केले के रेशों से बने सामान, रंगीन चित्र और स्मृति-चिह्न सजे हुए थे।विहान एक दुकान पर रुक गया। वहाँ पत्थर के रथ की छोटी-सी प्रतिकृति रखी थी।उसने उसे हाथ में लेकर कहा,"दादू, क्या मैं इसे अपने कमरे में रख सकता हूँ?"मैंने मुस्कुराते हुए कहा,"अवश्य। लेकिन एक शर्त है।""क्या?""जब भी इसे देखो, याद रखना कि महान बनने के लिए धैर्य, परिश्रम और अनुशासन की आवश्यकता होती है। जिस प्रकार उस रथ को बनाने में वर्षों लगे, उसी प्रकार महान चरित्र भी एक दिन में नहीं बनता।"विहान ने गंभीरता से कहा,"मैं यह बात कभी नहीं भूलूँगा।"उसने बड़ी सावधानी से वह स्मृति-चिह्न खरीद लिया। आशा ने कुछ स्थानीय हस्तनिर्मित वस्तुएँ खरीदीं और हमने वहाँ के प्रसिद्ध केले के चिप्स तथा नारियल पानी का भी आनंद लिया।

रात पूरी तरह उतर चुकी थी। होटल लौटते समय कार की खिड़की से पीछे मुड़कर देखा। विरुपाक्ष मंदिर का गोपुरम रोशनी में नहाया हुआ था। दूर अँधेरे में खड़े विशाल शिलाखंड किसी मौन प्रहरी की तरह आज भी विजयनगर की गौरवगाथा की रक्षा करते प्रतीत हो रहे थे।मैंने मन-ही-मन सोचा—

इतिहास केवल अतीत की स्मृति नहीं है; वह भविष्य का पथप्रदर्शक भी है। जो समाज अपने इतिहास से सीखता है, वही नई ऊँचाइयाँ प्राप्त करता है।

कार धीरे-धीरे आगे बढ़ रही थी। हम्पी पीछे छूट रहा था, पर उसके पत्थरों में बसने वाली सभ्यता, उसकी कला, उसका विज्ञान, उसका वैभव और उसका संदेश हमारे मन में हमेशा के लिए बस चुका था।विहान ने अपना सिर मेरी बाँह पर टिकाया और धीमे स्वर में कहा,"दादू, अगली छुट्टियों में हम भारत का कौन-सा इतिहास देखने चलेंगे?"मैंने उसके सिर पर स्नेह से हाथ फेरते हुए उत्तर दिया,"बेटा, भारत का इतिहास इतना विशाल है कि यदि हम हर वर्ष एक स्थान भी देखें, तो शायद पूरा जीवन कम पड़ जाए। लेकिन हम एक-एक करके उन सभी धरोहरों से मिलेंगे, क्योंकि अपनी विरासत को जानना भी एक प्रकार की देशभक्ति

है।"

विहान मुस्कुरा दिया। कार हम्पी की सीमा से बाहर निकल चुकी थी, पर हम सबके मन में एक ही भावना थी—भारत को समझना है तो उसके इतिहास, उसकी संस्कृति और उसकी धरोहरों को अपनी आँखों से देखना होगा।

लेकिन इस पूरी यात्रा का सबसे मजेदार प्रसंग कुछ और ही था।विहान को वड़ा पाव बहुत पसंद था। यात्रा शुरू होने से पहले उसने बड़े विश्वास से घोषणा की थी—"पापा, रास्ते में जहाँ भी रुकेंगे, मैं वड़ा पाव जरूर खाऊँगा।"हमने भी हँसते हुए हामी भर दी।लेकिन आश्चर्य की बात यह थी कि पूरी यात्रा में जहाँ-जहाँ हम रुके, वहाँ इडली, डोसा, उपमा, बोंडा, मिर्ची भज्जी, ज्वार की रोटी, उत्तर कर्नाटक की पारंपरिक थाली—सब कुछ मिला, पर उसका प्रिय वड़ा पाव कहीं नहीं मिला।हर होटल में पहुँचते ही उसका पहला प्रश्न होता—"वड़ा पाव है?"और हर बार उत्तर मिलता—"नहीं।"धीरे-धीरे उसका चेहरा उतरने लगा।अंत में उसने बड़ी मासूमियत से कहा,"दादू , लगता है इस रास्ते के लोगों को पता ही नहीं कि वड़ा पाव भी कोई चीज़ होती है!"हम सब इतनी ज़ोर से हँसे कि आसपास बैठे लोग भी मुस्कुराने लगे।

वापसी के समय मैंने उससे पूछा,"तो बेटा, इस यात्रा में सबसे अच्छी चीज़ क्या लगी?"उसने बिना एक पल सोचे कहा,"सब अच्छा था... लेकिन अगली बार वहाँ चलेंगे जहाँ वड़ा पाव भी मिलता हो!"उसका उत्तर सुनकर मैं और आशा देर तक हँसते रहे।

आज वर्षों बाद जब उस यात्रा को याद करता हूँ, तो केवल ऐतिहासिक स्मारक ही याद नहीं आते। याद आती है एक आठ वर्ष के बच्चे की उत्सुकता, उसकी अनगिनत जिज्ञासाएँ, कैमरे से खींची गई उसकी मासूम तस्वीरें और वड़ा पाव की उसकी अधूरी तलाश।

इतिहास की वह यात्रा हमारे लिए केवल प्राचीन मंदिरों और स्मारकों का भ्रमण नहीं थी। वह तीन पीढ़ियों को जोड़ने वाली स्मृतियों की यात्रा थी। हमने विहान को इतिहास दिखाया, लेकिन उसने हमें वर्तमान को जीना सिखाया। शायद यात्राओं की सबसे बड़ी खूबसूरती यही होती है—वे केवल स्थान नहीं दिखातीं, वे परिवार को यादों की ऐसी पूँजी दे जाती हैं,

जो समय बीतने के साथ और भी अनमोल होती जाती है।

18

नासिक की यादें

"दादा की छाया में संस्कारों का वृक्ष फलता-फूलता है।"

बार्नस स्कूलदेवलाली कैंट - मई 2022 में विक्रम की पोस्टिंग महाराष्ट्र के देवलाली मिलिटरी स्टेशन में हो गई। विहान की देखभाल के लिए उसके नाना और नानी केरल से देवलाली आ गए | जबकि श्रुति की पोस्टिंग पंजाब के कपूरथला शहर में हो गई थी |विहान को श्रुति के पास पंजाब भेजना उचित नहीं था क्योंकि श्रुति की पोस्टिंग सियाचिन या किसी फील्ड में होने की संभावना थी|अंततः विहान का एडमिशन देवलाली कैंट के बार्नस स्कूल में चौथी कक्षा में करा दिया गया|यह ब्रिटिश काल का प्रसिद्ध स्कूल है | विहान के लिए यहाँ भी बीजापुर की तरह खेल का मैदान, साइकलिंग के लिए विशाल कैंपस, स्वीमिंग पूल, गार्डन सभी कुछ था जो एक बच्चे के लिए चाहिए| चार महीने बाद विहान के नाना नानी वापस अपने गाँव केरल चले गए|

अब हमारी बारी थी| विक्रम ने कहा, "पापा,क्या आप मम्मी को लेकर यहाँ आ सकते हैं , अब विहान को आपकी जरूरत है |" मैंने मुस्कुराकर कहा,"क्यों नही ,मैं तो तैयार हूँ , जब तक जरूरत होगी, मैं और तुम्हारी मम्मी उसके साथ रहेंगे।"आशा ने भी तुरंत कहा,"हाँ, आखिर दादा-दादी किस दिन काम आएँगे?"विहान उत्सुकता से पूछ बैठा,"दादी, आप मेरे साथ हमेशा रहोगी?"आशा ने कहा, "बेटा, "जब तक तुम्हें हमारी जरूरत है, तब तक हम रहेंगे ।

"मैं मन ही मन सोच रहा था कि यही तो भारतीय संयुक्त परिवार की सबसे बड़ी ताकत है। जब माता-पिता अपने कर्तव्य निभाने में व्यस्त हों, तब दादा-दादी और नाना-नानी बच्चों के लिए सुरक्षा कवच बन जाते हैं।कुछ समय बाद मैं और आशा देवलाली पहुँच गए। धीरे-धीरे उसकी दिनचर्या फिर सामान्य हो गई—सुबह स्कूल, शाम को खेल, पढ़ाई और शरारतें सब कुछ।

पिक्सी की मौत -हमारी प्यारी पिक्सी अब परिवार का सदस्य बन चुकी थी । वह विशेष रूप से विहान का सबसे अच्छी दोस्त थी ।एक दिन अचानक पिक्सी सड़क पार करते समय एक वाहन की चपेट में आ गई ।जब हम वहाँ पहुँचे, तब तक बहुत देर हो चुकी थी।विहान कुछ देर तक उसे देखता रहा। उसे शायद विश्वास ही नहीं हो रहा था।धीरे से उसने पूछा,"पापा .. पिक्सी उठ क्यों नहीं रही ?"विक्रम के पास उस प्रश्न का कोई आसान उत्तर नहीं था।विक्रम ने उसके कंधे पर हाथ रखा।"बेटा, पिक्सी अब हमारे साथ नहीं रहेगी।" "विहान की आँखें भर आईं।" "क्या वह वापस नहीं आएगी ?"विक्रम ने धीरे से सिर हिला दिया।उस रात घर में अजीब-सी खामोशी थी।अगले कई दिनों तक विहान उदास रहा।

एक दिन उसने विक्रम से कहा,"पापा, मुझे पिक्सी जैसा ही डॉग चाहिए।"विक्रम ने समझाने की कोशिश की, "बेटा, कोई भी पिक्सी की जगह नहीं ले सकता।"लेकिन विहान अपनी जिद पर अड़ा रहा।"मुझे वैसा ही चाहिए।" "आखिरकार विक्रम एक और बीगल नस्ल का नर पिल्ला लेकर आया।जब वह घर आया तो विहान के चेहरे पर फिर मुस्कान लौट आई।"देखो दादाजी, यह भी पिक्सी जैसा है!"हम सब खुश थे कि शायद उसका दुःख कुछ कम हो जाएगा।लेकिन दुर्भाग्य से वह पिल्ला गंभीर बीमारी की चपेट में आ गया।कई उपचारों के बावजूद वह केवल तीन महीने ही जीवित रह सका।उसकी मृत्यु ने परिवार को फिर से दुखी कर दिया।

विहान निराश होकर बोला,"दादाजी, हमारे डॉग्स हमारे पास ज्यादा दिन क्यों नहीं रहते?"उसके इस प्रश्न ने हम सबको मौन कर दिया। इसी बीच संग्राम ने अपना फ़ीमेल लेबराडोर डॉग "चेरी" को पुणे से देवलाली भेज दिया ताकि विहान का मन लगा रहे| पर चेरी बड़ी थी और विहान

उससे डरता था |

बल्लू -कुछ महीनों बाद विक्रम ने दक्षिण भारत के राजपलयम क्षेत्र से एक विशेष शिकारी नस्ल का कुत्ता मंगवाया।उसका नाम रखा गया—बल्लू।बल्लू पिक्सी से बिल्कुल अलग था।ऊँचा कद, मजबूत शरीर, तेज निगाहें और अद्‌भुत फुर्ती।पहले दिन ही उसने पूरे बंगले का निरीक्षण कर लिया था।मैंने मजाक में कहा,"लगता है यह खुद को इस घर का कमांडर समझता है।"विक्रम हँस पड़ा।"और शायद सही भी समझता है।"

बंगला जंगल और झाड़ियों से घिरे इलाके में था। आसपास जंगली सूअर अक्सर दिखाई देते थे।लेकिन बल्लू के रहते कोई जानवर बंगले की सीमा के अंदर आने की हिम्मत नहीं करता था।दिन भर वह पूरे परिसर के चक्कर लगाता रहता।कभी सामने के गेट पर बैठ जाता, कभी पीछे की झाड़ियों में गश्त लगाने निकल पड़ता।कभी चेरी के साथ कुश्ती लड़ता | विहान और बल्लू की दोस्ती भी जल्दी ही गहरी हो गई।स्कूल से लौटते ही वह आवाज लगाता, "बल्लू!" और अगले ही क्षण बल्लू दौड़ता हुआ उसके पास पहुँच जाता।

एक रात घर में डिनर पार्टी थी।कई मेहमान आए हुए थे। बातचीत, हँसी-मजाक और भोजन का कार्यक्रम देर रात तक चलता रहा।घड़ी में लगभग बारह बज रहे थे।बाहर बल्लू लगातार इधर-उधर घूम रहा था।मैंने कहा,"आज यह बहुत सतर्क लग रहा है।"विक्रम ने खिड़की से झाँककर देखा।"हाँ, शायद जंगल की तरफ कुछ हलचल है।"उस रात किसी ने उसे पिंजरे में बंद नहीं किया।हमें लगा कि खुला रहने पर वह और बेहतर निगरानी कर सकेगा।

अगली सुबह एक अजीब सन्नाटा था।आमतौर पर बल्लू सुबह-सुबह दरवाजे पर दिखाई देता था।लेकिन उस दिन वह कहीं नज़र नहीं आया।विहान ने पुकारा,"बल्लू!"कोई उत्तर नहीं।फिर जोर से पुकारा,"बल्लू...!"फिर भी कुछ नहीं।अब चिंता होने लगी।हम सब अलग-अलग दिशाओं में उसे खोजने निकल पड़े।विक्रम ने पूरे परिसर की तलाशी ली।मैंने आसपास के जंगल और रास्तों पर खोजबीन की।घंटों बीत गए।लेकिन बल्लू का कोई पता नहीं चला।

धीरे-धीरे एक आशंका मन में जन्म लेने लगी।मैंने विक्रम से कहा,"क्या संभव है कि..."वह मेरी बात पूरी होने से पहले ही समझ गया।"तेंदुआ?"हम दोनों कुछ क्षण चुप रहे।खोज जारी रही।आखिरकार बंगले की बाउंड्री के पास एक बेर के पेड़ की ऊँची शाखा पर कुछ भूरे बाल चिपके हुए दिखाई दिए।हम वहाँ पहुँचे।ध्यान से देखने पर स्पष्ट हो गया कि वे बल्लू के ही बाल थे।विक्रम लंबे समय तक उन बालों को देखता रहा।फिर धीमे स्वर में बोला,"अब समझ में आया क्या हुआ होगा।"संभवतः रात में किसी तेंदुए ने हमला किया होगा और बल्लू को घसीटकर जंगल की ओर ले गया होगा।कुछ क्षणों के लिए कोई कुछ नहीं बोला।जब यह बात विहान को बताई गई तो वह बहुत देर तक चुप रहा।फिर धीरे से बोला,"दादाजी, बल्लू वापस नहीं आएगा?"उसकी आँखों में वही प्रश्न था जो उसने पिक्सी के समय पूछा था।मैंने उसे अपने पास बैठाया।"नहीं, बेटा।"वह सिर झुकाकर बैठा रहा।कुछ देर बाद बोला,"पहले पिक्सी गया... फिर दूसरा डॉग गया... अब बल्लू भी चला गया।"उसकी आवाज भर्रा गई।आशा ने उसे गले लगा लिया।"बेटा, कुछ दोस्त हमारे साथ कम समय के लिए आते हैं, लेकिन उनकी यादें हमेशा रहती हैं।"विहान ने आँसू पोंछे और धीमे से कहा,"मैं बल्लू को कभी नहीं भूलूँगा।"सच तो यह था कि हममें से कोई भी उसे नहीं भूल सकता था।पिक्सी और बल्लू केवल पालतू कुत्ते नहीं थे; वे परिवार के सदस्य थे। उन्होंने हमारे घर को सुरक्षा दी, बच्चों को साथी दिया और जीवन को अनेक सुंदर स्मृतियाँ दीं।उनकी अनुपस्थिति ने हमें यह सिखाया कि प्रेम चाहे मनुष्य से हो या किसी पशु से—उसके बिछड़ने का दुःख हमेशा गहरा होता है। लेकिन वही प्रेम उनकी यादों को जीवन भर जीवित भी रखता है।

19

इंडियन मिलिटरी अकादमी

"हर पिता का सपना होता है कि उसका बेटा उससे आगे जाए।"

इंडियन मिलिटरी अकादमी -अक्टूबर 2024 में विक्रम की पोस्टिंग इंडियन मिलिटरी अकादमी देहरादून में हो गई|यह विशाल कैंपस करीब 1400 एकड़ में फैला है| इसमें विशाल मैदान, हरे भरे ऊंचे ऊंचे पेड़, गोल्फ ग्राउन्ड, गोल्फ कोर्स, ट्रेनिंग एरिया, व्यायामशाला, परेड ग्राउन्ड, स्वीमिंग पूल, घुड़सवारी का मैदान , सिनेमा हाल, कैफेटरिया ,खूबसूरत बंगले स्थित हैं| विहान जो चाहता था वह यहाँ सब कुछ था| सुबह वह स्कूल जाता था, शाम को कभी बेडमिंटन खेलता, कभी, गोल्फ खेलता, कभी फुटबाल खेलता| छुट्टी के दिन मेरे साथ सुबह सैर के लिए जाता| मुझसे खूब बातें करता| हम दोनो खूब बातें करते, फोटोग्राफी करते| मैं दौड़ता और उसे पकड़ने के लिए कहता| वह थक जाता तो कहता "दादू, आप बहुत दौड़ते हैं|" मैं जानबूझ कर दौड़ता ताकि वह भी दौड़े और मजबूत बने| वह पढ़ाई के साथ साथ खेलकूद प्रतियोगिताओं में भी भाग लेता था| विहान का स्कूल - दून इंटरनेशनलआई एम ए से 8 किलोमीटर दूर जंगल के बीच था |वहाँ खेलकूद की पूरी सुविधा थी|

दून इंटरनेशनल स्कूल- जब विहान का प्रवेश दून इंटरनेशनल स्कूल, देहरादून में हुआ तो धीरे-धीरे उसके कुछ मित्र बन गए। नया

स्कूल, नया वातावरण और नए साथी—सब कुछ उसके लिए रोमांचक था। लेकिन हर कहानी में एक छोटी-सी चुनौती भी होती है।एक दिन शाम को वह उदास होकर मेरे पास आया।"क्या बात है बेटा?" मैंने पूछा।वह कुछ देर चुप रहा, फिर बोला,"दादाजी, मेरी क्लास का एक लड़का मुझे बहुत परेशान करता है।""कौन?""वेदान्त कश्यप।""क्या करता है?""कभी मेरा मज़ाक उड़ाता है, कभी धक्का दे देता है, कभी मेरी सीट पर बैठ जाता है।"मैंने गौर किया कि विहान सचमुच परेशान था।"तुमने उससे लड़ाई की?""नहीं।""और टीचर से शिकायत?""एक-दो बार की, लेकिन मैं चुगली करने वाला बच्चा नहीं बनना चाहता।"मैं मुस्कुराया। उसकी बात में आत्मसम्मान भी था और संकोच भी।

वेदान्त हॉस्टल में रहता था। वह लंबा-चौड़ा, ऊँची आवाज़ में बात करने वाला और कुछ उच्छृंखल स्वभाव का लड़का था। जबकि विहान स्वभाव से शांत, विनम्र और सामान्य कद-काठी का था।उस रात मैं देर तक सोचता रहा। बच्चों के झगड़े का समाधान हमेशा डाँट या सज़ा नहीं होता। कई बार दूरी को मित्रता में बदल देना सबसे अच्छा उपाय होता है।

दोस्ती का मंत्र -अगले दिन मैं स्कूल गया और कक्षा अध्यापिका से मिला।"मैडम," मैंने विनम्रता से कहा, "मैं एक छोटी-सी सहायता चाहता हूँ।""जी बताइए।"मैंने मेज़ पर चॉकलेट का एक बड़ा पैकेट रखते हुए कहा,"इसे पूरी कक्षा में बाँट दीजिए। और यदि संभव हो तो वेदान्त और विहान को किसी गतिविधि में एक साथ रखिए। मैं चाहता हूँ कि दोनों मित्र बनें।"मैडम मुस्कुराईं।" अधिकांश अभिभावक शिकायत लेकर आते हैं, आप मित्रता का प्रस्ताव लेकर आए हैं।"मैंने हँसते हुए कहा,"बच्चे दुश्मनी लेकर पैदा नहीं होते मैडम, उन्हें दोस्ती का अवसर चाहिए।"मैडम ने आश्वासन दिया कि वे प्रयास करेंगी।

अगले दिन कक्षा में चॉकलेट बाँटी गई।"यह किस खुशी में है मैडम?" बच्चों ने पूछा।मैडम मुस्कुराकर बोलीं,"यह तुम्हारी क्लास के एक दादाजी की ओर से है, जो चाहते हैं कि पूरी कक्षा एक परिवार की तरह रहे।"फिर उन्होंने समूह गतिविधि कराई और वेदान्त तथा विहान को एक ही टीम में रख दिया।शुरू में दोनों झिझके।वेदान्त बोला,"तुम मेरे साथ काम करोगे?"विहान ने शांत स्वर में कहा,"क्यों नहीं?"धीरे-धीरे

बातचीत शुरू हुई। खेल में दोनों ने मिलकर अच्छा प्रदर्शन किया।कुछ दिनों बाद मैंने विहान से पूछा,"और बताओ, वेदान्त अब परेशान करता है?"वह मुस्कुराया।"नहीं दादाजी।""अच्छा! फिर क्या करता है?""अब तो वह मेरे साथ टिफिन भी खाता है।""सच?""हाँ, और कल उसने अपना क्रिकेट बैट भी मुझे दिया था।"मैंने संतोष की साँस ली।कुछ सप्ताह बाद स्कूल में मेरी मुलाकात वेदान्त से हुई।वह विनम्रता से बोला,"नमस्ते दादाजी।""कैसे हो बेटा?""अच्छा हूँ।"फिर धीरे से बोला,"विहान मेरा अच्छा दोस्त है।"उसके चेहरे पर जो सहजता थी, वह किसी भी शिकायत या दंड से कहीं अधिक प्रभावशाली थी।

घर लौटते समय मैंने विहान से कहा,"बेटा, याद रखना—हर बदतमीज़ बच्चा बुरा नहीं होता। कई बार वह भीतर से अकेला होता है, या उसे सही दिशा नहीं मिली होती।"विहान ध्यान से सुन रहा था।मैंने आगे कहा,"कुछ बच्चे अत्यधिक लाड़-प्यार से बिगड़ जाते हैं, कुछ उपेक्षा के कारण। हॉस्टल में रहने वाले बच्चों को घर का स्नेह कम मिलता है। कई बार वे अपनी पहचान बनाने के लिए दूसरों पर धौंस जमाने लगते हैं। लेकिन यदि उन्हें सम्मान और मित्रता मिले, तो वे बदल भी सकते हैं।""तो क्या हर दुश्मन दोस्त बन सकता है?" विहान ने पूछा।मैं मुस्कुराया।"हर नहीं, लेकिन बहुत-से बन सकते हैं। और जो समस्या प्रेम से हल हो जाए, उसे झगड़े से कभी नहीं सुलझाना चाहिए।"

विहान कुछ क्षण सोचता रहा, फिर बोला,"दादाजी, अगर उस दिन आप शिकायत करते तो शायद वेदान्त को डाँट पड़ती।""हाँ।""लेकिन आपने उसे दोस्त बना दिया।"मैंने उसके कंधे पर हाथ रखा।"बेटा, लोगों को हराना आसान है, उन्हें अपना बनाना कठिन। जीवन में कोशिश हमेशा दूसरी वाली करनी चाहिए।"उस दिन विहान मुस्कुरा रहा था, और मुझे लग रहा था कि उसने केवल एक मित्र ही नहीं पाया, बल्कि जीवन का एक महत्वपूर्ण पाठ भी सीख लिया है।

खाने का शौकीन विहान -विहान को खाने का जितना शौक है, उतना ही उसे खाना बनाने का भी शौक है। उसकी दादी उसकी पसंद के अनुसार तरह-तरह के व्यंजन बनाती रहती हैं और उसके मम्मी-पापा भी सप्ताहांत में उसे किसी अच्छे रेस्तराँ में ले जाकर उसकी मनपसंद

डिश खिलाते हैं। धीरे-धीरे उसने ऑमलेट, पराठा, चाय, कोल्ड कॉफी और मिल्क शेक बनाना भी सीख लिया है।जब मैं उसकी इस प्रतिभा को देखता हूँ तो मुझे अपना बचपन याद आ जाता है। मैं जब दस वर्ष का था, तब मुझे चूल्हा जलाना भी नहीं आता था। इसलिए जब मैं विहान को रसोई में आत्मविश्वास के साथ काम करते देखता हूँ तो मन प्रसन्न हो जाता है।

मुझे उससे जुड़ी एक पुरानी घटना याद आती है।उस दिन छुट्टी थी। आशा की तबीयत ठीक नहीं थी। उसे तेज़ बुखार था और वह बिस्तर पर आराम कर रही थी।सुबह-सुबह विहान मेरे कमरे में आया।"दादू!""हाँ बेटा?""आज हम दोनों मिलकर नाश्ता बनाएँगे।"मैंने आश्चर्य से पूछा,"हम दोनों?""हाँ।""लेकिन बेटा, मुझे तो खाना बनाना नहीं आता।"विहान ने आँखें बड़ी करके कहा,"सच?""बिल्कुल सच।"मैंने हँसते हुए कहा,"आज तो मैं इसी बहाने उपवास रखूँगा।"विहान तुरंत बोला,"नहीं! आपको उपवास नहीं रखने दूँगा। मैं आपके लिए नाश्ता बनाऊँगा।""तुम?""हाँ, मैं!"उसके आत्मविश्वास को देखकर मैं भी उत्सुक हो गया।

वह फटाफट रसोई में पहुँच गया। कभी आटा निकालता, कभी बेलन ढूँढ़ता, कभी फ्रिज खोलकर अंडे निकालता।कुछ देर बाद रसोई से अजीब-अजीब आवाज़ें आने लगीं। ठक! खटाक!छन्न! मैंने आवाज़ लगाई,"बेटा, रसोई बची हुई है या युद्ध का मैदान बन गई है?"अंदर से उत्तर आया,"दादू, महान शेफ काम कर रहा है, कृपया बाधा मत डालिए!"मैं अपनी हँसी नहीं रोक पाया।करीब आधे घंटे बाद वह बड़ी शान से एक प्लेट लेकर आया।"दादू, आपका नाश्ता तैयार है।मैंने प्लेट की ओर देखा।उसमें एक ऑमलेट था और उसके साथ एक पराठा।लेकिन पराठे का आकार देखकर मैं कुछ क्षण चुप रह गया।फिर मेरी हँसी छूट गई।"क्या हुआ, दादू?" मैंने पराठे की ओर इशारा किया।"बेटा, यह पराठा है या भूगोल की किताब का नक्शा?"विहान ने गौर से देखा।"क्यों? यह गोल कम और बांग्लादेश का नक्शा ज़्यादा लग रहा है!"विहान भी हँस पड़ा।"पहली बार बनाया है न दादू, इसलिए गोल नहीं बना।"मैंने उसकी प्रशंसा करते हुए कहा,"अच्छी बात है ,तुमने बनाने की कोशिश

तो की है| फिर उसने प्लेट मेरी ओर बढ़ाई।"लो दादू, खाइए।"मैंने सिर हिलाया।"नहीं बेटा, मैं उपवास ही रखूँगा।तुम खा लो |"

उसने बड़े चाव से पराठे का टुकड़ा तोड़ा, ऑमलेट के साथ खाया और गर्व से बोला,"मुझे तो बहुत अच्छा लग रहा है।"मैं उसे देखता रहा।उस छोटे-से बच्चे के चेहरे पर आत्मविश्वास था, संतोष था और सबसे बढ़कर अपनी बीमार दादी की चिंता थी।कुछ देर बाद वह धीरे से आशा के कमरे में गया।"दादी, आप आराम करो। मैंने नाश्ता बना लिया है।"आशा ने मुस्कुराकर उसके सिर पर हाथ फेरा।"सच?""हाँ। और दादू खाने से डर रहे हैं।"आशा हँस पड़ी।

मैं दरवाजे पर खड़ा यह दृश्य देख रहा था।उस दिन मुझे महसूस हुआ कि बच्चे केवल बड़े नहीं होते, वे धीरे-धीरे जिम्मेदार भी बनते हैं। पराठा चाहे गोल न बना हो, उसका आकार चाहे बांग्लादेश के नक्शे जैसा रहा हो, लेकिन उसके पीछे जो प्रेम, संवेदना और पहल थी, वह किसी पाँच सितारा होटल के नाश्ते से कहीं अधिक मूल्यवान थी।छोटे बच्चों की ऐसी पहल सचमुच सराहनीय होती है। वे हमें सिखाते हैं कि किसी काम को पूरी तरह जानना आवश्यक नहीं, आवश्यक है मदद करने का भाव और प्रयास करने का साहस।

हिन्दी प्रेमी विहान - मैंने अक्सर देखा है कि कॉन्वेंट स्कूलों में पढ़ाई का माध्यम अंग्रेज़ी होता है। वहाँ हिन्दी विषय को उतना महत्व नहीं दिया जाता जितना अन्य विषयों को। छोटी उम्र में ही बच्चों के मन में यह धारणा बैठ जाती है कि हिन्दी तो बस पास होने के लिए पढ़नी है। परिणाम यह होता है कि वे गणित, विज्ञान और अंग्रेज़ी में अच्छे अंक लाते हैं, पर हिन्दी में किसी तरह पास होने भर का प्रयास करते हैं।

जब विक्रम ने देखा कि विहान की हिन्दी में रुचि कम होती जा रही है, तो उसने एक दिन मुझसे कहा, "पापा, आप विहान को हिन्दी और अंग्रेज़ी दोनों पढ़ाइए।"मैं सेना से सेवानिवृत्त , हिन्दी का लेखक और अनुवादक भी, मुझे लगा जैसे किसी ने मेरी मनचाही जिम्मेदारी मेरे हाथ में सौंप दी हो।"ठीक है," मैंने कहा, "अब विहान की हिन्दी की कमान मेरे हाथ में।"

उस दिन से मेरी और विहान की कक्षाएँ शुरू हो गईं। पढ़ाई कम और हँसी-मज़ाक ज़्यादा होता था। कभी मैं उसे कहानियाँ सुनाता, कभी शब्दों के अर्थ पूछता।धीरे-धीरे उसमें आशाजनक सुधार दिखाई देने लगा।लेकिन तभी मुझे दस महीने के लिए पुणे जाना पड़ा। जाने से पहले मैंने उससे कहा, "बेटा, हिन्दी पढ़ना मत छोड़ना।"वह बड़े आत्मविश्वास से बोला, "दादाजी, आप चिंता मत करो। मैं रोज़ हिन्दी पढ़ूँगा।"पुणे में रहते हुए वह कभी-कभी फोन करता।"दादाजी, मैं हिन्दी पढ़ता हूँ।""अच्छा! क्या पढ़ते हो?""मम्मी पढ़ाती हैं।"उसकी बात सुनकर मुझे खुशी होती थी।

दस महीने बाद जब मैं वापस देहरादून लौटा, तो उत्साह से मैंने पूछा, "चलो बेटा, हिन्दी की किताब लाओ।"विहान किताब ले आया।मैंने कहा, "अच्छा बताओ, यह कौन-सा अक्षर है?"वह मुझे देखने लगा।"और यह? वह फिर चुप।मुझे आश्चर्य हुआ। थोड़ी देर में पता चला कि महाशय हिन्दी के कई वर्ण ही भूल चुके हैं!मैंने माथा पकड़ लिया।विहान मुस्कुराकर बोला, "दादाजी, शायद ये अक्षर छुट्टियों पर चले गए थे।"मैं हँस पड़ा।खैर, तीन दिन की मेहनत में सारे वर्ण फिर से याद हो गए और हमारी हिन्दी की कक्षाएँ पुनः शुरू हो गईं।

एक दिन मैं उसे शब्दों के अर्थ समझा रहा था।मैंने पूछा, "विहान, 'बड़प्पन' का क्या अर्थ होता है?"उसने बिना एक पल गंवाए उत्तर दिया,"दादाजी, बड़प्पन कर्नाटक का था। वह चंदन की लकड़ी की तस्करी करता था!"मैं कुछ क्षण उसे देखता रह गया। फिर मेरी ऐसी हँसी छूटी कि पेट पकड़कर बैठ गया।"अरे बुद्धू!" मैंने हँसते हुए कहा, "वह 'वीरप्पन' था, 'बड़प्पन' नहीं।"

विहान भी खिलखिलाकर हँस पड़ा।मैंने समझाया, "बड़प्पन का अर्थ होता है महानता, उदारता, क्षमा करने की भावना।""मतलब?" "मतलब जब तुम रात में सोते-सोते मुझे लात मार देते हो और मैं तुम्हें डाँटता नहीं, तो वह मेरा बड़प्पन है।"विहान ने तुरंत कहा,"तो दादाजी, अगर मैं आज फिर लात मारूँ तो आप फिर बड़प्पन दिखाओगे?"अब हँसने की बारी उसकी थी और मैं उसे घूरने का नाटक करने लगा।

पुस्तक प्रेमी - विहान को पुस्तक पढ़ने की आदत है पर वो ज्यादातर अंग्रेजी भाषा की किताबें ही पढ़ता था |एक दिन मैंने उससे पूछा, "बताओ, 'लेखक' किसे कहते हैं?"वह कुछ देर सोचता रहा, फिर बोला,"जो बहुत सारी किताबें लिखता है।""और तुम्हारे घर में लेखक कौन है?"उसने गर्व से मेरी ओर उंगली उठाई,"मेरे दादाजी!""तो क्या तुमने मेरी कोई किताब पढ़ी है?""नहीं।""फिर तुम्हें कैसे पता कि मैं लेखक हूँ?"वह थोड़ी देर सोचता रहा और बोला,"क्योंकि घर में जितनी भी हिन्दी की किताबें हैं, उन पर आपका ही नाम लिखा है!"उसकी बात सुनकर मैं मुस्कुरा दिया।उस दिन मैंने अपनी एक पुस्तक "शौर्यगाथा" उसे पढ़ने के लिए दी। पहले तो उसने आनाकानी की, पर जब पढ़ना शुरू किया तो कहानी में ऐसा खोया कि अगले दिन स्वयं मेरे पास आकर बोला,"दादाजी, बहुत अच्छा लगा।अगर आप इसे इंग्लिश में अनुवाद कर दें तो मैं अपने दोस्तों को गिफ्ट करूंगा|" मैंने उससे वादा किया कि मैं ट्रांसलेट करूंगा|

एक दिन उसने बड़े गर्व से अपने पिता से कहा,"पापा, अब मैं दादाजी की किताब खुद पढ़ लेता हूँ।"उसकी बात सुनकर मेरे मन में एक अनोखा संतोष भर गया। मुझे लगा कि मैंने केवल उसे हिन्दी पढ़ना ही नहीं सिखाया, बल्कि उसे अपनी भाषा, अपनी संस्कृति और अपने साहित्य से भी जोड़ दिया है।एक लेखक के लिए इससे बड़ा पुरस्कार और क्या हो सकता है?

20

दून स्कूल देहरादून

"शिक्षा और संस्कार मिलकर श्रेष्ठ नागरिक बनाते हैं।"

मार्च 2026 -विक्रम और श्रुति दोनो चाहते थे कि विहान की पढ़ाई स्थायी रूप से एक ही स्कूल में हो| सेना में सर्विस के दौरान हर दो वर्ष में उनकी पोस्टिंग होने की वजह से विहान को भी मूव करना पड़ता था, उसके दोस्त भी बदल जाते थे | उन्होंने फैसला किया कि विहान का एडमिसन देश के सबसे टॉप स्कूल 'दून स्कूल' में कराया जाए| इस स्कूल की फीस सन 2026 में करीब 15 लाख सालाना थी| चूंकि विक्रम और श्रुति सेना में लेफ्टिनेंट कर्नल रैंक के अधिकारी थे और वो अपने इकलौते बच्चे के लिए इतना खर्च वहन कर सकते थे| विहान ने स्कूल की प्रवेश परीक्षा दी और अपनी राइटिंग व फर्राटेदार इंग्लिश स्पीकिंग पावर और सेल्फ कॉन्फिडेंस की वजह से स्कूल की टॉप 5 स्टूडेंट्स की मेरिट लिस्ट में प्रथम स्थान पर आया| जिसकी वजह से सालाना फीस में भी कुछ छूट मिल गई |

विहान का विदाई समारोह - विहान के दून स्कूल हॉस्टल में जाने के करीब 45 दिन पहले ही आशा और मैं पुणे से देहरादून आ गए ताकि अधिक से अधिक समय अपने प्यारे पोते के साथ बीता सकें| इसी बीच विहान के नाना -नानी भी केरलम से देहरादून आ गए | 27 मार्च 2026 की शाम को देहरादून के 5 स्टार Marriott Hotel में विहान के लिए शानदार विदाई पार्टी का आयोजन किया गया| उस यादगार पार्टी में

विहान के नाना -नानी, मम्मी-पापा, आशा और मैं शामिल थे| विहान ने विदाई समारोह में शानदार संक्षिप्त विदाई भाषण दिया जिसे सुनकर मुझे गर्व भी हुआ और मेरी आँखें भर आई| उसके शब्द कुछ इस तरह थे-

गुड इवनिंग एवरीवन।

आज मैं बहुत खुश भी हूँ और थोड़ा भावुक भी। खुश इसलिए हूँ क्योंकि मुझे दून स्कूल जैसे प्रतिष्ठित विद्यालय में पढ़ने का अवसर मिला है, और भावुक इसलिए हूँ क्योंकि मुझे अपने परिवार से दूर हॉस्टल में रहना होगा।

मैं अपने मम्मी-पापा का धन्यवाद करना चाहता हूँ, जिन्होंने हमेशा मुझे अच्छा इंसान बनने की शिक्षा दी। मैं अपने दादू और दादी का विशेष धन्यवाद करता हूँ। जब मम्मी-पापा अपनी ड्यूटी में व्यस्त रहते थे, तब इन्होंने मुझे केवल संभाला ही नहीं, बल्कि मुझे जीवन की बहुत सारी बातें भी सिखाईं।दादू ने मुझे साइकिल चलाना, तैरना, प्रकृति से प्रेम करना और हर दिन कुछ नया सिखाया। दादी ने मुझे प्यार, अनुशासन और परिवार का महत्व सिखाया।मैं अपने नाना-नानी का भी धन्यवाद करता हूँ, जिनका प्यार आशीर्वाद हमेशा मेरे साथ रहा है।मैं वादा करता हूँ कि जहाँ भी रहूँगा, आप सबके संस्कारों को अपने साथ लेकर चलूँगा और ऐसा काम करूँगा जिस पर आप सबको गर्व हो।

थैंक यू एवरीवन।

भाषण समाप्त होते ही हॉल तालियों से गूँज उठा। लेकिन मेरी आँखें नम हो गईं। मुझे लग रहा था कि कल तक जो बच्चा मेरी उँगली पकड़कर चलता था, आज वह मंच पर खड़ा होकर आत्मविश्वास से अपनी बात कह रहा है। मुझे उसके भाषण को सुनकर गर्व हो रहा था|

विदाई का दिन - आखिर 29 मार्च 2026 का दिन भी आ गया जब विहान को दून स्कूल के हॉस्टल में जाना था| सुबह का वातावरण असामान्य रूप से शांत था।घर में सब लोग थे, लेकिन कोई अधिक बात नहीं कर रहा था।श्रुति बार-बार विहान के कपड़े, किताबें और हॉस्टल की सूची देख रही थी।विक्रम खिड़की के पास खड़ा बाहर देख रहा था।मैं समझ रहा था कि दोनों की स्थिति क्या है।मुझे बरसों पहले का वह दिन याद आ रहा था जब मैंने विक्रम को पहली बार बेलगाम सैनिक स्कूल के

हॉस्टल में छोड़ा था। तब मैं बाहर से मजबूत दिख रहा था, लेकिन भीतर से टूट रहा था।आज इतिहास स्वयं को दोहरा रहा था।

अचानक श्रुति की आवाज़ आई,"विहान, बेटा सब सामान रख लिया न?" "हाँ मम्मी।" "टूथब्रश?" "हाँ।" "स्पोर्ट्स शूज़?" "हाँ।" "जैकेट?" "हाँ मम्मी, तीन बार चेक कर चुका हूँ।"सब हल्का सा मुस्कुरा दिए।लेकिन मुस्कान के पीछे छिपा दर्द कोई नहीं छिपा पा रहा था।कुछ देर बाद गाड़ी आकर दरवाजे पर खड़ी हो गई।अब वह क्षण आ गया था जिससे सभी बचना चाहते थे।

विहान की माँ श्रुति का दिल फटा जा रहा था| विक्रम भी उतना ही अंदर से रो रहा था जैसा कि मैंने उसे पहली बार मिलिटरी स्कूल बेलगाम के हॉस्टल में विदा करने के बाद रोया था| अब जाने का समय हो गया था| विहान के नाना -नानी आशा और मैं चारों एक लाइन में खड़े थे| विहान धीरे-धीरे हमारी ओर आया।सबसे पहले उसने अपने नाना फिर नानी के चरण छुए।नानी ने उसे गले लगाकर कहा,"खाना समय पर खाना।""जी, नानी।"फिर वह आशा के पास आया।"दादी... "इतना कहकर वह चुप हो गया।आशा ने उसे कसकर गले लगा लिया। "शरारत कम करना।""कोशिश करूँगा।""और पढ़ाई?""वो भी करूँगा।"दोनों हँसने की कोशिश कर रहे थे, लेकिन उनकी आँखें नम थीं।अब वह मेरे सामने खड़ा था।मैंने देखा कि उसका चेहरा भी गंभीर हो गया था।उसने झुककर मेरे चरण स्पर्श किए।मैंने उसे उठाकर सीने से लगा लिया।कुछ क्षण तक हम दोनों कुछ नहीं बोले।फिर मैंने कहा,"याद है बेटा, मैं हमेशा क्या कहता हूँ?"उसने धीमे से उत्तर दिया,"अच्छा इंसान बनना है।" "बिल्कुल।" "दादू, मैं कोशिश करूँगा।"मैंने उसके माथे को चूम लिया।"मुझे पता है, तुम बनोगे ।"मेरी आवाज़ भर्रा गई थी।

हम सब गाड़ी तक उसके साथ चलने लगे।तभी वह अचानक रुक गया।उसने हमारी ओर देखा।फिर बोला,"दादू, आप लोग स्कूल मत आइए।"मैंने पूछा,"क्यों?"उसने कुछ क्षण चुप रहकर उत्तर दिया,"अगर आप लोग वहाँ आएँगे तो मैं रो पड़ूँगा।"एक पल के लिए सबकी आँखें भर आईं।श्रुति ने अपना चेहरा दूसरी ओर घुमा लिया।विक्रम ने होंठ भींच लिए।आशा की आँखों से आँसू बह निकले।मैंने उसके कंधे पर हाथ

रखकर कहा,"ठीक है बेटा, हम यहीं से विदा करेंगे।"वह मुस्कुराने की कोशिश करते हुए बोला,"थैंक यू, दादू।"फिर वह गाड़ी में बैठ गया।गाड़ी धीरे-धीरे आगे बढ़ने लगी।वह शीशा नीचे करके हाथ हिला रहा था।"बाय दादू!""बाय दादी!""बाय नाना!""बाय नानी!"हम भी हाथ हिला रहे थे।

गाड़ी मोड़ पर पहुँची।एक आखिरी बार उसका हाथ दिखाई दिया।फिर वह ओझल हो गया।कुछ क्षण तक हम वहीं खड़े रहे।किसी ने कुछ नहीं कहा।मैं दूर जाती सड़क को देखता रहा।फिर धीरे से बोला,"कल तक जो बच्चा हमारी उँगली पकड़कर चलता था, आज अपने सपनों की ओर अकेला चल पड़ा है।" मुझे ऐसा लगा जैसे कोई मेरे कलेजे को शरीर से निकाल कर ले जा रहा हो|आशा ने आँसू पोंछते हुए कहा,"यही तो जीवन है।"

मैंने आकाश की ओर देखा और मन ही मन प्रार्थना की—"**हे भगवान, इस बच्चे को इतना बड़ा बनाना कि इसकी सफलता से अधिक इसके संस्कारों पर हमें गर्व हो।**"उस दिन हम सबकी आँखें नम थीं, लेकिन उन आँसुओं में दुःख से अधिक गर्व था। क्योंकि एक बालक घर से विदा नहीं हो रहा था, वह अपने भविष्य की ओर पहला बड़ा कदम बढ़ा रहा था।

विहान को मेरा पहला पत्र -विहान को हॉस्टल में गए हुए 20 दिन बीत गए थे| स्कूल में शुरुआत में बच्चों को फोन रखने की इजाजत नहीं थी| लैंड लाईन से बात करने की सुविधा थी पर वह भी एक महीने बाद|घर में एक सन्नाटा सा छा गया था| चारो तरफ खाली खाली सा लगा रहा था|उसके कमरे में जाता तो मुझे रोना आता था | हमेशा अपनी छोटी छोटी शरारतों और क्रियाकलापों से हमें खुश रखने वाला बच्चा हमसे दूर था| अंततः रहा नहीं गया और मैं बैठ गया अपनी पेन और पेपर लेकर विहान को चिट्ठी लिखने| विहान को मेरे जीवन की यह पहली चिट्ठी है :-

इंडियन मिलिटरी अकादमी, देहरादून

17 अप्रैल 2026

विहान नायर, कक्षा – VII

नं. 442, जयपुर हाउस

दून स्कूल, देहरादून

प्रिय पोते विहान,

तुम्हें दून स्कूल में दाखिला लिए आज बीस दिन हो गए हैं, लेकिन ऐसा एक भी दिन नहीं बीता जब तुम्हारी याद मेरे मन में न आई हो। जब भी मैं तुम्हारे कमरे में जाता हूँ, वहाँ रखी हर छोटी-बड़ी चीज़ मुझे तुम्हारे भोले चेहरे और तुम्हारी शरारती हरकतों की याद दिला देती है। तुम्हारी पेंसिल से बनाई हुई तस्वीर, खिलौना हवाई जहाज़, तुम्हारे मेडल, कंप्यूटर और यहाँ तक कि वह पानी वाली बंदूक भी, जिससे तुम बंदरों को भगाया करते थे—सब जैसे चुपचाप तुम्हारी वापसी की प्रतीक्षा कर रहे हैं।

तुम्हारी अनुपस्थिति मुझे बहुत खलती है। ऐसा लगता है जैसे मेरे हृदय का एक हिस्सा मुझसे दूर चला गया हो। मैं अक्सर सोचता हूँ कि मैं तुम्हें अपनी चीज़ें व्यवस्थित रखने के लिए बार-बार टोका करता था। कभी-कभी शायद मैं थोड़ा अधिक सख्त भी हो जाता था। यद्यपि मैं इसके लिए तुमसे पहले ही क्षमा माँग चुका हूँ, फिर भी आज मुझे उसका पछतावा होता है। अब मुझे महसूस होता है कि तुम अभी एक बच्चे हो और इस उम्र में मुझे तुमसे इतनी अधिक अनुशासनप्रियता की अपेक्षा नहीं करनी चाहिए थी।

परसों तुम्हारी दादी अचानक भावुक होकर रोने लगीं। जब मैंने उनसे कारण पूछा तो उन्होंने केवल इतना कहा, "विहान की याद आ रही है।"मैंने उन्हें समझाने की कोशिश की। मुझे वह समय याद आ गया जब हमने तुम्हारे पापा विक्रम और चाचा संग्राम को पहली बार बोर्डिंग स्कूल में छोड़ा था। उस समय मैं स्वयं एक छोटे बच्चे की तरह रो पड़ा था और तुम्हारी दादी ही मुझे ढाढ़स बँधा रही थीं। आज हम दोनों उसी खालीपन को महसूस कर रहे हैं।हमें तुम्हारी हर बात याद आती है—नींद में हमें लात मारना, मेरे साथ कुश्ती करना, गले लग जाना और सुबह उठते ही मुस्कुराकर "गुड मॉर्निंग" कहना।कहा भी जाता है कि "मूलधन से ब्याज अधिक प्रिय होता है।" तुम हमारे लिए वही प्रिय "ब्याज" हो, जो हमारे जीवन की सबसे अनमोल पूँजी है।

मुझे आशा है कि तुम अपने नए विद्यालय और हॉस्टल के वातावरण में अच्छी तरह से घुल-मिल गए होगे और अपने नए मित्रों

के साथ खुश होगे। पढ़ाई के साथ-साथ यह भी याद रखना कि तुम्हारा विद्यालय, तुम्हारे शिक्षक और तुम्हारे मित्र तुम्हारे व्यक्तित्व और भविष्य को आकार देने में महत्वपूर्ण भूमिका निभाएँगे। इसलिए हमेशा विनम्र, मित्रवत और समझदार बने रहना।

अपनी रुचियों और शौक को भी जारी रखना। वे तुम्हारे ज्ञान को बढ़ाएँगे और तुम्हें जीवन में आनंद देंगे। बड़े सपने देखो, कठिन परिश्रम करो और अपने लक्ष्यों के प्रति समर्पित रहो। साथ ही जीवन का आनंद लेना भी मत भूलो। जो भी काम करो, पूरे मन, ईमानदारी और लगन से करो।हमेशा अपने माता-पिता के त्याग और परिश्रम को याद रखना। उन्होंने तुम्हारे उज्ज्वल भविष्य के लिए बहुत कुछ किया है।

तुम वास्तव में भाग्यशाली हो कि तुम्हें देश के इतने प्रतिष्ठित विद्यालय में पढ़ने का अवसर मिला है। इस अवसर का भरपूर लाभ उठाओ और अपने लिए एक उज्ज्वल, सार्थक और सफल भविष्य का निर्माण करो।ईश्वर तुम्हें सदैव स्वस्थ, प्रसन्न और सफल रखे।ढेर सारे प्यार और हार्दिक आशीर्वाद सहित,

तुम्हारा दादू ,राम प्रताप सिंह

21

परवरिश का संघर्ष

"बच्चों की हर कामयाबी के पीछे एक पिता का अनदेखा संघर्ष छिपा होता है|"

मेरी पीढ़ी का बचपन -हर पीढ़ी का अपना संघर्ष होता है, मेरा भी था। मेरी परवरिश 1960 और 1970 के दशक में हुई। वह भारत का एक अलग ही दौर था। देश को आज़ाद हुए अभी बारह-तेरह वर्ष ही हुए थे। आज़ादी की खुशबू अभी ताज़ा थी, लेकिन विभाजन का दर्द, युद्धों की चुनौतियाँ, गरीबी और अभाव भी उतने ही वास्तविक थे।

मेरे बचपन तक आते-आते भारत 1948, 1962, 1965 और 1971 के युद्धों का सामना कर चुका था। देश आर्थिक रूप से संघर्ष कर रहा था। गाँवों में इसका असर साफ दिखाई देता था। 1965 के युद्ध के बाद जब देश में खाद्यान्न संकट गहरा गया, तब प्रधानमंत्री लाल बहादुर शास्त्री ने "एक समय भोजन" का आह्वान किया। उस समय यह केवल सरकारी अपील नहीं थी, बल्कि करोड़ों भारतीयों की मजबूरी भी थी। घर के वयस्क तो एक समय भोजन करते थे, पर हम बच्चों को तीनों टाइम भोजन देते थे ! ऐसे हालातों में भी हमारे माता-पिता ने हमें पाला|

हमारे घर में जो खेत पैदा होता था , वही हमारी थाली में आता था—ज्वार, बाजरा, मक्का, गेहूँ और चना। रात की बची हुई रोटियों पर सरसों का तेल और नमक लगाकर सुबह बच्चों को खिला दिया जाता था। दूध, दही और घी हर घर की चीज़ नहीं थे; जिनके घर में ये उपलब्ध

होते थे, वे सचमुच संपन्न माने जाते थे।आज के बच्चों की तरह हमारे पास रंग-बिरंगे टिफिन बॉक्स नहीं होते थे। स्कूल जाने से पहले पेट भर खाना खा लेते थे और फिर शाम को घर लौटकर ही भोजन मिलता था।

मुझे अच्छी तरह याद है कि मैंने पहली कक्षा से लेकर पाँचवीं तक स्कूल नंगे पैर जाकर पढ़ाई की।पैरों में कांटे घुसे ही रहते थे| माँ शाम को निकालती पर सुबह या दिन में नंगे पैर गलियों में भागते दौड़ते फिर कांटे लग जाते थे | जूते या चप्पल पहनना हमारे लिए विलासिता की चीज़ थी। स्कूल में कोई यूनिफॉर्म नहीं होती थी। कोई पट्टेदार कपड़े की चड्डी पहनकर आता, कोई हाफ पैंट में और कोई पायजामे में।

कंधे पर एक कपड़े का बस्ता टंगा रहता था, जिसमें दो-तीन किताबें और सबसे महत्वपूर्ण वस्तु—लकड़ी की पाटी या स्लेट होती थी। उसी पर चाक से लिखते थे, उसी पर गणित के सवाल हल करते थे और कभी-कभी वही पाटी मास्टर जी अपना गुस्सा जाहिर करने के लिए हमारी पीठ पर इस्तेमाल करते थे ।उस समय शिक्षकों की पिटाई को शिक्षा का आवश्यक हिस्सा माना जाता था। हमारे मास्टर जी बच्चों के कान ऐसे खींचते थे कि कुछ देर के लिए वे गौतम बुद्ध के कानों जैसे प्रतीत होने लगते थे। चेहरे पर झापड़ पड़ते तो गाल लाल बंदर जैसे हो जाते थे।

गाँव की माताएँ भी कम चतुर नहीं थीं। उन्होंने इसका उपाय खोज लिया था। सुबह बच्चों को नहलाकर सिर से पैर तक सरसों का तेल चुपड़ देती थीं। तेल की वजह से मास्टर जी बाल पकड़ नहीं पाते थे और थप्पड़ मारने में भी उन्हें झिझक होती थी।हालाँकि इसका मतलब यह नहीं था कि सज़ा से मुक्ति मिल गई। तब मास्टर जी बच्चे को "मुर्गा" बना देते थे या दीवार की ओर मुँह करके खड़ा कर देते थे।

आज सोचता हूँ तो लगता है कि उस दौर में बच्चों के आत्मसम्मान की चिंता कम और अनुशासन की चिंता अधिक की जाती थी। जो शिक्षक जितना अधिक पीटता था, उसे उतना ही सख्त और अच्छा शिक्षक माना जाता था।

गाँव में पढ़ाई का भी अपना अलग माहौल था। जो बच्चा सुबह-सुबह ऊँची आवाज़ में पाठ रटता था, उसे बड़ा पढ़ाकू माना जाता था। उसकी आवाज़ पड़ोसियों के घरों तक पहुँचती थी और राह चलते लोग कहते

थे—"देखो, लड़का बड़ा होनहार है।"यदि कोई विद्यार्थी प्रथम श्रेणी में पास हो जाए तो केवल उसका ही नहीं, पूरे परिवार का सम्मान बढ़ जाता था।

गणित मेरे लिए हमेशा संकट का विषय रहा। उसकी वजह से मुझे मास्टर जी से खूब मार पड़ी। हालाँकि उस पिटाई ने मुझे महान गणितज्ञ तो नहीं बनाया, लेकिन जीवन की कठिनाइयाँ सहने की आदत ज़रूर डाल दी। शायद उसी ने आगे चलकर मुझे एक मजबूत सैनिक बनने में मदद की।

रिश्तेदारों के घर जाना भी किसी परीक्षा से कम नहीं होता था।"कौन-सी कक्षा में पढ़ते हो?""तीसरी में।""अच्छा, नौ का पहाड़ा सुनाओ।"मैं आत्मविश्वास से शुरू करता—"नौ एकम नौ, नौ दूनी अठारह, नौ तिया चौबीस...""अरे मूर्ख! नौ तिया सत्ताईस होता है!"

फिर अगला प्रश्न आता—"अगर पेड़ पर दस चिड़ियाँ बैठी हैं और एक को बंदूक से मार दिया जाए तो कितनी बचेंगी?"मैं गर्व से कहता—"नौ।"सामने वाले सज्जन विजयी मुस्कान के साथ कहते—"गलत! गोली चलने की आवाज़ सुनकर बाकी सब उड़ जाएँगी।"मेरी गणित और तर्कशक्ति दोनों धराशायी हो जातीं और उन्हें अपार संतोष प्राप्त होता।

साल में एक-दो बार गाँव के पास मेला लगता था। मेले के लिए चार आने या चवन्नी मिल जाना किसी खजाने से कम नहीं था।उस चवन्नी से मैं गन्ना खरीदता, गुड़ और चावल के लड्डू खाता, बाँस की फिरंगी खरीदता और झूले का आनंद लेता। बाद में जब राशि बढ़कर एक रुपया हुई, तब मुझे लगा कि मैं गाँव का सबसे धनी बालक बन गया हूँ।

घर में मेहमानों का आना भी उत्सव जैसा होता था। कारण था विदाई के समय मिलने वाला पच्चीस या पचास पैसे का सिक्का।जैसे ही सिक्का हाथ में आता, मैं बनिए की दुकान की ओर दौड़ पड़ता और पिपरमेंट की गोलियाँ, मूंगफली या गुड़ की पाग खरीद लाता।

कपड़ों की कहानी भी रोचक थी। साल में केवल किसी शादी या विशेष अवसर पर नए कपड़े बनते थे, वह भी तब जब पुराने कपड़ों में इतने पैबंद लग चुके हों कि दर्जी भी हार मान जाए।तेरह वर्ष की उम्र में पहली बार

फुल पैंट पहनने का सौभाग्य मिला। वह भी नई नहीं, मेरे चाचा द्वारा अस्वीकृत की गई पैंट थी। उसे अपने नाप के अनुसार अल्टर करवाकर मैं ऐसे पहनता था जैसे कोई राजकुमार अपना राजसी परिधान पहन रहा हो।लेकिन हमारे बचपन की सबसे बड़ी संपत्ति न कपड़े थे, न खिलौने और न पैसे।हमारी सबसे बड़ी संपत्ति थी—हमारी आज़ादी।

स्कूल से लौटते ही बस्ता घर के किसी कोने में फेंक दिया जाता और हम गली में गायब हो जाते।लुका-छिपी, चोर-सिपाही, गिल्ली-डंडा, छुक-छुक रेल, पेड़ों पर चढ़ना, पड़ोसियों की बाड़ी से खीरा चुराकर खाना, जंगलों में बेर, करौंदा, महुआ और आँवला ढूँढ़ना—यही हमारा मनोरंजन था।

गर्मियों की दोपहर में नंगे पैर तपती धरती पर दौड़ते हुए तालाब पहुँचना, पेड़ की डाल से पानी में छलांग लगाना, तैराकी सीखना और तालाब को आर-पार करने की प्रतियोगिता करना हमारे लिए किसी ओलंपिक से कम नहीं था।

आज के बच्चों के पास मोबाइल, इंटरनेट और वीडियो गेम हैं। हमारे पास नंगे पैर दौड़ने की आज़ादी थी, मिट्टी की खुशबू थी, पेड़ों की छाँव थी और दोस्तों के साथ बिताई गई अनगिनत यादें थीं।हमारे पास बहुत कुछ नहीं था, लेकिन जो था, उसमें जीवनभर की खुशियाँ समाई हुई थीं।

मेरे बच्चों की पीढ़ी का बचपन -यदि मेरी पीढ़ी का बचपन अभावों में बीता था, तो मेरे बच्चों की पीढ़ी का बचपन अवसरों के बीच बीता। उनका बचपन मुख्यतः 1990 और 2000 के दशक का था—एक ऐसा समय जब भारत तेजी से बदल रहा था। उदारीकरण का दौर शुरू हो चुका था, नए स्कूल खुल रहे थे, कंप्यूटर घरों में प्रवेश कर रहे थे और मध्यम वर्ग अपने बच्चों के लिए बड़े सपने देखने लगा था।

मैं सेना में था। वेतन इतना था कि परिवार का गुजारा सम्मानपूर्वक हो जाता था, लेकिन बहुत अधिक बचत नहीं हो पाती थी। मैं स्वयं सरकारी स्कूल में पढ़ा था, जहाँ फीस नाममात्र की थी या बिल्कुल नहीं लगती थी। इसलिए जब मेरे बच्चों का स्कूल जीवन शुरू हुआ तो मुझे पहली बार समझ में आया कि शिक्षा कितनी महँगी हो चुकी है।

नर्सरी में प्रवेश के साथ ही खर्चों का सिलसिला शुरू हो गया-स्कूल की फीस,एडमिशन फीस,वार्षिक शुल्क,यूनिफॉर्म,टाई,जूते,स्कूल बैग,किताबें,कॉपियाँ,पेन, पेंसिल और रंग-बिरंगे स्केच पेन।हर वर्ष नई सूची आती और उसके साथ नए खर्च भी।मैं अक्सर आशा से मजाक में कहता,"लगता है बच्चों की पढ़ाई नहीं, किसी छोटी कंपनी का बजट चला रहे हैं।"वह मुस्कुराकर जवाब देती,"अभी तो शुरुआत है। आगे देखिए क्या होता है।"और सचमुच आगे खर्च बढ़ते ही गए।

जैसे-जैसे बच्चे बड़ी कक्षाओं में पहुँचे, उनकी जरूरतें भी बढ़ती गईं। फिर वह समय आया जब उन्हें बोर्डिंग स्कूल भेजने का निर्णय लिया गया। यह निर्णय आसान नहीं था। एक ओर बच्चों का भविष्य था, दूसरी ओर मेरी सीमित आय।जब उनकी फीस, हॉस्टल शुल्क और अन्य खर्चों का हिसाब लगाया तो मुझे लगा मानो मेरी आधी तनख्वाह सीधे स्कूल के खाते में चली जाती हो।कई बार महीने के अंत में जेब खाली हो जाती थी।अपना जमा फंड निकालना पड़ा।भविष्य निधि से पैसे लेने पड़े।बैंक से ऋण लेना पड़ा।अपने कई व्यक्तिगत शौक और आवश्यकताएँ टालनी पड़ीं।बचत लगभग शून्य हो गई।लेकिन जब भी मन में चिंता आती, मैं स्वयं से कहता—"पैसा फिर आ जाएगा, लेकिन बच्चों का बचपन और शिक्षा वापस नहीं आएगी।"

आज पीछे मुड़कर देखता हूँ तो लगता है कि वह निर्णय सही था।जब बच्चे मिलिटरी स्कूल और आर्मी पब्लिक स्कूल पहुँचे तो उनके सामने अवसरों की एक नई दुनिया खुल गई।जिन गलियों में मैं खेला था, उनकी जगह उन्हें विशाल खेल मैदान मिले।जिस तालाब में मैंने तैरना सीखा था, उसकी जगह उन्हें आधुनिक स्विमिंग पूल मिले।जहाँ मैं गिल्ली-डंडा खेलता था, वहाँ वे हॉकी, फुटबॉल, बास्केटबॉल और एथलेटिक्स सीख रहे थे।जहाँ मैंने लालटेन और चिमनी की धुँधली रोशनी में पढ़ाई की थी, वहाँ वे टेबल लैंप और ट्यूबलाइट की उजली रोशनी में पढ़ रहे थे।जहाँ मेरे पास केवल तीन-चार किताबें थीं, वहाँ उनके पास पुस्तकालय था।जहां मेरे पास दो जोड़ी कपड़े होते थे वहाँ उनके पास छः जोड़ी कपड़े थे, जहां नंगे पैर स्कूल जाता था वो टाई लगाकर चमकते हुए जूते पहनकर स्कूल जाते थे, जहाँ मैंने अंग्रेज़ी छठी कक्षा में सीखी थी, वहाँ वे नर्सरी से अंग्रेज़ी

बोल रहे थे।और जहाँ मेरे बचपन में टेलीफोन पूरे गाँव में शायद एक भी नहीं था, वहाँ उनके सामने कंप्यूटर और इंटरनेट की दुनिया खुल रही थी।

भोजन में भी जमीन-आसमान का अंतर था।हमारी पीढ़ी के लिए दूध और घी सौभाग्य की बात थी।उनके लिए दूध, अंडे, फल, ताज़ी सब्जियाँ और संतुलित भोजन सामान्य दिनचर्या का हिस्सा थे।कभी-कभी वे मुझे हॉस्टल का मेन्यू सुनाते थे।मैं हँसकर कहता,"बेटा, तुम्हारा एक दिन का नाश्ता हमारे जमाने के पूरे सप्ताह के भोजन पर भारी पड़ रहा है।"वे हँसते और कहते,"पापा, आप भी न!"

लेकिन इन सुविधाओं का सबसे बड़ा लाभ यह हुआ कि बच्चे आत्मनिर्भर बन गए।बोर्डिंग स्कूल का जीवन उन्हें अनुशासन, समय प्रबंधन और जिम्मेदारी सिखा रहा था।वे अपने कपड़े स्वयं सँभालते थे।अपना समय स्वयं व्यवस्थित करते थे।छोटी-छोटी समस्याओं का समाधान स्वयं ढूँढ़ते थे।मुझे महसूस होने लगा कि जिन बच्चों को कभी उंगली पकड़कर चलाना पड़ता था, वे अब अपने पैरों पर खड़े होना सीख रहे हैं।

फिर वह दिन भी आया जिसका हर पिता इंतजार करता है।सन 2006 में संग्राम कमाने लगा।पहली तनखवाह मिलने के बाद उसने फोन पर कहा,"पापा, अब आपकी कुछ जिम्मेदारी मैं बाँटूँगा।"उस दिन मेरी आँखें नम हो गई थीं।जिस बच्चे के लिए मैंने वर्षों तक फीस भरी थी, वही आज मेरी सहायता करने को तैयार खड़ा था।इसके दो वर्ष बाद, 2008 में विक्रम सैन्य अकादमी में चला गया। उसे स्टाइपेंड मिलने लगा।धीरे-धीरे मेरे कंधों से आर्थिक बोझ उतरने लगा।

पहली बार मुझे लगा कि वर्षों का संघर्ष अब फल देने लगा है।बच्चों की मेहनत रंग लाई थी।उन्होंने अपने अवसरों का पूरा लाभ उठाया।उन्होंने अनुशासन सीखा, परिश्रम सीखा और आत्मनिर्भरता सीखी।फिर उन्होंने पीछे मुड़कर नहीं देखा।आज जब मैं अपनी पीढ़ी और अपने बच्चों की पीढ़ी की तुलना करता हूँ तो एक बड़ा अंतर दिखाई देता है।हमारे पास संसाधन कम थे, संघर्ष अधिक था।उनके पास संसाधन अधिक थे, परंतु प्रतिस्पर्धा भी अधिक थी।हमने अभावों से

लड़ना सीखा।उन्होंने अवसरों का उपयोग करना सीखा।लेकिन एक बात दोनों पीढ़ियों में समान रही—सफलता का कोई शॉर्टकट नहीं होता।मेरी पीढ़ी ने यह बात खेतों, गलियों और संघर्षों से सीखी थी।मेरे बच्चों की पीढ़ी ने इसे स्कूलों, हॉस्टलों और प्रतियोगिताओं के बीच सीखा।और शायद यही हर पीढ़ी की सबसे बड़ी सीख होती है।

विहान की पीढ़ी का बचपन -यदि मेरी पीढ़ी का बचपन अभावों का बचपन था और मेरे बच्चों की पीढ़ी अवसरों का बचपन, तो मेरे पोते विहान की पीढ़ी का बचपन तकनीक और संभावनाओं का बचपन है।मैं जब विहान को देखता हूँ तो कभी-कभी लगता है कि वह उसी देश में पैदा हुआ है जहाँ मेरा जन्म हुआ था, लेकिन उसका संसार बिल्कुल अलग है। उसके सामने जो सुविधाएँ, अवसर और संसाधन उपलब्ध हैं, उनकी कल्पना मैं अपने बचपन में नहीं कर सकता था।

मैंने अपना बचपन मिट्टी की गलियों में बिताया था, मेरे बच्चों ने बड़े स्कूलों और हॉस्टलों में, और विहान का बचपन इंटरनेट और कृत्रिम बुद्धिमत्ता (आर्टिफिशियल इंटेलिजेंस) के युग में बीत रहा है।मेरे समय में जानकारी का सबसे बड़ा स्रोत गाँव के बुजुर्ग, शिक्षक और पुस्तकें थीं। किसी प्रश्न का उत्तर जानना हो तो कई दिनों तक इंतजार करना पड़ता था। मेरे बच्चों के समय में पुस्तकालय, समाचार पत्र और कंप्यूटर आए। लेकिन विहान की पीढ़ी के सामने पूरी दुनिया एक छोटी-सी स्क्रीन में समा गई है।

आज वह किसी भी विषय पर कुछ ही क्षणों में जानकारी प्राप्त कर सकता है। वह दुनिया के किसी भी कोने का वीडियो देख सकता है, किसी वैज्ञानिक प्रयोग को समझ सकता है, किसी विदेशी भाषा के शब्द सीख सकता है और अंतरिक्ष से लेकर समुद्र की गहराइयों तक की जानकारी घर बैठे प्राप्त कर सकता है।कभी-कभी मैं उससे कोई प्रश्न पूछता हूँ और वह तुरंत उत्तर दे देता है।मैं आश्चर्य से पूछता हूँ,"तुम्हें यह सब कैसे पता?"वह मुस्कुराकर कहता है,"दादाजी, मैंने इंटरनेट पर देखा था।" उसकी यह सहजता मुझे हैरान भी करती है और प्रसन्न भी।

विहान के पास वे साधन हैं जिनकी मेरे बचपन में कल्पना भी नहीं की जा सकती थी। ऑनलाइन कक्षाएँ, स्मार्ट बोर्ड, डिजिटल पुस्तकें,

शैक्षिक वीडियो, रोबोटिक्स, ड्रोन और कृत्रिम बुद्धिमत्ता जैसे विषय उसके लिए सामान्य बात हैं।

मुझे याद है, सात वर्ष की उम्र में उसने अपने मौसा से एक ड्रोन मँगवाया था। वह उसे जोड़ता, खोलता, उड़ाता और उसकी कार्यप्रणाली समझने का प्रयास करता था। उसकी उत्सुकता देखकर मुझे लगता था कि नई पीढ़ी केवल उपभोक्ता नहीं, बल्कि खोजकर्ता भी बन सकती है।

लेकिन हर पीढ़ी की तरह इस पीढ़ी की भी अपनी चुनौतियाँ हैं।हमारे समय में संसाधन कम थे, इसलिए ध्यान भटकाने वाली चीजें भी कम थीं।आज संसाधन अनगिनत हैं, इसलिए ध्यान भटकाने वाली चीजें भी अनगिनत हैं।मोबाइल फोन, वीडियो गेम, सोशल मीडिया और डिजिटल मनोरंजन बच्चों का बहुत समय ले सकते हैं। पहले बच्चे दोस्तों के साथ मैदान में झगड़ते थे और पाँच मिनट बाद फिर साथ खेलते थे। आज कई बच्चे घंटों स्क्रीन के सामने अकेले बैठे रहते हैं।इसलिए विहान की पीढ़ी के सामने सबसे बड़ी चुनौती ज्ञान प्राप्त करना नहीं, बल्कि सही ज्ञान का चुनाव करना है।

मुझे खुशी होती है कि विहान केवल तकनीक का उपयोग ही नहीं करता, बल्कि किताबें भी पढ़ता है। वह मेरी लिखी हुई हिन्दी की पुस्तकें पढ़ता है, अंग्रेजी भाषा की किताबें भी पढ़ता है | किताबों के रिव्यू भी लिखता है |नए शब्दों के अर्थ पूछता है और कभी-कभी ऐसे प्रश्न पूछ देता है जिनका उत्तर देने के लिए मुझे भी सोचना पड़ता है।वह हॉकी, फुटबॉल, बेडमिंटन और गोल्फ भी खेलता है |उसकी एक और विशेषता मुझे प्रभावित करती है—वह सीखने से डरता नहीं है।

कभी वह रसोई में जाकर पराठा बनाने का प्रयास करता है, कभी चाय बनाना सीखता है, कभी ड्रोन उड़ाता है और कभी नई भाषा के शब्द सीखता है। कई बार काम बिगड़ भी जाता है, लेकिन उसका उत्साह कम नहीं होता।मुझे लगता है कि यही गुण आने वाले समय में सबसे अधिक महत्वपूर्ण होगा—नई चीजें सीखने की क्षमता।

हो सकता है कि विहान बड़ा होकर वह काम करे जिसकी आज हम कल्पना भी नहीं कर सकते। जिस प्रकार मेरे बचपन में कंप्यूटर और इंटरनेट कल्पना की वस्तु थे, उसी प्रकार भविष्य में नई तकनीकें और

नए व्यवसाय जन्म लेंगे।लेकिन समय चाहे कितना भी बदल जाए, कुछ बातें कभी नहीं बदलतीं।ईमानदारी का मूल्य नहीं बदलता।परिश्रम का महत्व नहीं बदलता।अनुशासन की आवश्यकता नहीं बदलती।परिवार का प्रेम नहीं बदलता।और अच्छे संस्कारों की उपयोगिता कभी समाप्त नहीं होती।

मैं चाहता हूँ कि विहान और उसकी पीढ़ी आधुनिकता को अपनाए, विज्ञान को अपनाए, तकनीक को अपनाए, लेकिन अपनी जड़ों को कभी न भूले।उसे यह याद रहे कि उसके दादा ने नंगे पैर स्कूल जाकर पढ़ाई की थी, उसके पिता ने संघर्ष करके सैनिक का जीवन चुना था, और उसे जो अवसर मिले हैं, वे अनेक पीढ़ियों के परिश्रम का परिणाम हैं।

यदि वह आधुनिक ज्ञान के साथ भारतीय संस्कारों को भी अपने जीवन में स्थान दे सके, तो मुझे विश्वास है कि उसकी पीढ़ी हमसे बेहतर समाज और बेहतर भारत का निर्माण करेगी।जब मैं अपनी तीन पीढ़ियों को एक साथ देखता हूँ तो मुझे लगता है कि समय बदलता है, साधन बदलते हैं, जीवनशैली बदलती है, लेकिन सपने नहीं बदलते।हर पीढ़ी अपने बच्चों के लिए अपने से बेहतर भविष्य चाहती है।

मेरे पिता ने मेरे लिए यही सपना देखा था।मैंने अपने बच्चों के लिए यही सपना देखा।और आज मैं अपने पोते विहान के लिए भी यही सपना देखता हूँ—कि वह एक अच्छा इंसान बने,अपने परिवार का सम्मान बढ़ाए, अपने देश के काम आए और जीवन में जो भी बने, इंसानियत को कभी न छोड़े।शायद यही हर पीढ़ी की सबसे बड़ी विरासत होती है।

मेरे जीवन की सबसे बड़ी उपलब्धि कोई पद, कोई पदक या कोई सम्मान नहीं है। मेरी सबसे बड़ी पहचान आज भी वही है, जो मेरे दोनों बेटे बचपन से पुकारते आए हैं—'पापा'।"

22

पिता की विरासत

"पिता कभी पूरी तरह विदा नहीं होते; वे अपने बच्चों के चरित्र में जीवित रहते हैं।"

जीवन में कुछ रिश्ते ऐसे होते हैं जिनका मूल्य उनके साथ रहते हुए पूरी तरह समझ में नहीं आता। पिता का रिश्ता भी ऐसा ही होता है। बचपन में उनका साया इतना स्वाभाविक लगता है कि कभी यह विचार ही नहीं आता कि एक दिन यही साया सिर से उठ भी सकता है। हम उनकी उपस्थिति को जीवन का सामान्य हिस्सा मान लेते हैं, जैसे सूरज का हर सुबह निकलना या पेड़ का हर मौसम में खड़ा रहना।

लेकिन समय का अपना नियम है। एक दिन हम बड़े हो जाते हैं, पिता बूढ़े हो जाते हैं और देखते ही देखते वह समय भी आ जाता है जब उनके कंधे, जिन्होंने हमें बचपन में उठाया था, स्वयं सहारे की प्रतीक्षा करने लगते हैं। उस समय पहली बार एहसास होता है कि जीवन का सबसे मजबूत स्तंभ भी उम्र के आगे झुकता है।

जब तक पिता जीवित रहते हैं, हमें लगता है कि कोई न कोई है जो हर कठिन परिस्थिति में हमारा साथ देगा। चाहे हमारी उम्र पचास वर्ष हो जाए, लेकिन पिता के सामने हम कहीं न कहीं बच्चे ही बने रहते हैं। उनके रहते हुए निर्णयों का बोझ हल्का लगता है, क्योंकि मन के किसी कोने में यह विश्वास होता है कि यदि हम डगमगा भी गए, तो संभालने वाला एक हाथ अभी भी मौजूद है।फिर एक दिन वह हाथ छूट

जाता है...उस दिन केवल एक व्यक्ति नहीं जाता, जीवन का एक पूरा युग समाप्त हो जाता है।

घर वही रहता है, कमरे वही रहते हैं, दीवारें वही रहती हैं, लेकिन घर का अर्थ बदल जाता है। ऐसा लगता है जैसे छत तो है, पर उसका सबसे मजबूत खंभा अब नहीं रहा। तब समझ में आता है कि पिता केवल परिवार का सदस्य नहीं थे, वे पूरे परिवार का आधार थे।

उनके जाने के बाद अक्सर छोटी-छोटी बातें याद आती हैं—उनकी डाँट, उनका समझाना, समय पर घर आने की हिदायत, पढ़ाई के लिए बार-बार कहना, खर्च में सावधानी बरतने की सलाह, भविष्य के लिए बचत करने की सीख। जिन बातों को कभी हम उनकी जिद समझते थे, वही आज जीवन के सबसे बड़े सूत्र दिखाई देते हैं।कई बार मन में एक टीस उठती है।काश! एक बार फिर उनके साथ बैठ पाता।काश! बिना किसी जल्दी के उनकी बातें सुन पाता।काश! एक बार उनके चरण छूकर कह पाता कि "**पापा, आप सही थे और मैं गलत था।**"लेकिन जीवन में कुछ बातें केवल महसूस की जा सकती हैं, वापस जी नहीं जा सकतीं।

आज जब मैं स्वयं पिता हूँ, तब समझ पाता हूँ कि पिता होना कितना कठिन है। पिता अपने बच्चों से प्रेम अवश्य करता है, पर वह प्रेम अक्सर शब्दों में नहीं, जिम्मेदारियों में दिखाई देता है। वह अपने सपनों को छोटा कर देता है ताकि बच्चों के सपने बड़े हो सकें। वह अपनी इच्छाओं को टाल देता है ताकि बच्चों की आवश्यकताएँ पूरी हो सकें। वह अपनी चिंताओं को मुस्कान के पीछे छिपा लेता है ताकि परिवार निश्चिंत रह सके।शायद इसी कारण पिता का प्रेम सबसे गहरा होते हुए भी सबसे कम दिखाई देता है।

इस पुस्तक को लिखते समय मैंने अपने जीवन की अनेक घटनाओं को फिर से जिया। कहीं मुस्कुराया, कहीं भावुक हुआ और कई बार ऐसा लगा मानो मेरे पापा आज भी मेरे सामने बैठे हों। जैसे वे चुपचाप मेरी बातें सुन रहे हों और बीच-बीच में अपनी परिचित मुस्कान के साथ कह रहे हों—*"घबराना मत, सब ठीक हो जाएगा।"*

यदि सचमुच आत्माएँ अपने प्रियजनों को देखती और सुनती हैं, तो मैं चाहता हूँ कि मेरे पापा इस पुस्तक को पढ़कर यह अवश्य महसूस

करें कि उनका जीवन व्यर्थ नहीं गया। उन्होंने जो संस्कार दिए, जो संघर्ष किए और जो मूल्य हमें सौंपे, वे आज भी जीवित हैं। वे केवल मेरी स्मृतियों में नहीं, बल्कि मेरे बच्चों और अब मेरे पोते के जीवन में भी साँस ले रहे हैं।

यही एक पिता की सबसे बड़ी सफलता होती है। वह स्वयं एक दिन इस संसार से चला जाता है, लेकिन उसका चरित्र, उसके संस्कार और उसका जीवन-दर्शन उसके बच्चों के भीतर जीवित रहता है। वही उसकी वास्तविक विरासत है।

मैंने इस पुस्तक का नाम "पापा" इसलिए रखा है क्योंकि मेरे लिए यह केवल एक संबोधन नहीं, बल्कि जीवन का सबसे बड़ा सम्मान है। मैंने जीवन में अनेक पद प्राप्त किए, अनेक जिम्मेदारियाँ निभाईं, लोगों ने मुझे अलग-अलग नामों से पुकारा; लेकिन उन सबमें सबसे प्रिय संबोधन वही रहा, जो मेरे बच्चों ने पहली बार मुझे दिया था—"पापा।"

यदि इस पुस्तक को पढ़ने के बाद कोई बेटा अपने पिता को एक बार गले लगा ले, कोई बेटी अपने पिता का हाथ थोड़ी देर और थामे रखे, कोई पिता अपने बच्चों के साथ थोड़ा और समय बिताने का निर्णय ले, या कोई परिवार अपने संबंधों को थोड़ा और प्रेम से जीने लगे, तो मैं समझूँगा कि मेरी लेखनी सफल हुई।अंत में, मैं अपने पिता को विनम्र श्रद्धांजलि अर्पित करते हुए केवल इतना ही कहना चाहता हूँ—

आपने मुझे जीवन दिया, उससे भी बढ़कर जीना सिखाया।आपने मुझे चलना सिखाया, उससे भी बढ़कर गिरकर उठना सिखाया।आपने मुझे सफलता का मार्ग दिखाया, उससे भी बढ़कर चरित्र का मूल्य समझाया।आज लोग मुझे जिस रूप में जानते हैं, उसमें मेरा नाम भले मेरा हो, लेकिन उसकी नींव आपके संस्कारों पर खड़ी है।

बाबूजी ,आप आज भले ही मेरे साथ नहीं हैं,लेकिन आपके दिए हुए संस्कार आज भी मेरे हर निर्णय में साथ चलते हैं।जब तक मेरी साँसें चलेंगी, आप मेरे भीतर जीवित रहेंगे।और जब मेरी कहानी समाप्त होगी, तब मैं भी यही कामना करूँगा कि मेरे बच्चे मुझे मेरी उपलब्धियों से नहीं, बल्कि उसी प्रेम से याद करें, जिस प्रेम से मैंने जीवन भर आपको याद किया है।क्योंकि अंततः मनुष्य की सबसे बड़ी पहचान उसका पद

नहीं, उसकी संपत्ति नहीं, बल्कि उसके बच्चों के मुँह से प्रेम से निकला एक शब्द होता है—"पापा।"

लेखक की रचनाएं

1. Borderman
2. सीमा प्रहरी
3. आवारा
4. कमीने दोस्त
5. संगिनी
6. काबिल
7. मुक्तिदाता
8. माया
9. चरित्रहीन
10. चक्रव्यूह
11. परिवार
12. प्रेम विवाह
13. वफादार दोस्त
14. जीवन संघर्ष
15. नारी शक्ति
16. नारी महिमा
17. अग्निपथ
18. रॉकेट लक्ष्मी
19. अपराध चक्र
20. नारी अस्मिता
21. काला सच
22. धर्मचक्र
23. खुशी
24. जुनून

25. शौर्य गाथा-1

26. शौर्य गाथा-2
27. योगी
28. कर्मा
29. संघर्ष
30. लव जिहाद
31. नारी अस्तित्व
32. कामयाबी
33. शिवानी
34. जवान
35. सुंदरवन की दुर्गा
36. प्यार या वासना
37. भाग इंद्रा भाग
38. मायोंग का रहस्य
39. सीमा कहाँ है
40. बर्फ के नीचे आग
41. पापा

Email : rps1959@gmail.com, Mobile : 7000153809, ये सभी उपन्यास Notionpress.com, Amazon.in, Sanklp publication, Flipcart पर उपलब्ध हैं|

www.ingramcontent.com/pod-product-compliance
Lightning Source LLC
LaVergne TN
LVHW100307210926
848480LV00003B/1044
* 9 7 9 8 9 0 5 8 4 0 1 5 9 *